中华译学馆立馆宗旨

以中华为根　译与学并重

弘扬优秀文化　促进中外交流

拓展精神疆域　驱动思想创新

丁酉年冬月许钧撰　罗卫东书

中华译学馆·外国文学论丛

许钧 聂珍钊 主编

范捷平 著

德国文学散论

南京大学出版社

总 序

许　钧　聂珍钊

　　《中华译学馆·外国文学论丛》第一辑由《法国文学散论》（许钧著）、《当代英美文学散论》（郭国良著）、《德国文学散论》（范捷平著）、《欧美现代主义文学散论》（高奋著）、《早期英国文学与比较文学散论》（郝田虎著）、《外国文学研究散论》（聂珍钊著）、《外国文学经典散论》（吴笛著）共七部著作构成，由南京大学出版社出版。中华译学馆既要借助翻译把外国的文学作品和学术著作介绍给中国的读者，也要借助翻译把中国的文学作品和学术著作介绍到外国去，还要借助翻译促进中外文学和文化的交流与互鉴，在做好翻译工作的同时开展学术研究，力图把翻译、评介和研究结合在一起，建构译学界的学术共同体。

　　《中华译学馆·外国文学论丛》第一辑的七部散论中收入的文章大多是各位作者以前发表的作品。为了突出散论的特点，这套丛书不追求完备的学术体系，也不强调内容的系统完整，而是追求学术观点的新颖，强调文章的个性特点。作者们在选取文章时都有意排除了那些经常被人引用和流传较广的论文，而那些通常不易搜索到的论文、讲话、书评、序言等，都因为一得之见而保留下来，收入书中。除了过去已经发表的作品，书中也收入了作者未曾发表过的重要讲话和沉睡多年的珍贵旧稿。因此,读者翻阅丛书,既有似曾相识的阅读体验,也有初识新论的惊喜。相信这套丛书不会让读者感到失望。

这套丛书名为"散论",实则是为了打破思想的束缚,疏通不同研究领域的连接通道,把种种学术观点汇集在一起,带领读者另辟蹊径,领略别样的学术风景。丛书尽管以"散论"为特点,但"散论"并非散乱,而是以"散"拓展文学研究的思维,以"论"揭示学术研究内在的特点,"散"与"论"结合在一起,为读者提供探索学术真理的广阔空间。开卷有益,希望这些文章能给读者带来启示,引发思考。

既是散论,重点并非在于理论体系和话语体系的建构,也不在于对某一学术问题的深入探究,而在于从时下受到追捧的宏大叙事中解脱出来,从某一视角展开对某个问题的深度思考,阐发所思所想的一己之见。文学研究是一项巨大的工程,尤其是学科体系和理论体系的建构,不但宏大,而且异常艰巨,要想完成文学研究的重任,并非一朝一夕之功,只能从基础做起,厚积薄发,方能有所作为、有所建树。就文学研究这项工程而言,散论属于基础性的探索,意在为文学研究铺垫一砖一石,是重大工程不可或缺的基本建构。

就其特点而言,这套关于外国文学研究散论的丛书是作者们进行创造性文学研究活动的结果。实际上,散论不仅是一种研究模式,也是一种思维模式。作者以不同国家、不同时期的文学为研究对象,借助各自的学术经验和研究方法,打破某种固化的思维框架,在某种研究理论的观照下进行创意思维,克服某些束缚自由思想的羁绊,按照某种新的方向来思索问题,寻求答案,锐意创新,不落窠臼。因此,散论体现的是从单向思考到多维思辨,追求的是以小观大，从个别看整体，从传统中求创新。正因为如此，这七部散论才体现出不同的风格、不同的视角、不同的思考。尽管他们关注和讨论的问题各不相同，但是体现的精神是一致的，即通过对各种不同问题的研究，阐述自己与众不同的观点。由于散论不拘一格，从不同的角度看问题，因而思维视野更为广阔，发散性思维沿着多学科、多方向扩散，表现出散论的多样性和多面性，推动对文学的深度思考。

散论打破传统，追求思想解放，实际上是以新的方法探索文学研究发展的新道路。21世纪以来，随着科学技术的飞速发展，同传统的文学研究相比，科技与文学研究高度融合，认知神经科学、人工智能、生物芯片、人机接口等科学技术已经逐渐呈现出主导文学研究的总体趋势。可以说，文学研究不但无法脱离科学技术，而且正在快速同科技融合并改变其性质，转变为科技人文跨学科研究。观念的更新使得科学方法在文学研究中被广泛运用。随着信息技术的大量运用，文学研究越来越科学化，表现出跨学科研究的特点。文学研究已经不可能把自己局限在文学领域中了，其趋势是要打通文理两大学科的通道，在不同学科之间交叉、融合、渗透，形成新的研究理论与方法。在科学高度发展的今天，文学研究需要借助其他学科尤其是理工科的经验、优势和资源推动文学研究。早在20世纪中叶，法国符号学家巴特说"作者死了"。半个世纪过去了，美国耶鲁大学文学教授米勒（Hillis Miller）又说"文学死了"。实际上，这两种说法反映的是21世纪文学面临的危机，以及科学技术对传统文学研究的挑战。因此，更新文学观念，打破固化传统，在科技人文观念中重构文学基本理论，才能破除文学面临的危机，推动文学研究向前发展。从科技发展的角度看，这套散论打破了文学的传统研究，引发了读者对文学的深刻思考。

七部散论还体现了一种作者们对学术价值及学术理想的追求。从散论平凡的选题和平实的语言以及细腻的讨论中，可以发现其中承载的学术责任和学术担当。散论的作者们多年来都在各自的研究领域辛勤耕耘、锲而不舍，为了一个共同的学术梦想砥砺前行，做出了重要贡献。他们都能够以谦逊的精神细心研究平凡的问题，用朴实的文字同读者交流，追逐共同的学术梦想。他们不是在功利主义的驱动下而从事学术研究，而是中国学人的精神品格促使他们承担一份自己的责任。因此，散论的淳朴文风值得称道，学术价值值得肯定。当然，散论的研究只是文学研究的基础性建构，这对于建设文学这座艺术大厦是远远不够的，但是它们作为建造这座大厦的一砖一石又是不可缺少的。只要每一位学人都贡献一块砖石，建成这座我们期盼已久的大厦也就不会太久了。

2021 年 12 月 31 日

自 序

2020 年是极不平常的一年。

年初,武汉突发新型冠状病毒疫情,形势严峻,举国上下,全民战疫,杭城也一样,原先喧嚣的都市,突然间变得前所未有地宁静。寒假过后,浙江大学开学了,不过所有课程都改成了网课。我教了一辈子的书,却未曾有过这样的经历。"面对"真实而又虚拟的学生,隔空对话,却也不乏新鲜之感。感叹今日世界,足不出户,便可知天下大事,岂不乐乎?但真正让我"窃喜"的是,原本因疫情"蜗居"在家,此时却有了一种"因祸得福"的感觉。这不仅让我省去了不少平日里驱车堵在路上的时间,而且往日的琐事几乎烟消云散,让我凭空增添了大把读书和写字的工夫。

大概是五月里的一天,许钧兄打来电话,邀我参加浙江大学中华译学馆推出的"外国文学论丛"项目,并让我担纲《德国文学散论》一书的集撰重任。惶恐之余,本想借由推让,但恰逢"蜗居"在家,实难开口,只好恭敬不如从命了。

中华译学馆自 2018 年 11 月成立以来,秉承"译学并重"的建馆理念,以"译"促"学",以"学"推"译",成就斐然。集撰《德国文学散论》实际上是重"学"之举,但由我来担纲,让我着实觉得有点难堪重任,一则我在译学理论上少有建树,二则德国文学浩瀚无垠,若当散论,亦应识多面广,而我的德语文学研究至多也只能算是沧海一粟,故心中多少有点"黔驴技穷"之感。好在中华译学馆的"外国文学论丛"立项宗旨是集撰各类文学文稿,这让我忽然又有了"海阔凭鱼跃,天高任鸟飞"的空间和余地。

许多年来,我在德语国家文学研究和翻译的实践中,主要涉足20世纪以来的文学,写过一些文学批评、戏剧评论、综述、随笔、序跋,也写过一些文学理论方面的东西和学术报告,有些发表在各种刊物上,也有少数尚未发表。而瑞士国宝级德语文学大师罗伯特·瓦尔泽则是我多年来尤其关注和喜爱的作家,即便我论及卡夫卡、里尔克、德布林、耶利内克、汉德克等文学大师,也常常有瓦尔泽的影子;在文学翻译上,我为数不多的本子也大多出自这一时期,尤其是瑞士现当代文学。

多年来,我以为外国文学的翻译和研究一定是一种阐释行为,若为阐释,亦无法逃脱阐释循环的悖论命运,也就是必须遵循局部与整体的"然即否"原则,从而进入实践、认识,再实践、再认识的意识上升循环圈。我一直主张"有译必研""无研不译"的原则。因此,本书所集撰的文稿大多涉及我翻译过的文学作品,而文稿中的研究也常常基于我的文学翻译。值得欣慰的是,这无意中竟然与中华译学馆的"译学并重"的理念相契合。

收入这部《德国文学散论》的文稿跨越了近 25 年的光阴,从德国到中国,字里行间多多少少再现了我这些年来徜徉过的学术小径和翻译之路;这些文稿也同样反映出我在各个不同时期所关注的作家、作品和文学理论思潮,故理论观点和文本形态可能风格迥异,有些显得激进,有些显得沉着,有些则显露了撰写之初的心境,有些甚至是有感而发。本书还收入部分文学翻译作品和学术著作、编著的序跋,有的是给自己写的,有的是给某次学术活动写的,也有少数是给朋友写的。这些文稿看似散乱,倒恰好与"散论"的初衷相吻合,反让我心安理得了,姑且如此。

值此《德国文学散论》付梓之际,衷心感谢浙江大学中华译学馆和南京大学出版社的鼎力支持。

是为序。

2020 年 11 月于
杭州荀庄

目 录

命运如雪的诗人

——罗伯特·瓦尔泽①

假如瓦尔泽拥有千万个读者，

世界就会安宁得多……

——赫尔曼·黑塞

瑞士德语作家罗伯特·瓦尔泽（Robert Walser）的命运与阿尔卑斯山皑皑白雪紧紧地联系在一起，白雪意味着辽阔和淡泊，宁静与质朴，它意味着与任何其他色彩的格格不入。瓦尔泽就像一片轻盈的雪花那样，飘落到了沉重的大地上，又悄悄地融入大地。直到瓦尔泽去世多年后，这位卓有才华的作家才引起国际文坛的普遍关注。说瓦尔泽是一块久藏在阿尔卑斯山麓白雪之中的瑰宝，也许对熟知瓦尔泽一生和其创作的人来说并不过分。因为瓦尔泽和他隽永的文学风格既把人带进一种类似东方王摩诘的高远和陶渊明的超凡脱俗般的美学意境，同时又置人于西方现代主义文学的审美情趣之中。

瓦尔泽的文本语言像窃窃私语，他写下的小说、诗歌以及 2000

---

① 本文最初发表在《译林》1999 年第一期，2002 年作为《代序》收入罗伯特·瓦尔泽小说散文集《散步》的中译本，中国作家网 2016 年 7 月全文转载，2020 年《散步》再版时做了一些修订，收入本书时再次做了一些修改。

多篇小品文更像轻轻飘落的雪花,在平静中给人以无限的遐想。瓦尔泽远远算不上欧洲传统意义上的文人,但仍不失为文人的楷模,现代著名奥地利作家罗伯特·穆齐尔(Robert Musil)曾经说过,卡夫卡不过是瓦尔泽人格的一个特殊侧面而已。据穆齐尔称,瓦尔泽是现代主义文学的开山鼻祖之一,当今瑞士德语作家的身上或多或少带有瓦尔泽的烙印,瓦尔泽是德语现代主义文学的象征。

那是1956年的圣诞节,瓦尔泽在瑞士赫利萨精神病院美美地吃了一顿午餐,酸菜猪排香肠加甜点心,比往常丰盛得多。饭后,这位患了二十七年精神分裂症的作家与往常一样独自出门散步,这已是他几十年来养成的习惯。与德语文学史上另一位患精神病的著名诗人荷尔德林一样,瓦尔泽在精神病院的床榻下也是一堆因散步而走破了的旧皮鞋。散步在瓦尔泽的生命中的重要程度似乎远远超过文学创作,本书收入的《散步》版本是写于1917年年初的单行本第一版①,是一部中篇小说,也有人把它归类为散文。

瓦尔泽的一生几乎可以用"散步"两个字来概括,这也是我将这部瓦尔泽文学作品集取名为《散步》的原因。因为瓦尔泽的文学作品与"散步"有着千丝万缕的联系,他的作品中常常出现长途跋涉的漫游者,以陌生人的身份穿越陌生地带,并且用漫游者的视角不断去游戏文字、游戏文本,反讽作为作家的自身,其实这是瓦尔泽的一种诗学风格。

阿尔卑斯山的冬天是雪的世界,瓦尔泽在寂静的雪地里走着走着。他走过火车站,穿过一片树林,走向那堆废墟,那是他想去

---

① 1917年年底至1918年年初,瓦尔泽在将中篇小说《散步》收入其散文集《湖山》时,做了较大的修改。

的地方。他一步一步向废墟走去,步伐是稳健的,他甚至没有去扶一下路边的栏杆,或许是怕碰落栏杆上洁白的积雪。忽然他身子一斜,仰面倒下,滑行了两三米,不再起来。若干时间以后,雪地里的瓦尔泽被一只猎狗发觉,接着是附近的农民,然后是整个世界。

一、"失而复得的儿子"

罗伯特·瓦尔泽于 1878 年 4 月 15 日出生在瑞士宁静的小城比尔,一个开文具店的小商人家庭,他父亲是虔诚的新教徒,母亲是温柔丽质的女性,多愁善感,患有抑郁症,这可能是瓦尔泽家族的遗传性疾病。1894 年,瓦尔泽母亲去世。根据瑞士日耳曼学者马特(Peter von Matt)的研究,瓦尔泽对其母亲的依赖性在很大程度上影响到他的文学创作。瓦尔泽在八个孩子中排行第七,总想从终日操劳的母亲和不苟言笑的父亲那儿多得到一点爱,然而父母似乎并不偏爱罗伯特·瓦尔泽,每当兄弟姐妹中有谁病了,都能得到母亲加倍的疼爱,罗伯特却从不生病,因而得不到那份特殊的怜爱,心里总觉得父母有点嫌弃他。

"夏日的一天,一个小男孩决计试探一下父母对他的爱心,他独自来到池塘边,脱光衣裤,将它们挂在池塘边的小树上,将小凉帽扔进池塘,自己却爬上高高的菩提树,一会儿男孩的姐妹们来池塘边玩耍,看见这一情形,误以为男孩已溺水而亡,大声哭喊,哭报母亲,全家沉浸在悲痛之中。父母悲痛之极,悔恨未给儿子多一点爱怜,若再给一次机会,一定加倍疼爱失去的儿子。男孩在菩提树上看清了这一切,便下得树来,躺在池塘边上,望着蓝天白云,遐想回到母亲怀抱里的温暖。傍晚时分,男孩回到家中,全家人喜出望外,失而复得的儿子受到了父母格外的宠爱……"

然而这个故事并非真人实事，而是瓦尔泽十五岁时写下的第一篇习作中的情节，瓦尔泽将它取名为《池塘·小景》。"失而复得的儿子"的故事出自《新约全书》的《路加福音》第十五章中有关失去的羔羊和失去的儿子的章节，《圣经》中描述了两个儿子，小儿子从父亲那儿要了他的那份财产，出门远游，财尽囊空后回到家中，父亲非但没有责怪他，反而为他杀猪宰羊，盛情款待。大儿子从地里干活回来，看到这一情景，愤愤不平，觉得他替兄弟尽了儿子的责任，却从未得到过如此厚爱。父亲劝大儿子，你一直在我身边，我的一切都是你的，而你弟弟在我心目中已经死去，失而复得的儿子怎能不让人高兴？在《圣经》中这一故事是为建构基督教伦理而服务的，在于肯定"浪子回头"的价值。

　　瓦尔泽采用这一题材则不是复制《圣经》所表述的公正和宽容，恰恰相反，瓦尔泽着意强调没有失去的儿子同样应当得到爱和公正。这一思想同样体现在瓦尔泽日后创作的散文《失去的儿子的故事》之中。在这篇作品中，瓦尔泽完全采用《圣经》的情节，所不同的是瓦尔泽利用叙述者来表示自己强烈的倾向性，即对《圣经》中的大儿子寄予同情。在《失去的儿子的故事》中，瓦尔泽将叙述重心移置到大儿子身上，在与失而复得的小儿子得宠的强烈对比下更显出应得宠而未得宠的大儿子的不满情绪。这便是瓦尔泽童年留下的"俄狄浦斯情结"，与卡夫卡的父子情结十分相像。在德语文学研究中，瓦尔泽与卡夫卡文学风格的脉络关系已成定论。卡夫卡也曾写过一篇取材于《圣经》中失而复得的儿子的短文。德国文学理论家齐默曼（Hans Dieter Zimmermann）在 20 世纪 80 年代曾写过《巴比伦的翻译——论瓦尔泽和卡夫卡》一书，对瓦尔泽和卡夫卡的作品进行了细致地对比研究，齐默曼在这两个作家的创作中看到了瓦尔泽和卡夫卡的文学作品及人格中的相通之处，即将个人的主观感受处理成人的普遍情感,在写作文本的过程中完成从个别到一般的世界观转变。

1892 年,瓦尔泽遵照父命前往比尔,去一家银行当学徒,但其实他内心向往成为一名话剧演员,童年时他喜欢看比尔剧院时常上演的席勒不朽之作《强盗》,在席勒的戏剧中,瓦尔泽萌发了对文学的偏爱和对语言的敏锐感觉。1895 年,瓦尔泽到了斯图加特,想在那儿学艺当演员,不过这一梦想很快就像肥皂泡似的破灭了,生性内向的瓦尔泽不得不承认自己并不具备表演才华。1896 年,瓦尔泽正式受苏黎世一家保险公司聘用。不久,他转入一家银行当职员。这期间瓦尔泽开始了文学创作,1897 至 1898 年间写下的诗歌《在办公室》就是他当时生活的写照,诗中"月亮是黑夜的伤口/鲜血滴滴竟是满天星星"脍炙人口。

起初,瓦尔泽只是在伯尔尼的《联盟日报》和慕尼黑著名文学杂志《岛屿》上发表一些散文、小品文和诗歌,后来这些作品分别于 1904 年和 1909 年被收入《弗利茨·考赫散文集》和《诗歌集》中出版。尽管当时瓦尔泽初出茅庐,但其文学才华得到著名的文学批评家如维德曼(Joseph Victor Widmann)和布莱(Franz Blei)等的青睐,不过此时他只是区区一名文学青年,并未得到大多数读者和图书商的重视。在此期间,瓦尔泽结识了维德金德(Franz Wedekind)、道腾代(Max Dauthendey)、比尔鲍姆(Otto Julius Bierbaum)等青年维也纳圈子里的作家,这让他直接体验到了维也纳现代派的文学价值取向。

事业上的失意和生活上的落魄几乎伴随着瓦尔泽的整个创作生涯。直到日后瓦尔泽成为职业作家,他仍然被这种失意感困扰。这也许与他的生不逢时有关,因为同时期的瑞士作家黑塞无论在名望和成就上都盖过了他,瓦尔泽无法走出黑塞的阴影。1904 年,在瓦尔泽的《弗利茨·考赫散文集》出版的同时,黑塞出版了他的成名之作《彼得·卡门青》(一译《乡愁》),尽管黑塞一生非常推崇瓦尔泽,并于 1917 年在《新苏黎世日报》上大声疾呼:"假如像瓦尔泽那样的诗人加入我们时代的精英中来,那就不会有战争,假如瓦尔泽拥有千万名读者,世界就会安宁得多。"[①]而事实上黑塞已是当时德语文坛的新星,成了苏黎世文学沙龙里文人雅士高谈阔论的中心。相比之下,瓦尔泽新锐的文学则显得黯然失色。1943 年,瓦尔泽回忆当时的情形时说:"苏黎世的读者根本没有将我的作品放在眼里,他们狂热地追随黑塞,把我看得一钱不值。"

瓦尔泽抱怨苏黎世读者的狭隘,批评他们只接受黑塞的一种文学方式,排斥其他风格。当时甚至有一位女演员买了一本《弗利茨·考赫散文集》寄还给瓦尔泽,上面写了"要写书先学学德语"之类的讥讽。这也许正好说明了瓦尔泽文学作品的超时代性,犹如处在康定斯基所说的艺术金字塔的顶尖,它只有随着时间的推移,方能被后来者所理解。

二、主仆关系

1903 年至 1904 年间,瓦尔泽前往苏黎世近郊威登斯维尔一个叫卡尔·杜布勒的工程师和发明家事务所当帮工,但不久这家事务所就倒闭了。接着的一段时间,瓦尔泽在苏黎世的一个犹太贵夫人家中当侍者,这段经历成了他日后撰写《助手》《唐纳兄妹》等作品的素材。1906 年,他应在柏林的哥哥卡尔·瓦尔泽之邀来到德意志帝国首都柏林。卡尔当时已是柏林小有名气的画家,专门

---

① 参见 1917 年 11 月 25 日《新苏黎世日报》。

为一些书报杂志画插图和舞台布景。卡尔有意让弟弟前来帝国首都,接受世纪风的熏陶。在那里,瓦尔泽曾短期在柏林分离派(Berliner Secession)艺术家协会当秘书,并有机会结识著名的出版商费舍尔(Samuel Fischer)和卡西尔(Bruno Cassirer)。然而,在柏林的那些日子里,瓦尔泽似乎是局外人,他深居简出,出版的三部小说并没有获得期待中的巨大成功,因此生活上逐渐捉襟见肘,主要靠卡尔的接济度日。不过,他的作品虽然没有被当时大多数读者接受,但获得文学界精英人物如穆齐尔、图霍夫斯基的高度肯定。黑塞和卡夫卡甚至将瓦尔泽视为自己最喜爱的作家之一。据说瓦尔泽在此期间不时受到一位女富豪的资助,在瓦尔泽的传记中,这位女富豪一直是个谜,我们无从了解她的姓名、生平以及她与瓦尔泽的关系。

1905 年 9 月,瓦尔泽曾在柏林的一家仆人学校接受侍者训练,接着他又在上西里西亚的一个贵族宫殿里当过三个月的服务生。这段经历日后出现在他多部文学作品中,本书①收入的作品《西蒙》《托波特》都是反映主仆关系的名篇,谦虚和谦卑是瓦尔泽作品的一贯风格,这种风格在长篇日记体小说《雅各布·冯·贡腾》中表现得淋漓尽致。在这部小说中,"现实世界"蜕变成令人无法把握和理解的巨大怪物,这个巨大的怪物则是由读者耳熟能详的日常生活琐事建构而成,但恰恰因此而变成一个个难解的谜团。卡夫卡的早期作品也有同样的功能,这样看来,卡夫卡特别喜欢瓦尔泽这个时期的作品也就不难理解了。1913 年,瓦尔泽因文学创作上的失落和接济他的女富豪去世而离开柏林,这样瓦尔泽在柏林前

---

① 指瓦尔泽的《散步》一书,下同。参见罗伯特·瓦尔泽:《散步》,范捷平译,上海译文出版社,2002 年。

后共生活了七年。这七年是瓦尔泽小说创作的重要时期,其间他先后写下了三部著名的长篇小说《帮手》《唐纳兄妹》和《雅各布·冯·贡滕》,史称"柏林三部曲"。这三部小说当年均在布鲁诺·卡西尔出版社得以出版,责任编辑为文学评论家摩根斯坦(Christian Morgenstein)。

除了小说创作之外,瓦尔泽在柏林期间还写下了许多小品文,在这些小品文中,瓦尔泽不仅游戏语言,而且还塑造了"闲逛者"角色。他从闲逛者视角出发,描写了许多柏林大众聚集地场景,如柏林著名的站立式啤酒广场"阿欣格尔"、游艺场等。值得一提的是,瓦尔泽的长篇小说和小品文在出版之前均发表在当时著名的文学刊物上,或者在这些刊物上连载,如专门刊登话剧剧本和批评的文学周刊《大舞台》、欧洲最古老的文学杂志《新观察》《未来》、文艺月刊《莱茵大地》,以及《新苏黎世日报》和魏玛共和国时期重要的文学刊物《新墨丘利》等。

"柏林三部曲"的共同特点表现在自传性上,它们或多或少地反映了瓦尔泽三次当仆人和打零工、做帮工的经历。值得注意的是,这三部小说在不同程度上都反映了主仆关系,主人公都是以小人物的身份出现的,与塞万提斯《堂吉诃德》中的主仆关系不同,在瓦尔泽的作品中,主仆关系是一种辩证的生活观,它客观地反映了瓦尔泽的人生价值取向。

从表面上看,瓦尔泽文学作品中的主人公都是小人物,很多都是任人支使的仆人,仆人的职业规范便是绝对地服从,然而对瓦尔泽小说人物的理解不应停留在这个表象上。首先,瓦尔泽的主仆关系可以从宗教层面来理解,瓦尔泽是新教徒,他反对将上帝偶像化,反对教会对宗教的教条化,反对教堂取代宗教的倾向。在他看来,无论是受支使的人,还是支使人的人都是上帝的仆人。其次,从哲学辩证法的角度来看，主仆的关系是可以相互转化的，就像黑格尔说的那样，主与仆是相互依赖的。在自然界，人战胜自然的主人力量的同时又在自然的力量面前显得苍白无力。再者，从社会心理学的角度来看，主仆虽然是一种社会关系，是一定的社会存在对个体在群体中的社会位置的限定，但是在心理上主仆关系往往具有逆向性。这三点在瓦尔泽柏林时期的三部小说中是显而易见的。

三、巨大的小世界

"国王其实是叫花子，叫花子有时胜过国王。"瓦尔泽曾想在戏剧舞台上将这一思想传递给贪得无厌的世人。然而，他在1913年3月回到比尔后亲自实践了这一辩证法。他在比尔一家名叫"蓝十字"的简陋旅馆里租了一间房，在那儿度过了七年时间。在第一次世界大战中，瓦尔泽在柏林存下的一些钱变成了一堆废纸，这时他只能写些小文章维持生计。

1914年夏天，瓦尔泽以莱茵河地区妇女联合会的名义出版了《散文集》，因而获得妇女联合会的莱茵河地区优秀文学家奖。但这笔钱对他来说只是杯水车薪，他很快又陷入窘迫的境地。冬天他竟无钱买煤取暖，只能穿上自己用旧衣服缝制的棉鞋，身上紧紧地裹着1914年秋天在军队服役时穿过的旧军大衣，才能得以继续写作。当沉浸在文字和想象中时，瓦尔泽充分地得到了人生的满足。或许他在生活的阴影中得到的比在光明中得到的更多，就像他自己说的那样，在柏林的仆人学校，他不只是学会了"如何清洗地毯，如何打扫衣橱，如何将银器擦拭得铮亮，如何接主人的礼帽和大衣，而更多的是学会了将自我变得非常渺小"。

将自我变得渺小不仅是瓦尔泽作品中的灵魂,同时也是瓦尔泽一生的生活准则。对于他来说,放弃功名便是一种功名,然而当他不得不扮演叫花子的"角色"时,他并没有像国王那样潇洒。在这段时间里,他常常为了一块面包、一块奶酪或一块黄油向女友梅尔美特(Frieda Mermet)低三下四地乞讨。1914年年初,瓦尔泽的父亲去世,接着他的两个兄弟接连死去,一个死于精神病,另一个也因抑郁症自杀身亡。在柏林的哥哥卡尔与瓦尔泽关系一向不错,在柏林时曾给瓦尔泽的许多散文集和小说画过封面和插图,两人在20世纪初的柏林分离派舞台上曾热闹过一阵,不过卡尔婚后与弟弟的关系日渐疏远,其原因是卡尔的妻子总是瞧不起这个不中用的穷弟弟。随着卡尔的声名鹊起,他们兄弟之间关系也终于破裂。

1920年11月,瓦尔泽收到苏黎世一个名叫"读书俱乐部"的文学团体的邀请,请他前去朗读文学作品。尽管瓦尔泽深知自己不善辞令、朴讷诚笃,一想到要在大庭广众下大声朗读自己的作品就觉得舌头发麻,但他还是答应了下来。毕竟苏黎世是他初出茅庐的地方,在那儿他开始了自己的飘浮生涯和只顾播种、不计收获的文学耕耘。那儿有他一段美好的回忆。然而,这个决定似乎是一个命中注定的错误。瓦尔泽清楚地知道,在文学已经成为消费商品的现代社会,这些商品的制作者若要成功,就必须具备敢在大庭广众之下脱下裤子,并且有面不改色、心不跳的本领,因为首先知道如何售卖自己的人,才是能售卖自己产品的人,但这不是瓦尔泽的特长。

阿尔卑斯山的初冬早已是一片白雪茫茫,瓦尔泽带着几页诗歌和小品文手稿上路了。和往常一样,他喜欢在雪地里漫游。经过几天的长途跋涉,瓦尔泽来到了苏黎世。在朗读会之前,他反复地练习，朗读自己那些其实不太适宜大声朗读的文字，瓦尔泽的文学文本似乎只能轻轻地吟诵，细细地品味。一旦经人大声朗读，那些蕴藏在字里行间的趣味便会荡然无存。不过现在一切都太晚了，朗读会的主持人找到瓦尔泽，请他试读一番，试读的结果叫人失望。瓦尔泽根本不具备人们想象中的朗读才华，经过一番争论后，主持人仍然决定由别人来替瓦尔泽朗读。瓦尔泽出于酬金的原因，只得委曲求全。朗读会的那天晚上，台上宣布瓦尔泽因病不能出席朗读会，而事实上，瓦尔泽像一名普通听众那样，坐在下面和其他听众一起为自己鼓掌。

四、"捉迷藏"

对于瓦尔泽来说，写作具有双重意义，即在用语言表达的同时，在语言中隐藏所要表达的东西。但是这种隐藏是一种类似儿童捉迷藏游戏，隐藏的目的最终是为了被寻找、被发现。因此，谈论写作、谈论作家也是瓦尔泽的文学特色之一。本书收入的《有关写作》《意大利小说》《微微的敬意》等都属于这一类。可以说，瓦尔泽惯于将自我隐藏在语言的森林之中。瓦尔泽擅长在那种不紧不慢、娓娓道来的节奏中，在纷乱无序的幻觉和梦境中，在有悖常理的荒诞不经中，在掩盖得严严实实的"浪漫主义反讽"中来实现自己的文学价值观，《雅各布·冯·贡滕》《散步》《西蒙》等作品便是瓦尔泽运用"浪漫主义反讽"的典型例子。《雅各布·冯·贡滕》这部日记小说可以说是瓦尔泽的人生价值观的自白，不过这个自白只是被"浪漫主义反讽"的外套裹住，不轻易被人察觉罢了。

"浪漫主义反讽"是德国文学理论中的一个术语，这一概念首先由德国浪漫派理论家施莱格尔提出。当时它指浪漫派文学中貌似严肃正经,实际上指涉其反面的一种文学话语,自嘲是这种话语的典型特征,这种反讽手法往往具有某种隐喻的性质,也是拿破仑占领时期德国文化人爱国情绪的一种宣泄方式。瓦尔泽承袭了这一文学手法,并在现代文学写作中赋予其新的哲学含义。瓦尔泽的反讽侧重于自嘲自虐,即板起脸来嘲弄、否定自我。施莱格尔的浪漫主义反讽是在费希特哲学三个主要命题的基础上建构起来的,即"自我设定自身""自我设定非我"及"自我与非我的统一"。施莱格尔的浪漫主义反讽与费希特的哲学一样,通过压抑自我来实现自我。通过夸大自我的弱点和无能,从而使理念和现实陌生化。施莱格尔的反讽主要产生于自我的生成和自我的否定这两个不断相互作用的过程中。在瓦尔泽那里,反讽则是荒诞的基本定义,他的反讽含义在于绝对地否定自我。与费希特的主观主义哲学不同,瓦尔泽摒弃了实际上是以主观唯心主义为目的的浪漫主义反讽,在否定主体的过程中建构新的主客观关系。

如果我们把笛卡尔的"我思,故我在"看成德国唯心主义哲学的出发点,那么瓦尔泽作品中的认识论便是"你在,故我在"。换句话说,瓦尔泽认为自身并非完全是由自我设定的,而是在很大程度上由客观外界所决定的。主体之所以是主体,首先是因为客体的存在,在客体的眼里主体无非也是客体。这一思想在本书收入的小品文《致纽扣》《陌生人》中得到了充分的表现。

瓦尔泽对现代德语文学的贡献不仅在于他将平淡的内容提高到纯文学的高度,而且他善于将文学手段变成文学主题,也就是说将语言的"矫揉做作"变成一种美。他作品中的语言像是那茫茫白雪,无声无息、无止无尽地飘落下来。初看,它近似于一种无聊或单调,但转眼间,那片片雪花已在寂静中覆盖了大地,世界变得如此晶莹雪白,如此绚丽多彩。

伯尔尼时期是瓦尔泽文学创作的第二个高峰期,他在1921年至1933年间共写了几部小说和数百篇小品文、杂文。其中著名的长篇小说有1922年完成的《台奥道》和1925年动笔却未能完成的《强盗》。遗憾的是,《台奥道》手稿在辗转于出版社之间遗失。小说《强盗》也未能完稿,只留下了二十四页写得密密麻麻的铅笔手稿。除了1915年出版的散文集《玫瑰》之外,瓦尔泽伯尔尼时期的大部分作品当时未能出版。

本书收入的《1926年〈日记〉残篇》也是这个时期的作品,其生成背景和写作动机均未能得到确认,瓦尔泽在遗稿以及书信中也未提及这部残稿。估计文稿于1926年前后生成,因为原始文本采用了铅笔密写方式,纸张为日历纸,其中8个片段仅写在2张日历纸的空白处。可以确认的有一点,瓦尔泽曾企图发表这部作品,因为他将铅笔文稿进行了水笔誊写,文稿经誊写后共53页。尽管如此,研究界迄今仍未发现瓦尔泽与外界为出版该作品做过任何努力的痕迹。《日记残篇》主要以第一人称叙述了在散步中不断反思自我、生活和作家的写作,其中不乏对瓦尔泽本人写作和作品的反思。瓦尔泽对这部作品的誊写本后经约亨·格莱文编辑,于1967年问世。此外,现在书店里能看到的几个集子如《强盗/费利克斯(残佚稿校注)》《温柔的字里行间》《当弱者咬紧牙关时》都是20世纪末才整理出版的。

从20世纪20年代中期开始,瓦尔泽的境况越来越糟,他与外界的联系也越来越少。1922年从死去的哥哥赫尔曼以及伯父弗里德利希·瓦尔泽那儿分得的一万五千瑞士法郎遗产已经耗尽。经济上的窘迫迫使他经常搬家,常做的只剩下两件事:写没人要的文章和孤独地散步。1925年以后,瓦尔泽精神失常的症状已经十分明显,他曾多次想自杀,但均未获成功,散步时连路人都说,瓦尔泽得去精神病院了。尽管多年来瓦尔泽一直否认自己患有精神病，并拒绝就医，到了1929年年初终于被姐姐丽莎说服，自愿来到伯尔尼的瓦尔道精神病院住院治疗。

五、融入白雪

1933年，游戏终于结束了。瓦尔泽不再继续在语言的森林中玩"捉迷藏"了，而是转入故乡比尔的赫利萨精神病院。根据瑞士法律，像瓦尔泽那样的穷人，医疗福利由原籍所在地政府负担，这样他的生活就有了保障。尽管赫里萨精神病疗养院院长辛利希森（Otto Hinrichsen）也是一名作家，他给瓦尔泽专门提供了一间写作室，让他可以从事文学创作活动，但瓦尔泽仍然放弃了写作。他说自己不是来这里写书的，而是来发疯的，要写书就不来这里了。瓦尔泽过着平静的生活，一种在生活的世界大门外面的生活。每天上午帮助打扫卫生，下午做一些折锡箔纸、糊纸袋信封之类的手工劳动。由于放弃了文学写作，他已断绝了一切经济来源，只能吃病院里最低档的伙食，但他除了有几次自杀的念头外，对生活没有任何苛求，就像他在小品文中写过的那样，人就这么活下去。文坛上对他的作品的褒贬扬抑对他已经不再具有任何意义。对于他来说，写字的瓦尔泽已不复存在，对一个不存在的人的评价又有什么实际价值呢？瓦尔泽渐渐地被人遗忘了。

只有一个人从1936年起开始寻找瓦尔泽的真实价值，并一直陪伴着瓦尔泽走完生命的旅途。他便是瑞士出版家、作家和文学批评家卡尔·塞里希（Carl Seelig）。塞里希定期去赫利萨精神病院看望瓦尔泽，与他一起散步交谈，日后发表了著名的日记《与罗伯特·瓦尔泽一起漫步》，书中记载了他与瓦尔泽持续了二十年的谈话。在那漫长的散步途中,塞里希走入了久已沉默的诗人瓦尔泽的内心,瓦尔泽重新开始倾吐对人生和文学的真知灼见。尽管瓦尔泽看上去是个患精神分裂症的病人,西服的纽扣常常扣错,但他的思维在绝大多数情况下是正常的。塞里希为了使瓦尔泽的生活能得到一些改善,积极奔走,为他出版了散文集《巨大的小世界》,并在德语文学界到处征集捐款。黑塞领导的瑞士作家协会也拨款资助,这样才使瓦尔泽避免了因交不起精神病院的饭钱而被驱到贫民救济院去的命运。瓦尔泽的姐姐丽莎于1944年去世后,塞里希便正式成为瓦尔泽的监护人并获得了一部分原在丽莎手中的手稿。瓦尔泽去世后,精神病院将瓦尔泽的遗物转交给了塞里希,那是一只旧皮鞋盒,里面装着五百二十六张写满密密麻麻铅笔小字的手稿,这些铅笔手稿上的字迹小的不到1毫米,大的也只有1至2毫米,更令人惊奇的是,这些手稿竟全部是写在一些废纸上,如车票、日历、明信片、卷烟壳等。1944年至1953年,塞里希整理、收集了瓦尔泽部分可辨认的手稿和散见于报纸、刊物的作品,编辑出版了瓦尔泽《诗歌与散文》(五卷本),但塞里希认为,瓦尔泽的大多数手稿是精神病人的涂鸦,无法解读。青年学者格莱文博士(Jochen Greven)[①]则认为,瓦尔泽的手稿是一种特殊的书写方式,完全可以释读。格莱文与塞里希在瓦尔泽的遗稿问题上发生争执,并为此而对簿公堂。

1960年塞里希死于车祸,在瑞士罗伯特·瓦尔泽基金会的支持下,格莱文开始瓦尔泽密码般的手稿研究和作品出版工作。在1966年至1975年期间,格莱文解读并编撰出版的二十卷《瓦尔泽

---

① 格莱文是史上第一部以瓦尔泽文学为研究对象的博士论文作者,也是瓦尔泽二十卷全集的编撰者。

全集》震惊了欧美文学界,特别是在 1985 年至 2000 年的十五年里,瑞士瓦尔泽档案馆的埃希特(Berhard Echte)和毛朗(Werner Mor-lang)解码并编撰出版了六卷本《来自铅笔领域》。瓦尔泽的这些手稿原件时隔半个多世纪重见天日,再次震惊了欧美文学界,也震惊了欧美知识界。

自 2008 年起,由瑞士国家基金会支持的 6 部 48 卷的《罗伯特·瓦尔泽全集》(学术版 KWA)编撰工作正在积极推进之中,其中已有 20 卷问世。此项瑞士国家工程计划将囊括罗伯特·瓦尔泽的全部已发表的和历年新发现的文学作品、手稿(原件图像复制)、日记、书信以及其他文献,并以数码电子和纸质书籍两种方式奉献给全世界读者。中国的瓦尔泽翻译则尚未真正起步,2002 年我翻译了这个集子,这次再版又增添了若干篇小品文和瓦尔特·本雅明关于瓦尔泽的一篇文学评论文章,希望本书的再版能为罗伯特·瓦尔泽在中国的传播略尽绵薄之力。

文本编织中的历史记忆
——读托马斯·霍利曼的家族小说[①]

一、引　言

　　从文化人类学的视角出发来思考文学本质问题,那么我们无法避免文学书写与文学生成过程中的记忆问题,因为文学是记忆储存的媒介与载体,也是记忆的场域,假如我们将文学书写视为一定形式的记忆演示,那么文学则是"记忆的模仿"。[②]文学文本的记忆模仿(Mimesis)具有强烈的空间场域性,而这种场域不仅只是个体记忆中历史事件发生的地理位置或坐标定位,而是一种带有鲜明社会文化历史指涉性的"文化空间",即非物质文化遗产承载空间,它可以定义为述行,即语言及表演艺术的表现形式;仪式、节庆的社会实践活动以及传统手工艺的传承空间。在这一空间里,具有历史记忆体裁特点[③]的文学文本呈现出集体记忆、文化传承和认

---

　　① 　本文初次发表在《德语人文研究》2014 年第一期,收入本书时略做修订。
　　② 　阿斯特莉特·埃尔、安斯加尔·纽宁:《文学研究的记忆纲领:概述》,载阿斯特莉特·埃尔、冯亚琳主编:《文化记忆理论读本》,北京大学出版社,2012 年,第 210 页。
　　③ 　荷马史诗,古希腊喜剧,莎士比亚的历史剧、布莱希特的史诗剧、历史小说、自传和书信体、日记体文学文本均有鲜明的集体记忆和文化记忆的功能。参见:同上,第216—218 页。

同功能。本文以瑞士当代作家托马斯·霍利曼（Thomas Hürlimann）2006年发表的家族小说《四十朵玫瑰》等为例，分析了文学文本的历史记忆问题。

首先从体裁上看，《四十朵玫瑰》并非自传体小说，而是一部虚构的家族史小说。就像他的很多作品一样，霍利曼喜欢戴上各种各样的文学面具，将似是而非的"自我"和"个体记忆"编织到文学作品中去。而实际上，这部小说在很大的程度上套用了霍利曼家族历史和他自己的个人成长史，用个体记忆和历史记忆的方式书写了瑞士民族以及瑞士犹太族群的集体记忆，因而也从一个侧面谱写了这个国家的近代史。小说从瑞士某小城的一个俄罗斯犹太家族的最后成员玛丽的视角出发，以演绎个体和家庭命运的方式，对19世纪末和20世纪上半叶的瑞士社会发展进程做出了聚光灯式的演示，主人公玛丽的个人命运紧紧地与卡茨家族的犹太渊源和移民身份、与第三帝国时期笼罩在瑞士上空的政治阴霾、与玛丽自己的钢琴演奏天赋、与丈夫迈耶尔的政治生涯，以及与儿子的不治之症之间错综复杂的关系交织在一起，展现了一幅瑞士社会客观真实、斑驳陆离的历史画卷。

小说主人公玛丽的个人情感、家庭成员之间犹太教和基督教文化的碰撞、欧洲以及瑞士社会的各种利益矛盾、政治斗争在历史文化空间旋转变迁，时而像一朵朵火花，稍纵即逝，时而又像一尊尊沉重的历史雕塑，让人驻足留步、深思不已。小说以卡茨家族的败落、所有成员都离世结束。

托马斯·霍利曼出生于瑞士楚格市的一个笃信天主教的政治望族，父亲汉斯·霍利曼在1974至1982年间曾担任过瑞士联邦委员会的委员，并在1979年出任瑞士联邦总统一职。霍利曼的母亲玛丽-特雷斯·杜福特出生于俄罗斯犹太服装商家庭，他的舅舅是世界上著名的圣·加仑天主教图书馆馆员，杜福特家族的祖先虽然是俄罗斯犹太人，但后来成为瑞士基督教天主教人民党的元老。

霍利曼自己则在少年时代被送进天主教教会寄宿学校，失去了天真无邪的童年时光。他有个弟弟，在二十岁的时候就患癌症去世了。所有这一切都重现在《四十朵玫瑰》这部家族小说里，然而这又像作者之前的家族小说《大猫》(Der Große Kater)、《斯塔格小姐》(Fräulein Stark)一样，它们既是家族史小说，也是社会小说，而《四十朵玫瑰》的出版则意味着"霍利曼家族三部曲"的完成。霍利曼喜爱利用家族史料创作，但他更加喜爱文学虚构和文学想象。在《四十朵玫瑰》中，霍利曼从女性敏感、细腻的视角，有时甚至从女性近乎惆怅和多愁善感的身体感知出发，去触碰瑞士一个普通犹太家庭的尘封多年的历史文化记忆，去编织瑞士人的集体记忆，带领着读者去感知第三帝国阴影下的瑞士，感知战后的瑞士社会，感知犹太人的内心世界。

二、历史记忆、记忆文化和互文现象

阿斯特莉特·埃尔(Astrid Erll)把"记忆"视为人类的共同生活需求。从这个基本认知出发，埃尔将阿斯曼夫妇(Jann Assmann, Aleida Assmann)的"文化记忆"延伸到了"记忆文化"这个物质、社会和认知层面，具体提出了记忆文化中的媒介、机构、编码三维互动模式。埃尔在她的《集体记忆与记忆文化》一书中认定，首先，人类记忆是一种人类文化现象，因此"记忆文化"是一个复数概念，不同时代和文化语境下的文学和艺术始终是不同文化的记忆、回忆及遗忘的场域。其次，记忆是一种跨学科现象，是生理、心理、历史文化的复合现象。第三,记忆研究具有国际性,是全球文学研究的前沿话题。①

埃尔认为,从阿斯曼夫妇的文化记忆理论出发来看,现代社会对"犹太大屠杀"(Schoah,即 holocaust)的记忆正在从人类交际记忆的历史空间中消失,媒体传播方式的转变影响着历史记忆的内容和方式。因此,文学对家族历史的书写和对集体记忆、文化记忆的形成具有重要的意义。

在埃尔看来,自 20 世纪 90 年代以来,历史与记忆的关系在文化人类学或文化学研究框架内发生了悄然的变化。这一关系已经逐渐地演变为一种"记忆文化",或者说形成了一种历史记忆文化。我们可以认为,这种文化的本质在于历史符号的编码过程和编码手段。格罗斯·克拉赫特(Gross Kracht)指出,"今天历史学家的兴趣已经不再是展示过去所发生的事情,而是关心历史是如何被书写和阅读的"②。历史的书写行为首先是个体行为,没有个体的历史符号编码,任何集体记忆、文化记忆将无从谈起,因此文学书写本身成了一种记忆的媒介,历史记忆符号的个体编码和集体解码机制表达了记忆文化的符号学特征。

在这个意义上,霍利曼的《四十朵玫瑰》正是这样一种历史书写实践,是一种"Geschichte der Geschichte"③,即一种"历史的故事"或者"故事的历史",或者"历史的历史",是记忆文化的一部分。霍利曼的叙事策略像历史的时空切换,他执着地运用意识流的叙述手法,喜欢在行进中将家族的记忆砸成碎片,旋即又将其拼接成

---

① Astrid Erll: Kollektives Gedächtnis und Erinnerungskulturen. Metzler Stuttgart, 2005, 102f.

② Klaus Gross-Kracht: Gedächtnis und Geschichte. Maurice Halbwachs-Pierre Nora, in: Geschichte in Wissenschaft und Unterricht 47. Seelze 1996, S. 21 - 31.

③ 在德语中,"Geschichte"一词具有"历史"和"故事"的双重含义。

历史的马赛克,再将那一块块支离破碎的马赛克铺成一幅瑞士社会斑驳陆离的近代史。

小说的叙述从日常生活开始:那是主人公玛丽的某一年的生日,像每年一样,远在首都伯尔尼从政的丈夫马科斯给她送来四十朵玫瑰,而玛丽早已不再是四十岁的女人了,丈夫却希望妻子永远四十岁,永远是那么温文尔雅、那么美丽。马科斯等待着妻子驱车前往伯尔尼,他要像每年一样,用华贵之至的方式庆贺爱妻的生日,因为这是家族所固有的"品位"。

这一幕似乎是霍利曼随意从玛丽生活的长河中掬起的一杯水,或者说,霍利曼不断地在历史的长河里掬起一杯又一杯的水,时而是玛丽流亡意大利的"十三岁的生日",时而是充满反叛和敌视的"玛利亚修道院",时而又是对犹太前辈们的回忆,还有那三个远走非洲的修女姑妈的故事以及死去的双胞胎兄弟……历史的碎片构成了各种传奇和痛苦绝望的记忆,犹如奉上一杯甜蜜的毒鸩让读者品尝,引读者就范。有读者发现,霍利曼《四十朵玫瑰》的文本叙述具有一种复合记忆的艺术特征:叙述者正在编织过去的历史记忆,或者从埃尔的记忆文化意义上说,文本的叙述者正在为记忆符号进行编码。

因此,我们可以梳理出《四十朵玫瑰》的记忆架构:全知型叙述者现在讲述过去的小说人物对历史的回忆,小说的记忆机制具有两个维度。第一,叙述者在书写中的现时回忆,这是文学文本的一般性记忆特征;第二,被回忆的小说人物对历史的回忆,这可以视为历史记忆文学体裁的特殊记忆。这里暗含两层意思:第一层面,小说是霍利曼对父母和自身的家族史回忆;第二层面,小说是母亲对家族史的回忆,两者将作者个体记忆和家庭成员的交际记忆以及集体记忆的多层次因素交织在一起。

这两个维度的构建手段是历史时空的互文转换。当然,在这里所说的互文性,首先是历史文化空间文本对话意义上的互文性。[①]我们可以从文本的历史现实空间转换中窥得作者的良苦用心,也就是说,当记忆被砸成碎片之后,拼接碎片的时间便为历史时空和现实时空切换提供了可能。在具体的文本中,作者不断地将回忆叙事的断裂和空白填进文本,让读者在历史和现实两个时空中跳着舞蹈,这不但给读者带来巨大的想象空间和审美视野,更重要的是给读者创造了历史和现实两个空间间离反思的互文条件,使自我文化反思和历史反思成为可能,因而达到记忆文化形成的目的。

互文性是霍利曼在编织历史记忆时常用的手法,如果在文学文本编码的层面上来看互文性问题,那么我们可以把历史书写中的互文性分为两个层面来理解:第一是文学通过互文现象来记忆自身;第二是通过文学史书写对文学进行记忆。《四十朵玫瑰》主要是从第一个层面进行互文性意义上的历史记忆的。也就是说,霍利曼的历史文化记忆在文学作品内部展开,并且是以符号象征的方式方法展开的。

引文一:"她今天早上起床后就从箱子的最下面一层找出了露易丝送给她的生日礼物,放在窗台上。那是一本红皮封面的日记本,上面还装着一把金色的小锁。现在玛丽打开了日记本,拿出钢笔,开始在上面写第一则日记。"

---

① 参见奥利弗·沙伊丁,《互文性》,载阿斯特莉特·埃尔、冯亚琳主编:《文化记忆理论读本》,北京大学出版社,2012年,第262页。

热那亚,1939 年 8 月 29 日

亲爱的生活:我今天十三岁了。除了爸爸还总是把我当成小孩子外,所有人都明白这意味着什么。最友好的是那个原来在轮船上当过侍者的人,他在港口那里有很多关系。我通过他得知,我们今天傍晚的时候要上船了。那只轮船叫巴达维亚号,它将把我们先带往马赛,再从那里出发去非洲。我非常害怕非洲大陆,我宁愿流亡美国或者阿根廷,但是我不愿意得罪命运,不愿意得罪爸爸。最重要的是能够在一起。①

引文二:"丝绸卡茨家族史中最窘迫的时期出现在玛丽出生的许多许多年之前,那是玛丽父母订婚的时候,一张用金色加框的照片记载了那一时刻,今天这张照片还放在壁炉的搁板上。年轻的妈妈如花似玉,坐在小亭子里,裙子下面微微露出一双系着带子的小靴子,爸爸则梳着一头艺术家的波浪发型,站在妈妈身边,两个人看上去都在努力保持一种高雅的姿势,却给人一种拘泥的感觉,因为当摄影师拍这张照片的时候,丝绸卡茨,也就是裁缝作坊的创建者,正大步流星地背离他自己建造的乐园,永不回头。"②

霍利曼的历史记忆编织手法是将惊险的家族历史故事、尘封的书信、日记、老照片、神秘的宗教仪式等恰到好处地安插在文本所需之处,整部小说就是一个由历史文本、图像、场景、空间组成的互文结构,这些文本不断地相互记忆、相互编织记忆,并通过文学文本将这种"文化记忆"储存为记忆文化。就像小说中老父亲卡茨不断地向女儿玛丽重复着犹太人古老的传说:"要不了多久你也会

---

① 托马斯·霍利曼:《四十朵玫瑰》,范捷平译,上海译文出版社,2012 年,第111—112 页。

② 同上,第 73 页。

把同样的故事讲十遍,讲二十遍,三十遍,五十遍!"①

　　显然,霍利曼的目的是将这一杯杯的历史之水汇集成文学叙述的涓涓细流,在书写的行进中构建历史记忆的隐喻。整部小说的叙述以主人公玛丽在高速公路上驱车前往伯尔尼的行程为时间轴,玛丽的驱车行进成了小说文化记忆的发生地,"路"与"史"在符号与语义上彼此指涉,"在路上"成了全书的叙述节奏和叙述架构,生命之水在行进中不断流淌,记忆在行进中无限延伸。

　　这部小说犹如一首行进中的变奏曲:从生到死,从幼稚孩童到耄耋老人,从兴旺到衰落,从起始到结束,一切都在行进中。霍利曼用德语词"fahren"来表达这一无法抗拒的历史进程。我们从汽车在高速公路上行驶的这一相关词汇中可以推衍出这部小说的基本历史观,前进中的历史车轮不断地回归它的起始点:"启动"(Anfahren);"结束(驶出)"(Abfahren);"前面的车(前辈)"(Vorfahren);"跟随的车(后辈)"(Nachfahren),它们最终构成人的历史"经验"(Erfahren)。

　　"往西,一直往西开,朝着夜晚的方向。"②往西是玛丽驱车前往伯尔尼生日盛典的行进方向,也是记忆中祖父"丝绸卡茨"早年从奥匈帝国皇帝属下最偏远的加利西亚平原朝着"金色西方的梦想"③的行进方向,更是卡茨家族兴衰史的行进方向。金色的西方,但那金色只是落日的余晖,是太阳落下的地方,"往西,一直往西",小说暗示着那是走向衰亡的地方,它也许象征着一个古老故事的结束,也许象征着新的一天的开始。

---

　　① 托马斯·霍利曼:《四十朵玫瑰》,范捷平译,上海译文出版社,2012年,第206页。
　　② 同上,第234页。
　　③ 同上,第67页。

三、叙述记忆中的社会文化维度

讲"故-事"（故去的事情）是文学的特征之一。因此，叙述是文学文本书写历史文化记忆和建构记忆文化时的重要手段，其原因在于德语中"Geschichte"这个词无论是从"历史"还是"故事"角度来看，都跟叙述和书写有关，或者用埃尔的话来说，都与编码有关。在霍利曼的《四十朵玫瑰》里，"今天"和"过去"变得十分模糊，与传统的历史小说不同，霍利曼的小说更像由不同的材质、不同的色彩编织而成的"编织物"（Komposition），或曰谱曲，或曰构图，或曰行文，它实际上是一种符号建构行为。霍利曼所有的故事都发生在"开放的""不同的"历史文化空间里，也就是发生在不同的社会历史语境中，因为全文虽然有近代史的大脉络，但具体的故事却坐落在不同历史语境之中，故事成了编织物，历史的时空性和共时历时顺序被隔断，也被重构。

叙事在今天已经被视为非常普遍的感知媒介，它不仅依赖听觉和视觉的综合作用，也借助文字、图像、声音等介质来实现，人类的许多社会文化现象需要通过故事叙述来实现，而叙述则建筑在不同策略和手法之上，例如人类的时间概念确立，感知和感受、思维和判断、记忆和回忆、认同与认同表述、社会交往等都与叙事方式有关。叙述是经验和知识、行为和交往的通用、普遍的结构模式。[1]自我生活经验、个体记忆、集体记忆和文化记忆只有通过叙述才能获得感知意义。而文学叙述则充满了虚构性和符号象征性，

---

[1] Brigit Neumann：Erinnerung-Identität-Narration. Gattungstypologie und Funktion kanarischer fictions of memory. de Gruyter Berlin，2005.

这正是我们在研究历史空间语境文学时不可忽视的地方。

《四十朵玫瑰》从叙述视角、叙述结构,从形式到内容,从能指到所指都充满了特定的历史空间特征,充满了全知型叙述主体的历史经验、个体记忆和集体记忆。在小说中,文本则是特定地使用"高雅"和"品位"去暗示与法西斯野蛮和政治诡计的对立与冲突,就像玛丽的母亲经常说的那样:"on a du style"①。从表面上看,小说中的一切都与美和优雅格调联系在一起,无论是祖父"丝绸卡茨"专为欧洲贵族制作的品牌服装,还是玛丽演奏的每一支古典钢琴曲,或者是豪华大酒店的生日晚会,还有瑞士社会上层的生活,他们的言辞谈吐等等,所有的一切都能用小说中反复出现的"on a du style"来概括。

然而,霍利曼的真实目的也许并不在此。假如从小说的深层次上来探寻,我们可以说作者在优美的"述行"(performativity)后面其实蕴藏着一个真实的目的,那就是唤起历史回忆和反思。这种叙述记忆(das narrative Gedächtnis)的文学手段可以视为文学记忆的社会文化维度,从这里我们可以看到现当代文学作品的社会功能和批判反思功能,因为文学文本作为"集体文本不单单参与了文化记忆的形成。作为交际记忆的媒介,它也参与和形成了一个社会群体对于较近的过去的记忆"②,从而形成个体对历史的批判力。《四十朵玫瑰》这部小说的目的在于揭露瑞士20世纪30年代的纳粹政治以及60年代在战后经济奇迹时期社会民主、富裕、中立表象掩饰下社会的丑陋和肮脏。

这部作品中让人震撼的无疑是纳粹统治时期卡茨家族所遭

---

① 法语,意为有品位。

② 阿斯特莉特·埃尔、安斯加尔·纽宁:《文学研究的记忆纲领:概述》,载阿斯特莉特·埃尔、冯亚琳主编:《文化记忆理论读本》,北京大学出版社,2012年,第242页。

受的反犹迫害以及卡茨父女为了逃避纳粹的反犹迫害在热那亚的流亡生涯。父亲设下圈套，独自登上远去非洲大陆的最后一班轮船，在渐渐远去的汽笛声中，十三岁的女儿独自在热那亚的轮船码头上，形影相吊。父亲为了躲避战火，设法把她送进修道院，而那里却成了玛丽真正的人间地狱。很少有读者了解瑞士在纳粹时期的社会政治气候，都认为瑞士并没有跟纳粹德国沆瀣一气，结为法西斯联盟，而是所谓中立国，然而事实却相反，瑞士在二战期间不仅成了希特勒法西斯合法的国际金库，而且同样也成了犹太人的地狱。小说中，霍利曼用大量的篇幅和以家族历史记忆的方式重构了玛丽在二战中的犹太记忆。

同样，瑞士战后社会的政治也绝对不像四十朵玫瑰那样美丽和纯洁。霍利曼一方面细致地描述了玛丽以其个人魅力和超群的政治交际能力，表现了她为丈夫的政治生涯扫清障碍、铺平道路的各种手段，也在描述耶尔的政治发迹史的同时，真实地揭露了瑞士战后社会尔虞我诈、机关算尽的政党斗争。在霍利曼的笔下，所有的政治人物都像凶猛的肉食动物一样，为了权力和利益以死相搏。

"猫"是霍利曼喜爱的动物，也是他文学作品中常用的借喻，母猫在德文中被称为"卡茨"（Katze），雄猫为"卡特"（Kater）。在家族小说《大猫》中，雄猫"卡特"成了一切生性好斗、善于强争巧夺的政治家的代名词，因为猫在任何时间和地点都能采取各种攻击和防御的架势。在《四十朵玫瑰》里，玛丽的丈夫迈耶尔就是这样一只雄性大猫，他即便在与玛丽最亲密的那一刻，也绝对不会放弃他与政敌拼搏时或者做演讲时那种占有式的身体姿态。

四、集体记忆中的隐喻和戏剧化

　　文学作品中的集体记忆、文化记忆的另一个重要表现方式是文学的隐喻和戏剧化(literarische Inszenierung)，阿莱达·阿斯曼在《记忆空间》一书中特别以文学理论为例，提出符号和隐喻手法在文化记忆书写中的作用。在阿莱达·阿斯曼看来，语言符号、空间、时间都可以成为记忆隐喻的手段。[①]因为文学符号和图像常常能有效地唤起读者的历史想象、集体记忆和历史回忆，有时甚至能唤起读者对某一特殊历史事件的记忆，因为隐喻具有认知功能的语言思维模式，"我们无法离开隐喻去理解回忆，假如隐喻以图像的形式出现，那么它就具有思维模式的认知功能"[②]。

　　文学中具有图像功能的隐喻不断地出现，不断地刺激读者的集体记忆，使之成为记忆文化。《四十朵玫瑰》中始终出现的那只裁缝大箱子就是一个例子。

　　引文三："曾经有一只沉重的旧箱子，这只箱子来自加利西亚，来自维也纳那个奥匈帝国皇帝属下最偏远的贫穷地区。这只箱子里装着拎着它的那个流浪者的全部家当：一把剪刀、一支黑管、几本关于宗教的书籍和做祷告时缠在手臂上的经文皮带。他俩结伴穿行在欧洲大陆上，一个流浪者和一只箱子。冬天在冰川中跋涉，夏天在山顶上行进，寒冬听大风呼啸，盛夏看云雀跳跃，夜晚遥望星空，看那银河闪烁。流浪者和那只箱子翻过了黄黑色的边境栏杆，茫茫的森林和无尽的草地让他俩陷入迷路的恐惧，只能沿着像

---

　　① Vgl. Aleida Assmann: Erinnerungsräume. Formen und Wandlungen des kulturellen Gedächtnisses, Beck Verlag, München 1999.

　　② Vgl. Harald Weinrich: Sprache in Texten, Stuttgart, Klett, 1976.

五线谱那样切分着天空的电报线向前行进。身后的道路在酷暑中，在雨水中，在雪地里消失，但是远方太阳落山，箱子上的金属包角在夕阳里熠熠生辉，这不断地提醒着疲惫不堪的流浪者，举起他那用绷带缠着的双腿，奋力地向金色西方的梦想前进。"①

箱子是犹太苦难史的见证物，亚伯拉罕从波斯出发，走向美索不达米亚，走向埃及，走向迦南。亚伯拉罕的后代不断地在中东迁徙，在流亡中寻找自由。无论是走向奥威维辛的犹太人，还是大屠杀的幸存者，犹太人的生存总是与迁徙和行走连在一起。犹太民族的历史就是离开家园、不断流亡的历史，而箱子总是陪伴着这个民族，箱子里装着他们的必需品：知识和信仰，在上面的例子里则是"剪刀""音乐"和"宗教书籍"，它们分别隐喻着犹太人的知识和信仰。霍利曼正是用小说中的"箱子"这个隐喻，去唤醒读者的集体记忆和历史认知。

玛丽的人生好像就是那只伴随着祖父"丝绸卡茨"从加利西亚一起来到瑞士的裁缝大箱子，她的大脑也是这样的一只大箱子，在往西的高速公路上，她不停地编织着自己的记忆和传说。那只大箱子似乎承载着无数的历史事件和命运冲突，如同一座取之不尽、用之不竭的宝库，给读者讲述着周而复始的古老故事。

霍利曼似乎也在用灵巧的双手掌控着裁缝大箱子里面那把卡茨家族的大剪刀，他在裁剪着记忆，将裁剪好的记忆编织成文本。他似乎太喜欢重复这个"箱子"的隐喻：箱子是漫游的符号、是流亡的见证、是记忆的收纳器、是向西行进的伴侣；箱子是财富的象征，也是被掠夺的证据。因此，卡茨家族的裁缝箱子是寄存历史记忆

---

① 托马斯·霍利曼：《四十朵玫瑰》，范捷平译，上海译文出版社，2012年，第67页。

的空间,它装过裁缝剪子,装过推销的服装,也装过"丝绸卡茨"的万贯家产,它曾经也是玛丽父亲的"摇篮"。

玛丽刚懂事的时候,就试图在阁楼上打开这只古老的箱子,"她在床底仔细地打量这只箱子,好像在箱子里面发现了一个神秘的世界,好像看到了公路上飞扬的尘埃,好像闻到了远方火车站边上的柏油味道"①。后来,玛丽的儿子也能从床底用手拖出那只大箱子,打开箱子的锁,寻觅着里面的历史记忆。历史是诗人缝制的裹尸布,裁缝的职业也许与诗人的职业有着某种相同之处,他们都在那只箱子里寻觅着碎片,那是记忆的碎片:她在十六岁生日的那天收到了一份生日礼物,那是一只小皮箱,因为它即将跟着箱子一起上路,那是一条流亡之路,流亡热那亚、在修道院里躲避纳粹的迫害。那只小皮箱陪伴着她走近伯尔尼的音乐学院,陪伴着她穿梭在第一夫人和家庭妇女身份转换之间,演绎着自己的双重角色,那只箱子陪伴着她走完心灵的流亡之路。

五、结　语

文学文本作为集体记忆和文化记忆的存储、传播和暗示工具在文化传承和社会历史反思批判中扩展了文学的社会功能和审美功能,其叙述不仅因读者不同的集体记忆和文化记忆身份认同而唤起不同的审美意识,而且在文化多元化的语境下扩宽了文学文本的阐释空间。霍利曼的小说《四十多玫瑰》在历史语境和空间下演示了集体记忆、文化记忆和记忆文化的形成机制,表达了历史记

---

　　① 托马斯·霍利曼:《四十朵玫瑰》,范捷平译,上海译文出版社,2012年,第38页。

忆的互文性、社会文化维度和隐喻及场景化、戏剧化的问题。本文讨论这些问题的目的只有一个,那就是试图说明不同的历史语境下和文化空间里文学作品通过各种文学手段,常常表现出强烈的社会文化教化功能和社会担当。这些作品无论是当代的,还是经典的,它们都试图通过集体记忆和文化记忆与遗忘进行某种抗争,对这一现象的研究有助于我们对文学理论的创新和重新认识。

关于卡夫卡《变形记》的生成背景[①]

卡夫卡的许多作品都成了世界文学的经典之作。中篇小说《变形记》(*Die Verwandlung*)是卡夫卡生前发表的少数几个作品之一,也是卡夫卡经典作品之一。迄今为止,我们可以从卡夫卡1912年11月17日给女友菲利斯的信中得到印证,他写道:他要写一部小说,内容是他在"床上百无聊赖中想到的,也是心中十分郁闷的结果"[②]。同年11月23日,卡夫卡在给菲利斯的另一封信中提到,这部作品写成了,名字叫《变形记》。[③]

学界公认,卡夫卡在1912年秋天就已经基本完成了《变形记》的初稿。这部小说的创作灵感源于卡夫卡的一次懒觉,他在一个疲劳的工作日后的早晨,久久地赖在床上,这使他想到了自己变成甲虫以及与家人的关系等,于是起身把这些想法写了下来,成为这部小说的雏形[④]。值得一提的是,《变形记》的开头也是格里高尔在床上发现自己变成甲虫的情形。

[①] 本文为笔者撰写的《文学经典生成与传播》第六卷中的一节,北京大学出版社,2019年,收入本书时略做修订。

[②] Franz Kafka: Briefe 1902 – 1924, Hrsg. von Max Brod und Klaus Wagenbach, Frankfurt am Main, 1975, S. 241.

[③] 同上, S. 256。

[④] Joachim Pfeiffer: Franz Kafka. Die Verwandlung/Brief an den Vater. Interpretiert von Joachim Pfeiffer. München: Oldenbourg 1998 (1. Auflage), S. 28.

在 1912 年 11 月 23 日给女友菲利斯的信中，卡夫卡提道："深夜了，我扔开了那篇小文章，我已经两个晚上没有去碰它了，现在它不知不觉地开始变成一篇大东西了。"[1]他说到自己对这部小说的规模尚没有底，他觉得自己越写越长。尽管如此，卡夫卡在 11 月 24 日已经完成了初稿的第一部分，并在朋友圈子里朗读了某个片段。

卡夫卡本希望能够一气呵成，完成《变形记》的写作，但是一次出差耽误了他一点时间。1912 年 11 月 29 日晚，他在给女友菲利斯的另一封信中再一次绝望地提道，他现在所写的东西可以完全毁掉，"就当从来没有写过这篇东西"[2]。从这封信可以看出，卡夫卡对自己的稿子十分不满。在接下来的几天里，他完成了小说的第三部分。1912 年 12 月 7 日，卡夫卡在给菲利斯的信中说，他终于完成了这部小说，他在信中写道："哭泣吧，亲爱的，哭泣吧，现在哭泣的时间到了，我小说中的主人公刚才死掉了，假如需要安慰你的话，那么我知道，他是非常安静地，也就是与所有人达成和解之后死去的。整篇小说还没有完，结尾留给明天来写。"[3]这样看来，卡夫卡花了大约 20 天的时间完成了这部不朽的作品。从 2003 年施多姆菲尔德出版社（Stoemfeld Verlag）出版《变形记》手稿影印本中，我们可以发现，卡夫卡基本上是按照上述时间顺序写作的，并且很少有改动的地方。

据此可以确定，《变形记》生成于 1912 年 11 月和 12 月之间，最初手稿为三个小片段。这一时期，卡夫卡刚刚中断了小说《失踪

---

[1] Franz Kafka：Briefe 1902－1924，Hrsg. von Max Brod und Klaus Wagenbach，Frankfurt am Main，1975，S. 255.

[2] 同上，S. 284。

[3] 同上，S. 303。

者》(《美国》)的写作,因此《变形记》的三个小片段很快就形成了一部完整的中篇小说。1912 年是卡夫卡经历了长期的内心矛盾之后,做出成为职业作家决定性的一年,也是卡夫卡创作热情极高涨的一年。《变形记》初稿形成后,卡夫卡马上就将这部新作朗读给他的好朋友马克斯·布罗德等听。

这里需要指出的是,《变形记》得以出版有一个人起到了重要的作用,他就是库特·沃尔夫出版社的编辑弗兰茨·维尔福尔(Franz Werfel),维尔福尔曾与卡夫卡在布拉格见面,他多次写信向卡夫卡索要《变形记》的手稿,并建议在库特·沃尔夫出版社出版这部作品。出版商沃尔夫本人也建议卡夫卡 1913 年出版,但是卡夫卡对自己的作品尚不满意,特别是对《变形记》的结尾部分不满意。他拒绝了沃尔夫的出版计划,同时对自己的这部作品开始全面地改写,直到 1915 年 10 月,《变形记》终于发表在文学杂志《白页》(Die Weißen Blätter)上。1915 年 12 月,小说才以单行本形式列入由库尔特·沃尔夫主编的《最新的一天》(Der Jüngste Tag)系列中出版。

在这之后,卡夫卡重新开始写作。1912 年 9 月,动手创作长篇小说《失踪者》,然而《失踪者》和许多其他作品一样,并没有在卡夫卡生前与读者见面。无论怎么说,《变形记》是卡夫卡生前与读者见面的少数作品之一,尽管《变形记》在当时只拥有很小的一个读者群,伟大的文学经典也并没有在当时的传播力场中生成。

《变形记》发表后,许多文学评论家对卡夫卡的这部中篇小说进行了几乎毁灭性的评论,但是也有少数文学批评家将卡夫卡的《变形记》视为天才的作品。如诗人胡戈·乌尔夫(Hugo Wulff)1917 年 4 月 15 日在文学杂志《观察者》(Merker)上将《变形记》视为表现主义文学的杰出代表作品。之所以这样说,那是因为该作品以自然和毫不做作的方式表达了文学艺术的新形式和新内容。同年 9 月,文学理论家约瑟夫·科尔纳(Josef Körner)也在文学刊物《多瑙河大地》(*Donauland*)上发表评论文章,称卡夫卡的《变形记》是一部伟大的作品,它开创了新的文学叙述风格,科尔纳被卡夫卡的作品所感染,要在布拉格找卡夫卡见面。

《变形记》之所以没有得到当时文学界和读者的普遍接受,其中一个重要原因是卡夫卡的这部作品无法纳入当时欧洲文学的流派和思潮中去,既不能被归于印象主义文学,也没有收获表现主义文学流派和社团的认可,表现主义的《风暴》社也没有把卡夫卡视为同志,批评界也不认为这部作品是当时流行的现代主义文学作品。从文本形态来看,《变形记》与传统的小说式样和形态相去甚远,尽管这部作品最终被称为中篇小说,但是它与德国传统的中篇小说(Novelle)也有很大的区别,因为这部作品明显地具有寓言性质,但同时卡夫卡并没有在小说中寓以教育功能,读者从中得到的则更多是认知效果。今天,批评界普遍认可这是一种所谓的"卡夫卡现象"(Kafkaesk),这个概念包含了卡夫卡新颖的文学写作方式,即以清醒的头脑细致地描述惊恐。

如同卡夫卡的许多其他作品一样,在解读这部作品生成原因时,大多数解释者主要从宗教视角和心理分析视角来理解这部作品。同时,在阐释作品生成背景时,卡夫卡与其父亲的关系也成为重要的线索之一。从文学社会学的角度来解读这部作品时,许多读者也会发现这部作品中蕴含的社会批评,格里高尔·萨姆萨一家的情形反映了资本主义社会家庭关系的一般情况。俄裔美国文学批评家弗拉基米尔·纳博科夫(Vladimir Nabokov)在其关于卡夫卡《变形记》的讲座中提出了对这种解读方式的不同意见。与此相反,纳博科夫从卡夫卡艺术表现细节出发,对小说进行了分析,并得出结论：卡夫卡所运用的均为象征和隐喻符号，作者以此来表达意义。他的观点引入了与"父亲情节"等完全不一致的观察，他认为，在《变形记》这部作品中，父亲并没有被描述成面目狰狞的权力人物，而格里高尔的姐妹恰恰才是小说中无情和残酷的人物，因为是她们出卖了格里高尔。纳博科夫认为："卡夫卡使用清晰的风格，表明了想象世界中的一切晦涩。在这部作品中，完整性和统一性、文学风格和所表达的东西、表述手法与寓言性完美地融合在了一起。"①

按照拉尔夫·苏达乌（Ralf Sudau）的分析，②小说《变形记》的母题蕴含了自我否定和排斥现实的诉求。在变形之前，格里高尔为家庭做出奉献，挣钱养家并以此为荣。变形之后，他需要照顾、关注和帮助，但遭受了一天比一天冷酷的对待，格里高尔处于极度失望之中。为了能否定自己，格里高尔把自己变成令人嫌弃的甲虫，也是为了自我否定，他不吃不喝，近乎绝食。苏达乌的观点是卡夫卡病态地期待着一种逃脱，逃进某一种疾病当中或者处于一种神经崩溃状态，这反映了卡夫卡对职业的态度，同时也反映了卡夫卡对平静的社会表面现象的不满与抗争。他进一步指出，卡夫卡的文学表现风格一方面受到现实主义和文学想象、理性主义的影响，表现出细致的观察和描写，另一方面又表现出强烈的逆反思想和逆反表现形式，《变形记》中也有明显的荒诞痕迹，以及悲喜剧

---

① Vladimir Nabokov: Die Kunst des Lesens. Meisterwerke der europäischen Literatur. Jane Austen, Charles Dickens, Gustave Flaubert, Robert Louis Stevenson, Marcel Proust, Franz Kafka, James Joyce. Hrsg. von Fredson Bowers. Mit einem Vorwort. von John Updike. (Originaltitel: Lectures on literature. Übers. von Karl A. Klewer). Fischer-TB 10495, Frankfurt am Main, 1991, S. 313 – 352.

② Ralf Sudau: Franz Kafka: Kurze Prosa / Erzählungen. Klett, Stuttgart 2007, S. 158 – 162.

和无声电影的效果。①

　　莱纳·斯塔赫(Rainer Stach)则认为,《变形记》的接受不需要任何有依据的解读,文本本身就是最好的解读,文本的意义不受任何语境、时代和文化的限制。即便我们不知道《变形记》的作者是谁,这部作品依然能够进入世界文学经典的宝库。格哈特·里克(Gerhard Rieck)指出,格里高尔和他的妹妹格利特是卡夫卡许多作品中常常出现的一对人物组合,一个性格被动、近乎自虐,另一个性格主动,起到行动的推力作用。这种悖论组合在《审判》《失踪者》以及中短篇小说《乡村医生》《饥饿艺术家》等中都有这样的人物组合出现。里克认为,在这一组人物组合里实际上是作家卡夫卡人格的两方面,是卡夫卡矛盾性格的组成部分。②

　　有关《变形记》的素材原本,研究界有不同的说法,其中主要是马克·斯比尔卡(Mark Spilka)的观点,他认为卡夫卡的《变形记》与陀思妥耶夫斯基的《双面人》和狄更斯的《大卫·科波菲尔》有相同之处。基本上可以确定的是,卡夫卡是读过这两部作品的,与《双面人》相似的是,两部作品的开头部分都是主人公从睡梦中醒来,发现自己身体有恙,发现现实生活产生了改变。两个主人公都惧怕因自身变化而失去工作,所不同的是,陀思妥耶夫斯基的人物朝着精神病方向发展,而卡夫卡的人物变成了甲虫。

　　斯比尔卡在狄更斯的小说《大卫·科波菲尔》的第四章中发现,大卫被继父殴打,并被关在房间里达五天之久。这其中也与卡

---

　　①　Ralf Sudau: Franz Kafka: Kurze Prosa / Erzählungen. Klett, Stuttgart 2007, S. 166.

　　②　Gerhard Rieck: Kafka konkret - das Trauma ein Leben. Wiederholungsmotive im Werk als Grundlage einer psychologischen Deutung. Königshausen &. Neumann, Würzburg 1999, S. 104 - 125.

夫卡的《变形记》在内容上有相似的地方。两个主人公都被家庭抛弃,都被家庭成员殴打,得到的都是同样的食物——面包和牛奶,两个人都是借助于孩童时期的一种视角。此外,果戈里的《鼻子》也被作为比较的例子。哈特穆德·宾德(Hartmut Binder)提出,果戈里的《鼻子》似乎更直接地影响了卡夫卡,两位作家都把非现实和不可能的事情移植到小说的虚构情节中了,因此在作品中都蕴含着一种"背后的幽默"。在果戈里的小说中,某一天早上,主人公穿着圣·彼得堡议会制服准备出门散步的时候,他的鼻子突然消失了。卡夫卡是否读过果戈里的这部作品,这点无法得到确定,但可以确认的是,卡夫卡了解俄罗斯作家果戈里。此外,宾德还提到了丹麦作家约翰纳斯·V. 延森的小说《甲虫》,在这部小说中讲述了主人公坐在地窖里,受到臭虫叮咬,最后变成甲虫的故事。

现代主义文学中的"物"之美

——里尔克、瓦尔泽的"物-人间性"解读①

导　语

今天我从一个故事开始。"不久前或者很久以前,有一个健忘的人。他什么都记不住,也就是说,他对什么都无所谓。难道他满脑子都是重要的思想?根本没有!他完全没有思想,脑子里空空如也。一次,他把全部家产都弄丢了,但是他丝毫没有感觉,根本不当一回事。对此,他一点儿都不感到心疼,因为谁无所谓,谁就也不会心疼。如果他把自己的雨伞忘在什么地方了,那么他直到再次下雨的时候被淋个湿透,这才会想起自己的那把雨伞。如果他忘了自己的帽子,只有当有人对他说:'您的帽子呢?宾格利先生!'他才会想起。他的名字叫宾格利,不过他对自己叫这个名字完全是无辜的,他同样也可以叫作利希蒂。一次,他的鞋底掉了,他完全没有注意到,打着赤脚还到处跑,直到有人以极其独特的方式提醒他。人家都笑话他,不过他对此也不会在意。后来他妻子

---

①　本文为 2020 年 11 月 21 日在《德语人文研究》编辑部召开的"物质文化与德语文学研究模型"全国学术研讨会上作者的主旨发言。

随自己的性子跟别人跑了,宾格利也不在乎这回事。他常常耷拉个脑袋,但完全不是出于他在研究什么的缘故。别人可以从他手上把他的戒指夺走,可以将他盘子里的食物拿走,把他头上的帽子摘掉,把他的裤子和靴子从腿上剥下来拿走,把他的衬衣脱掉,把他脚下的地板抽掉,把他嘴上叼着的雪茄烟拿走,把他亲生的孩子、他坐着的那把椅子偷走,他也都不会有所察觉。就这样,他一天天地过着美好的日子,直到有一天他的脑袋丢了,这一定是因为他的脑袋没有牢牢地长在脖子上,不怪他、不怪你的就这么掉了下来。宾格利没了脑袋,他也没发现有什么地方不对头。虽然脖子上少了个脑袋,他仍然继续走路,直到有人对着他大喊:'您的脑袋没了,宾格利先生!'

但是宾格利先生无法听见别人跟他说了些什么,因为他的脑袋掉了,所以耳朵也没有了。宾格利先生现在完全无法去察觉什么了,他没了嗅觉、没了味觉,什么也听不见、看不到了,他完全没有知觉了。你相信吗? 如果你非常友好地相信这件事,那么你会得到二十个生丁①,你可以拿它去买点什么喜欢的东西。不是吗?"②

我们大概从"宾格利"先生那里揣摩到了某种人和物的关系,我先姑且把它称为"人-物间性",因为宾格利的故事还没有结束,接下来这个故事会完全转到"一双手套"上去,但那是我今天报告的下文。

以上权当导论。

---

① 一个瑞士法郎等于 100 个生丁。

② Robert Walser: Der Spaziergang, Prosastücke und kleine Prosa. Frankfurt am Mein 1986,Bd. 5,S. 156.

一

　　1902 年 10 月 18 日，柏林的《日报》(Der Tag)上刊出了霍夫曼斯塔尔的一篇文章，名为《一封信》(《菲利普·钱多斯爵士致弗郎西斯·培根的一封信》)，有一个文学特点，即大量地出现了日常用品的词汇："一把茶壶、遗忘在地里的铁耙、一条狗、可怜的乡村教堂、一个残疾人、一间小小的农户人家，一切都能成为我表述的容器，这些物什中的每一件和其他相似的千百件物什，平时只会随便地扫一眼，可这些美好的、令人愉悦印象，我却好像突然在这一瞬间失去了表达它们的力量。"[1]

　　霍夫曼斯塔尔在这里表达得很清楚，他想说的不是"物"自身，而是物的在场性，以及与此相关的人与物的关系。我们以往在谈论《一封信》的时候，常常涉及 20 世纪初的语言危机。但这里必须厘清一个问题，首先，语言危机不是霍夫曼斯塔尔一个人的危机，它是一个时代的危机，或许我们可以说，那是横贯欧洲大陆的一次文学艺术的危机，因此它也是里尔克和瓦尔泽的危机。我今天不想展开语言危机的话题，而是想以此引出同一时期的"物"与文学艺术的话题。

　　海德格尔在《关于艺术作品起源》的论文中问过这样一个问题："如果'物'蕴含在真里面，那么'物'究竟在何种程度是'物'呢？"海德格尔试图用哲学的语言从两个角度回答这一问题，他说："(一是)'物'自在(Dinge an sich)，(二是)'物'自显(die erscheinen)，

---

　　[1]　Hugo von Hofmannsthal, Ein Brief, in: ders., Erzählungen, Frankfurt am Main 1986, S. 134.

'物'是所有之存在,这是首要的。最后的'物'就是死和终极审判。总的来说,'物'这个词最终绝非指'无'。在这一意义上,艺术品也是一个物。"①

里尔克在他有关罗丹的演讲中(1905 年)提到了一个几乎相同的问题:"'物'从哪里开始?"他也给出了答案,他说:"'物'同始于世界;他们就是世界。但是除了那些用我们看不见的那只手创造的自然界中的物之外,还有其他的'物',这些'物'是人按照先前有的和看得见的物(Vorgefundene und Angeschaute)的形状而造就的。人类很早就有工具和容器,这些东西就是人类从大自然那里吸收过来的。"②

里尔克在 1800 年 3 月 10 日的日记中也提出了同样的问题,他写道:"谁能告诉我:Was ist,即'物'(Ding)是什么? 谁又想对'物'和对'物'的价值不屑一顾呢?"他接着写道:"我只能想到一种渴望,去丈量这个世界。所有的'物'静静地期待着我们,来满足我们许许多多的想法,甚至常常是糊涂的想法,他们翘首以待。假如只需要一点点时间。假如我白天都在与别的'物'打交道,我在每一个'物'的边上想安静地度过一个晚上。我想在每一个'物'的边上深睡,在它的温暖中疲倦,在它的呼吸中做一个接着一个的美梦。我的四肢感觉到它那充满爱恋地打开的、裸露的亲近,它在睡眠中带来的清香让我坚强。第二天清晨,在'物'醒来之前,我与

---

① Martin Heidegger: Der Ursprung des Kunstwerkes, in: ders., Holzwege, Frankfurt am Main 1994, 1 - 74, 5. Die Frage nach dem Ding. Zu Kants Lehre von den transzendentalen Grundsätzen, Tübingen 1975, S. 3f.

② Reiner Maria Rilke: Auguste Rodin. Aus dem Nachlaß, in: ders., Sämtliche Werke, Frankfurt am Main 1987 (SW), Band V, S. 247 - 280.

'物'告别,离它而去。"①这里的"夜晚"和"美梦"显然都是"诗歌"或者"写诗"的隐喻,因此"物"在这里脱不开与诗学的关联。

<h2 style="text-align:center">二</h2>

那么,里尔克所谓的"Ding"究竟是什么呢？它与"Gegenstand"（面临物）或者"Sache"（东西）又有什么区别呢？在里尔克那里,"物"是一个较抽象的概念,比如"Kunstding",他指的是艺术本身,具有一种"魔幻及陌生"（Magisch-Fremdes）的感觉,又有一种私密的感觉,总之"物"在里尔克那里是一个不具体、不系统的概念。它可能也不是一个哲学概念,更多的是一个诗学概念。在这里我们只能说,"物"是一种"关系",当某一个"东西",或者某一个"面临物"处在一种与诗人的关系中,他可能就是"物",或者我们可以称其为"人与物的间性"。

这样看来,"物"有一种所谓的"现时性"（Präsenz）,它让我们去注意它,激发我们的情绪,呼唤我们出来回应它,而回应又是我们人的责任（Ver-ant[i]-wort）。因此,自然"物"、人工"物"或者精神"物",这三者之间没有区别。按照胡塞尔的说法,"'物'的形态就是经历"（Erfahrbares... seine Form, es ist ein Ding）②。在胡塞尔眼里,"物"不只是"面临物",即它不是存在于我们面前的某一件东西,而是一种现象学意义上的逻辑关系。"物"之所以成为"物",那是因为它通过（durch）,或者在它那里内蕴性地（in）存在着一种与

---

① R. M. Rilke: Tagebücher aus der Frühzeit, hg. von Ruth Sieber-Rilke und Carl Sieber, Frankfurt am Main 1973, S. 131f.

② Edmund Husserl: Ideen zu einer reinen Phänomenologie, zit. in: Husserl. Ausgewählt und vorgestellt von Uwe C. Steiner, München 1997, S. 254.

人（主体）的关系。

如果按照胡塞尔的观点，我们在讨论"物"的时候，要关注到"物"的现时性。也就是说，"物"不仅不是"自在"（an sich）的，也不是孤立的，更不是"自为"（für sich）的，"物"始终处在一种与世界的关系之中。用海德格尔的话说，"物"也是一种"In-der-Welt-Sein"（寓于世界之中）。"物"从属于它所在的世界，或者反过来说，世界是属于"物"的。胡塞尔说过，"被感知的'物'永远不会独自存在，而是在我们的眼前，在我们可以视觉达及的物的**环境**之中。在这种可以感知的物质性中间，自我身体（Ich-Leib）总是属于其中"①。

"物"在这个世界里与别的"物"相遇，这一相遇当然也可能发生在文学之中。在这种文学相遇中，"物"是"自我显现的物"。法国存在主义哲学家莫里斯·梅洛-庞蒂在其《知觉现象学》中说过一段在我看来十分重要的话："'物'永远不能与感知这个物的人分开，它（物）永远不可能真正地完全自在，因为它的所有显现和表白（Artikulation）恰恰都是我们自己的存在；它是我们凝视的目标，也是我们感知研究的目标，在研究的过程中，我们给'物'穿上了人类的服饰。这样看来，每个感知都是交流或共同的圣餐，是我们感知能力的接受和终结，就像我们的身体与'物'的一次交媾（Paarung）……。因此，在感知的过程中，一个'物'并非真的存在，只要这个'物'属于世界，它的基本结构与我们的内心结构相符，它只是这一内心结构可能性的具体化，那么'物'就意味着我们内心的接受、重构以及体验。"②

---

① Edmund Husserl: Ding und Raum, hg. von Karl-Heinz Hahnengress und Smail Rapic, Hamburg 1991, S. 80.

② M. Merleau-Ponty: Phänomenologie der Wahrnehmung, Berlin, 1966, S. 370, S. 377.

我们甚至可以认为，人与世界的交往其实是身体和世界的交往，而"物"则是在人和世界、身体与世界交往过程中的"媒介"。"物"参与了我们与世界的认知与实践活动，正如梅洛-庞蒂所说的："要能够感知物，我们必须经历。"①

三

　　作为世界的"物"与作为"物"的世界紧密地交织在一起，里尔克的诗学观就是如此。里尔克曾指出，一切都是"物"，或者可以成为"物"，一座大教堂、一座罗丹的雕刻、一种思想、一朵小花、动物、人，甚至上帝，这些都是"物"。②同时，它们仅仅在一种条件下才是"物"，那就是在文学和诗歌的条件下。也就是说，只有诗人与这些"物"同在。诗人将这些物的存在置入诗歌之中，并与之言说。这是诗人所认同的"物"，也是诗人内心化了的"物"，只有这些物才是与文学相关的"物"。对此，里尔克在 1900 年 10 月 3 日的日记中以诗歌的形式写道：

　　　　在幽暗中，诗人重复着，静默
　　　　每一件物，一颗星星、一间屋子、一片森林；
　　　　许许多多，他愿意为其而欢庆的物，
　　　　包围着你那让人感动的形骸。③

---

　　① M. Merleau-Ponty：Phänomenologie der Wahrnehmung，Berlin，1966，S. 376.
　　② Ausgenommen wird von Rilke ausdrücklich die Maschine als Symbol der technisierten Welt, die „alles Erworbene bedroht (…) und uns entstellt und schwächt." R. M. Rilke, SW I, Frankfurt am Main 1987, S. 757, 742.
　　③ R.M. Rilke：Tagebücher aus der Frühzeit, hg. von Ruth Sieber-Rilke und Carl Sieber, Frankfurt am Main 1973, S. 289.

在里尔克早期的诗学观中,"物"的转向就已经出现端倪,有人把这一转向归咎为"语言危机"。里尔克在 1903 年 4 月 3 日给瑞典女作家艾伦·凯(Ellen Key)的信中,写道:"当人成了陌生人之后,'物'就吸引了我,一种源于'物'的愉悦朝我呼吸,这种愉悦总是那么均衡和有力,从来就没有犹豫和怀疑。"[1]里尔克在 1898 年 3 月 5 日关于《现代诗歌》的报告中这样写道:"在我看来,艺术是(诗人)个人的一种尝试,去理解所有的'物',包括最小和最大的物,与'物'常常进行对话,以接近'物',最终去寻找到所有生命轻柔的源泉。'物'的奥秘与诗人内心深处的情感融为一体,'物'大声地告诉诗人其中的奥秘,就好像它们是诗人自己的向往。'物'的这种透露自己私密的语言就是美本身。"[2]我们再来看里尔克 1905 年前后写下的《给一个青年诗人的十封信》,在第六封信里,他写道:

> 只有寂寞的个人,他跟一个"物"一样被放置在深邃的自然规律下,……如果你在人我之间没有和谐,你就试行与物接近,它们不会遗弃你;还有夜,还有风——那吹过树林、掠过田野的风;在物中间和动物那里,一切都充满了你可以分担的事;……[3]

里尔克诗歌中的"咏物"不是单单的"接近物",而是为了摆脱现代社会"人我之间没有和谐"的陌生化状态,完成人与人关系的

---

① R. M. Rilke: Briefwechsel mit Ellen Key, hg. von Theodore Fiedler, Frankfurt am Main/Leipzig 1993, S. 26.

② R. M. Rilke: Von Kunstdingen, Kritische Schriften-Dichterische Bekenntnisse, Leibzig 1990, S. 22.

③ 《给一个青年诗人的十封信》,《审美教育书简》,《冯至译文全集》卷二,上海人民出版社,2020 年,第 259 页。

救赎,寻找到失去的自我和他者,物是主体间性的媒介。就像里尔克在诗中写的那样:

> 在世间万物中我都发现了你,
> 对它们,我犹如一位亲兄弟;
> 渺小时,你是阳光下一粒种子,
> 伟大时,你隐身在高山海洋里。
> 这就是神奇的力的游戏,
> 它寄寓万物,给万物助益:
> 它生长在根,消失在茎,
> 复活再生于高高的树冠里。[①]

里尔克不仅寻找身边的"物",而且还去感知它,在"物"的身上探寻一种"纯粹的关联",或者可以说是探寻"物"的本质,或曰"Dingheit"。在里尔克看来,它对诗人具有吸引力。也只有在这种情况下,"物"的本真才能被表现出来。在诗学意义上我们可以称之为"Dinghaftigkeit",也就是"物-人间性",即"物"与人的关系,"物"只有在被诗人观照的前提下,外部世界的"面临物"和"东西"才会成为"物"。这样,"物"才能实现自身的存在。

里尔克在 1898 年 3 月 5 日的《现代诗歌》报告中对此做了清楚的表述,他说:"现代诗人在历史上受过特别好的训练。过去几十年的客观现实主义使现代诗人学会了与自然和生活打交道,并训练了他那双看待'物'的眼睛。当粉饰现实的理想主义被翻页之后,那种类似童年甜蜜记忆的多愁善感也随之逝去。现实主义在

---

① 《里尔克抒情诗选》,杨武能译,四川文艺出版社,1988 年,第 42 页。

自然主义中间消亡,悄然而至的是,现代诗人不再(客观地)去描述'物'(von den Dingen),而是与'物'去交谈,也就是从客观变成了主观。"①

我们具体来看《西班牙三部曲》(1913年)的第一部分,他是怎样从客观变为主观的。里尔克写道:②

把我和所有一切变成唯一的"物"
主啊! 把我,以及我的情感。
与那羊群,回归的羊圈,
与那巨大幽暗世界的虚无
吸一口气,把我和那光亮——容纳
进一栋栋房子里的黑暗里,主啊:
把我从陌生,变成一个"物",因为
我不认识任何一个人,主啊,把我
变成一个"物"
只把我一个人,和那些我不认识的东西,
变成那个"物",主啊,主啊,主啊,那个"物",
变成,世俗的、尘土的,像一颗流星
在它的重量里,只有飞行的数量。加在一起:
就像未来一样没有重量。

在这里我们看到,诗歌中的"我",向上帝祈祷,将自己变为"物",将自己融于"物"之中,或许是海德格尔的"壶"之中。"我"在

---

① R.M. Rilke: Von Kunstdingen, Kritische Schriften - Dichterische Bekenntnisse, Leibzig 1990, S. 25 - 26.

② R.M. Rilke: SW Ⅱ, Frankfurt am Main 1987, S. 44.

一种陌生的处境下,渴望成为"物"以显现自我。然而,在现代化和都市化的语境中,"物"也在消亡之中,"物"作为人与世界的"媒介"在香榭丽舍大街的橱窗里变成了"面临物",它被人和物之间的玻璃橱窗隔开,它虽然时时刻刻地在显示现时性、显现自身,以及自身的价值,但是它是与世界隔绝的,是没有人-物间性的。"物性"被抽象性取代,这点我们在阿里巴巴的芝麻开门咒语中应该有更加深刻的感悟。

1902 年,里尔克前往巴黎,开始了漫游时期,他在巴黎不仅认识了大都市的繁华和陌生,也认识了那里的贫困和疾病。同时,他也认识了"物的消亡"。在长篇小说《布里格手记》(1904 年)中,里尔克对"物的消亡"经验做出了反思:"真的有可能吗? 在这里还没有看到、没有认出、没有说到什么真实的和重要的东西? 真的有可能吗? 人们尽管有发明、有进步,尽管有文化、有宗教,还有关于世界的智慧,但是都只停留在生活的表面?"在"学习看"的过程中,小说主人公发现生活中"充满了许许多多特殊的'物',但是这些'物'只是对于他一个人而言存在着,它们被剥夺了言说权"①。

这就像罗伯特·穆希尔在《没有个性的人》中所写的那样:"生活构成了一个表象,它好像就跟真的必须这样似的,但是在这个表层下面却驱动着、涌动着许许多多的'物'。"②因为在"物"的面前,经验被蒙蔽,感知被驱逐,"物"被抽象化了,符号取代了"物","语言"将"交往"成为抽象。从以物易物的交往,到货币交往,再到数字货币交往,人类经历的是"物"的消亡历史。

---

① R.M. Rilke: SW Ⅵ, Frankfurt am Main 1987, S. 726 f., S.723, S. 796. Vgl. auch Robert Musil: „Das Leben bildet eine Oberfläche, die so tut, als ob sie so sein müßte, wie sie ist, aber unter ihrer Haut treiben und drängen die Dinge." In: ders., Der Mann ohne Eigenschaften, Reinbek 1996, S. 241.

② Robert Musil: Der Mann ohne Eigenschaften, Reinbek 1996, S. 241.

四

罗伯特·瓦尔泽是里尔克的同时代诗人,瓦尔泽一生可能只写了一首与里尔克相关的诗歌,那是里尔克1926年12月29日在瑞士穆佐去世后,1927年1月4日,也就是7天之后,瓦尔泽就在布拉格的德语日报《布拉格通讯》(*Prager Presse*)上发表了诗歌《哀悼里尔克》:

> 在孤寂的宫殿里
> 你骑在高头大马上,
> 那是人人皆知的长着翅膀的飞马,
> 而你却骑着它犹如落荒而逃,
> 还有多少征程等待着你,
> 在美丽的田园风景中飞驰
> 你甚至跟那群完美主义青年
> 拼命格斗。
> 现在,安息吧,
> 你装点着诗人的宫殿,
> 果盘里的水果已经发霉。
> 完成了职责却多么美好,
> 诗歌的斗士。
> 现在诗歌也无人打搅,安息了。
> 生命漫游之鞋已经露出了脚指头,
> 在你的墓前

我愿意将这些小词语说给你听。①

这里我先不讨论瓦尔泽的这首诗意在嘲讽里尔克，还是他借用逝去的里尔克诗人身份，实际上给自己写悼词，这是瓦尔泽在文学创作中常常使用的手法。② 无可争议的是，与里尔克同时代的瓦尔泽，他的文学创作中也有一个非常热的话题，那就是文学作品中的"物"。

在都市化的进程中，日常用品、橱窗、商品美学等以及物的合法性，都是文学家和诗人、哲人所热衷的话题。胡塞尔的现象学高呼"回到事情本身"（zu den Sachen selbst!），海德格尔做出"物的分析"（Zeug-Analyse），诗歌中里尔克开创了"咏物诗"，小说和其他艺术门类出现了所谓的新实际主义。瓦尔泽是一个与世隔绝或被人遗忘的作家，他在"物"美学潮流中可以说连一个边缘人都谈不上，但是它的文学作品丝毫没有落伍。在他的《散步》中，我们可以看到"物"的世界与作家的关联性。尤其是他伯尔尼时期大部分来自"铅笔领域"的作品都与日常用品（物）相关：如《针》《铅笔》《火柴》《怀表》《灯》《纸张》《手套》《致纽扣》《致壁炉》等。在瓦尔泽的文学作品中，"帽子"和"雨伞"或者散步时有的"文明棍"，或者散步穿的"鞋子"，几乎成为他的文学符号或者文学主题。

海德格尔在《物》（*Das Ding*）中说过一句令人费解的话，他说："物何时以及*如何*成为物？它们不是通过（durch）人类的劳作（Machenschaft）而来的。它们也并非在凡人不警觉的情况下而来

---

① 罗伯特·瓦尔泽1927年1月4日在《布拉格通讯》第3期第6页上发表的《哀悼里尔克》诗歌原文。参见 Robert Walser-Archiv, Bern. Wiederabgedruckt in: SW Bd. 13, Frankfurt a. M. 1986, S. 181f.

② 瓦尔泽在小品文创作中常常借用荷尔德林、席勒、克莱斯特、伦茨等诗人来指涉自身。

的。"也就是说,"物"是在诗人或者哲人去关注后才成为"物"的。我们来看,本文开始时我讲的故事源于瓦尔泽的小品文《一个什么都无所谓的人》。

现在,我们可以回过头来看本文导论中并没有提及的那篇小品文的结尾,其实它是我在导语中故意埋下的伏笔:瓦尔泽在这篇小品文的结尾处终于点出了"人与物的关系",即"人-物间性",下面我们来看瓦尔泽是如何去与"人"和"物"打交道的:[①]

除了讲这个童话故事之外,我不能忘记一双手套。我是在一张桌子的棱角上看到它如此优雅,但又懒洋洋地垂搭着的。究竟是哪位美丽高贵的女士粗心大意地将它遗忘在这里的呢? 那是一双非常精美,几乎跟手臂一样长的淡黄色手套,这精美的手套在娓娓地诉说它主人动听的故事,语言十分温柔,充满着爱意,就像漂亮和善良女人们的一生。这双手套就那样垂搭着,多么优雅! 它散发着诱人的香味! 它几乎想引诱我将它贴到我的脸颊上,不过这样做显然有一点傻,但是人有时就是那么喜欢做傻事。

从这篇小品文里我们不难看出"人"与"物"的倒置。其原因很简单,就像海德格尔说的那样,"物"的本质有一个特点,就是很喜欢隐藏自己。他说:"显现(Aufgehen)和掩饰(Verbergen)是'物'的最亲密的邻居,……显现爱着掩饰。……显现在显现中就已经

---

① Robert Walser: Der Spaziergang, Prosastücke und kleine Prosa. Frankfurt am Main 1986,Bd. 5,S. 156.

隐藏自身了。"①无论是宾格利，还是手套，都是以显现的方式隐藏着自身。手套在这里获得了主体性，宾格利先生则丧失了主体性，显示出"物"性。在宾格利与世界的交往中，瓦尔泽成功地让其揭示了"物"的本质，即在物性的裸露下，掩饰了物性，让其获得了"物-人间性"，只有在他人的关注下，宾格利才是宾格利，而不是利希蒂。手套在"我"的关注下，不再是"面临物"，不再是"东西"，而是充满故事和人性的"物"。

五

彼得·斯洛特戴克在其《犬儒理性的批评》中大约说了以下的话：不仅（人的）口头语言对我们有话说，"物"也会对那些**懂得**运用感官的人说话。这个世界充满了物像，它们充满了面部表情，长着面孔。它们无时无刻地用形状、颜色和气氛来到我们感官前面。瓦尔泽和里尔克一样，也许也是一个"懂得"运用感官去认识"物"的诗人，就像他在小品文《致纽扣》中所写的那样："一天，我狠狠地打了个喷嚏，把衬衫纽扣孔给崩裂了，……这时我忽然想起，要对那颗老实巴交的衬衫纽扣，……轻轻地自我嘟哝上几句。"②

> "我亲爱的小纽扣儿，"我这么说道，"你对主人忠心耿耿，
> 为他默默无闻、勤勤恳恳、始终如一地服务了这么些年，我想，
> 有七年多了吧。尽管你的主人毫无道理地对你所做的这一切
> 从来不闻不问、不恭不敬，他欠下了对你许许多多的答谢和恭

---

① Vgl. Martin Heidegger: Aletheia (Heraklit, Fragment 16), in: ders., Aufsätze und Vorträge, S. 249 - 274, S.262f.

② 罗伯特·瓦尔泽：《散步》，范捷平译，上海译文出版社，2002 年，第 242 页。

敬。可是你却从未对此表示过一丝半毫的意思,想要提醒他来向你道一声谢。

纽扣虽然没有用"人"的语言开口说话,但是它就像里尔克所看到的那样,是这枚纽扣在向人发出"物"的请求,里尔克说:"这是艺术家能听到的一种呼唤:这是'物'的祈求,成为诗人的语言。"①

　　你的主人往日欠下对你的答谢和恭敬,今天他要来偿还了。我现在终于想明白了,你是多么的重要,我明白了你存在的价值所在,在那些为我服务的漫长岁月里,你始终都是那么谦逊,那么耐心,……你总是喜欢待在那些最最不引人注目的地方,在那里,你心满意足地实践着你可爱的美德。这是一种高尚和伟大得几乎没有任何语言可以形容的谦虚,你的这种谦虚让人感动,令人神往。②

请允许我在这里再一次用里尔克的"物"认知来阐释瓦尔泽这枚纽扣的"物-人间性"。与瓦尔泽一样,里尔克也懂得"物"的语言,里尔克在日记里写下了在我看来最合适的阐释:"因为我(里尔克)觉得……我越来越成了'物'的小学生,我在'物'给我简单明了的解答问题和首肯中进步,我变得像一个小学生那样谦卑,我从'物'那里汲取了智慧和暗示,学会了它们无私的爱。"③

---

① R.M. Rilke: SW Ⅵ, Frankfurt am Main 1987, S.1162.
② 罗伯特·瓦尔泽:《散步》,范捷平译,上海译文出版社,2002 年,第 243 页。
③ R.M. Rilke: Tagebücher aus der Frühzeit, Frankfurt am Main 1973, S.76.

结　语

　　这就是一种我上面提到的所谓"物-人间性",或者说,"物-人间性"是诗人与"物"的关系。在我看来,"物-人间性"的核心机制可以用"注目"(Anschauen)和"内省"(Erschauen)的关系来表述。里尔克曾在1907年3月8日给妻子克拉拉的信中写道:"注目看(物)是一件奇妙的事情,我们对此仍然知之甚少。之前我们对于'物'的注目完全是外在的,但是正是这个时候,'物'似乎一直在我们内心发生,它们似乎带着渴望在等待着自己被发现,……此刻,它的意义出现在外面的物体上"①。我们看到,可以用里尔克"注目"和"内省"来解读瓦尔泽与"纽扣"对话的全部秘密,当纽扣还是外化的"东西"时,它并不是"物",最多是一种"面临物",而当诗人在内心开始关注它的那一刻起,纽扣就成了"物"。这就是里尔克说的"在我们内心变得神圣和崇敬了……。'物'只是非常轻柔地,从远方,用还是非常陌生的符号,但又以最邻近的瞬间成为新的不再陌生的'物',被我们理解"②。在这一意义上,请允许我为这次报告做一个结尾,我还是请瓦尔泽的那枚"纽扣"来帮助我:③

　　你没有使自己混出个模样儿来,而只是做了一粒纽扣本来就应该做的事情,最起码来说,你看上去像在默默无闻、全心全意地恪守和完成自己职责。这些就像是一朵最芳香的玫瑰,她那迷人的美丽即便对她自己来说也是一个谜,因为她散

---

① R.M. Rilke：Briefe 1906 - 1907, Frankfurt am Main 1987, S. 214.
② 同上。
③ 罗伯特·瓦尔泽:《散步》,范捷平译,上海译文出版社,2002年,第244页。

发的芳香是不带丝毫功利目的的,这芳香是她本身就要散发出来的,因为散发芬芳是玫瑰的命运。

　　你就像上面所说的那样,就是这粒纽扣的自身,你自己是什么就是什么,就做什么。这点让我惊叹,让我感动,也使人震惊,你让我去思考一个问题,这个世界上尽管有许多的现象令人担忧,但毕竟还在三两处会有那么些细小东西,发现它们的人会因此而感到幸福和愉快,会给他带来一个好心情。

叶隽先生《文史田野与俾斯麦时代——德国文学、思想与政治的互动史研究》的序[①]

初次结识叶隽先生是在 2005 年。那年秋天,我遵中国社会科学院外文所叶廷芳先生之嘱,在杭州举办了一次中国德语文学研究会年会,主题是"奥地利现代文学研讨"。在那次会上,叶隽先生做了一个学术报告,话题是"史家意识与异国对象"。许多年过去了,我对叶隽先生报告内容的印象似乎早已淡去,但对与他在西子湖畔的几次谈话却记忆犹新。

那年他好像刚三十出头,算是中国德语文学研究领域里的青年才俊。从外表上看,当年的叶隽温文尔雅,似乎略显青涩。在谈话之中,他新锐犀利的学术思考和大胆的理论构想,让我暗中惊讶不已。记得当时我们的话题主要是"德国学",当然还有天南海北的学术动态等。在谈论"德国学"时,我们的观点大概是,德语文学研究如何才能走出狭隘的语言和文本空间,中国学者又该如何从历史和社会发展的纵、横两个维度来创新德语文学研究的范式,如何将西方语言文学纳入西方社会文化史的研究范畴,从而确定中国学者研究西学的主体性和文化自觉性。[②] 当时我们不谋而合,认

---

① 本序文首次出版于叶隽著《文史田野与俾斯麦时代——德国文学、思想与政治的互动史研究》,中国社会科学院文库收录,中国社会科学出版社,2013 年。

② 参见本书《文化学转向中的学者主体意识》一文。

为学科交叉整合、知识重构和中国日耳曼学者的身份转变乃德语文学研究和德国学学科建设的必由之路。

当时，我在浙江大学创办了"德国学研究所"，①从学科建设上对"德国学"进行了探索，而叶隽则在一些年之后写成了一部书，书名叫《德国学理论初探》。

2012 年 9 月，叶隽把一部《文史田野与俾斯麦时代——德国文学、思想与政治的互动史研究》的文稿寄给我品读。读完之后我着实大吃一惊，我感叹他在学问上的进步，却没有料到他已经把"德国学"的理论构想在方法论上完成了一次十分有意义的探索实践。

叶隽这部力作以全新的文学批评视野，对德国崛起时代的文学和思想、政治之间的关系进行了田野鸟瞰式的思考和研究。其主要诉求已经不再是德语文学文本或者德国文学史本身，而是德国文学现象与德意志文史哲语境之间的关系，或者说是德意志精神的产生与德语文学之间的互动关系。这部专著涉及的领域广阔，作者思维活跃，天高任鸟飞，溯本清源，从歌德—赫尔德—黑格尔的文学哲学轴线，连接到马克思—拉萨尔—俾斯麦的政治哲学轴线，从而探索德意志精神起源对日耳曼国家和民族崛起的本质意义，再以此去解读日耳曼文学。尤其值得关注的是叶隽对瓦格纳、尼采和对拉萨尔的研究，并在此基础之上，对马克思主义文学批评理论进行了深究和追问，还原了德意志民族的精神实质，对马克思主义文艺理论提出了创新性的见解，从文化人类学的时代语境出发，解读了马克思主义文学社会学。

叶隽在实践"德国学"方法论的过程中，似乎非常明白纲举目

---

① 我从 2001 年起在浙江大学创办"德国学中心"，2003 年更名为"德国学研究所"至今。其主要思想参见范捷平、李媛《论柏林模式与外语学科改革》，载《外语与外语教学》，2007 年，第一期。

张的道理,在 19 世纪德意志的文史田野中,他抓住了思想史这一条红线,将哲学、历史学、艺术学、政治学、文化学领域中的德意志精神现象结入同时期德国现实主义文学这一张大网,将其"一网打尽"。具体地说,作者的理论思考均以文本研究为基础,从对文学文本的阐释出发,但又超越了对文本的纯粹语言解读,或曰超越了德语文学研究中的文本主义(Textimmanenz),让人耳目一新。例如,叶隽以俾斯麦的《回忆与思考》、拉萨尔的《济金根》、尼采的《苏鲁支语录》和冯塔纳的《艾菲·布里斯特》、亨利希·曼的《臣仆》、托马斯·曼的《布登勃洛克一家》等为研究对象,聚焦日耳曼精神中,特别是德国资本主义上升时期的伦理价值问题,这是自歌德以来德意志问题的核心,即国家政治与精神文化间的依存关系。

尤其值得一提的是,叶隽作为国内中青年学者,在这部新作中,他采用了文学散文式的语言,一扫当前文学批评界和文学理论界的晦涩文风,置当下外国文学研究界盛行的食洋不化的伪科学语言于不顾,用自由、飘逸、隽永的文字,用中华学术的话语形式对"德意志精神和德国文学"这个重大文学史问题做出了有益的尝试。

这种中国式的学术话语还体现在他提出的"二元三维"的理论框架上。叶隽在这部新作中,从中国文化传统出发,对当下中国学界对西方思维中普遍认可的"保守-自由"二元论观点提出颠覆性的疑问,提出了"认知-文化-政治"的三维互动文学史观,这点在外国文学批评和外国文学史研究中显得颇有新意。

叶隽先生在这部新作即将付诸梨枣之际,嘱我写序。我在诚惶诚恐之余,又对德语文学研究界人才辈出而倍感欣喜,故欣然从命。

是为序。

范捷平

2012 年深秋于

浙江大学紫金港校区

胡一帆女士《魔鬼合约与救赎》的序[①]

　　胡一帆博士的学术成长可谓一帆风顺。其原因说来也简单，除了她这些年的攻苦食淡、深自砥砺之外，一帆和我有一位共同的朋友，那就是中国德语文学界德高望重的学者——上海外国语大学德语系的卫茂平教授。一帆一直是茂平先生的高足，跟随茂平先生攻读博士学位，潜心研究德国古典主义和浪漫主义文学，倾力研究歌德，翻译歌德；而我则是茂平先生多年的挚友，这些年来，尽管我常常和茂平先生在一起讨论文化学、文化人类学和中国与德国文学的关系等，又在一起研究和翻译《歌德全集》及其他，也算淡水之交、莫逆于心，但当一帆博士请我为她的新作《魔鬼合约与救赎》写序文的瞬间，我多少觉得有点越俎代庖的意思。

　　据说一帆女士是福建武夷山人，自幼喜欢喝工夫茶，也精通工夫茶道，后来也开始喜欢喝杭州小和山产的、不那么正宗的龙井茶。自她 2017 年经我力荐加盟浙江科技学院的中德学院之后，便常常邀我前去幽静的小和山麓[②]问茶。她曾多次告诉我：无论是在

　　① 本文首次刊出在胡一帆女士专著《魔鬼合约与救赎》中，中国社会科学院，2018 年。

　　② 具有德国应用型科技大学特色的浙江科技学院坐落在杭州西南郁郁葱葱的小和山麓，那里茶树丛丛，堪比龙井，茂林修竹、空气清新，着实是个做学问的好去处。

故乡武夷山负笈,在上外和海德堡求学,抑或是在小和山中德学院工作,她最喜欢的就是两件事:一是喝工夫茶;二是看书、做学问。于是乎,我们常常与三两同道一起,悬壶高冲、品香审韵,谈论歌德,谈论德国古典文学(偶尔也谈中国文学,因为她时而会送我一两本好书)。我们从《浮士德》谈到《格林童话》,从德国古典主义谈到浪漫派,从沙米索(Adelbert von Chamisso)谈到戈特赫尔夫(Jeremias Gotthelf)。沙米索和戈特赫尔夫①则是在中国日耳曼学中很少有人问津和研究的作家。最让我惊讶的是,一帆这位喜欢在袅袅茶香中静思、举止优雅的女士竟然潜心研究德国古典主义和浪漫主义文学中"魔鬼撒旦"和"魔鬼合约"的故事多年。

"魔鬼合约"是欧美文学中的一个重要母题,它源于《旧约全书》中《约伯记》的记载:一次,魔鬼撒旦与上帝耶和华打赌,赌"人"(约伯)是否真正具有对上帝的忠诚和善心。因此"魔鬼合约"的双方最初分别为神与魔,②在后来16世纪的浮士德传说中,才出现"人"(浮士德)与魔鬼签订合约的传说。一帆博士对魔鬼合约以及灵魂救赎的研究主要基于16世纪以来的各种关于"浮士德博士"的传说文本和歌德的文学巨著《浮士德》,以及德语文学中其他有关"魔鬼合约"的文学作品。

这不得不让我们思考人类文化和文明进程中"魔鬼"的本质问题。在我看来,"魔鬼"既是具象的,也是抽象的。"魔鬼"在很大的程度上是一种精神现象,亦是人的灵魂在与肉身博弈中的抉择。

---

① 沙米索是德国文学史上罕见的法国籍德语诗人,虽然他的母语是法语,但他仍然创作出了不朽的德语文学作品,如《施莱米尔卖影奇遇记》等。沙米索被称为最早的欧洲公民,他将历史上世代为敌的法兰西和德意志在自己的文学作品中达成和解。戈特赫尔夫则是公认地被严重低估的瑞士作家,作为德语文学史上"彼德麦"时期(1815—1848)的重要作家,他的《黑蜘蛛》被托马斯·曼誉为"世界文学独一无二的一部杰作"。

② 见《旧约·约伯记》。

在这种伦理价值博弈中,与其说魔鬼是合约的重要一方,倒不如说"魔鬼合约"的本质其实是集神性、人性和魔性于一身的"人"的本质。我们知道,魔鬼形象在人类文明的历史长河中不断演绎和嬗变,似乎成了真、善、美的对立面,但其实"魔鬼"这一概念并非自在自为的(an und für sich),也并非下车伊始就是恶与丑的象征。

欧洲的魔鬼形象最早出现在希腊神话中,如冥王哈得斯、三头犬刻耳柏洛斯等都是魔鬼形象,嫉妒满肚的赫拉、残忍嗜杀的波塞冬、提坦巨神等都有魔鬼的特征。可以说在希腊神话中,神、人、魔三者往往是联系在一起的。在希腊神话中,源于埃及神话中"hu"的斯芬克斯就成了邪恶之物,代表着神的惩罚。"斯芬克斯"(σφίγξ)则源自希腊语的"σφίγγω",意思是"扼死",古希腊人把斯芬克斯想象成一个会扼人致死的人面狮身怪物。同时,"斯芬克斯之谜"则在哲学意义上表现为世俗生活的"恐惧和诱惑",即"现实生活"。

在基督教文化中,魔鬼撒旦被视为堕落的天使①,人类所犯下的罪孽均为魔鬼诱惑所致。其实魔鬼撒旦最初在《旧约全书》中也是上帝的使者,并没有丑恶的外形描述,他的使命则是引诱和揭露人的丑恶之心。比如在《创世纪》中,撒旦化身为蛇,引诱人类始祖亚当、夏娃偷吃禁果,从而犯下原罪。从此,撒旦作为魔鬼形象开始在后世的文学中有了极大的表现与创新。

中国文化也未尝不是如此。受传统佛教和道教的影响,无论在《山海经》《淮南子》《太平御览》等典籍里,还是在历代志怪小说、神魔小说,如《西游记》《封神演义》《神异经》《聊斋志异》和民间传

① 《旧约全书》中提及魔鬼形象的经典片段出自《以赛亚书》:"明亮之星,早晨之子啊!你何竟从天坠落?"(《以赛亚书》14:12)

说中,"魔""鬼""仙""妖""人"常常交融在一起,在那些文字里,既有人面羊身的"狍鸮",①人面牛身的"窫窳"②"梼杌"③"凿齿"④饕餮⑤等恶魔形象,也有孙悟空、猪八戒、牛魔王、白蛇、青蛇等人兽合一的形象,这些形象有时甚至是正义、善良和智慧的化身。这在一方面说明了人类在原始文明阶段对荒蛮苍凉和宇宙自然的陌生、恐惧和敬畏;另一方面说明了人类文明始于精神和伦理的认知。

可以说,在中西方文学中,"魔鬼""妖魔""鬼怪""神仙"等大概有三个方面的共同特征:首先,他们均有非常人的、(怪)兽的外形、习性,此可谓"魔鬼"的自然属性。其次,他们具有超人的法术和力量,此可谓"魔鬼"的超现实属性。第三,他们或多或少有"人"的思想感情和社会属性,具有一定的"人"的内涵,此可谓"魔鬼"的人类属性。另外,魔鬼和鬼神在文学作品中常常是被符号化了的抽象物,具有非现实性,但同时也被人格化,具备现实生活中人的性格。人的七情六欲、喜怒哀乐,或者现实中的社会生活通过这些文学形象被折射出来,正如鲁迅先生所说:"神魔皆有人情,精魅亦通世故。"⑥

一帆博士所潜心研究的三部德语文学著作《浮士德》《施莱米

---

① 据《山海经·北山经》记载:"(钩吾之山)有兽焉,其状如羊身人面,其目在腋下,虎齿人爪,其音如婴儿,名曰狍鸮,是食人。"

② 据《山海经·北山经》记载:"又北二百里,曰少咸之山,无草木,多青碧。有兽焉,其状如牛,而赤身、人面、马足,名曰窫窳。其音如婴儿,食人。"

③ 《左传》云:"颛顼有不才子,不可教训,不知诂言,告之则顽,舍之则嚚,傲狠明德,以乱天常,天下之民,谓之梼杌。"这个恶人死后最终演化成上古著名的魔兽,《神异经·西荒经》记:"西方荒中,有兽焉,其状如虎而犬毛,长二尺,人面,虎足,猪口牙,尾长一丈八尺,搅乱荒中,名梼杌。"

④ 《山海经》有载:"(凿齿)人形兽,齿长三尺,其状如凿,下彻颔下,而持戈盾。曾为羿于寿华之野射杀。"

⑤ 《神异经·西南荒经》云:"西南方有人焉,身多毛,头上戴豕。贪如狠恶,积财而不用,善夺人谷物。强者夺老弱者,畏强而击单,名曰饕餮。"

⑥ 鲁迅:《中国小说史略》,人民文学出版社,1973年,第139页。

尔卖影奇遇记》和《黑蜘蛛》实际上都涉及了上述的问题，即魔鬼是人（人类）内心丑陋和罪恶的外化形式，这种伦理异己性具有神、人、魔三位一体的哲学本质。如果说，"魔鬼合约"是一个隐喻，是一种与外在的暴力、丑恶和非理性的一种契约，倒毋宁说是一种人（人类）追逐自我价值的契约，或就像一帆博士在她的书中所说的那样，魔鬼合约是一场善与恶的对决，是一次外在与自我的较量，是个人发展与道德意识的抗争。因此，"魔鬼合约"究其本质而言，从一开始就具有自我救赎的意义。

近年来，西方文学中的"魔鬼"及"魔鬼合约"研究成为一个热门话题，其中固然有文化学转向后文学研究疆界被拓宽的因素，宗教、神学、民俗学、人类学、历史学、社会学、心理学、伦理学交叉互动，相得益彰，成为文学研究的新趋势；当然也有文学形式美自身的因素，在美学（Ästhetik）范畴里，丑的美学、恶的美学自罗森克兰茨以来成为一门独立的学问，[①]波德莱尔和马拉美的诗歌似乎成为诠释这种美学的标准答案。在我看来，这一热门研究领域的重要性在于"魔鬼合约"这个历史伦理命题中的哲学内蕴，异化了的自我将一定的伦理价值外化，这是人类文化和社会文明的必然。

读了一帆博士的《魔鬼和约和救赎》之后，感叹不已。歌德等德国诗人对于人性、魔性、理性的思考竟成永恒，今天的人（人类）又何尝不在浮士德的"魔鬼合约"悖论里拼命挣扎？自第一次工业革命以来，人类劳动的异化基本以"机器"和拥有机器的人（人类）为标志。曾几何时，机器几乎成了魔鬼的代名词，但机器绝不等同于"恶"或者"善"，也不能简单地将其视为"工具理性"，机器的本质

---

① 参见罗森克兰茨（Karl Rosenkranz）的《丑的美学》（*Ästhetik des Hässlichen*）以及阿尔特（*Peter-André Alt*）的《恶的美学》（*Ästhetik des Bösen*）。

是主体的异化。换句话说，现代社会的"魔鬼合约"或许就是人与机器的契约，这便是人类进步的本质，其中蕴含着一个道理，那就是一帆博士所说的那句话，人的内心都有一种与恶魔签约为伍的隐秘愿望，这种对恶的渴望古已有之，且不断推陈出新。今天，这些现代社会的"浮士德"们有谁不在我们亲手制造的机器中实现自我的救赎？这样说绝不是"反讽"（Ironie），这种隐喻在数字化和网络化的机器时代进一步得到了印证。

　　一帆博士求序再三，难以言谢，提笔苦思，却无以索句成章。聊发三两断想，却唯恐抉瑕掩瑜。所幸的是，后进学者，焚膏继晷，厚积薄发，青出于蓝胜于蓝，终得以释怀。

　　是为序。

范捷平

2017 年岁末于

杭州荀庄

身体行进中的文学书写

——论罗伯特·瓦尔泽的散步诗学①

书写是一种文化技术，任何书写者都要采用某种文化技术。书写需使用符号和图像，任何符号和图像的使用都离不开身体运动，需要手，就像马丁·海德格尔所说的那样，"所有手干的活儿（Werk der Hand）均是思维，因此思维自身就是人类最简单，同时也是最复杂的手艺（Hand-Werk）"②。书写需要经过练习的手（Hand），需要借助书写工具（手在某种意义上也是书写工具）并形成书写结果（Werk），因此书写即"手艺"（Hand-Werk）。

书写决定文化和文化记忆。人的书写不仅是一种符号和图像记录行为，也是一种经验、记忆、知识和文化价值观的生成过程，它与身体的文化实践密切相关。福柯在《关于自我的艺术》系列研究③中

---

① 本文最初为四川外国语大学 2017 年 12 月 23 日举行的"文化技术与德语文学研究模型"全国学术研讨会上作者的大会主旨报告，后发表在《德语人文研究》2019 年第一期上。收入本书时做了再次修订。

② Martin Heiddeger: Gesamtausgabe, I. Abteilung: Veröffentlichte Schriften 1910 - 1976, Bd. 8, Was heisst Denken? Vottorio Klostermann Verlag, Frankfurt am Main 2002, S.19. 此处引文由本文作者翻译。

③ 福柯所说的系列研究原先考虑用于《性史》第二卷《快感的运用》序言，其标题原计划为《爱护自身》，但后来由于该标题被用于《快感的运用》其他章节的导论，于是法国 Edition du Seuil 出版社在编辑出版福柯遗稿时将这一关于自我艺术研究的系列纳入《自我与他人治理》(Le gouvernement de soi et des autres) 出版。

有一篇论文,题目为《关于自我书写》(*Über sich selbst schreiben*)。① 按照福柯自己的说法,写这篇文章是为了讨论古罗马文化中的自我认知和对他者认识的问题,亦即认识论的根本问题。本文尝试通过福柯的思考来分析瑞士现代主义作家罗伯特·瓦尔泽(Robert Walser)的散步与书写的关系,进而探讨瓦尔泽散步诗学的本真含义。

一

早在 1917 年,罗伯特·瓦尔泽就开始采用一种所谓"两步法"的书写方式进行创作。他先用铅笔撰写文学文本的草稿,然后再用水笔将文稿誊写清楚。② 如瓦尔泽的小说残片《强盗》就写在 24 张信纸上("密码卷帙"第 488 号),每个字母大小只有 1 毫米左右,苏尔坎普出版社 1976 年出版的口袋版排版为 191 页。③ 至瓦尔泽创作后期,即伯尔尼时期,他把所谓的"密码卷帙"中的德文字母写到 0.5 毫米左右,后人必须用显微镜方能加以解读。这给我们研究者留下一系列的问题,为什么瓦尔泽会以如此方式书写? 这种文化技术与文学创作有怎样的关系? 书写与主体、与身体感知又有怎样的关联?

福柯在《关于自我的书写》中提到,公元 340 年前后,埃及亚历山大城的基督教大主教阿塔纳修斯(Athanasius)在史上第一部基

---

① Michel Foucault: Über sich selbst schreiben. In: Schreiben als Kulturtechnik, hrsg.v. Sandro Zanetti, Suhrkamp Verlag, Frankfurt am Main 2015, S. 49 – 66.

② Christian Walt: *Schreibprozesse: Abschreiben, Überarbeiten*. In: Lucas Marco Gisi (Hrsg.): *Robert Walser-Handbuch*. J. B. Metzler, Stuttgart 2015, S. 268.

③ 范捷平《罗伯特·瓦尔泽与主体话语批评》,浙江大学出版社,2011 年,第 13 页。

督教小说《安东尼的一生》(*Vita Antonii*)中论及书写与精神的关系时说：[①]

> （书写）仅仅出于良心和良知，我们需要注意一点，那就是我们每个人都要关注自我的行为和控制自我情绪，并且把它写下来，作为人际交往的准则，最起码让我们出于廉耻之心，窃以为自己的过失和错误已经显示于众。书写是为了让自我远离丑陋。有谁不愿意让自己摆脱过失呢？书写为了掩饰自己不可告人的想法，因为人有羞耻之心，都不愿让他人知道自己的阴暗想法。书写是掩饰他人的眼睛，因为我们都不愿意在脸红的时候被人看见。书写是为了自我控制和自我掩饰。

在福柯看来，阿塔纳修斯的自我书写一方面是为了掩饰自我，让自我龟缩到符号中去，另一方面，这种自我书写也是一种抗衡孤独的方法，让自己的行为和思维规避他人的目光。自我书写在某种意义上替代了情人和朋友，成了交往关系的等价物，[②]主体通过自我书写引来了他人的尊重和"Scham"（羞耻）。比如，作为自我书写的《日记》，在一定的意义上是对自我的控制，是一种清教徒式的主体生存方式，书写和自我书写本身不仅是一种劳动方式，而且也是一种文化技术和思维方式。阿塔纳修斯的小说《安东尼的一生》恰恰就是以文学的形式彰显了这种思维。与阿塔纳修斯一样，罗伯特·瓦尔泽的日记小说《雅各布·冯·贡腾》（以下简称《雅》）中

---

① Zit. n. Michel Foucault: Über sich selbst schreiben. In: Schreiben als Kulturtechnik, hrsg.v. Sandro Zanetti, Suhrkamp Verlag, Frankfurt am Main 2015, S.49. 此处引文由本文作者翻译。

② 这在罗伯特·瓦尔泽身上尤为明显，在 1922 至 1933 年间的伯尔尼时期，瓦尔泽基本失去与外界的联系，他的主要交往方式为书写"密码卷帙"。

主人公雅各布的日记书写,既可以视为囚禁自身的行为,也可以视为雅各布的一种修行和劳作,更可以视为雅各布对自我的掩饰,和对他者窥视的一种"手艺"(Hand-Werk)。①

正如福柯所说,阿塔纳修斯的书写不仅是掩饰,同时也是显现。书写者通过文字在他人(读者)在场的语境下表达了自己的行为,展示了书写者的心灵活动。这样看来,瓦尔泽戴着雅各布的面具书写的是一部"公开的日记"②,既书写自我,也书写他人和世界。在阿塔纳修斯看来,自我书写者(作家、诗人)在某种意义上有点像在天主教堂中里做忏悔,自我书写无疑是一场与恶魔所做的精神搏斗。瓦尔泽的雅各布也是如此,自我书写既是对主体和自我的一次"检验"(Probe),也是一块对自我良知的"试金石"(Prüfstein)。自我书写作为一种文化技术把光明带进了灵魂,将邪恶驱除干净,如在《雅》中,雅考伯在日记中写道:③

> 我有一种羞愧感,……假如我……还是我们家族的贵族后代,那么我一想到当低贱的人,过平常的日子,就会深受侮辱的。可现在则完全不一样了,我成了普通人了,这点要感谢班雅曼塔兄妹俩,他们用无可名状的、知足常乐的滴滴滢珠露水浇灌了我的信念,我改变了我骄傲的价值观。

自古以来,人类的书写活动与身体练习(Askesis)或曰"修身"

---

① 参见 Robert Walser: Jakob von Gunten. Ein Tagebuch. Hg. v. Hans-Joachim Heerde. Stroemfeld | Schwabe, Frankfurt am Main, Basel 2013 (=KWA I.4)。

② 日记的隐私性通过文学作品得以艺术消解,羞耻与揭蔽同时发生,这种书写现象在 18 世纪歌德书信体小说《少年维特之烦恼》(1774)和索菲·冯·拉-洛赫(Sophie von La Roche)《施特恩海姆小姐的故事》(1771)中均得到充分显现。

③ 罗伯特·瓦尔泽:《雅考伯·冯·贡腾》,范捷平译,上海译文出版社,2002 年,第 85 页。

和"养性"密不可分,中国古代的文学和传统书法就是一个例子,文学书写与书写仪式联系在一起形成一种文化技术,成为中国文化中"书"与"法"结合的特殊练习(Übung)形式。"书法"之"书"实指书写行为之本身(著于竹帛谓之书),①书法之"法"实为法度,本质是对身体的规训,这与"律己"和"克己"也有一定的关联。古希腊的"Askesis"(身体练习)和基督教清教徒的"Askse"(修行)在词源上相关,二者均为实现信仰或理想的一种特殊行为方式,即严于律己的某种身体规训。其目的是净化心灵,摆脱邪恶。中国传统意义上的文人,也常常将修身养性作为自我冥思和反思的身体练习。

因此在福柯看来,自我书写与古希腊的"Askesis"密切相关,通过这种(书写)身体练习,书写者达到认知自我的目的。② 无论是苏格拉底的理性学派,还是安提斯泰尼的犬儒学派,他们都遵循这种书写与身体技术密切关联的"Askesis"传统方式。特别是身体练习的方式,如节欲、背诵、静思、沉默、凝听等,而书写作为文化技术也成为哲学和文化人类学越来越关注的话题。如果我们把瓦尔泽的《雅》放在这里考量,那么就会发现,雅各布在书写的日记中就把身体练习和规训作为重要内容,例如:

> 我回到教室,深深地沉浸在那本《何为班雅曼塔学校之宗旨》一书之中。……功课中有一项是背诵,我背东西很快,克

---

① [汉]许慎撰、[清]段玉裁注:《说文解字注》,上海古籍出版社,1988 年,第116 页。

② 参见 Michel Foucault: Über sich selbst schreiben. In: Schreiben als Kultur-technik, hrsg. v. Sandro Zanetti, Suhrkamp Verlag, Frankfurt am Main, 2015, S. 49 - 66。

劳斯则万分艰辛,正因为如此,他老是在那儿用功。①

体操和舞蹈课非常有趣。要表现身体的灵活性本不是什么问题,但为什么要难为情呢? ……如果我们不许用嘴巴笑的话,那我们可以用耳朵来笑。……长条儿彼得,就老是戒除不掉这最自我的习惯。……当需要他表现优美舞姿的时候,他整个人就像一段木头桩,而木头本来就是彼得的天性,就是上帝赐予他的礼物。②

上课时我们呆呆地坐在那儿,目不转睛……双手放在膝盖上……。手是虚荣和贪婪的最好证据,因此要放在桌子下面藏好。……条文上就是这么规定的,……我们本不该长眼睛,因为眼睛总是狂妄大胆、充满好奇……。耳朵们总在微微地抽动,好像时刻担心有人会从背后来扯拉它们,将它们往上拉、往两边拉,可怜的耳朵们,它们不得不经受这种恐惧。③

据福柯考证,古罗马斯多葛学派认为思维与阅读、书写同样重要,如古罗马哲学家、作家塞内加(Seneca der Jüngere)曾强调,人不仅要阅读,而且也要书写。④ 特别重视口述传道的古罗马哲学家爱比克泰特(Epiketet)也说,人应该"冥思"(meletan)、书写(graphin)和练习(gymnasien)。他说:"这种用心的、书写的、阅读的,令我致死不渝!"⑤他还说:"这就是日日夜夜的手的练习,人在

————————

① 罗伯特·瓦尔泽:《雅考伯·冯·贡腾》,范捷平译,上海译文出版社,2002 年,第 42 页。

② 同上,第 76 页。

③ 同上,第 39—40 页。

④ Michel Foucault:Über sich selbst schreiben. In:Schreiben als Kulturtechnik, hrsg.v. Sandro Zanetti, Suhrkamp Verlag, Frankfurt am Main 2015, S.51.

⑤ Epiktet:Unterredungen, hg. v. Alexander von Gleichen-Rußwurm, Berlin o. J., S.163.

书写,在阅读的时候就是在言说自我及对他者言说。"①对爱比克泰特而言,"书写"与"冥思"是同义词,自我书写和自我反思也是同义词,在书写的过程中,书写者在思考中反思现实。

福柯认为,在探索自我书写的过程中可以发现,书写者的思维可以按照思维训练方式分为两种模式:第一种为线性模式,从冥思到书写,最后达到身体修行的目的,也就是在现实生活中的实践,即思维的劳作,通过现实生活中的书写达到劳动的目的;另一种模式是螺旋形模式,冥思是书写的前提,从书写再次回到冥思。这两种模式都强调 Askesis,即都强调身体练习。阅读和认知通过理性的书写行为而达到真理表达的目的。作为自我练习的书写行为具有某种"行为伦理诗学功能"(ethopoetische Funktion)②,以表达诗歌之美。福柯所谓的"行为伦理诗学"(das Ethopoetische)③的本质其实与王阳明的"知与行"统一观有异曲同工之妙,按照福柯的话说,即自我书写是"真理付诸行为的过程"④。

二

本文讨论罗伯特·瓦尔泽作为文化技术的散步诗学。瓦尔泽

① Epiktet: Unterredungen, hg. v. Alexander von Gleichen-Rußwurm, Berlin o. J., S. 206.

② Michel Foucault: Über sich selbst schreiben. In: Schreiben als Kulturtechnik, hrsg.v. Sandro Zanetti, Suhrkamp Verlag, Frankfurt am Main 2015, S.52.

③ 这里将 das Ethopoetische 译为"行为伦理诗学"出于"ῆθος (ethos)"这个古希腊词的考虑,其词义源于动物和人的行为与习性,后衍生出行为价值意识及伦理(Ethik)的意蕴。伦理学其实也就是关注人的行为是否符合道德目的的学问,福柯提出这个概念主要从身体练习与诗学的关系出发,故此译,旨在强调人的"Verhalten"(行为)这个身体要素。

④ Michel Foucault: Über sich selbst schreiben. In: Schreiben als Kulturtechnik, hrsg.v. Sandro Zanetti, Suhrkamp Verlag, Frankfurt am Main 2015, S.52.

一生酷爱孤独的散步和漫游,散步对瓦尔泽而言可谓"至死不渝"。散步与瓦尔泽的文学书写活动密不可分,他在不同的文学作品中大量书写漫游(Wandern)、散步(Spaziergang)主题以及书写散步与自己文学创作的关系。那么,散步在瓦尔泽那里是否具有某种诗学意义呢? 瓦尔泽在中篇小说《散步》中开诚布公地说:"他(作为散步者的瓦尔泽)喜欢散步并不亚于写字,坦然地说,写字之爱好与散步相比似乎略逊丝毫。"①此外,他又说道:

> 散步对我来说······是我的职业所需,散步······同时也是一种刺激和激励我继续创作的源头活水······散步者当然不能闭着眼睛散步,如果他想展起想象的翅膀,让自己沉浸在美好的思绪中,那么他必须得眼观六路、耳听八方。②

"散步""书写""自我书写"与"冥思"在瓦尔泽的文学作品中也达到了高度的统一,就如瓦尔泽自己所说的那样,他的作品无非都是"品类繁多、片鳞碎甲或者七零八碎的自我文本"。③ 或者从生成美学上看,瓦尔泽的文学书写和自我反思在"散步"这一身体行为中得到统一,这与福柯所说的"行为伦理诗学"暗合。如在中篇小说《散步》中,当税务官指责散步者(瓦尔泽)不务正业、无所事事时,散步者"我"回应道:

---

① 罗伯特·瓦尔泽:《雅考伯·冯·贡腾》,范捷平译,上海译文出版社,2002 年,第 136 页。事实上,瓦尔泽于 1933 年进入赫里萨精神病疗养院后就彻底放弃了写作,但并没有放弃散步,参见:Carl Seelig: Wanderungen mit Robert Walser, Suhrkamp Verlag, Frankfurt am Main 2009。

② 同上,第 158 页。

③ Robert Walser: Sämtliche Werke, Bd. 20, hg. v. Jochen Greven, Suhrkamp Verlag, Frankfurt am Main 1986,S. 322.

"哦,这步是必散无疑的。"我答道:"那是为了让自己活动活动,保持与那活生生的世界的联系。假如没有对世界的感受,那我连半个字都写不出来,更写不出一行诗或一句散文来了。……假如不散步的话,我热爱的职业也就毁灭了。不散步我怎么去观察生活,怎么去体验人生?像您这样聪明机灵的人肯定眼睛一眨就会明白这个道理的。"①

照这样看来,瓦尔泽的文学书写符合螺旋形模式,散步是"冥思",不仅是一种"冥思",而且也是一种通过身体姿态对世界的观照,一种"自我书写",即一种与现实生活密切相关的劳动。瓦尔泽的《散步》告诉我们,这种螺旋形模式的诗学机理,首先是在房间里冥思苦想,如在《散步》开始时提到的"刚才在楼上写字间里趴在一页页空白稿纸前那种绞尽脑汁的折磨"②,然后冥思和书写被"散步"取代,散步是另一种行走式的冥思,让冥思"展起想象翅膀",③最终,散步的冥思又被重新书写,如此循环往复,不断生成自我文本。同时,在这些自我文本中,瓦尔泽不断地对散步和书写进行反思,形成元叙事。

在这个意义上,瓦尔泽的冥思、书写和散步是密不可分的统一体,瓦尔泽在散步中冥思,在纸面上散步,对瓦尔泽来说,书写和散步是同义词。即爱比克泰特冥思、书写、练习三位一体的思考。福柯提出在 1 世纪前后出现的所谓"行为伦理诗学",在瓦尔泽身上具体表现为一种"散步诗学"。

---

① 罗伯特·瓦尔泽:《散步》,范捷平译,上海译文出版社出版,2002 年,第 158 页。
② 同上,第 125 页。
③ 同上,第 158 页。

三

如果说瓦尔泽的书写和散步是同义词,自我书写和冥思是同义词,那么瓦尔泽的散步诗学究竟具备哪些美学特征呢? 许多年前,我在一篇名为《论瓦尔泽诗学——作为对书写反思的"散步"》[1]中就提到一个观点:瓦尔泽将自己的文学写作称为"Schriftstellerei"(写字),言下之意无非想说,他的文学写作并不是附庸风雅,而是一种"手艺"(Hand-Werk),是一种散步那样的生活方式,同时也是一种散步那样的思维方式。他在《散步》中对自己的文学书写,做了如下的散步式定义:

> 亲爱并且宽宏大量的读者,请你竭尽努力,孜孜不倦地与这些字句的创造发明者一起走进那晨光明媚的世界,切不要急急匆匆,而是带着十二分的悠闲,这样,我们俩就有那份冷静的审视和安宁,来到我开头提到过的那家挂着镀金招牌的面包店……。[2]

在这里,他把文学书写和散步糅合在一起,形成了一种在文字中的散步,或曰散步诗学,他对散步的叙述成了对书写的叙述,并拉着手把读者带入散步的情景。在瓦尔泽看来,他的文学书写"Schriftstellerei"或者文学散步与"Schneinderei"(裁缝)、

---

① Fan Jieping: „Spaziergang " als Reflexion über das Schreiben. Zu Robert Walsers Peotik. In: Transkulturalität, Identität in neuem Licht, hg. v. Maeda Ryozo, iudicium Verlag, München 2008, S. 877 – 882.

② 罗伯特·瓦尔泽:《散步》,范捷平译,上海译文出版社,2002 年,第 131 页。

"Bäckerei"（烤面包）并没有本质差异，它仅是一种非常普通的日常行为。就像他自己所说的那样，他就如同一个"女裁缝"，他的"Schriftstellerei"如同码字、堆字，或像女裁缝那样一针一线地缝字：

> 我看到了什么？看到了一个在陋室里勤奋缝纫的裁缝姑娘。她在勤奋地缝补间隙抬起头来缓缓神，朝窗外看一眼，她看到有两个人手挽手地从她眼前走过。[①]

显然，作为自我文本的书写者，瓦尔泽戴上了一张"女裁缝"的面具，他想告诉读者，他正在"陋室"里"勤奋"地一字一字"缝补"文本。在冥思中，他抬起头来，"朝窗外看一眼"，于是一对散步人的故事产生了……他的书写内容是散步，他的书写方式亦犹如散步，散步用眼睛观察，书写用心灵观察，只不过这里所涉及的是一种书面上的散步，一种精神散步。

这一书写形式被瓦尔特·本雅明称为"用前一句推衍下一句式的滚雪球"[②]书写方式，其中蕴含的是一种"无目的的合目的性，是最高境界的目的性"[③]。这种康德美学中的"无目的的合目的性"书写方式与散步方式非常接近，散步中每一步都是对前一步的"奥夫

---

① Robert Walser: Die Näherin. In: Sämtliche Werke in Einzelbänden, Bd. 20, hg. v. Jochen Greven, Suhrkamp Verlag, Frankfurt am Main 1985，S. 134.

② Walter Benjamin: Robert Walser. In: Illuminationen. Ausgewählte Schriften 1, Frankfurt am Main 1977，S. 350.

③ 同上。

赫变"(Aufheben),或曰"扬弃"①,无法重复,散步也是将目的性蕴含在无目的性之中。所以本雅明说,瓦尔泽对自己书写的东西"从不修改一个字"②。进一步看,世上没有无内容的形式,也没有无形式的内容,没有无目的的手段,也没有无手段就能达到的目的,在德意志古典哲学中,手段和合目的性(Mittel zum Zweck)的本质在于目的规定手段,手段服务于目的。歌德在1827年4月18日与爱克曼的谈话中就提到,美的事物需要"各部分肢体构造都符合它的自然定性,也就是说,符合它的目的性"③。而这一逻辑似乎在瓦尔泽散步诗学中并不成立,瓦尔泽的散步诗学的逻辑是手段即目的(Zweck im Mittel)。

2008年我在日本金泽大学的一次学术报告上,提及瓦尔泽在伯尔尼时期写的一篇名为《白费劲》(Für die Katz)④的小品文,该文的开头是这样的:"我在寂静的深夜写一篇小品文,看来它想成形了。我想说,我实际上是在白费劲,我是为了活命才写。"⑤也就是说,瓦尔泽的文学书写跟他钟爱的散步一样,都不符合目的性,瓦尔泽并没有想写惊世之作,而是为了面包,或者为了得到承认。在这篇小品文里,瓦尔泽写道:"白费劲指的是作家天天为工厂,或

---

① 黑格尔《精神现象学》中的重要概念"Aufheben"蕴含着"取消""保存"和"升华"三种含义,黑格尔用这个词表达他对精神现象的辩证性本质。钱钟书先生在《管锥编》中将其译为"奥夫赫变",杨周翰先生译为"扬弃",但"扬弃"没有将"保存"这一历史维度蕴含在内,故本书中提及"Aufheben"一词时均采用音译。

② 同上。

③ 金炳华等编:《哲学大辞典(修订本)》,上海辞书出版社,2001年,第392页。

④ 这篇小品文的题目为德语俚语(Für die Katz),瓦尔泽借用布卡特·瓦尔迪斯(Burkhard Waldis)的《铁匠与猫》寓言,把自己比作一个勤奋工作、技术精湛的铁匠,但因好心,无法开口索取回报,顾客都用"感谢"之词回报他。后来,他把一只猫捆在铁匠铺里,不让它抓老鼠吃,别人不付钱给他时,他就指着猫说,谢谢它吧。最终,那只猫在感谢声中饿死了。

⑤ Robert Walser, Für die Katz. In: Für die Katz, Bd. 20. Sämtliche Werke in Einzelbänden, hg. v. Jochen Greven Suhrkamp Verlag, Frankfurt am Main 1986, S. 430.

者工业企业生产,甚至每小时都在为它勤奋地打工,不断地提供产品,它就是我们这个时代,就是我们为之而无偿付出的时代。"[1]瓦尔泽对工业时代艺术品的批评还表现在反讽上,如他在小品文《最近我让自己的眼睛……》对自我书写和文学书写做了诸如此类的调侃:

> 劳斯布波出版社通知我,他们对于我(用这样的手稿)大胆狂妄的投稿行为感到无比羞愧,不过他们会尽全力去解读的。美妙极了,我的那只诗人之手就像在纸上涂鸦,我的手就像激动无比的舞者,在纸上翩翩起舞。[2]

由此看来,瓦尔泽的书写方式是一种后工业时代现代主义文学的特殊书写方式,它类似一种符合时代特征的生产方式,符合机器的逻辑。首先,在资本主义大工业生产中,生产什么固然重要,但更重要的是生产的本身,生产什么是目的,生产其本身是手段,手段取代目的,使得目的失去其目的性,成为"无目的"的"目的"。其次,工业产品一旦从流水线上流出,不再具有任何改变其形态的可能,瓦尔泽的文学生产也是如此,就像本雅明所说的那样,瓦尔泽的手稿一旦形成,从不修改一个字,因为书写本身成为目的。这样,手段与目的的关系被重置,文学书写的目的也就被文学书写的手段所替代了。

---

[1] Robert Walser, Für die Katz. In: Für die Katz, Bd. 20. Sämtliche Werke in Einzelbänden, hg. v. Jochen Greven Suhrkamp Verlag, Frankfurt am Main 1986, S. 431.

[2] Robert Walser, Neulich lasse meine Augen…, in: Aus dem Bleistiftgebiet Bd. 4, Mikrogramm aus den Jahren 1926 – 1927, im Auftrag des Robert Walser Archivs der Carl Seelig-Stiftung/Zürich entziffert und herausgegeben von Bernhard Echte und Werner Morlang, Suhrkamp Verlag, Frankfurt am Main 1990, S. 199.

四

　　福柯在《关于自我书写》一文中除了"行为伦理诗学"之外,还提到了更早出现的作为自我书写的两种文化技术:第一种是所谓的"记事书写"(hypomnêmata);另一种是所谓的"书信书写"(korrespondenz)。[①] 我在这里集中讨论了"记事书写"在瓦尔泽的散步诗学中的再现或重现。

　　首先,从自我书写和文化技术层面来看,福柯认为,古希腊的"记事书写"可以是记事本、账本、笔记、摘要等,其最重要的功能可以概括为个人记忆和备忘依托,是一种典型的记忆媒体。在这种文本中,人们可以用来记录日常琐事、引文、书摘、范例等。有一点特别重要,这种书写方式可以记载个人的生活经历和别人的故事,或者是个人通过阅读而获得的知识,或经验反思、思绪和断想等。可以说,"记事书写"是一种媒介化了的,或者是物化了的记忆,如阅读了的、听到了的、想到了的东西。这一特征在罗伯特·瓦尔泽的"散步书写"过程中,特别是在他伯尔尼时期,表现得淋漓尽致。以《日记残篇》(*Tagebuch-Fragment*)[②]为例,这部作品于 1926 年前后生成,文本也是用铅笔密写方式写就,纸张为日历纸,其中 8 个片段仅写在 2 张日历纸的空白处("密码卷帙"第 308、305 号),同时《日记残篇》的主要内容为第一人称叙述者在散步中不断反思自我、生活和作家写作的断想、摘要,具有记事书写的特征。其实,瓦

---

　　① Michel Foucault: Über sich selbst schreiben. In: Schreiben als Kulturtechnik, hrsg. v. Sandro Zanetti, Suhrkamp Verlag, Frankfurt am Main 2015, S.52.
　　② 这部作品的作者誊写本经约亨·格莱文编辑后于 1967 年问世。1996 年,《日记残篇》(即"密码卷帙"第 308、305 号)经伯恩哈德·艾希特解读后再次出版。

尔泽这一时期的"密码卷帙"大多随机写在身边的小纸片上,如香烟盒、票证、明信片等。我们可以设想或者做出推测,这些记事书写可能常常发生在散步过程中,是"散步书写"的特征之一。

其次,福柯所说的"记事书写"不仅只具有备忘功能,它还能为文学创作提供"原材料",提供身体练习的可能,记事的过程也是阅读世界、冥思自我、自我言说和对他人言说的过程,从而达到"上手"(zur Hand)的目的,这样就起到一种"逻各斯行为伦理"(logos bioèthikos)①的作用。在古希腊和古罗马,这些可以"上手"的原材料为行为伦理诗学提供了论据,它可以抵制非伦理情绪如憎愤、嫉妒、多舌、顺溜拍马等恶习,也可以帮助他人度过人生中的困难时期,如流亡、战乱,获得慰藉等。这点在瓦尔泽的"散步书写"中同样得到印证,如他的两步法写作方式,现代主义文学经典小说残片《强盗》和《日记残篇》等均经铅笔"密码卷帙"到水笔誊写的过程,尽管瓦尔泽的这种"上手"如本雅明所说基本上"从不修改一个字",但仍然是一种"逻各斯行为伦理",是阅读、冥思和书写的螺旋模式,达到了伦理的升华。

第三,从诗学上看,"记事书写"在一定程度上只起到只言片语式的作用,这种书摘、箴言虽然没有叙事情节,但具有极强的心灵慰藉作用。福柯指出,"记事书写"的作用不仅在于对记忆的支撑,它更是一种身体练习和书写练习的原材料,或者用来自我对话。它随手拈来,随时可用,可以随时聆听智慧的声音,让狂暴不安的情绪重新安宁下来。福柯说,"记事书写可以像主人一样,让自我

---

① Michel Foucault: Über sich selbst schreiben. In: Schreiben als Kulturtechnik, hrsg. v. Sandro Zanetti, Suhrkamp Verlag, Frankfurt am Main 2015, S. 53.

这条狂暴的狗安静下来"①。塞内加曾经说过，"记事书写"是心灵的一部分，书写"记事"是主体性和主体化的关键。尽管福柯认为，古希腊的"记事书写"只是对阅读和思考的摘记，不具备隐秘的私人性，不是日记，这与古希腊文化的哲学思辨和对智慧的薪火相传有关，但"记事书写"无疑具有一种强烈的伦理性，即对自我的认知，这种认知是对自我的关怀，如自我龟缩、自我经历、自我满足、自我欣赏等。

这种伦理性同样在瓦尔泽的小品文中得到彰显。如在小品文《致纽扣》中，瓦尔泽通过和一枚纽扣的对话，表达出一种与资本主义社会极端利己主义和工业文明时代相悖的伦理观，他对一枚勤勤恳恳、默默无声地为他人服务的纽扣做出以下的赞美：

> 你没有把自己混出个模样儿来，而只是做了一粒纽扣本来应该做的事情，最起码来说，你看上去像在默默无闻、全心全意地恪守和完成自己的职责。这些就像是一朵最芳香的玫瑰，她那迷人的美丽即便对她自己来说也是一个谜，因为她散发的芳香是不带丝毫功利目的的，这芳香是她本身就要散发出来的，因为散发芬芳是玫瑰的命运。②

通过上述分析，我们可以发现罗伯特·瓦尔泽的"散步书写"，如同福柯在《关于自我书写》中所归纳的"记事书写"那样，具有三个特点：

---

① Michel Foucault: Über sich selbst schreiben. In: Schreiben als Kulturtechnik, hrsg. v. Sandro Zanetti, Suhrkamp Verlag, Frankfurt am Main 2015, S. 53.

② Robert Walser, Poetenleben, Sämtliche Werke in Einzelausgaben, Bd. 6, hg. v. Jochen Greven, Suhrkamp Verlag, Frankfurt am Main 1986, S. 108.

首先，就如塞内加所说，人需要阅读他人（世界），但前提是阅读自我，人欲立己，则先达人。瓦尔泽的《致纽扣》便集中反映了"记事书写"的这一特征。在塞内加看来，人是渺小的，无法自己来创造一切，无法把握所有的德行和理性，需要去阅读和学习他人的智慧。因此，自我书写和自我阅读（反思与冥思）密不可分，"记事书写"的本质在于不停地阅读，不停地书写。

其次，瓦尔泽的"散步书写"也同样符合古希腊、古罗马"记事书写"的特征，这种书写的意义不仅在于消解心不在焉，而且在于让书写者正确地运用笔记本那样的"散"文性（Disparat），即随时书写，这种所谓的"散"在瓦尔泽的《散步》中表现得淋漓尽致，以至于形成了一种书写的随意性。

最后，瓦尔泽的小品文就像塞内加所说的那样，不再顾及整体性，因为散文随笔性并不影响文本逻辑，瓦尔泽"散步书写"恰恰表现了这种"记事书写"的"发散性"。瓦尔泽的文学书写，无论是长篇小说还是小品文都是由各种"片段"（Fragmente）构成的，将"看见的""听见的"转化为一种"力量和血液"，[1]这样，书写行为就转化为书写者的自我理性行为。因此，瓦尔泽的"散步书写"与"记事书写"一样，恰恰具有一种忠实生活原型的所谓"真实性"。书写者将自我注入文本之中，从而生成自我的灵魂。

五

综上所述，罗伯特·瓦尔泽的散步诗学从本质上来看具备福

---

① Michel Foucault：Über sich selbst schreiben. In：Schreiben als Kulturtechnik, hrsg.v. Sandro Zanetti，Suhrkamp Verlag，Frankfurt am Main 2015，S.57.

柯所提出的"行为伦理诗学"(Das Ethopoetische)特征,作为文化技术,瓦尔泽的文学书写不完全具备世俗的文学目的。主观上看,瓦尔泽的书写活动具有文学创作的愿望;客观上看,瓦尔泽的创作更多的是一种生活状态,一种日常手艺(Hand-Werk)。与散步的身体练习相似,瓦尔泽的文学书写成为一种反思自我、掩饰自我,但恰恰因此而彰显自我的伦理行为过程。瓦尔泽的书写具有自我书写的本质,他的所有文学作品均具有自我指涉,这种自我指涉符合福柯提出的"行为伦理诗学"的基本内涵。因此,瓦尔泽的文学作品具有强烈的自我反思、自我反讽和反时代性。

瓦尔泽的散步诗学源于散步书写,散步作为身体练习不仅是瓦尔泽的冥思、阅读、交往的基本方式,而且嬗变为瓦尔泽文学书写的主要内容和瓦尔泽独特的碎片和残篇式书写方式。他的六卷本《来自铅笔领域》集中表现了散步书写方式的特征,瓦尔泽的书写方式与福柯所讨论的"记事书写"(hypomnêmata)相暗合。瓦尔泽的小品文不仅具有塞内加意义上的"记事书写"的零碎性和随机性,而且还有"记"(书写、备忘、冥思、心灵)与"事"(事件、世界、他者、自我)的强烈指涉,因此带有逻各斯行为伦理的特点,并以此形成瓦尔泽散步诗学的美学形态与内涵。

如果说,瓦尔泽的散步诗学的核心是自我书写的自我艺术,那么福柯有关自我艺术、自我书写的论述以及理论建构对瓦尔泽文学作品的阐释和接受无疑为之提供了新的认知途径。

真作假时假亦真
——德国戏剧对中国的开放性接受研究[①]

一、导　论

　　丝绸之路落雁尘远,中西互渐源远流长。自 20 世纪 20 年代起,中国学者王国维、吴宓、钱钟书、陈寅恪、陈受颐等开始研究比较文学和中西方文学关系。德国日耳曼学者和教育家阿道尔夫·莱希维恩(Adolf Reichwein)[②]、瑞士汉学家常安尔(Horst von Tscharner)[③]和中国日耳曼学者陈铨等也开了中德比较文学和中德文学关系研究之先河。在他们的眼里,西方文学在法国 17 世纪以来的"中国风"(Chinoiserie)影响下开始接受中国思想和中国文化以及中国文学,其主要特征是"中国仰慕"(China-philie)和同时

　　① 本文原为 2019 年 10 月 18 日至 20 日在广东外语外贸大学举行的"青龙过眼——中德文学交流中的读与误读"学术研讨会上做的大会主旨报告,收入时做了少许修改。
　　② Adolf Reichwein: China und Europa. Geistige und Künstlerische Beziehungen im 18. Jahrhundert. Oesterheld & CO. Verlag, Berlin 1923.
　　③ Horst von Tscharner: China in der deutschen Dichtung bis zur Klassik. München 1939; China in der deutschen Literatur des klassischen Zeitalters. München 1939.

出现的"中国恐惧"(China-phobie)①的二元对立接受框架。歌德、席勒等对中国文学的关注和接受引发了几代中国日耳曼学者的学术钩沉、考证研究之热。

戏剧是人类文明的产物,古希腊哲人亚里士多德等认为,戏剧的本质是"摹仿"(Mimesis)②和"镜像"反射(Widerspieglung),③即用动作来模仿和表演人类的行为。在中国传统文论中,"摹仿"也是一个重要的概念,涉及戏曲方面,中国戏剧同样强调模拟和扮演。明代戏剧理论家王骥德在《曲律》中谈到戏曲本质时说:"夫曲以摹写物情,体贴人理,所取委曲宛转,以代说词……摹欢则令人神荡,写怨则令人断肠。不在快人,而在动人。此所谓'风神',所谓'标韵',所谓'动吾天机'。"④具有良好国学修养的中国外国文学研究者陈受颐、陈铨以及之后的中国学者对中德文学关系研究大多受这种观念的影响,特别注重以这样的视角去研究中德戏剧接受史,注重考辨,尤其重视德国文学对中国接受的形态比较研究。

如此看来,我们大概可以提出以下问题:如德国文学中,尤其是德国戏剧中的中国接受是否也符合"摹仿"原则,如果这一原则是考量西方戏剧**如何**对中国纯文学戏剧作品的"摹仿"接受,这种

---

① 一方面是以莱布尼茨和伍尔芙为代表的"中国仰慕",推崇孔子思想;另一方面是以孟德斯鸠为代表的"中国恐惧",反对和抵制中国暴政(Despotismus)。

② 哲学和文学批评术语,描述艺术家解释世界的过程,摹仿也可以是"再现",意味着通过艺术来再现外部现实和自然。亚里多德认为,摹仿在某种程度上既重现了现实的对象,又改善了它们;它为人类提供了一种特殊的象征性秩序。17 和 18 世纪,卢梭和莱辛开始强调摹仿与内心体验和情感之间的关系,而不只是再现客观现实或自然。20 世纪,奥尔巴赫(Erich Auerbach)在《摹仿》一书中提出摹仿即表现现实。另一方面,本雅明和阿多诺等将摹仿描述为人类经验的基础,这种做法先于语言,但被社会压制或扭曲。他们认为,摹仿与社会实践和主体间性有关。

③ Karlheiz Barck u. a. (Hg): Ästhetische Grundbegriffe Bd. 4. Verlag J. B. Metzler, Stuttgart, 2002 - 2010, S.84ff.

④ 陈多、叶长海:《中国历代剧论选注》,湖南文艺出版社,1987 年,第 167—168 页。

摹仿是否也必须符合镜面反射人类行为的原则,也就是说,必须精准地表现他者行为的原则;或只能从文学史或文学接受史这一维度来进行研究。如果是那样,那么文学的美学原则如意象、想象、虚构、叙事、风格(戏仿、反讽、隐喻、借喻)在接受过程中又当如何理解,文学的互文性等又当如何理解。

二、假作真时真亦假——西方对中国戏剧的摹仿接受

我们姑且先从摹仿接受理论出发,那么德国戏剧不仅模仿和反映自身的生活,而且还试图摹仿和反映外来文化,如希腊文化、阿拉伯和波斯文化,当然其中还有从 18 和 19 世纪开始在欧洲盛行的中国文化。王国维早在 1927 年发表的《宋元戏曲史》中就提出一个观点,中国在宋、元两个朝代所取得的辉煌戏曲成就与跨文化文学的互文性密切相关。他在论及中国宋、元戏剧融入大量古丝绸之路沿线的文明(金、女真、蒙古)等现象时,特别提及了西方戏剧对中国戏剧的接受问题。在王国维看来,文学现象不是孤立的现象,而是人类文明共同体的体现,这个思想与歌德的世界文学观点有相似之处。王国维在书中写道:

> 至我国戏剧之译为外国文字也为时颇早,如《赵氏孤儿》则法人特赫尔特(Du Halde)实译于千七百六十二年至千八百三十四年,而裘立安(Julian)又重译之,又英人大维斯(Davis)之译《老生儿》在千八百十七年,其译《汉宫秋》在千八百二十九年,又裘立安所译尚有《灰阑记》《连环计》《看钱奴》均在千

八百三四十年。①

陈受颐是中西方文学关系研究的开创者之一,他和吴宓都是中国比较文学学科的开创者。陈受颐 1929 年发表在《岭南学报》创刊号上的《十八世纪欧洲文学里的〈赵氏孤儿〉》一文中首先对王国维的中西文学关系研究做了纠正。

首先,他提出,《赵氏孤儿》的译者并非特赫尔特,而是法国耶稣会传教士马若瑟(Joseph de Prémare),特赫尔特只不过将其收入 1735 年出版的《中国详志》而已。② 其次,他首次提及歌德的《埃尔佩诺尔》(*Elpenor*)源于《赵氏孤儿》的说法,并引入歌德、伏尔泰、亚瑟·墨菲(Arthur Murphy)的"改编论"说法,即在《赵氏孤儿》的基础上进行改编。再者,陈受颐提到了最早出现在欧洲的中国戏剧是 1669 年英国戏剧家塞托尔(Elkanah Settle)撰写的《鞑靼人征服中国记:一部悲剧》(*The Conquest of China,By the Tartars:A Tragedy*)。尽管陈受颐对这部戏剧的题目表述不尽准确,但他可能尚未意识到这里涉及的一个重要观点,即这部剧是"用想象凭空构成的中国戏剧……与其说是'中国剧',毋宁说它为英雄剧,因为剧中情节,一一都与当时戏剧无违……然而作者不懂得中国实况,还要虚词掩饰,说他的剧本有历史与事实为根原(源)"③。

陈受颐不仅在 1929 年提出歌德接受《赵氏孤儿》的推想,而且他也较早地注意到席勒对中国文学的兴趣。他在 1930 年《岭南学报》第一卷第四期上的《〈好逑传〉最早之欧译》中,讨论了席勒接受

---

① 王国维:《宋元戏曲史》,商务印书馆,1927 年,第 81 页。
② 陈受颐:《十八世纪欧洲文学里的〈赵氏孤儿〉》,载《岭南学报》1929 年第一卷第一期,第 118 页。
③ 同上,第 116 页。

中国文学的史实。此外,他还论及了席勒曾经翻译《孔子》和改编戏剧《图兰朵》的经历,并简单地论述了席勒"中国接受"的动机和目的:欧洲对中国文学的接受只关注其异域性和故事性,不注重文学性的原因。他的这一发现也成为陈铨(《中德文学研究》,1936)以及之后中国日耳曼学者对席勒"中国接受"研究的重要依据。

中国日耳曼学者中的中德文学关系研究者,则应首推陈铨。陈铨1936年(民国二十五年四月)用中文发表了他在德国基尔大学完成的博士论文《中德文学研究》(商务印书馆),后又在该书的基础上出版了《中国纯文学对德国文学的影响》,并发表了一系列有关中德文学关系的研究成果。陈铨通过小说、戏剧和诗歌三个领域在《中德文学研究》中,对18世纪至20世纪初德国文学中的中国以及中国纯文学接受问题做了详细的梳理和考证。

陈铨中德文学关系研究的主要线索和资料来自瑞士汉学家常安尔①的德国文学中的中国戏剧和中国诗歌研究,以及他的学长阿道尔夫·莱希维恩(同为基尔大学的博士)学位论文《十八世纪中国与欧洲的精神和艺术关系》。同时,他也受到陈受颐等人的中西文学关系研究的影响,但陈铨并未在参考书目中提及陈受颐1929年发表在《岭南学报》上的两篇重要文章,其原因不得而知。

陈铨的主要观点为:18世纪德国(1747《中国详志》—1766《好逑传》)对中国的接受主要在文化和哲学以及艺术品方面,这与法国18世纪初的"中国风"时尚有关,对于中国纯文学的兴趣主要源于法国的特赫尔特编撰的《中国详志》中的《赵氏孤儿》以及慕尔翻

---

① 其中常安尔 Horst von Tscharner 于1934年在 *Sinica* Ⅳ 第九期发表的 *China in der deutschen Literatur des klassischen Zeitalters* 以及1935年在 *Sinica* Ⅷ 第十三期发表的 *Chinesische Schauspielkunst* 对陈铨的影响较大。他的许多资料和论点均来自这篇论文。

译的《好逑传》，这些观点并没有超越陈受颐的发现，但是在讨论接受中国文学的动机和目的时，陈铨做了进一步的分析，他除了提及"中国风"的影响之外，特别肯定了莱布尼兹和伍尔芙对德国的中国接受所发挥的作用：

> （十八世纪初）德国人对中国文化兴趣的高下，同他们自己的精神生活互相关联，十八世纪是德国光明运动的最高点，光明运动的哲学家莱布尼兹、渥尔夫都相信普通的人性和普遍有效的理性规律……这一种宇宙观同孔子的教训有许多相同的地方……因此我们很可以明白，为什么在十八世纪的时候，德国人那样喜欢孔子。①

但这种动机论和目的论在以哈曼、赫尔德②、歌德和席勒为代表的"狂飙突进运动"（1760—1780）时期却丧失了。因为在这个时期，狂飙突进分子的"人生观同孔子的合理主义（理性主义）的人生观根本（是）两件事情。只有普遍的精神，歌德，他相信世界文学的时期将到，才能够发现中国文学的美丽"③。这个观点在早些时候，已经出现在常安尔的《德国古典时期文学中的中国》一文中。而19世纪30年代开始的德国精神受工业化影响，德国逐渐上升为工业国，"在科学和军事方面在全世界占最优胜地位"④，以尼采为代表的极端个人主义与中国文化中蕴含的世界观截然不同，因而导致

---

① 陈铨：《中德文学研究》，商务印书馆，1936年，第192页。
② 哈曼对中国精神极尽讽刺之能事，直到临死前才对孔子学说产生新的感悟。赫尔德与其老师哈曼一样，对中国文化持否定态度，认为中国文化是落后的文化，孔子儒家如同教育儿童一样教育一个不成熟的民族。Horst von Tscharner S.187 - 188.
③ 陈铨：《中德文学研究》，商务印书馆，1936年，第192—193页。
④ 同上，第193页。

"德国人对中国文化兴趣差不多完全消灭"①。直到第一次世界大战前后,德国人面对现代化带来的困惑,重新燃起了对中国的热情,"许多德国人感觉到老子哲学意义的深厚……《道德经》变成了现代人到东方的桥梁"②。

陈铨在这里提出的德国文学对中国接受的观点,基本上从社会意识形态决定论出发。他在评论德国戏剧对中国戏剧的接受时,同样持上述观点,并提出中国戏剧在欧洲以及在德国接受的二元悖论。值得注意的是,陈受颐对欧洲接受中国戏剧的困难主要归于戏剧形态,如中国戏剧不符合西方戏剧的"三一律"等。陈铨接受了这一思想,他认为:

> 中国的戏剧如果大家一定要真正地了解,也只有在剧台上去看它全部的生命。不过问题还不是我们能不能把一本改编好的中国戏搬到德国的戏台上,乃是"怎么样"把它在德国的剧台上去表演,并且"一定"要怎么样表演。在这里又有两个最大的困难,第一是改编的困难,第二是表演的困难。③

关于中国戏剧翻译和中德戏剧表演模式存在的差异不言自明。在接受和改编的困难上,陈铨引用并赞同卫礼贤的说法,认为中国戏剧的"基本宇宙观是一个完全古代的宇宙观,同……近代欧洲的全不相同。……歌德固然曾经在他的《伊菲革丽》(《伊菲格尼亚在陶里斯岛》)中把一本古代希腊的剧本,改编成一本德国的名剧,……但是歌德曾经同样的拿中国材料来改编,终究认为没有希

---

① 陈铨:《中德文学研究》,商务印书馆,1936年,第193页。
② 同上,第194页。
③ 同上,第70页。

望,把它抛弃了"①。需要提及的是,陈铨在研究歌德和中国关系时,还采用了毕德曼(Woldemar Freiherr von Biedermann)②的歌德和中国关系研究资料,确定了歌德与中国的文学关系。陈铨认为,歌德、席勒对中国的文学接受从形态上看是失败的,其原因首先是中德世界观不一致,其次是中国的戏剧是戏子艺术,而没有戏剧文学。这一点也在常安尔的《中国戏曲艺术》一文中得到印证,常安尔指出:"在中国,戏园和戏剧的成功或失败,完全取决于演员的水平。与欧洲戏剧的文学性和导演相比,中国戏剧中的演员是最高权威。"③

由此看来,陈铨和常安尔的观点十分接近,他们都认为德国文学古典时期在戏剧领域对中国的摹仿和改编是困难的,歌德无法在《埃尔佩诺尔》中实现《赵氏孤儿》移植的主要原因是戏剧形态上的困难。席勒的《图兰朵》形态上也与中国没有太大的关系,不过是加入了"中国色彩"。④ 常安尔甚至对歌德和席勒戏剧作品中的中国影响提出疑问。陈铨则明确指出,席勒改编的《图兰朵》"中国色彩自然不深,因为席勒实在不知道多少中国的事情,但是他在《图郎多》(即《图兰朵》)上面极力想造成中国的空气,是非常明白的事实"⑤。可以确定的一点,陈铨在《中德文学关系》中有关歌德《埃尔佩诺尔》和席勒《图兰朵》的评述,几乎全部译自常安尔1934年在《华裔学志》(Sinica)第九期上发表的论文《德国经典时期文学中的中国》,比如常安尔在他的论文中提出:

---

① 陈铨:《中德文学研究》,商务印书馆,1936年,第70页。
② 毕德曼(1817—1903),德国著名的文学理论家,歌德研究学者。
③ Horst von Tscharner: Chinesissche Schauspielkunst, Sinica Ⅶ, Heft 3.
④ 陈铨:《中德文学研究》,商务印书馆,1936年,第86页。
⑤ 同上。

席勒并没有向我们呈现一部"中国戏剧"的用意。如果剧（《图兰朵》）中的总理大臣、部长、卫队长以及歹毒的太监让我们觉得他们戴上了中国戏剧滑稽角色的面具，那么《图兰朵》中的其他角色就不是如此了。席勒在这里接受的是卡洛·哥奇（Carlo Gozzi，1720—1806）的"中国风"，它涉及了所有的外在的东西，而这点也恰恰让人感到"好玩"（Spaß）。其中有一些场景完全"采用了夸张的中国味道"，比如皇帝的服饰，还有在"东方场景"（Divanszene）中出现的所谓中国仪式的漫画卡通情形。所谓的中国人物，如图兰朵、皇帝、驸马以及这部戏中有关迎娶公主的主要情节，全部来自波斯童话，也与席勒戏剧的人性化一样，完全不是中国的。[1]

简而言之，常安尔在评论德国文学（戏剧）中的中国接受时遵循了一个原则，那就是"假作真时真亦假"。德国作家如歌德、席勒在接受中国时，大多把一个误读的或者没有真实可靠认知基础的中国作为接受对象，这样的接受是不可靠的，所剩下的仅为具体的接受考证研究。这一观点影响了陈铨，他在中德文学关系研究中也沿袭了这一观点，但不得而知的是，之后有不少研究者对德国文学中的中国接受问题仅限于热衷探究席勒《图兰朵》中究竟有多少"中国元素"，[2]探究这些所谓的"中国元素"究竟有多少是真实的，他们的依据主要还是局限于上述研究者的成果。

---

① Horst von Tscharner: China in der deutschen Literatur des klassischen Zeitalters，Sinica，Ⅳ. 1934，S.196 - 197.

② 董问樵：《席勒与中国》，载《外国语文教学》1985 年第三期，第 3—8 页；杨恩霖：《席勒剧作"徒郎多"与中国文学的关系》，载《海交史研究》1995 年第一期，第 115—120 页；谭渊：《图兰朵公主的中国之路——席勒与中国文学关系再探讨》，载《外国文学评论》2009 年第四期，第 129—140 页。

另一方面，与翻译和表演上的差异性而导致的接受困难相反，陈铨提出了一种"精神接受说"。他认为，歌德、席勒对中国戏剧的接受主要是接受中国的伦理精神。比如，歌德接受《赵氏孤儿》《老生儿》和《今古奇观》的故事，"大概是因为里面中国人极端看中后嗣，要儿子继承香火的宗教观念"[①]。他这个说法根据是歌德1817年9月4日写给克奈伯尔(Knebel)的一封信。信中提到"我们一谈到远东，就不能不联想到最近介绍来的一部中国戏剧，剧中描写了一位没有子嗣、不久将死去的老人的情感，非常感人。固然正因为他不能把最美丽的、全国同行不可缺少的礼节，交给他不愿意的亲戚去管理。这不单是一个特别的，乃是一个普遍的宗族图画"[②]。此外，无论是陈铨还是陈受颐，都在一定程度上从德国戏剧的中国接受中解读出了中国戏剧的"劝善惩恶"[③]教化思想，这一思想证明："孔子的道德观念同基督的道德教训是一点都不冲突的。"[④]这一普适伦理在一定程度上符合人类命运和文明共同体的理念。

尽管如此，陈铨的结论仍然是，中国戏剧的德国接受或改编"比小说更难成功，……歌德根据一些中国材料的动机，想用中国精神来创造一本西洋的戏剧，结果失败。席勒想把他的戏剧染上中国色彩，也一样没有成功。……洪德生最大的贡献，是第一次介绍了中国最伟大的戏剧，《西厢记》《琵琶记》，很可惜他的改编本太

---

① 陈铨：《中德文学研究》，商务印书馆，1936年，第81页。

② 同上，第82页。

③ 陈受颐：《十八世纪欧洲文学里的〈赵氏孤儿〉》，载《岭南学报》1929年第一卷第一期，第134页。陈铨：《中德文学研究》，商务印书馆，1936年，第11页。陈受颐同样在欧洲戏剧的《赵氏孤儿》接受和改编的过程中看到了"精神接受"的因素，他在伏尔泰的《中国孤儿》改编中看到了元代与宋代的政治关系，他用鞑靼人和汉族人的战争来借喻野蛮和文明的斗争，以此来与卢梭进行文明与反文明的辩论。

④ 陈铨：《中德文学研究》，商务印书馆，1936年，第8页。

自由,失掉了原文的本来面目"①。

三、真作假时假亦真——歌德、席勒在戏剧中与开放性中国接受

　　值得注意的是,歌德早期对中国诗歌和戏剧《赵氏孤儿》的接受,席勒的《好逑传》翻译,阿伦特(Karl Arendt)、比尔鲍姆(Otto Julius Bierbaum)等在 1875 年、1922 年先后二次改编历史小说《褒姒传》(《褒国的美女》[das Schöne Mädchen von Pao])②其实已经对中国文学的接受动机和目的有所启示,之后陈受颐也在他们的研究中看到了德国文学和戏剧对中国接受的真实目的。例如,陈受颐在伏尔泰把《赵氏孤儿》改编成《中国孤儿》的过程中已经看到,或者他已经接受了西方中德文学关系研究成果,即伏尔泰改编的《中国孤儿》实际上是为了用孔子伦理和中国文明与卢梭进行文明与自然的对话。他借用鞑靼人战胜"中国人"的故事来说明,蒙古人虽然在武力上征服了宋代的中国,但真正的胜利是汉文化,文明教化了鞑靼人。伏尔泰在《赵氏孤儿》接受问题上已经说明了他对于中国接受的态度,他认为:"《赵氏孤儿》是一个重要的里程碑,它用比任何中国小说都要巧妙的方式让我们认识中国的精神。"③

　　德国文学中接受伏尔泰《中国孤儿》影响最大的是维兰德(Christoph Martin Wieland),他 1772 年发表的《金镜或谢西安的国王们———一部译自谢西安文的真实历史》虽然是一部所谓的"民

---

　　① 陈铨:《中德文学研究》,商务印书馆,1936 年,第 128—129 页。
　　② 陈铨在《中德文学研究》一书中提及柏林东方语言研究院 Karl Arendt 和其学生 Otto Julius Bierbaum 对中国历史小说《褒姒传》的翻译,陈铨将前者的名字译为"亚林德",后者译为"皮尔包"。
　　③ Horst von Tscharner:China in der deutschen Dichtung. München 1939,S. 196.

族小说",但也不失为德国文学对中国戏剧接受机制的例子。维兰德在给索菲·冯·拉罗赫(Sophie von Laroche)的信中写道:他的小说只是"所有对他有用的东西拼凑起来的大拼盘,是从人类历史上一个伦理国家那里学来的庄重和肃穆"①。在常安尔看来,《金镜》中虽然有《赵氏孤儿》的影子,但有可能是捕风捉影,有与没有并不重要,重要的是维兰德以此表达了他开明君主的启蒙思想。然而,维兰德也不拒绝提及印度和中国,他曾明确表示对东方心存感激和钦佩。他说,宗教只有通过信仰才能有力量。"就像信徒们挂在脖子上的护身符一样,印度婆罗门和中国佛教信徒就喜欢相互赠送这些信物。中国最伟大的君主(舜)就是从茅草屋里走出来的,为什么农夫舜不能成为最开明的君主呢? 他的出身让他首先成为人,这是最重要的。"②维兰德自称,他的《金镜》不过是对中国的"虚构性翻译"(fiktive Übersetzung),《金镜》中的主人公谢西安国王 Tifan 做了如下解释:"中国历史上的皇帝舜和尧……不仅仅是历史真实,它们其实就是 Tifan……"③显而易见,维兰德关心的是启蒙思想,他是用中国古代贤君舜和尧来寄托他在《金镜》中希望表达的思想,维兰德的镜子不是折射真实和摹仿真实的镜子,而是文学艺术的镜子,是陌生化的镜子。由此看来,在这里出现的问题首先是美学问题,其次才是中国接受的问题,中国接受首先是以精神接受为特征的,其次是服务于文学创作与文学美学的。

其实,陈铨也在《中德文学研究》中提到这种接受机制,他说:德国人阿伦特和比尔鲍姆将《褒姒传》改编成《褒国的美女》,以及汉学家弗兰茨·库恩(Franz Kuhn)1926 年根据阿伦特版本重新翻

---

① Horst von Tscharner:China in der deutschen Dichtung. München 1939,S. 194.
② 同上,第 195 页。
③ 同上,第 195 页。

译的《不笑的女人》，这些都只是因为想"打起中国的招牌"，他描写的不是"真正的中国"，很多接受中国文学的德国人"老实地承认他（们）不知道多少中国东西，但他（们）也不想努力去写一部真正能够代表中国文化的小说，他（们）只是想写一本有趣味的书，借此可以随时地开开玩笑"①。陈铨并没有看到文学作品传播和接受机制中的特点，而从反面去判断了其中的接受机制。

这样看来，我们在这里是否可以提出一个新的观点，那就是德国文学和德语戏剧对中国的接受从一开始就不存在"摹仿"和"真假"问题，如果我们仅持有文化和文学摹仿的观点，那么在德国文学家无法真正了解中国文化的情况下，"假作真时"的那个"真"反而是假的，我们需要去追究德国作家是否真的在文学中给了我们一面维兰德的"金镜"吗？与之相反，把所谓的"真"，视为一种文学手段，也就是把它从一开始就视为假，不当真，此时是否存在一种可能性，那就是"真作假时假亦真"。

歌德一直反对生搬和摹仿外来文化，青年歌德对 17 和 18 世纪法国的"中国风"和洛可可时期的"中国仰慕"始终报以批评和否定的态度，他不仅批评以中国瓷器花瓶和丝绸为代表的所谓"中国元素"，认为这是非常肤浅的，如同英国花园那样无聊，这跟歌德少年时代"中国风"盛行和歌德父亲对"中国风"的热衷有关。在 1777 年撰写的六幕讽刺喜剧《伤感主义的胜利》中，歌德对中国花园做了以下的描述：

这片完美的花园

让我们仔细观望。

---

① Horst von Tscharner : China in der deutschen Dichtung. München 1939，S. 41.

我们看到花园里此起彼伏，

所有的树丛都符合标准的模板，

弯弯的小径、流水瀑布和池塘，

宝塔、岩洞、草坪、假山，

还有许多花草芬芳，

松柏、巴比伦柳树、废墟，

屋中的孤独人，草地上的牧羊人，

伊斯兰教堂和塔楼上的小屋，

草褥子铺床，极不舒服，

胜利柱、迷津、凯旋门，

垂钓小屋、湖边沐浴亭子

中国哥特式的假山洞，小屋、许多小亭子，

中国寺庙和建筑

坟墓，我们是否已经无人埋葬，

必须把一切视为整体。①

    其实，歌德对所谓"中国元素"的接受完全不在于对形式的追求，他反对的是矫揉造作的摹仿，违背自然的人工雕琢，反对"中国风"时尚中的美学。但他绝不反对中国的伦理哲学思想，这点在歌德1789年1月3日至13日给席勒的三封信中已经说得十分明白，他感兴趣的是天主教传教士利玛窦与中国哲人的一次谈话记录。歌德在信中对席勒说，我对"一个理想主义者和一个莱茵霍尔德主

---

① Horst von Tscharner: China in der deutschen Literatur des klassischen Zeitalters, Sinica, Ⅳ. 1934，S.191.

义者之间"①的谈话感到十分"有趣",对中国哲人的"睿智"②感到折服。他在 1796 年的一首名为《在罗马的中国人》(*Der Chinese in Rom*)的小诗中特别对中国接受机制问题做出反思,他用讽刺的语调写道:

> 在罗马,我看见了一个中国人;
> 在他的眼里,所有的新建筑老房子都不顺眼。
> 啊! 他叹了一口气:可怜的罗马人! 我希望他们能够
> 理解,
> 为什么只有木头柱子才能扛得住房梁
> 只有受过教养的眼睛,
> 才能识得画栋雕梁,金碧辉煌。
> 瞧! 我在这画面中看到了不少狂热者,
> 他将自己的胡乱的诗作比成千古的自然,
> 比作永恒的织物,
> 将真正纯粹的健康称为病态,
> 而他自称的健康却是病态。③

这首小诗其实也不是真写中国人的,而是以中国人为符号和隐喻,并以此讽刺当年在魏玛的德国浪漫主义文学先驱让·保罗

---

① 在歌德看来,利玛窦在哲学上是一个代表西方理性思维的莱茵霍尔德主义者,严格恪守哲学教条和实用的哲学家,而中国哲学家则是一个"理想主义者"。从歌德对中国思想的阅读来看,他所说的中国哲人可能是一位儒家学者。

② Johann Wolfgang von Goethe: Goethe mit Schiller I, in: sämtliche Werke, Briefe, Tagebücher und Gespräche 1794 - 1799, Bd. 31, Deutscher Klassiker Verlag, Berlin, 2016, S. 473.

③ Horst von Tscharner: China in der deutschen Literatur des klassischen Zeitalters, Sinica, Ⅳ. 1934, S.191.

德国文学散论

(Rean Paul)。在歌德看来,让·保罗这个不守古典主义规矩的诗人就像诗中那个不懂罗马建筑的中国人那样,是病态的、不健康的。

常安尔在《德国经典时期文学中的中国》一文中对歌德的中国接受进行了探究,他也试图从上述歌德给席勒的三封信中解读出歌德对中国接受兴趣的原因。常安尔提到,歌德除了对中国读物(包含小说、诗歌、戏剧、游记)和对中国哲学的"睿智"感到有兴趣以外,还提到"有些(中国)素材对我们有用",歌德在这里用的"素材"一词是"Stoff"。在文学理论中,"Stoff"指的不是主题,也不是母题,而是指可以用来进行文学叙述的"素材",是指可以用来表达思想的形式。在文学叙述学中,素材常常是作家在叙述某一个故事情节过程中与真实性不完全相关的、虚构的、作家自己所想象的"内容"。① 由此看来,歌德指的"素材"是文学意义上的材料,他对席勒所说的"对我们有用"无疑是指对文学创作"有用",作为"Stoff"的素材并非用来摹仿,用来当成真实的中国来加以接受。从席勒《图兰朵》对中国元素的文学化处理,以及歌德本人《埃尔佩诺尔》第一幕和第二幕的创作来看,这也符合歌德这一时期作家和诗人的想法。

"真作假时假亦真"的中国开放性接受观点中,还包括文学作为虚构和戏仿等手法,到了 20 世纪以后,这些文学手法并不因为对中国接受的渠道越来越多而有所改变。在 20 世纪德国戏剧的中国接受上,陌生化、戏仿性、反讽、荒诞、借喻、隐喻、面具化、符号、象征等现象更是层出不穷。

---

① Gero von Wilpert: Sachwörterbuch der Literatur. Körner, Stuttgart 1989, S.893.

四、两个现代戏剧的例子

在本文的结束部分,我且不谈学界业已讨论了较多的克拉朋特和布莱希特对中国戏剧的接受问题,他们是德国 20 世纪中国戏剧接受的典范。这里仅以提供两个较鲜知的德国作家为例,进一步说明德国的中国戏剧接受是"真作假时假亦真"的戏剧诗学问题。

第一个例子是克里斯多夫·汉(Christoph Hein)1982 年对鲁迅小说《阿 Q 正传》的戏剧改编。其中汉对鲁迅的接受和戏剧改编的目的和动机可以用剧中阿 Q 的一句口头禅来说明:"这个世界在转,一切都在重复。"①尽管汉把"根据鲁迅作品改编"几个字印在作品上,但读者非常清楚,汉是借助鲁迅的阿 Q 暗指东德的社会政治。中国的故事传到了德国,中国的阿 Q 在东德社会现实中重复,这里的中国接受更是一种文学手法。这跟德国文学和戏剧采用希腊神话故事、阿拉伯故事、印度故事一样,是一种文学述行。

1984 年汉的话剧《阿 Q 正传》在西德卡塞尔公演后,罗斯曼(Roßmann)在 1984 年 12 月 25 日的《法兰克福评论报》上发表文章,称"这个真实的故事给了观众思考这个真实故事的机会"②,这里暗指的是东德社会的真实故事。格哈茨(Edith Gerhards)在1985 年 1 月 4 日的《德国人民报》(*Deutsche Volkszeitung*)上发表评论说:"这部戏剧与中国和中国辛亥革命没有丝毫关系,而是指

---

① Christoph Hein: Die Wahre Geschichte des Ah Q. Henschelverlag Kunst und Gesellschaft Berlin, 1984.

② Klaus Hammer (Hrsg.): Chronist ohne Botschaft. Christoph Hein. Ein Arbeitsbuch. Materialien, Auskünfte, Bibliographie. Aufbau-Verlag, Berlin 1992, S.251.

涉我们这个社会的反对者，准确地说，是两个失败的(东德)革命者在造反。"①中国文学在这里只是一个艺术手段，鲁迅的阿Q只是为了掩饰汉的真实目的。还有荷尔尼克在文学美学的意义上指出：从汉的话剧《阿Q正传》中可以看出，东德的"社会革命失败在于革命的主人公没有行动"，②汉通过剧中主人公批评"不应逆来顺受"，③汉所采用的戏剧形式不是传统的与真实世界保持一定的距离，而是穿上鲁迅《阿Q正传》这件"小丑化"的外衣，实施陌生化和模糊化，从而特别明显地表达了他的真实用意。④

　　孔伯豪茨则在戏剧布景上对汉的中国接受目的进行了分析，他认为汉的《阿Q正传》连人物塑造和布景设计都有戏仿的成分，汉的阿Q和Wang都是自由主义或无政府主义者，他们的身份则反映了东德的社会革命本质，是无政府主义和荒诞的。就连作为阿Q的生存空间的一座破庙也象征着东德摇摇欲坠的社会制度。⑤汉自己也在此访谈中说明，他的《阿Q正传》是用主人公小丑化的形式批评东德社会，其中最原始的目的(tabula rasa)是批评东德知识分子的社会革命缺乏某种"意识形态"，这部戏的核心是东德知识分子的"精神失落"。⑥

---

　　① Klaus Hammer (Hrsg.)：Chronist ohne Botschaft. Christoph Hein. Ein Arbeitsbuch. Materialien，Auskünfte，Bibliographie. Aufbau-Verlag，Berlin 1992，S. 252.

　　② Frank Hörnigk：Die wahre Geschichte des Ah Q -ein Clownsspiel mit Phantasie. In：Klaus Hammer Hg. Chronist ohne Botschaft. Christoph Hein. Ein Arbeitsbuch. Materialien，Auskünfte，Bibliographie. Aufbau-Verlag，Berlin 1992，S. 195.

　　③ 同上，第197页。

　　④ 同上，第113页。

　　⑤ 参见 Martin Krumbolz：Utopie und Illusion. Die arbeitende Geschichte in den Stücken von Christoph Hein，in Heinz Ludwig Arnold Hg. Text＋Kritik. Zeitschrift für Literatur. Heft 111. Christoph Hein. München，1991，S. 28－35。

　　⑥ 参见 Christl Kiewitz：Der stumme Schrei. Krise und Kritik der sozialistischen Intelligenz im Werk Christoph Heins. Stauffenburg Verlag，Tübingen 1995。

另一个例子是罗伯特·瓦尔泽的戏剧小品《中国女人，中国男人》。① 瓦尔泽的这部作品写于 1925 年("密码卷帙"②第 421 号)，被收入《来自铅笔领域》。这部戏剧小品只有两个人物，中国男人和中国女人，内容也非常简单，一个中国女人因外遇而被法庭判处"饿刑"。一个中国男人在牢笼外监视着行将饿死的女人。中国女人哀求中国男人给她一点食物，救她的命。中国男人处在怜悯和道义的矛盾之中。两人之间发生了一场关于爱情和道德的哲学争论，最终中国女人没有获得食物，精神病发作。这部戏剧虽然以中国为题材，同时两人争论的又似乎是孔子儒家道德伦理，但这并没有说明瓦尔泽的目的是写一出中国戏剧或者中国戏剧小品。这个例子，从一个极端的角度提供了文学中的中国接受机制的可能性。

　　　　中国女人：大家都从我身边走过，无动于衷。我难道已经是个死人了吗？ 你不能给我点吃的吗？

　　　　中国男人：这我本来是很愿意的。

　　　　中国女人：那么现在为什么不呢？ 假如你本来就愿意的话。

　　　　中国男人：因为我感到羞耻，因为对此我会感到耻辱。

　　　　中国女人：怜悯他人难道是丢脸的吗？

　　　　······

　　　　中国女人：难道你看着我慢慢死去就是道德的吗？

---

　　① Robert Walser: Aus dem Bleistiftgebiet. Mikrogramme 1924/25, Suhrkamp Verlag, Frankfurt am Main 1985. S. 460 – 262.

　　② "密码卷帙"，即瓦尔泽研究中通称的"Mikrogramm"中文译名，瓦尔泽在伯尔尼时期的大部分手稿用铅笔写在各种纸片上，共有 526 件，其中包括明信片、日历、香烟纸、车票，这些手稿上的文字体积非常微小，很多仅 0.3 毫米或更小，日后被解读出来收入达 4000 余页的《瓦尔泽全集》。

中国男人:我非常遗憾,这样看着你受折磨,但我觉得我现在无动于衷是对的。你在你的处境下当然跟我想的不一样。你现在别的没什么可以做的,最好认命,认了这个判决,也就是说,跟死神交个朋友,我服从我内心的公正感,它不允许我去做任何不公正的事情。

首先,场景中出现了牢笼内和牢笼外两个舞台空间,一个是孤独的、被囚禁的,另一个是公众的(大家从我身边走过)、权威的(法律);一个是法律所不容的,另一个是执法的,这是一个非常抽象的空间。"饿刑"在中国古代虽有传说,但未有文字记载,即便有,可能也是私刑。而"饿刑"在欧洲中世纪作为一种酷刑比较普遍。瓦尔泽在作品中采用"饿刑"与中国社会实情并不完全符合,说明他对中国并没有特殊的兴趣和应有的知识。对于他来说,重要的是通过"中国男人"来塑造一种"权威"和"强势"形象,通过"中国女人"来打造一个被"欺凌"、被"侮辱"的形象,以此表达某种"主仆关系"。同时,瓦尔泽的作品中并没有出现与中国戏剧中的某一个作品或情节的相关性,在这部戏剧小品全文中,除了"中国女人"和"中国男人"之外,没有出现任何与中国相关的词语,所以说,作者只是把中国和中国人当成一个文学符号。

其次,瓦尔泽所讲的这个事件中的中国人只是一个面具,用来掩饰性地叙述自己的处境。瓦尔泽的文学作品在当时不被主流社会接受,他的小说、诗歌、小品文等在20世纪20年代已经很难再找到出版社和文学刊物发表,也有可能是大众读者不习惯读他的东西。因此,瓦尔泽将自己的文学写作和诗学观视为一种与大众审美和传统文学表达方法完全不符的"出轨"(Seitensprung)或者"红杏出墙"(Fremdgehen)行为,因此受到了权威社会严酷的惩罚,作品中的"中国男人"和道德法律所指的正是当时德语文坛的现实，这种惩罚恰恰就是他极其拮据的生活状态，即"饥饿"。在 20 世纪 30 年代的伯尔尼时期，瓦尔泽贫困到了连黄油都买不起的地步。

中国女人：他不爱我。我认识了一个爱我的人。

中国男人：这很简单。我理解你。其实任何人都不可以说：我理解你。我们应该尽可能做到相互不理解。不理解能够保护我们。

......

中国男人：没有任何办法能让你免于挨饿的刑罚。只要你活着，饥饿就会伴随着你。你必须接受饥饿。你没有别的选择。[1]

再者，也是最重要的一点，研究界普遍认为，瓦尔泽的整个文学创作与自身经历和自身处境密切相关，他的所有作品可以称为"自我文学"，这部戏剧小品也不例外。他在这里采用了掩饰的文学手段，即通过读者所熟悉的或者陌生的人物和故事来充当戏剧面具，讲述自己真实的故事。他的作家系列小品文《荷尔德林》《克莱斯特》《棱茨》等，还有他作品中常常出现的人物，如"女裁缝""姑娘""小男孩"等都是他自身登上文学舞台的面具。瓦尔泽在小说、小品文和戏剧作品中始终与这种社会现实和主体性抗争，不断以弱者的身份，用女性的身份与强权抗争：

---

① Robert Walser: Aus dem Bleistiftgebiet. Mikrogramme 1924/25, Suhrkamp Verlag, Frankfurt am Main 1986. S. 461.

德国文学散论

中国男人：让你不挨饿？嗯。但是让你饿死是法庭的判决。

中国女人：你不敢以博爱的名义放弃法律吗？

中国男人：我也许有兴趣去破例，但我同样有兴趣守法，有兴趣不救你。我心里还有一种欲望，愤恨你犯下的罪行。

中国女人：我有什么错，值得你愤恨。你最好救救我。

中国男人：救你同样是犯罪，我没有兴趣去犯罪。①

最后，这篇戏剧小品文有一段补充性的叙述性文字。这段文字对"中国女人"最终的死，以及她的恋人置她于不顾的行为均无足轻重。重要的是，瓦尔泽在这里面对自己作为作者有一段"此地无银三百两"的话，说明了他对这篇戏剧小品的写作动机："我在这众多的案例中举了这么一个例子，我也因此而变得十分听话。我按时上床睡觉，按时起床。我想我正在变成一个对社会有用的人。您难道不相信我能做到这一点吗？"②这里瓦尔泽明确地告诉读者，他其实就是那个被囚禁的"中国女人"。瓦尔泽的文学创作在他生前不入流，他对文学和诗学的固执导致自己受"饿刑"的惩罚，因此，瓦尔泽用反讽的方式表达了自己的诗学观。

五、结　语

德国文学和戏剧中的中国接受是一个开放性的机制，它不以摹仿和照搬为唯一的目的，也不仅限于对"中国仰慕"（China-

---

① Robert Walser: Aus dem Bleistiftgebiet. Mikrogramme 1924/25, Suhrkamp Verlag, Frankfurt am Main 1986. S. 461.

② 同上，第462页。

philie)和同时出现的"中国恐惧"(China-phobie)的二元框架。德国文学和戏剧中的中国接受需要开拓一个新的视角,即应该从文学和美学的角度去审视"中国接受"问题,即将中国接受视为某种"文学事件"。

其实,中国学者钱钟书、吴宓等都早已提出这一思想。例如,吴宓在1913年翻译美国诗人朗费罗(Longfellow)的叙事诗《伊凡吉林》(*Evangeline*)而改编的戏剧作品《沧桑艳传奇》的《叙言》中也有提及,吴宓说:"东西二有圣,此心此理同。"①他还指出:"世之有妙文,初无分于中西也,予读 *Evangeline* 而惊其用意之深远,结构之整齐,词句之藻丽,且其尤足异者,则特具优点数四,而皆似于我国文学焉。窃尝思之,文之所以妙者,为其能传示一种特别精神而已,此种精神,由文明社会胎育而成,而为其人人心中所共有之观念。其有东西古今万千之类别者,亦如行路者各行其道,其终之归宿,则无有不同者。故自善言文者究之,则可一以贯通焉。"②

本文提出德国戏剧对中国文学"开放性"接受的命题,即质疑在"中国爱慕"和"中国恐惧"二元对立框架下看待德国文学中对中国接受的"镜像"模式,也不限于对中国接受仅做"考证"和"钩沉",而是尝试在人类命运和人类文明共同体的基础上,从文学美学本身去重新审视德国文学作品中的中国接受机制问题。"真作假时假亦真",戏剧的源头是图腾和面具,文学意象的本质是掩饰。无论是歌德还是席勒,无论是克里斯多夫·汉还是罗伯特·瓦尔泽,他们在戏剧领域和其他领域中对中国文学的接受绝非仅以传播中国价值和文化为己任,也不仅以接受中国精神为唯一的目标,异文

---

① 吴宓:《吴宓诗集》卷末,上海书局,1935年,第4页。
② 同上,第4页。

化文学的接受同时也应从作家自身的美学和文学情怀出发，他们常常以掩饰、戏仿、反讽、套用、翻唱异文化精神产品为创新手段，以期实现自身的文学价值观。

论瓦尔泽与卡夫卡的文学关系①

一

瓦尔特·本雅明也许不是发现罗伯特·瓦尔泽和弗朗茨·卡夫卡文学关系的第一人,但他是确定瓦尔泽和卡夫卡文学关系本质的第一人,在我们现今能够找到的本雅明有关卡夫卡和瓦尔泽的所有评论文稿中,他几乎都是在谈及这两位作家之间的文学关系。② 然而,本雅明的评论又言近旨远、扑朔迷离,国际瓦尔泽和卡夫卡比较研究在本雅明的点评问题上又无定论。我们从本雅明的评论中似乎可以确定,他在论及瓦尔泽和卡夫卡的文学关系时,并无意将二者简单等同或仅仅点明二者的关系,他需要寻找的是二者文学关系中的本质联系。他在《论罗伯特·瓦尔泽》一文中指出:瓦尔泽笔下都是一些"患过精神病的人物,所以他们浮在一种

---

① 本文首次发表在《外国文学评论》2005 年第 11 期,本书收入时做了少许修改。

② 瓦尔特·本雅明在论及罗伯特·瓦尔泽和卡夫卡时多次提到两人的文学关系,其中比较集中的为《论罗伯特·瓦尔泽》《论卡夫卡》《评弗兰茨·卡夫卡的〈建造中国长城时〉》《弗兰茨·卡夫卡——纪念卡夫卡逝世十周年》等文论。参见 Waler Benjamin: Robert Walser, in: Illumination, Frankfurt a. M. 1969; Walter Benjamin: Über Kafka, Texte, Briefzeugnisse, Aufzeichnungen, Frankfurt am Main 1992。

撕碎了的,因此也是非人性的、固执的表层上。假如我们用一句话来概括他们身上的快乐和恐惧,那就是'他们已经痊愈了'。也许我们只要从……瓦尔泽当代文学中具有最深刻意义的作品中就可以理解,为什么这个表面上看最为扭曲的瓦尔泽是固执的弗朗茨·卡夫卡最钟爱的作家"[1]。

从上述引文来看,本雅明指出的"撕碎了的、非人性的、固执的表层"即一种"痊愈"了的精神病患者表征,按照本雅明的语言逻辑,我们可以得出卡夫卡喜爱瓦尔泽作品的结论。欧美文本理论界也许正是因为这一观点而对瓦尔泽和卡夫卡的文学关系表现出极大的关注。本雅明所说的"撕碎了的、非人性的、固执的表层"和精神病患者的表征可以归纳为现代文学中某一类文学主体的特征。那么,这一特征究竟是如何反映在瓦尔泽和卡夫卡的文学主体观上的呢?这里面是否蕴含着本雅明对卡夫卡和瓦尔泽文学关系的本质认识呢?假如确实如此,那么这种文学关系的本质又是什么呢?

本雅明在纪念卡夫卡逝世十周年时,是这么写的:"助手们是贯穿卡夫卡全部作品的人物群……,笼罩着他们生存的朦胧状态让人想起罗伯特·瓦尔泽——长篇小说《助手》的作者。"[2]在这里,本雅明不仅点出了这两位现代主义作家在文学表现对象上的表面共性,更重要的是从这一表象中厘清了这两位作家文学关系的本质共性:笼罩着他们的一种朦胧的生存状态。在本雅明看来,卡夫卡和瓦尔泽的人物,尤其是"助手"这类文学人物,常常"处于摇晃不定的灯光下。印度传说中的那种未成型、尚处于迷雾阶段的生

---

①　Waler Benjamin: Robert Walser, in: Illumination, Frankfurt am Main 1969, S. 349.

②　同上。

物。……他们不属于任何其他人物圈,不过任何人物圈对他们都不陌生"①。当然,这里的"助手"首先是一个文学族类的概念,它的特性是表面无意义的依赖性存在,它出现的角色可以是"助手""仆人""奴隶""陌生人""职员""小女孩"等,但他们又常常是文学作品主叙述的主体。其次,本雅明在表述以"助手"形态出现的文学主体的"朦胧的生存状态"(Das Zwielicht über ihrem Dasein)时,"朦胧"二字用了德文中的"Zwielicht"一词,即人物在两种光源摇曳下的不清晰状态,是一种曙光和黑夜重叠下的混沌。在这种状况下,文学主体的"存在"是不完全的,也就是一种海德格尔所谓的没有"此在"的"存在",一种没有生存空间(da)的一种存在(Sein)。最后,上述的"朦胧"在两位作家笔下,又是一种将外部世界置于"助手"族类的某种"生存"状态。这种生存状态并非文学主体生存的常态,而是由外界造成的一种主体扭曲变形的生存状态,这也正是上文中引述本雅明所提出的卡夫卡为什么喜爱"最为扭曲的"(verspielst)瓦尔泽的缘故。因此,本雅明关于瓦尔泽和卡夫卡文学关系本质中的"朦胧的生存状态"是文学主体中一种居无定所的、扭曲变形的、残缺不全的非常态生存状况。

我们可以从卡夫卡本人 1922 年的一篇日记,来考证本雅明对瓦尔泽文学作品中主体的"朦胧的生存状态"所做出的评判。在这篇日记中,卡夫卡赞扬了瓦尔泽文学中"飘浮不定地运用抽象的隐语"②,而这点恰恰也是卡夫卡作品的特点。在我看来,诉诸处于"飘浮不定"和"抽象隐语"生存状况之下的文学主体恰恰是这两位

① 瓦尔特·本雅明:《评弗兰茨·卡夫卡的〈建造中国长城时〉》《弗兰茨·卡夫卡——纪念卡夫卡逝世十周年》,载本雅明《经验与贫乏》,王炳钧、杨劲译,百花文艺出版社,1999 年,第 352 页。

② Franz Kafka:Tagebuch,Frankfurt am Main 1996,S. 236.

大师的某种共性,我曾经在另一篇论文中写过:"卡夫卡的文本表现了'自我'在权力面前的无奈和茫然,瓦尔泽的文本则表现了'自我'在权力面前的一种遁逃的狡诈。"①我的用意在于阐释这种"处于迷雾状态下"的"主体",或许它就是本雅明所说的主体"现代性"。它暗示着英雄的逝去和宏大叙事的沉沦,其特征"是对逝者的悲哀和对来者的无望",这一特性在本雅明对波德莱尔《恶之花》中"游手好闲者"和"拾荒者"的评述中有透彻的阐述。② 在本雅明眼里,无论是卡夫卡还是瓦尔泽笔下的文学主体,常常是患有或患过精神病的"助手",以此隐喻20世纪初欧洲大都市金融保险业职员,也就是丧失"主体性"的"个体",而这些失去现实生存状态(朦胧的生存状态)的"主体"则开启了对卡夫卡和瓦尔泽文学关系研究一个新的关注点。

瓦尔泽与卡夫卡对"失去生存状态"之"主体"的文学表现手段却不尽相同,当瓦尔泽以"助手""仆人"或"散步者"(流浪者)的姿态,带着白日梦的朦胧去观察现实生存状态的时候,他是最为扭曲的。但值得注意的是,本雅明仅说他"**表面上看是最为扭曲的**",也许这是指瓦尔泽的文学在被掩蔽了的扭曲现实中(即表面的非扭曲)显现出来的那种扭曲,因而**显得**"最为扭曲"。

事实上,瓦尔泽的文学风格表面上显得平和洒脱,实际上却在以一种极其诡异和反讽的文学方式显现其扭曲。卡夫卡则在文学扭曲中挣扎,以抗争的形式表现出现实的扭曲。如果说现实扭曲对瓦尔泽的威胁是内向型的,它导致了瓦尔泽最终无可奈何地放

---

① 范捷平:《论罗伯特·瓦尔泽的小说〈雅考伯·冯·贡腾〉的现代性》,载《外国文学研究》2003年,第三期,第97页。

② 瓦尔特·本雅明:《发达资本主义的抒情诗人》,张旭东、魏文生译,三联书店,1989年,第102页。

弃文学,认同了饥寒交迫和精神病院的必然归宿,①那么卡夫卡以恐惧为显现方式的扭曲也许表现在对外部世界的抗争,它导致了卡夫卡个体的失败和成功,说其失败,那是因为他无法实现自己赋予文学的使命,说其成功,那是因为他作为个体的主体最终离开了扭曲的现实世界,就如卡夫卡自己在日记中写的那样:"你在自己的有生之年就已经死了,但你是真正的获救者。"②

二

卡夫卡与瓦尔泽互不相识,他们的交往只是某种文学神交。马克斯·布洛德曾经写道:"有时他(卡夫卡)突然冲进我的房门,只是因为他发现了什么新的或者是十分重要的东西。他读到瓦尔泽的日记小说《雅各布·冯·贡腾》,还有其他一些小品文时就是如此,他非常钟爱瓦尔泽的东西。我记得,他是怎样兴高采烈地讲述瓦尔泽的小品文《山厅》的。我跟他在一起,只有两个人,但他好像是在千百个听众面前朗诵那样。"③在这里,布洛德没有直接写到卡夫卡对瓦尔泽文学文本的评价,然而 1909 年前后,卡夫卡在致艾斯纳(Eisner)④的信中却为自己对瓦尔泽的评价做了最好的佐证:"瓦尔泽认识我? 我不认识他,我只认识他的《雅各布·冯·贡腾》,那是一本好书,他的其他作品我还没有读过,这里您有部分责

---

① 瓦尔泽在对塞里希的谈话中表示,当瑞士赫里萨精神病院给他提供了写作条件时,他说来这里,他不是写书的。参见 Carl Seelig: Wanderungen mit Robert Walser, Zürich 1977, S. 56。

② Franz Kafka: Tagebuch, Frankfurt am Main 1996, S.134.

③ Max Brod: Kafka liest Walser, in: Katharina Kerr (Hg.), Über Robert Walser, I Band, Frankfurt a. M. 1978, S.85.

④ 布拉格一家保险公司经理。

任，因为您置我的建议而不顾，没有买《唐纳兄妹》这部小说，好像西蒙是这部小说中的主人公。最终快乐的西蒙一事无成，只成了读者的快乐，这个西蒙不是就在我们身边吗？"[1]

根据卡夫卡致艾斯纳的信中对西蒙·唐纳的评价，我们大致可以得出一个判断，即卡夫卡当时可能已经阅读或了解到瓦尔泽的小说《唐纳兄妹》，他甚至在西蒙的身上看到了自己的影子，因为卡夫卡在致艾斯纳的信中还写道："当然，从表面上看，像西蒙那样的人到处都是，我也属于他们中的一员，我能给您点出几个名字来，不过他们除了那本精彩的小说中集中描写的西蒙之外，都是极其平常的人。"[2]假如我们在这里认定，西蒙跟卡夫卡有某种相通之处，那么也可以认定，卡夫卡与瓦尔泽有共同的地方，因为西蒙基本是瓦尔泽的自传叙述的产物。

值得研究的是，卡夫卡所说的与西蒙的共通性是否就是本雅明看到的"生存的朦胧状态"？这一共通性是否指他们的同时代性，以及他们在那个时代作为保险公司小职员（Commis）的某种本质特性？假如这点是肯定的话，那么瓦尔泽恰恰也是那个时代苏黎世和伯尔尼的保险公司职员。德国卡夫卡和瓦尔泽研究学者齐默曼（Hans Dieter Zimmermann）把 20 世纪初的职员和他们与时代的关系称为所谓的"迟到"（Verspätung），他引用了卡夫卡自己的话："他们尽是些晚半拍的人，我们不能要求他们跟上时代的步伐和时代的节奏。"[3]也就是说，瓦尔泽笔下的西蒙具有某种不合时宜、与时代不同步的特征，这点无论在卡夫卡还是在瓦尔泽身上似

① Franz Kafka：Brief an Eisner, in：Katharina Kerr（Hg.），Über Robert Walser, I Band，Frankfurt am Main 1978，S.76.

② 同上。

③ 同上，第 77 页。

乎都得到了充分的验证。

有关这点，本雅明在阅读卡夫卡的《城堡》时做了一句点评："这种伦理上的幽光让我们想起了罗伯特·瓦尔泽的《助手》，想到了卡夫卡最喜爱的那个作家试图通过他的小品文⋯⋯想到达的目的。"本雅明接着写道："这些助手尚未脱离母亲的怀抱，他们'躲在角落里，坐在女人的旧裙子上。他们想方设法，⋯⋯尽量少占地方，因此他们低声说笑，做着各种努力，交叠着腿和胳膊，蜷缩在一起，在黯淡的光线下看上去似乎是个大线团。'（《城堡》第84页）。"①

本雅明在这里想说的是，20世纪初欧洲保险公司小职员这个群体的主体非独立性，他们在现代都市中只是些未发育成长的、迟到的畸形物——犹如卡夫卡笔下的大线团"奥德拉戴克"（Odradek）。② 对此，他是这样评论的："助手的本质是其非完美性（残缺性），这恰恰是因为他们自然的恋母情结。卡夫卡的男性人物：小丑和智者，不完美或者过于成熟。助手都是些倒霉无用的人（Schlemihl），他们缺乏某种使其成熟的东西。"③

本雅明所说的"残缺"，或者齐默曼提出的"迟到"实际上包含着一种共同的意义，那就是主体的失落，即20世纪初欧洲小职员

---

① Walter Benjamin：Über Kafka，Texte，Briefzeugnisse，Aufzeichnungen，Frankfurt am Main 1992，S.138.

② "奥德拉戴克看上去首先像个扁平的、像星星那样的线团，确实像个线团，总而言之，它像一团断线那样，旧的、打了结的线团，但这线团是用各种各样不同颜色和不同种类的线绕成的，它不仅是个线团，它的中间还有一个线轴，这根线轴的直角上还生着另一根线轴，这样两根线轴交叉起来就像人的两条腿，可以让线团站立起来。"参见 Franz Kafka：Die Sorge des Hausvaters，in：Erzählung，Gesammelte Werke，hrsg. v. Max Brod，Frankfurt am Main 1983，S.129。

③ "Schlemihl"的词尾"hl"与"-yl"的发音相同，是源于希伯来文的德语，常用来表示运气不好、无能力的人。参见弗洛伊德《梦的解析》，孙名之等译，国际文化出版公司，1999年，第386页。

群体主体人格及其生存的"朦胧状态"。我们说其主体不具备确定性,这首先是因为他们在时代转型期所处的迷惘境地,代表了工业化现代都市中的介于劳工和权势阶层之间的小人物,他们身上具有本雅明所说的那种"穿梭于各人物圈之间信使"①的功能,本雅明借用卡夫卡(仆人和信使巴纳巴斯)的隐喻指出他们的主体漂浮性,即主体既不具有依附性,也没有稳定性。其次,这一阶层的成员与卡夫卡和瓦尔泽一样,往往具有强烈的"布尔乔亚"的人文性,他们"或多或少地过着一种朝不保夕的生活,处在一种反抗社会的低贱地位上"②,他们同是被"剥夺了生长环境"的文人,"大城市并不在那些由它造就的人群中的人身上得到表现,相反,却是在那些穿过城市,迷失在自己思绪的人那里被揭示出来"③。在小布尔乔亚文人和失落的主体性的矛盾之中,在文学中留下的一条痕迹也许就是"羞涩"(Scham)。

本雅明在点评《城堡》的时候写道:"(卡夫卡)每一部作品都是用羞涩战胜神学的范例。沼泽的世界没有羞愧,它的力量在于忘却。"④本雅明把"忘却"和"被忘却"看成卡夫卡犹太思想的文学性和文学多义性的源头,他反复注释了《城堡》中卡夫卡著名的"奥德拉戴克"的隐喻来加以说明。⑤ 据卡夫卡在其小品文《房主的忧虑》中的解释,"奥德拉戴克"是一种极其弱小的残缺物,没有固定的形

---

① 本雅明:《评弗兰茨·卡夫卡的〈建造中国长城时〉》《弗兰茨·卡夫卡——纪念卡夫卡逝世十周年》,载本雅明《经验与贫乏》,王炳钧、杨劲译,百花文艺出版社,1999年,第352页。

② 本雅明:《发达资本主义的抒情诗人》,张旭东、魏文生译,三联书店,1989年,第53页。

③ 同上,第166页。

④ Walter Benjamin: Über Kafka, Texte, Briefzeugnisse, Aufzeichnungen, Frankfurt am Main 1992, S. 30.

⑤ 同上,第31页。

状,也没有任何用途,它的本质是一种无意义的存在,它无处不在,却又捉摸不定。在本雅明看来,"奥德拉戴克"隐喻了助手的生存状态,在卡夫卡的全部作品中,"奥德拉戴克"无处不在,它甚至在很大的程度上象征了卡夫卡本人的生存状态。它显现了失落的主体的本质,是不被人注意、未发育的孩童,蜷缩在角落里,"忘却"是它的本质。

本雅明恰恰也在瓦尔泽身上看到了这种卡夫卡式的"羞涩",以及作家通过文学话语对这种"奥德拉戴克"式"羞涩"的"奥夫赫变"(aufheben):"他一旦拿起笔,就被一种绝望的情绪笼罩,他顿时似乎失去了一切,词语就像决堤的潮水汹涌而来,每一句话只有一个任务,就是忘记前一句。"①本雅明把瓦尔泽的这种叙述方式比喻为"滚雪球",或许在这里我们可以从"奥德拉戴克"线团和滚雪球中看到两者的共同性。本雅明不仅把卡夫卡和瓦尔泽对"羞涩"的扬弃看成一种"文学叙述的技法",②而更深层意义上是指他们及他们笔下主体某种不依赖于外部世界的生存方式,"忘却的语汇就是迷惘"③。本雅明所说的这种"极其强烈的不稳定性和不可捕捉性"④不仅完全印证了卡夫卡在《房主的忧虑》中对"奥德拉戴克"的诠释,而且也说明了瓦尔泽和卡夫卡文学品格的另一个共同之处。

三

1902 年,罗伯特·瓦尔泽开始陆续发表各类文学作品,其中包

---

① Waler Benjamin: Robert Walser, in: Illumination, Frankfurt am Main 1969, S. 351.

② Walter Benjamin: Über Kafka, Texte, Briefzeugnisse, Aufzeichnungen, Frankfurt am Main 1992, S. 128.

③ 同上,第138页。

④ 同上,第139页。

括著名的"柏林三部曲"《唐纳兄妹》(1906)、《助手》(1908)和《雅各布·冯·贡腾》(1909),他比卡夫卡步入文坛要早八年左右。从1913年开始,瓦尔泽开始在莱比锡的库特·沃尔夫(Kurt-Wolff)出版社发表文学作品集,如《作文集》(1913)、《故事集》(1914)、《小诗集》(1915)等。而卡夫卡的第一本集子《观察》也是1913年在库特·沃尔夫出版的。[①] 1913年前后,布洛德任沃尔夫出版社的年鉴《阿卡迪亚》(*Arkadia*)主编,他在那里出版了卡夫卡著名的《审判》。值得指出的是,瓦尔泽恰恰也是《阿卡迪亚》的撰稿人,他在1913年感谢布洛德的一封信中写道:"您和其他作家在《阿卡迪亚》上发表了不少精彩的东西,我为能在这块希腊园地愉快地散步感到高兴。"[②]从这里我们有理由做出判断,瓦尔泽应该读过卡夫卡的部分作品。

当1913年收录18篇小品文的《观察》出版时,批评界曾一致认为这是瓦尔泽以"卡夫卡"的笔名写的新作,德国著名文学刊物《岛》的主编、著名文学评论家弗朗茨·布莱(Franz Blei)曾为此做出说明,以正视听。他说:"卡夫卡不是瓦尔泽,卡夫卡就是来自布拉格的年轻人。"[③]罗伯特·穆齐尔在阅读瓦尔泽的《故事集》和卡夫卡的《观察》时说,他在卡夫卡身上只看见一个人,那就是瓦尔

---

① 1908年,卡夫卡的其他八篇小品文以《观察》为名首次发表在文学期刊《许佩里翁》上。当时,《许佩里翁》主编海默尔(Heymel)以为这是瓦尔泽用"卡夫卡"的笔名撰写的作品,直到弗兰茨·布莱告诉他,卡夫卡不是瓦尔泽,他的真名就叫卡夫卡。参见 Nicolle Pelletier: Walsereien in Prag. Zu einigen Gemeisamenkeiten zwischen Robert Walser und Franz Kafka, in: Robert Walser, Hrsg. v. Klaus-Michael Hinz und Thomas Horst, Frankfurt am Main 1991, S. 276。

② Robert Walser: Briefe, hg. von Jörg Schäfer unter Mitarbeit von Robert Mächler, Frankfurt am Main 1979, S.65.

③ Karl Pestalozzi: Nachprüfung einer Vorliebe. Franz Kafkas Beziehung zum Werk Robert Walsers, in: Kerr (Hg.), Über Robert Walser, 2. Band, Frankfurt am Main 1978, S. 94.

泽。不过穆齐尔认为,两人又有所不同,卡夫卡作品中悲哀的东西,在瓦尔泽那里恰恰是愉悦的。另一些人则认为,瓦尔泽和卡夫卡之间关系很深,例如,卡内提在 1976 年甚至提出这样的观点:"没有瓦尔泽则没有卡夫卡。"[①]从文学比较学史来看,卡夫卡从本质上和形式上都与瓦尔泽的文学本质有着相互依附的关系。

在考察瓦尔泽和卡夫卡的文学关系时,必须明确这样一个事实:瓦尔泽和卡夫卡个人之间虽然没有直接联系,但是卡夫卡的挚友布洛德与瓦尔泽有多年的通信联系。布洛德写过一些赞扬瓦尔泽作品的书评,而恰恰是同时了解这两位作家的布洛德看到了他们之间的异同——在创作手法上的共同之处,这一共同点也许蕴涵着两位作家对文学本质理解的共同性,即从"小处"下笔。不仅主题和文学主体、所叙述的事件渺小,而且文本短小,他们的小品文可以短到半页或几行字。对这种"于无声处听惊雷"的创作思想,瓦尔泽在《一记耳光或其他》中写道:"必须学会完美地描述极小的东西,这也许比平淡地叙述宏大事件好得多。"[②]假如从这一视角出发去看瓦尔泽的《致纽扣》和卡夫卡的"奥德拉戴克"或"甲虫",那么也许不难发现它们之间的共性。

本雅明在形式问题上也深刻地看到了他们文学本质上的联系,他认为卡夫卡和瓦尔泽的小说绝不是传统意义上自成一体的叙事小说,而是小品文(Prosastück)的结集。本雅明指出,卡夫卡"不讲鸿篇巨制的小说家,而是讲名气小得多的作家,……罗伯

---

① Elias Canetti: Einige Aufzeichnungen zu Robert Walsesr, in: Elio Fröhlich und Robert Mächler (Hg.), Robert Walser zu Gedenken, Zürich und Frankfurt am Main 1976, S. 91.

② Robert Walser: Das Gesamtwerk. Bd. Ⅲ, Frankfurt am Main 1986, S. 282.

特·瓦尔泽是他青睐的作家"①。本雅明的话里透出一种肯定卡夫卡和瓦尔泽文学形式的意思。在20世纪30年代初,他就提出了瓦尔泽和卡夫卡文学关系研究中的一个本质问题:文学的现代性问题。确切地说,就是同时发生在这两位作家身上的传统叙述话语以及结构解体问题。我曾经在另一篇论文中提及瓦尔泽叙述方式的特点,提出瓦尔泽小说文本的"事件叠加"(episodisch-additiv)随机性的观点,②例如:《助手》由34个这样的"事件"组成,《雅各布·冯·贡腾》中有77个这样的"事件",《强盗》中有35个,这些"事件"具有很大的独立性,它们有时甚至是可以相互置换的,这点我们在卡夫卡的《城堡》中的无名章节中可以找到相应的印证。《瓦尔泽全集》主编格莱文(Jürgen Greven)认为,"目前没有任何证据可以推翻这样一个事实,即瓦尔泽的小说常常是由事先写好的一些小品文组合而成的,这点在他的《散步》和《1926年〈日记〉逸稿》中尤其明显"③。而这些小品文恰恰是瓦尔泽文学的主旋律,为了刊登这些现代文学小品文,苏黎世及伯尔尼的报纸曾蒙受不少读者的抗议。正如本雅明所洞察到的那样,从创作美学上来看,卡夫卡和瓦尔泽都曾诉诸小品文和短文这一特殊的文学形式,并在当时同样不被大众接受。这种新的文学话语出现的原因在于19世纪以来文学创作主体对国家、宗教和文化等的单一认同逐渐削弱,以及由此产生的传统叙事方式消亡。本雅明在这里看到二者

---

① 本雅明:《评弗兰茨·卡夫卡的〈建造中国长城时〉》《弗兰茨·卡夫卡——纪念卡夫卡逝世十周年》,载本雅明《经验与贫乏》,王炳钧、杨劲译,百花文艺出版社,1999年,第341页。

② 范捷平:《论罗伯特·瓦尔泽的小说〈雅考伯·冯·贡腾〉的现代性》,载《外国文学研究》2003年,第三期,第99页。

③ Jochen Greven:Robert Walser. Figuren am Rande, in wechselndem Licht, Frankfurt am Main 1992,S.24.

的共同性不仅如此,他对卡夫卡和瓦尔泽文学形式的提示同样揭示了主体认同的危机本质,即主体朦胧的生存状态。

四

本雅明在评论卡夫卡和瓦尔泽的文学关系时,特别关注了卡夫卡《城堡》和瓦尔泽《助手》中的"助手"一族。假如本雅明指出了这一族类"朦胧的生存状态"或者"不确定性""不完美性",那么这里需要进一步考察的是本雅明上述表述的内涵。本雅明说,助手"或许也仅仅是影子(Schatten)"①。本雅明只注释了这一句,我们似乎无法明确地知道,他指称的助手究竟是谁的影子。但从卡夫卡的《城堡》和瓦尔泽的《助手》以及其他文本来考察,答案是明确的:无论是《城堡》中的 K,还是《助手》中的工程师托布勒,他们作为主体都无法摆脱依附在身上的"助手",这种黑格尔意义上的主体性也许在"主仆辩证法"上可以得到诠释。

为了说明《精神现象学》中核心概念"主仆辩证法",黑格尔在讨论主体性时明确地把主体性的核心"自我意识"(Selbstbewußtsein)置入其中,他认为"自我意识"具有特定的双重性:一方面,它是具有"自在存在"(Ansichsein)和"自为存在"(Fürsichsein)性质的"纯粹**自我**意识"(das reine Selbsbewußtsein);另一方面,它又是"存在着的意识"(das seyende Bewußtsein),其内涵是"为他者的存在"(Sein-für-anderes)。② 值得注意的是,黑格尔把自我意识双重性的

---

① Walter Benjamin: Über Kafka, Texte, Briefzeugnisse, Aufzeichnungen, Frankfurt am Main 1992, S. 140.

② Georg Willhelm Friedrich Hegel: Phänominologie des Geistes. Gesammelte Werke. Bd.9, Hamburg, 1980, S. 109.

后一种现象称为"寓于物的形式的意识"（Bewußtsein in der Gestalt der Dingheit），①这两种相互关联的自我意识和物意识只有辩证统一，才能升华为高一层次的自我意识。黑格尔在总结"主仆辩证法"时写道："这两个要素都是本质的，它们在低级阶段是不平等的、对立的，尚未通过反思而达到统一，因此它们是以对立的意识形式显现的，一方面是自在的独立性，另一方面是依赖于他者的非独立性，这是本质。前者为主，后者为仆。"②在黑格尔看来，只有当意识的这两种显现形态得到反思、扬弃与升华，主体性才能获得神人和主仆辩证统一的绝对精神。本雅明所说的主体和"影子"的辩证关系似乎恰恰印证了黑格尔关于"自我意识"的双重性和因此而引发的"主仆辩证法"。

马克思在很大程度上接受了黑格尔的"主仆辩证法"以及与此密切相关的"物化"理论，并将其应用于政治经济学和社会革命学说，创造了科学社会主义理论。本雅明是西方马克思主义者，他对卡夫卡和瓦尔泽文学文本中主仆对立现象以及"助手"的物化现象的洞察与反思，直接反映了他以唯物辩证法为基础的社会批评文艺观，他在卡夫卡和瓦尔泽文本中点注到的主体和"影子"的依存关系，表明了他看到两位作家所表现的处于社会矛盾中的主体矛盾性，也显示了他对主体性的和谐升华的认识。在《城堡》第十二章中，K 的两个助手虽受尽强权甚至暴力，但是他们并没有失去独立性，只有当 K 失去他们的时候，他才感觉失去了自己的影子。对于主体来说，接受自己的影子意味着承认影子是自我的一部分，意味着放弃了"纯粹的自我意识"，而这一点恰恰是与社会现实相左

---

① Georg Willhelm Friedrich Hegel: Phänominologie des Geistes. Gesammelte Werke. Bd.9, Hamburg, 1980, S. 110.

② 同上，第 112 页。

的。社会矛盾导致了"纯粹的自我意识"与"物化意识"、"主"与"仆"之间的对立和矛盾。正因为如此,卡夫卡文学文本中的人物始终在主体和影子之间飘浮不定,他们有时是无奈的主体,有时是无奈的主体异化物,这正是本雅明所谓的主体性的"残缺"。无论是《变形记》还是《在流放地》,或是《在法门外》,甚至他的小品文《放弃》,都毫无例外地遵循了这一原则。尽管本雅明所点注的"作为助手的影子"(这种非主体表述常常以别的异化形式出现,如甲虫、乡下人、陌生人等)是微不足道,甚至是灰暗的,失去了影子的主体,恰恰因为这样而失去了自己的主体性。

瓦尔泽在小品文《致纽扣》中也演绎了一番这样的辩证法:在一个喷嚏崩脱的纽扣面前,主人深深地忏悔了他对"忠心耿耿、默默无闻、始终如一服务了七年的纽扣"①(暗喻物化的仆人)的疏忽和不经意。主体面对"纽扣"的自我反思,说明了瓦尔泽对消解物我矛盾的期待:"你自己是什么就是什么,就做什么,这点让我惊叹,让我感动,也让我震惊,你让我去思考一个问题,这个世界上尽管有许多事情让人担忧,但毕竟还有三两处细小的东西,发现它们的人会因此而感到幸福与愉快,会给他带来一个好心情。"②这里,我们可以看到扬弃"自我意识"双重性的关键,当目中无"仆"的主人处在绝对"自在"和"自为"的状况下,他并不具备真正的主体性,只有在认可甚至认同他者的情形下,"纯粹自我意识"才得以扬弃,同时,只有在主人扬弃"纯粹自我意识"、回归与"仆人"关系的情形下,主体的自在性和自为性才得以肯定。

瓦尔泽在《助手》中似乎重复着同一种辩证法。小说的主人公

---

① 瓦尔泽:《散步》,范捷平译,上海译文出版社,2002年,第242页。
② 同上,第244页。

约瑟夫从失业的生存状态中走来,成了工程师托布勒的助手,形成了某种主仆关系。然而,约瑟夫虽然进了托布勒事务所,摆脱了失业状态,但走进了一种朦胧的生存状态。从文本表面上看,他作为助手的存在以及他的助手工作只是为了和主人一起喝咖啡,没有任何实际意义,就如同工程师托布勒的发明一样,不切实际,没有意义,这种关系暗喻着某种主体异化现象。助手约瑟夫的生存状况,如同卡夫卡《变形记》中的格雷戈尔·萨姆沙,带有某种强烈的主体失落象征意义。约瑟夫最终又因托布勒工程事务所的日暮途穷而出走,生存状态重新失落。同时,托布勒的工程事务所又恰恰因为助手约瑟夫的离去而倒闭,这里无论是主人还是助手都体现出一种残缺不全的生存状态,主仆关系的脱离破坏了主体的完整性。

在《雅各布·冯·贡腾》中,上述的"主仆辩证法"也许有了更加明确的显现。仆人学校校长班雅曼塔先生的权威最终在仆人雅各布那儿彻底演变成一种依赖性。在某种意义上,主人演变成仆人,仆人主宰了主人的意识。在这里,主仆的对立性在彻底的消解中得到了"奥夫赫变",即得到了历史辩证法意义上的升华。瓦尔泽似乎在不停地告诫我们,主体的失落恰恰在于主体对自身无限制地追逐,以及在于主体与主体之间的无限制地争斗。瓦尔泽的选择则是放弃,是和解。

黑塞说过:"假如瓦尔泽这样的文学家成为我们的精神支柱,那么我们这个世界就不会有战争,假如瓦尔泽拥有千百万个读者,我们这个世界就会平和得多。"[①]主人班雅曼塔先生和仆人雅各布

---

① Siegfried Unseld: Robert Walser und seine Verleger, in: Kerr (Hg.), Über Robert Walser, 2. Band, Frankfurt am Main 1978, S. 356.

在离开仆人学校,前往沙漠的彻底"放弃"中,他们的主体性得到了最终的确立。与卡夫卡的犹太教信仰不同,瓦尔泽是新教的信仰者,但两者之间有一点是相同的,即在犹太教和新教看来,无论是受支使的人,还是支使人的人,他们都是上帝的仆人。也就是说,人在以自我为中心的位置上无法真正实现其主体性,这点或许就是本雅明在其文学批评及其他文论中反复阐述的主体之绝对性。

文学经典影片《埃尔泽小姐》中的反蒙太奇及女性形象研究^①

一、引 言

本文以奥地利导演恩斯特·豪舍曼（Ernst Häusermann，1916—1984）的彩色心理故事片《埃尔泽小姐》（1974）为对象，对反蒙太奇语言运用与女性形象塑造的关系进行分析。豪舍曼为奥地利近代著名戏剧家、影视导演和作家。早年，豪舍曼曾在维也纳著名的布格剧院（Burgtheater）^②当过演员，1938年奥地利与德国合并后，豪舍曼因其犹太身份被迫流亡美国，并师从奥地利电影和表演大师马克斯·莱因哈特（Max Reinhardt），成为莱因哈特的助理导演。豪舍曼的《埃尔泽小姐》通过不同的电影剪辑手法创新了蒙太奇语言，并在此基础之上还原了维也纳现代派核心人物阿图尔·施尼茨勒（Arthur Schnitzler）同名心理小说中的女性形象及性别话语批评。

自20世纪20年代起，电影制作逐渐有意识地将蒙太奇视为主

---

① 本文首次刊于《世界电影》2018年第6期，收入本书时做了少许修改。
② 布格剧院建于1874—1888年，又称维也纳城堡剧院、维也纳宫廷剧院，其前身为奥匈帝国皇家宫廷剧院，是欧洲著名的剧院之一。

要的视觉语言形态,并在图像语言表达上加以运用。德国实验电影导演汉斯·里希特(Hans Richter)将蒙太奇化了的电影语言称为"绝对语言"①,法国电影理论家让·爱普斯坦(Jean Epstein)更将其称为"金色的、灵魂的、全能的语言"②。他们认为,图像视觉语言是人类通识的语言,电影语言正是图像的所谓"世界语"(Esperanto)。因此,电影被视为人类沟通的最佳方式,而蒙太奇就是电影语言的语法和修辞。最早提出这种电影语言方案的是俄罗斯电影理论家恩叶岑斯坦因(Sergej M. Ejzenštejn),他认为,电影语言就是通过蒙太奇而获得可信的、有意义的图像结构。俄罗斯形式主义电影理论家们尝试对电影画面和文字符号进行比较,但他们这样做的用意并不在于把图像单位视为文字单位,而是将文字语义和图像语义生成机制进行比对。他们的结论是,蒙太奇是图像语义生成最重要的过程。

蒙太奇(Montage)一词源于法语,其词源为拉丁语中的 mos,最初含义为"山"。后在法语中有了"monter"的意思,指安装、粘贴和连接。"Montage"在电影技术上被视为特殊的叙事和意义生成手段,即电影创作人员在自己的主观意志下,通过镜头、场面、段落的切分与组接等手段,对图像素材进行选择和取舍,把不同的视觉材料人为地切割、连接在一起,使其产生某种特定的意义。俄罗斯电影学派把蒙太奇视为电影的本质,蒙太奇实验第一人列夫·库里肖夫(Lev V. Kulešov)曾提出著名的蒙太奇效应,也称

---

① Karlheiz Berck, Martin Fontius, Dieter Schlenstedt, Burkhart Steinwachs, Friedrich Wolfzettel (Hrsg): Ästthetische Grundbegriffe, J.B. Metzler, Stuttgart, Weimar, 2010, Band Ⅱ, S. 449.

② 同上。

为"库里肖夫效应"①。他认为,电影与现实无关,电影是现实的媒介,电影创造了物体和人物的运动,电影的本质就是将拍摄的影像片段连接在一起,生成意义。②

而德国电影理论家卡拉考尔(Siegfried Kracauer)则从历史唯物主义视角出发,对上述电影本质进行了反思。他从本体论上揭示了蒙太奇的本质,他认为蒙太奇即对绝对真实性的否定,以及对现实连续性的毁灭。他在对纳粹电影分析中,发现了蒙太奇手法中所蕴含的"意义可操纵性"(Manipulation)。在卡拉考尔看来,纳粹电影中的蒙太奇运用恰恰与纳粹德国社会带有"深层次的集体心态和心理倾向"③的政治鼓噪相吻合,从而论证了他在《电影理论》中提出的蒙太奇所造成的"现实匿名状态"④(anonymer Zustand der Realität)。

与卡拉考尔的观点相似,巴赞(André Bazin)在其《摄影摄像本体论》中也对蒙太奇进行了反思。巴赞认为,蒙太奇摧毁了图像的多义性,因为蒙太奇造成了"图像的非客观感"⑤。在这个意义上,

---

① 列夫·库里肖夫做过一个实验,他将三个完全不同的影像片段(一碗汤、一个棺材里躺着的女孩尸体、一个衣着暴露地坐在长沙发上的女人)分别与演员伊万·莫兹尤辛的脸部特写剪辑在一起。演员同一个脸部表情在三个不同的蒙太奇中会产生完全不同的印象,观众由此分别产生饥饿、悲哀和情欲三种不同的情绪。这种现象被称为库里肖夫效应。

② 参见 Karlheiz Berck, Martin Fontius, Dieter Schlenstedt, Burkhart Steinwachs, Friedrich Wolfzettel (Hrsg): Ästthetische Grundbegriffe, J. B. Metzler, Stuttgart, Weimar, 2010, Band Ⅱ,第 442 页。

③ Sigfried Krakauer: From Caligari to Hitler, New York 1947, dt.: Von Caligari zu Hitler, in S. Krakauer gesammelte Werke Bd. 2, Frankfurt am Main 1973, S.12.

④ Karlheiz Berck, Martin Fontius, Dieter Schlenstedt, Burkhart Steinwachs, Friedrich Wolfzettel (Hrsg): Ästhetische Grundbegriffe, J.B. Metzler, Stuttgart, Weimar, 2010, Band Ⅱ, S. 438.

⑤ André Bazin: Ontologie de l'image photographique, in: Bazin, Qu'est-ce que le cinéma, Paris 1958, S. 15f.

蒙太奇既是一个"审美'变压器'",也是一种"附加的'中转站'"（relais supplementaire），[1]或者说是施行图像暴力的工具，即对现实、对时间、对意义生成、对书报检查和媒介的一种暴力工具。巴赞认为，只有蕴含在镜头中的，或者在全景中的"无形蒙太奇"（montage invisible）才属于电影艺术，由此可见，巴赞所谓的"无形蒙太奇"实际上是一种反蒙太奇的电影语言。

本文涉及的施尼茨勒的心理小说《埃尔泽小姐》史上共有六个电影改编文本，其中最早的是 1929 年由匈牙利著名导演保罗·秦纳（Paul Czinner）制作的表现主义黑白默片，为早期欧洲电影艺术中的重要作品。该片在施尼茨勒的小说发表三年后上映，在奥地利和德国当时社会语境下，对揭示女性地位和性别歧视起到了很大的作用，但由于默片在语言和电影艺术表现手段上受到限制，作品只能通过演员的表演和简单的字幕来表现埃尔泽故事中的悲剧性，而无法完全展现施尼策勒小说中的女性形象建构和性别话语批评思想。本文讨论的是豪舍曼 1974 年导演的同名心理故事片。[2]

施尼茨勒的中篇小说《埃尔泽小姐》是维也纳现代派的文学经典之一，其主要创作手法为内心独白和意识流。小说讲述了一位维也纳律师的女儿埃尔泽小姐为父借钱的故事。埃尔泽小姐的父亲做股票投资挪用了当事人的律师费，后因股票投资失败而面临诉讼，便令其女埃尔泽向艺术古董商人冯·道斯戴借款 3 万克朗[3]。冯·道斯戴趁机向埃尔泽小姐提出一个非分条件，要求埃尔

---

① André Bazin：Ontologie de l'image photographique, in：Bazin, Qu'est-ce que le cinéma，Paris 1958，S. 15f.

② 其他电影版本还有比利时导演莱克斯（Yvonne Lex）的改编本（1970）、德国导演萨伯贝格（Hans-Jürgen Syberberg）的改编本（1987）、法国导演波特隆（Pierre Boutron）的改编本（2002）以及德国导演马尔梯奈茨（Anna Martinetz）的改编本（2013）。与豪舍曼版本相比，上述版本均对施尼茨勒小说内容做了较大的改动。

③ 奥匈帝国货币单位。

泽小姐在他面前裸露玉体供其欣赏。埃尔泽在个人尊严、死亡和情爱驱动、性别解放和露阴癖等复杂的心理矛盾下，最终吞噬大量安眠药，在公众场合下展现了自己的少女身躯。

二、女性形象

众所周知，青年维也纳派的代表人物施尼茨勒的文学作品具有鲜明的意识流特征，并大量涉及不同的女性话题，他的作品塑造了欧洲、奥匈帝国以至维也纳 19 世纪末（fin de siècle）[1]各种女性形象，如蛇蝎之女、弱女、甜女、放荡女、沉沦之女、解放之女等，[2]同时涉及了双重道德、女性歇斯底里症、变态性行为、男性性别话语霸权、女权主义等社会人类学话题，他的作品蕴含着深刻的社会批判生成机制，本文试图对上述话题的视觉语言建构与艺术表达做出细读与解答。

从词源学上看，在西方性别研究中的"女性形象"源于 11 至 14 世纪欧洲中古日耳曼语中的"frouwen bilde"[3]一词，主要指涉欧洲上层社会的女性以及女性身体形态。[4] 早期"女性形象"这个词语专指实际生活中的女性，或者指绘画和雕刻作品中的女性。至 20

---

[1]　"Fin de siècle"法语原义为"世纪末"，同时在广义上也是"颓废主义"的同义词。这一概念最早出现在法国杂志《颓废》（Le Décadent）上。1888 年，法国上演了一部名为"Fin de siècle"的喜剧，该词遂成为流行语。在德语地区，赫尔曼·巴尔曾于 1891 年发表以"Fin de siècle"为名的小说集。该词语概括了欧洲 19 世纪末至第一次世界大战前的总体社会情绪和颓废的文化氛围。

[2]　如《儿戏恋爱》（Lieberei）、《轮舞》（Reigen）、《陌生女人》（Die Fremde）、《智者之妻》（Die Frau des Weisen）等。参见尹岩松：《禁锢与解放——施尼茨勒小说中的女性形象塑造演变》，上海外国语大学博士论文，2014。

[3]　Gebrüder Grimm：Deutsches Wörterbuch，Bd. 4，Spalte 77 – 78.

[4]　同上，Bd. 4，Spalte 77：„schon das einfache'bild DTV，München 1999'drückt uns gestalt und person aus".

世纪 70 年代,"女性形象"开始获得新的含义,或者说是一种衍生性的含义。在性别研究和批判话语分析中,"女性形象"这个概念越来越多地获得形而上学的意义,如女性作为(社会)性别是如何被建构或者是如何被感知的。本文所分析的心理文学故事片《埃尔泽小姐》中女性形象主要涉及 19 世纪末、20 世纪初奥地利上层社会对女性的价值判断和女性对自我价值的判断。

1900 年前后的欧洲还是一个极端的男权社会,"男性的社会地位和权力几乎主宰了当时全部社会行为和价值体系,女性的价值和社会地位完全由男性支配和确定"①。奥地利的情况在 19 世纪末也不例外,一方面,女性由于其生理特征和社会经济语境处在一种被迫的社会失语和失重的状态,这种状态不仅源于男女自然性别的区分,而且更多地来自社会政治和经济结构,这导致了女性在精神层面的失语和失重。在这种意义上,1900 年前后的奥匈帝国(奥地利)女性在经济社会活动中被视为具有依赖性的,是无足轻重的,在精神层面上被视为与儿童一样是需要被监护的。另一方面,这一时期正是欧洲女性觉醒和争取权益的重要时期。欧洲的工业化、现代化进程不仅促进了经济社会的发展,也改变了妇女的受教育、家庭和职业的生活状态,同时也促使欧洲社会逐步开始形成有利于妇女的法律机制。正是这种女性觉醒和男权社会的矛盾,造成了欧洲社会性别话语的悖论。

《埃尔泽小姐》是一部内心独白的小说,女主人公埃尔泽小姐的故事从生理、心理、文化以及社会各个角度反映了那一时期市民阶层女性的地位和价值观,小说也反映了当时男权社会对这一阶

---

① Nike Wagner: Geist und Geschlecht. Karl Kraus und die Erotik der Wiener Moderne. Suhrkamp, Frankfurt am Main 1982, S. 12.

层女性在日常生活中的基本价值定位,尤其在性行为价值上的话语立场。从性别研究话语理论来看,小说《埃尔泽小姐》中的"女性形象"问题不只是外在形象和价值问题,而更多的是性别的主体建构和权利话语问题。施尼茨勒这部小说恰恰采用了内心独白和意识流的手法反映了埃尔泽小姐所面临的性别失语和矛盾,也恰恰是这一文学手法才能让女性表达这种矛盾心理。其原因很简单,在奥匈帝国(奥地利)当时的社会语境下,女性无法以公开的话语方式表达其内心世界,而内心独白却成了女性发声的唯一方式。

三、无形剪辑

我们来看这部影片的剪辑手法。与大多数好莱坞商业片频繁的时空切换蒙太奇不同,"无形剪辑"更像是一种反蒙太奇语言,它被称为文学改编影片的经典叙事剪辑方式,当"庞大的外部世界失去了重量,(电影)从现实空间、时间和因果关系中解脱出来,并以意识的形式被封闭"[1]的时候,如何思考电影艺术的问题便始终遭到拷问。蒙太奇学派与反蒙太奇学派对现实和艺术的态度截然不同。文学作品的电影改编似乎也面临着各种选择,豪舍曼面对心理小说的特征,采取了无形剪辑的手法。这种剪辑方式的特点在于让观众尽可能地达到一种无意识状态,将自身融入电影情节中去。为了达到这一目的,豪舍曼采用了以下的反蒙太奇语言。

第一,镜头语言。无形剪辑的特殊方式基于长镜头或超长镜头下的镜头多变性,我们知道在电影艺术中,镜头的长短和大小、

---

① André Bazin: Ontologie de l'image photographique, in: Bazin, Qu'est-ce que le cinéma, Paris 1958, S. 15f.

深远决定拍摄对象的意义传达，它也决定了导演对某一对象的阐释和表达。在《埃尔泽小姐》中我们发现，导演为了表达人物的内心世界，为了突出原作的内心独白特点，大量地采用了超长镜头，同时不断地用大广角、广角和局部广角，中景、近景、局部特写等镜头语言，做出反蒙太奇处理。

如故事片《埃尔泽小姐》开场就是若干个大广角，用以交代整个故事的发生地，[①]第一个长镜头是酒店大堂，紧接着是故事悲剧发生地音乐沙龙，以及镜子大厅等。我们看到，导演通过长镜头对男女主人公做了细致的交代。从酒店大堂的场景描述转到男主人公冯·道斯戴，豪舍曼只用了一个长镜头。镜头跟随一对老年夫妇走下旋梯到酒店服务台，然后转向正在打电话的酒店经理，非常流畅地在同一场景转入第二个长镜头，即让镜头随着举牌服务员寻找男主人公冯·道斯戴接听电话。豪舍曼用这样的方式确定了这部影片的叙述视角和叙事结构，即采用外部叙述视角与埃尔泽小姐的内心独白相互交融的叙事方式。

女主人公埃尔泽小姐的出场同样也采用了无形剪辑的反蒙太奇手法。这里所说的"无形"，有两个层面的意思。

从电影技法上看，镜头从打电话的冯·道斯戴自左摇到右，环顾了酒店大堂，然后停留在酒店的旋转门上。在酒店大门的纹花毛玻璃上，隐约透出埃尔泽小姐的身影。随着埃尔泽小姐的出现，镜头又跟随女主人公，随她走入酒店大堂。这个长镜头犹如埃尔泽小姐的眼睛，不断地审视着"世界"，不断地发出内心独白。从一个坐在沙发上读报的男子抬起头来对镜头打招呼的一瞬间，我们

---

① 《埃尔泽小姐》的故事发生在南蒂罗尔的疗养胜地圣马蒂诺-迪卡斯特罗扎（San Martino di Castrozza）的一家豪华酒店里。

察觉到,女主人公走进酒店大堂,进入故事发生地,察觉到我们的眼睛恰恰是埃尔泽小姐的眼睛,我们的视角不知不觉地融进女主人公的视角。

从电影叙事层面看,施尼策勒小说原作中女主人公的第一人称叙述视角在电影中得到了消解,内心独白效应也在以画面语言为主的电影中转化成了图像语言。埃尔泽小姐对环境的反应通过摄像镜头得到了充分的表达,这样叙述者和叙述对象之间产生了一种强烈的图像张力。

第二,长镜头语言。上文已经提到了无形剪辑中的长镜头和超长镜头的使用,这种手法本质上是对好莱坞式的商业片博取观众好奇心和不断制造兴奋点的电影美学的否定。长镜头的本质是让观众关注"长",是一种"无趣",即非"好莱坞"电影美学意义上的"有趣",或是让观众在"Lange-Weile"①中得到思考的空间。长镜头通常用来表达真实空间,用不间断的镜头或不经剪辑的镜头来表达图像。在传统的电影剪辑中,最小的剪辑图像单元为3秒钟,但许多导演有意识地增加单个镜头的时长。在电影《埃尔泽小姐》中,豪舍曼大量地采用1分钟以上的长镜头和超长镜头,而没有采用时空切换,即便在同一空间中,也采用跟踪拍摄、运动镜头和推拉的手法,以避免生硬剪辑的痕迹。

例如,在电影开场时,女主人公被突然告知有一封信需要她去取,这封信也是整个故事冲突和悲剧的引发点。正是在这封信中,母亲讲述了埃尔泽父亲的困境,并提出女儿向冯·道斯戴借款的请求。在"取信"和后面"读信"的两个场景中,电影充分发挥了镜

---

① "Langeweile"或"Langweile"在德文中原义为"长的时间",即一种单调的、缺乏变化的、让人感到困倦的不适感,因此也被译成"无聊"。

头的变化特点,用长镜头和中景、近景、特写、大特写的电影技法表达了女主人公复杂的心理。用取长补短的办法做到了文学作品难以表达的东西,我们可以在"取信"和"读信"两个场景中分别看到这一技法的运用。在"取信"这一单元中,酒店经理开始找信、找到信、交给埃尔泽小姐手中。豪舍曼对这三个简单的动作做了长镜头表现,当酒店经理在文件夹中找到这封信的瞬间,为了加长镜头时长而放慢了速度,甚至采用了慢镜头方式来表现这封信的出现,用特写和近景对这封信做了交代,然后采用局部特写的方式再次强调,表达这三个简单的动作的时长达到了 42 秒钟。同时,女主人公的画外音独白和紧张的音乐更加渲染了这封"信"的重要性,衬托出女主人公忐忑不安的心情。

埃尔泽小姐的画外音独白:①

> 也许这封信根本没有到,⋯⋯也许是爸爸写来的信,或者,也许是弟弟鲁迪写来的信,也许他告诉我,他与那些情人订婚的消息,跟那个女歌唱家,或者跟那个戴手套的姑娘。哦,是的。但也可能是福莱德写来的信。或者是杰克逊小姐,(尊贵的小姐,您的信),啊,是妈妈来的信,是特快专递。

这里我们已经看到了埃尔泽小姐的不祥预感,她对信的内容充满了紧张和不安。接下来,女主人公在镜子大厅里"读信"的场景中,这种复杂的内心活动得到了充分的展现。"读信"的场景时长达到 6 分钟,分别由 4 个长镜头构成,每个长镜头都达到 1 分钟左右,我们再一次看到了无形剪辑的手法。镜头对女主人公的手

---

① 引自豪舍曼的故事片《埃尔泽小姐》,1974 年。译文出自本文作者,下同。

以及对她手中信的推拉，对颤动的手指的特写，对信中文字的特写，加上女主人公读信的画外音（独白完全采用原作文字），形象地表达了埃尔泽小姐的内心冲突和无奈。

四、反"正反打"手法

在电影人物对话中，传统蒙太奇通过"正反打"手法（Shot-Reverse-Shot）表现不同的说话者，也就是用两台摄像机对对话中的演员分别进行拍摄，并进行分切。豪舍曼在对《埃尔泽小姐》的拍摄和剪辑中，对这种传统蒙太奇手法也做出了创新。他的做法是在人物对话中，让镜头集中关注说话者和听话者的表情和情绪，以表现人物的心理活动。

如在埃尔泽、意大利花花公子普雷戈和冯·道斯戴的一次对话中，镜头是如何以埃尔泽小姐的视角关注冯·道斯戴的暧昧和猥琐眼神，并用这种镜头语言反映小说原文中的内心独白："猥琐的眼神"[1]（8）、"他过去也曾经借钱给爸爸"（13）、"最近两三年来很少看见他"（12）等。豪舍曼通过镜头传达出冯·道斯戴的"猥琐眼神"（Kalbsaugen），这种性侵略眼神不仅表现在他对埃尔泽小姐的视线上，同样也表现在他在与情人瓦纳福夫人的对话上。可以说，豪舍曼的这种反"正反打"手法恰恰刻画出维也纳 19 世纪末男权社会特征，也塑造出对抗这种性别话语的女性形象。

普雷戈：您是埃尔泽小姐？ 对不起，我是普雷戈。（面对

---

① Arthur Schnitzler：Fräulein Else, Novelle. Hrsg. v. Johannes Pankau. Universal-Bibliothek Band 18155. Reclam, Stuttgart 2003. 以下引用均采用此版本，译文出自本文作者，以下仅在正文中标注页码。

埃尔泽)我能对您做点什么吗？

　　埃尔泽：晚上好。我只是在等酒店经理，我有一封信在他
那里。

　　冯·道斯戴：经理！

　　酒店经理：是。当然，冯·道斯戴先生。

埃尔泽小姐的内心独白：

　　画外音：他本应该穿着黑礼服，跟那些罗马人一起乘坐马
车走的。您的大裁缝能帮您什么呢？冯·道斯戴先生，冯·
道斯戴？他肯定原先不叫这个名字。

　　冯·道斯戴（朝着酒店经理）：这位小姐有一封信。

　　酒店经理：我马上就找，先生。

　　我们可以看到，此时的画面由一系列变焦镜头组成，从中景到
近景，镜头停留在冯·道斯戴的脸部，突出了他自上而下地打量埃
尔泽小姐的眼神，这种轻蔑又猥琐的眼神不仅包含着男性的性侵
略性，而且也显示出他的那种"对男权社会的绝对权威、笃信不移"
的眼光。① 正如埃尔泽小姐心里暗自对自己说的那样："他那叫什
么眼神，完全就是猥琐的眼神。"(8)

　　这种猥琐的、性别宰制的眼神同样出现在影片最重要的一场
对话中。在这一场景中，埃尔泽小姐和冯·道斯戴关于如何借款
展开博弈。我们发现，虽然在这场对话中，豪舍曼部分采用了正反

_____

　　① Nike Wagner: Geist und Geschlecht. Karl Kraus und die Erotik der Wiener
Moderne. Suhrkamp, Frankfurt am Main 1982, S. 12.

打手法,但是他仍然强调局部细节刻画,如埃尔泽小姐因紧张而颤抖的手指、神经质地吸烟等,同时也采用推拉和全景把对话双方都纳入镜头。

这样的画面语言摒弃了传统蒙太奇中以情节推进和交代为主要目的的"正反打"手法,更能表现人物的内心世界和心理活动,同时揭示了以冯·道斯戴为代表的男权社会的"虚伪"和"双重道德"(Doppelmoral)。在这场对话中,反"正反打"手法较好地表现了冯·道斯戴既是商人,又是流氓的双重身份。在这里,"Geschäftsmann"(商人)这个德语词在冯·道斯戴身上同样具有双重意义,一方面他是一个艺术收藏家和商人,就像他自己所说的那样,他懂得"尊重(艺术)美,并因此,而且仅因此富有"(20)。

一方面,埃尔泽小姐在他眼里,也似乎只是一个艺术品,一件美的、具有交换价值的商品,一件裸体油画般的商品。另一方面,就像马克斯·韦伯在《新教伦理和资本主义精神》中所指出的那样,具有"合理性"和"合乎目的"的现代资本主义精神成了冯·道斯戴为自己的道德沦丧做出的辩护词。影片中,他在要求埃尔泽小姐在他面前脱去衣服时说:"我不是敲诈者,我是一个男人,一个有经验的男人,我的经验首先是,世界上每一件物品都有它的价格,我想购买的东西,你却不会因变卖它而变得贫困。"(21)

同时,冯·道斯戴佩戴着一副漂亮的面具,犹如在维也纳狂欢舞会上翩翩起舞。在文学文本中,施尼茨勒通过音乐厅传来舒曼钢琴作品第9号《狂欢节》(*Carnaval op.* 9)来表达这一隐喻。豪舍曼对这一情节同样在影片中做了重点表达,他安排了冯·道斯戴要求埃尔泽小姐弹奏这首钢琴曲,来为自己的"化妆舞会"伴奏。他的商业行为在戴着面具的舒曼《狂欢节》中开场:"一个小时前,我还认为完全不可能在这件事情上提出什么条件,但我是一个男人，埃尔泽小姐，您长得这样漂亮，则完全不是我的过错。您难道没有察觉到吗？我希望得到(Je vous désire)，我还要多说吗？"(21)

在这场对话的关键时刻，豪舍曼影片中完全放弃了对话中的"正反打"技法，转向用埃尔泽小姐的视角从下往上对冯·道斯戴的近景和特写。也就是说，两人间的对话变成了埃尔泽小姐的内心独白，"正反打"被长镜头取代。在这样的镜头视角下，似乎一个具有艺术修养的、高尚的男人采用一种俯视的身体姿势，就3万克朗借款进行一次不道德、肮脏的商业谈判：

> 我不打算提出过高的要求，您不必过于担心。是的，假如您提出要借100万克朗，你也知道我可没有那么富，那样的话则另当别论。我们现在的情况不同，我想我不那么贪心，就像您也不那么贪心一样。我无非只是想亲眼"看"你。……您可能认为我疯了，但是我希望您不要错误地理解我的请求。我向您保证，我一步都不会超出我们的协议，我无非就是想请您允许我欣赏你的玉体十五分钟。当您有一天像我那么老的时候，钱这个东西只是为了秀色可餐而存在。我尊重美，我也因此而富有。

在埃尔泽小姐身上，我们也能看到一种"双重道德"，她在面对道德和责任、挑战伦理和性想象的复杂心理之中，把自己视为轻佻放荡女子，但不是妓女。她在小说中的内心独白中说："不，我不卖身，永远不会。我永远不会出卖自己的身体，我只是奉献我的身体。是的，我只要遇上一个合适的男人，我就会把自己献给他，但是我不会卖自己，我只是放荡，我不是妓女。"(24)

小说和电影中的埃尔泽小姐形象不仅处于一种自愿和强迫出

卖身体的悖论中,同时也表达了女性对男权社会的挑战和抗议。埃尔泽小姐在公共场合裸露自己身体的行为以及她服安眠药自杀的企图都可以视为一种女权意识。维也纳文学批评家赫尔曼·巴尔(Hermann Bahr)对当时女性的这种"双重道德"曾说过这样的话:"女性不仅仅是性别,不仅仅具有性吸引的特性,而且更是母亲,因此,女性在某种意义上看是神圣的。"[①]埃尔泽小姐作为作品中女性的代表,恰恰反映出当时欧洲社会在女性问题上的一种矛盾统一悖论中的感性形象,她既是最具有(性)吸引力的,同时又是最具有伦理挑战性的,既是男人追逐的猎物,又具备神圣不可侵犯的母性,二者融于埃尔泽小姐一身。

五、镜头视角

女性形象并不仅仅是他人眼中的形象,同时也是女性的自我形象。在施尼茨勒的小说中,埃尔泽小姐不仅是冯·道斯戴和其他男性追逐的性猎物,她也对自我发生感知,表达了自我的价值认知。无论在源文本的内心独白中,还是在电影的画外音里,均不断地出现女主人公这样的自我认知:"我想成为一个这个世界还没有见过的放荡女子,……是的,我就是这样的女人,一个放荡的女人,……我是个大家闺秀?"(24)这里所谓的"放荡",其含义主要在于"放",即对男权社会强加的性别话语的抗争,尽管在小说和电影中,埃尔泽小姐都没有明确地表达女权话语,但仍可以视为她无意识的"开放"和"解放"觉悟。

---

① Nike Wagner: Geist und Geschlecht. Karl Kraus und die Erotik der Wiener Moderne. Suhrkamp Verlag, Frankfurt am Main 1982. S.146.

埃尔泽小姐被外界因素所迫,决定裸露玉体,她同时也决定不在冯·道斯戴一个人面前裸露,而是让自己的身体暴露在大众的视线下。女主人公在自己的房间里脱去衣服的一场戏中,豪舍曼同样采用了反蒙太奇手法跟随镜头拍摄,犹如将镜头植入女主人公的眼睛,与其内心独白的画外音相结合,将导演的蒙太奇转化为电影人物的主观视角。同时,镜头借用房间里的镜子,在镜子中反射女主人公对自己身体的观赏和评价,在镜子面前做出对自我性别价值的反思:

> 假如有人要看,那就给所有人都看,大家都可以看。全世界都来看。……然后是安眠药,不,不要安眠药,要男人,然后是铺着大理石台阶的别墅,然后是自由,广阔的世界!……脱光,全脱光。茜茜会嫉妒我,别的女孩子也会嫉妒,但是她们不敢这样做,她们心里都想这样。……我给你们做个榜样。我这个处女就敢这样。我会嘲笑道斯戴,我在这里,冯·道斯戴先生,准备上场,5万克朗,值吗?

在使用摄像机镜头视角的策略上,豪舍曼还大量地采用了镜子作为摄像道具,以达到镜头的折射效应,德国著名电影导演法斯宾德在改编冯塔纳的小说《艾菲布利斯特》的同名故事片(1974)中也大量地采用了镜子作为镜头视角,这种手法弥补了电影图像语言难以表达人物内心独白和心理状态的短处。大量的玻璃材料出现在电影画面上,如埃尔泽阅读母亲来信时的大厅中的镜面墙、酒店大堂的玻璃门、埃尔泽脱衣服房间的镜子和玻璃窗等都成了摄像机镜头的反射器,镜子既是主人公自我言说的对象,也反映了其心理表现;既有强烈的空间感,又折射了人物的内心世界。

在源文本中，施尼茨勒也大量地借助镜子，来表达埃尔泽小姐极力躲避社会、回归自我的心理和她自身被社会拒绝的女性身份特征。这种矛盾形成了埃尔泽小姐的自恋情结，同时也构成了潜在的女性歇斯底里症，这一病症也同样归咎于男权社会下的女性社会处境。由此看来，镜子作为摄像镜头视角的延伸，其功能在于塑造埃尔泽小姐这个女性形象以及她的自我形象。这种形象让我们很容易想到拉康的镜像理论，自我认知、自恋和自我异化在不同的阶段反复出现，埃尔泽的自我形象和女性形象因此是分裂的，或者说是破碎的，是"一种观看的自我，也是被观看的自我"①。一方面，她对自己说：

> 我们的埃尔泽，您还有什么好犹豫的？您不是喜欢成为男人们的情人吗？一个接着一个，冯·道斯戴先生的这么点小请求算得了什么？为了一串珍珠项链、一套漂亮的晚礼服，为了一幢海边的别墅，您会愿意出卖自己的身体吗？拯救您父亲难道不重要吗？

另一方面，她又对着镜子跟自己说：

> 我真的像镜子里那么漂亮吗？啊，您走近一点，漂亮的小姐。我要亲吻您鲜红的嘴唇，我要把我的乳房紧贴着您的乳房，遗憾的是有一块玻璃隔在我们中间。这块冰冷的玻璃，我们能融为一体有多好啊。

---

① Veronika Schuchter：Wahnsinn und Weiblichkeit, Tectum Verlag, Marburg, 2009, S.82.

在上面的引文中我们看到,埃尔泽小姐的自"我"和他"我"达到最高点。她似乎对着镜子与另一个女人对话,或者在镜子里存在着另一个完全陌生的女性形象,她对这个形象不断地做出反思。那么,这个陌生的自我或者陌生的女性形象又是谁呢? 我们可以认为,这个自我形象或者女性形象恰恰就是小说语言和电影画面语言着力刻画的欧洲 19 世纪末的男权社会中的女性形象,它是破碎的、分裂的,也是多面的,就像镜子中的埃尔泽小姐一样。

六、结 论

豪舍曼改编的心理故事片《埃尔泽小姐》在难以用画面传达的文学内心独白情况下,对电影表达手法做出了创新性的尝试。他通过反蒙太奇的电影叙事手段,在以下三个方面完成了经典文学文本的电影改编。

首先,他使用长镜头和超长镜头、镜头景深变化和跟随拍摄等手段构建了一种"无形剪辑"方法。他的反"正反打"手法和特殊镜头视角的运用在很大程度上消解了好莱坞式的商业片惯用的蒙太奇手法,在豪舍曼的《埃尔泽小姐》中,"无形剪辑"的电影美学观替代了快速多变、高频率叠画转场的传统蒙太奇剪辑观。影片中内化拍摄视角与人物视角融化在一起,完成了对施尼茨勒心理小说内心独白的艺术再现,较忠实地反映了原作的文学性。

其次,豪舍曼的《埃尔泽小姐》所采用的反蒙太奇技法不仅有电影美学上的意义,而且具有电影画面语言上的创新性。影片在 24 小时这样极小的叙事时空内,通过反蒙太奇手法大大加强了叙述时间和被叙述时间之间的张力,着重反映了欧洲 19 世纪末的女性形象和男权社会中的性别话语,电影画面语言与文学语言相得益彰,构建了电影艺术中的语言共同体。

　　最后,豪舍曼的电影技法较完美地呈现了埃尔泽小姐作为维也纳都市女性形象的多面性和复杂性,豪舍曼采用的镜面反射技法形象地折射了埃尔泽小姐在当时的历史语境中的个体存在状态,反映了当时市民阶层的女性形象,这种形象既有潜在意识上与性别话语抗争的一面,又处在男权社会现实的绝对宰制之下,是一种破碎的、多面的矛盾体。

罗伯特·瓦尔泽《强盗》小说手稿中"Eros"情结^①

一、导　论

　　20 世纪下半叶瑞士德语文坛上发生的一个重大事件就是罗伯特·瓦尔泽的重新发现。1975 年,瓦尔泽研究者格莱文编撰的二十卷《瓦尔泽全集》问世,1985 年至 2000 年,伯尔尼瓦尔泽档案馆的埃希特和毛朗通过显微镜解读,编撰出版了六卷本《来自铅笔领域》。至此,作家生前未曾发表的大量手稿时隔半个多世纪重见天日,震惊了欧美文学界。2008 年,在瑞士国家基金会(SNF)支持下,以 6 部 46 卷的规模囊括瓦尔泽作品、手稿原件、书信、索引的全集学术版(KWA)编撰工作全面展开,至今已有 18 卷问世。瓦尔泽成为瑞士文学和世界文学的瑰宝,也成了瑞士国家的文化名片。

　　瓦尔泽的《强盗》小说手稿产生于 1925 年七八月。小说写在

----

①　本文首次刊于《广东外语外贸大学学报》2019 年第 6 期。

二十四张稿纸上①（"密码卷帙"②第 488 号），每张稿纸密密麻麻地用铅笔写满了难以辨认的德语古体花体字，每个字母约在 0.5 毫米。这部小说既没有书名也没有章节，整个文本以段落为单位，文字流畅、成熟，就连瓦尔泽的铅笔书法本身也堪称一件珍贵的艺术品。

瓦尔泽在书信中没有提及这部小说，日后研究也证明，瓦尔泽这一时期发表的作品日趋减少，他本人也没有表示过出版这部小说的意图。因此，这部小说只是一个草稿，或者是不完整的残稿，就连"强盗"这一书名也是解读者和出版者格莱文日后加上去的。这个称谓源自瓦尔泽少年时代对扮演席勒"狂飙突进"时期戏剧《强盗》中的英雄卡尔·莫尔的向往和崇拜。③但《强盗》小说主人公实际上是一个游手好闲的落魄作家，或是作家瓦尔泽本人。由于创作失败、被社会视为无能，"强盗"生活在社会边缘被世人鄙视、嘲笑，这种嘲笑亦可理解为小说叙述者的自嘲。

在《强盗》小说中，叙述者在叙述对象面前不断地反思自身，反思自己的叙述视角。此外，叙述者与作家瓦尔泽的生存状态极其相似，这使得作者、叙述者和叙述对象之间的界限变得十分模糊。这也导致了第一人称和第三人称叙事模式交错出现，一方面"强盗"自称都不认识自己，另一方面却让人明显地察觉到，叙述者所

---

①　1986 年出版的《来自铅笔领域》第 3 卷收入艾希特、毛朗解读版《强盗》小说残片，全文共 140 页。参见 Robert Walser: Aus dem Bleistiftgebiet, Räuber-Roman, Felix-Szenen, Suhrkamp, Frankfurt am Main, 1986。

②　"密码卷帙"即瓦尔泽研究中所通称的"Mikrogramm"的中文译名，瓦尔泽在伯尔尼时期的大部分手稿用铅笔写在各种纸片上，共有 526 件，其中包括明信片、日历、香烟纸和车票。这些手稿上的文字非常微小，很多仅 0.3 毫米甚至更小，日后被解读出来，收入达 4000 余页的《瓦尔泽全集》。

③　Bernhard Echte（Hg.）: Robert Walser. Sein Leben in Bildern und Texten, Frankfurt am Main 2008，S. 38–39.

有对"强盗"的描述都是在描述自身。同时,一方面文本显得毫无结构和毫无目的,另一方面却让人明显地感觉到叙述者与叙述对象的关系具有极大的艺术设计理性,正如瓦尔特·本雅明在其《罗伯特·瓦尔泽》一文中所指出的那样:瓦尔泽的作品"呈现在我们眼前的却是一片明显完全没有目的,但又因此而更具魅力的语言荒草地。……瓦尔泽在写作过程中从未修改过一行字。……写作及写下的文字一气呵成、一字不改是最大的无目的性,也是一种最高境界的目的性"①。

如果我们将瓦尔泽所有文学作品中的人物特点加以抽象概括,那么"强盗"可以说是一个瓦尔泽的典型人物,他既是仆人,又是诗人,既是散步者,又是都市闲逛者。但在这些人物身上丝毫没有席勒笔下卡尔·莫尔的波希米亚森林里的强盗的气息。相反,瓦尔泽的"强盗"身上处处散发着女性般的"温柔"和孩童的"纯真",以及一般读者无法领悟的"优雅"。②

我们甚至可以说,在这个"强盗"身上凝聚了瓦尔泽笔下所有人物的基本特征:一种没有存在价值的物化主体,但它以物"自在"和"自为"(an-und-für-sich)形式体现着其自身价值,就像本雅明所描述的那样:瓦尔泽的人物"来自最黑暗的夜晚,……他的人物来自威尼斯的夜晚,微弱的几盏渔火照亮了他们的希冀,眼睛里含着一丝光泽,但局促不安,悲伤得就要落泪。他们的哭泣就是散文。因为抽泣是瓦尔泽喋喋不休的曲调,它给我们揭示了瓦尔泽至爱的源泉"③。

---

① Walter Benjamin: Robert Walser, in: Illuminationen. Ausgewählte Schriften 1, Suhrkamp Verlag Frankfurt am Main 1977, S. 350.

② 同上,S. 350。

③ 同上,S. 351。

1940年本雅明离世，他不可能读到瓦尔泽的《强盗》小说手稿，但他对其文学人物的洞见仍然适用于这位瑞士作家笔下的"强盗"。这样，我们就进入了本文讨论的主题：本雅明所指的"至爱"究竟是什么，"喋喋不休的语调"与"抽泣"是什么关系，它与"Eros"是否相关，它的源泉又在哪里。

二、Eros 与弱

厄洛斯（Eros/Ερως）是希腊神话中宙斯和阿芙洛狄特的私生子，是爱欲的结晶，故被称为爱神。但在古希腊哲学中，Eros 不仅只在生理爱欲层面被解读，同时也被视为与"逻各斯"（logos）相对的概念，逻各斯是理性，厄洛斯代表情感（非理性）。法国犹太现象学家列维纳斯（Emmanuel Lévinas）[1]对古希腊哲学中的 Eros 概念进行了颠覆，他在《时间和他者》中提出，Eros 是与主体生存方式和人类伦理相关的基本原则。[2] 其中 Eros 的核心思想是他者理性，列维纳斯所说的"他者"（der Andere）不是一种日常交往层面上的"他者"，而是具有绝对他性的"相异者"，或称为"绝对他者"，[3]这种"绝对他者"的本质，即他是我所不是的。列维纳斯把这种他者关系称为"绝对伦理"（extreme Ethik）。[4] 其实，"伦理"二字意味着关于人和人之间"关系"的"道理"。我们常常说的"儒家五伦"，也就是人与人之间的五种道德关系。列维纳斯在《我们之间》中把这种人伦关系和与上帝的关系纳入 Eros 的范畴，即至爱的范畴。

---

① 亦有译作伊曼纽尔·列维纳斯、伊曼纽尔·勒维纳斯、伊玛努埃尔·莱文纳斯等。

② Emmanuel Lévinas: Die Zeit und der Andere, Felix Meiner Verlag, Hamburg 1989，S. 52 - 61.

③ 同上，S. 52—53。

④ Immanuel Lévinas: Zwischen uns, Carl Hanse Verlag, München, 1995，S. 134.

首先，列维纳斯提出的这种"绝对他者"的思考与列维纳斯否定西方传统哲学中的"同一性"（identitas）和"二元对立"（binary opposition）相关，在列维纳斯那里，非同即否的思维模式被扬弃，他提出了一种非对称性的"间性"（between）模式。其次，与布伯（Martin Buber）的对称性对话原则不同，列维纳斯的"绝对他者"与其本人对犹太宗教超验思维绝对性的理解相关。最终，"绝对他者"可能与列维纳斯的犹太身份有关，无家可归、身处异乡、漂泊和孤寂是犹太人的基本生存方式。这恰恰也是瓦尔泽的生存方式。

Eros 的思维模式即"至爱"模式。列维纳斯的 Eros 不仅是爱神厄洛斯的名字，它作为哲学概念源于希腊神话中厄洛斯与普绪喀（Psyche）的爱情故事。普绪喀在获得冥后珀尔塞福涅的"睡盒"后经不住引诱，被睡神害死，厄洛斯射出的爱情之箭将普绪喀重新救活。列维纳斯将 Eros 概念化后引入他的主体和他者关系的现象学著作中，他认为在主体间性中，绝对性对于他者的超验不是某种对称关系，作为弱者和受难者的他者永远高于自我，如对神的关系就是超验的非对称的绝对关系。主体和死亡只有通过 Eros 才能得到救赎。

《强盗》小说中的人物面临同样的主体救赎问题，无论是"强盗"，还是作家本人均陷入一种绝望的主体危机，都需要 Eros 的救赎，而这种救赎是通过"绝对他者"来实现的。如同本雅明引用瓦尔泽的一句名言，"我或许会在这个世界上成功。我感到震惊，自己竟然会有这样的想法"①。瓦尔泽在小说手稿上不仅反复提到"强盗"作为作家的失败，而且常常被人奚落和嘲笑，如"早在柏林的时候，强盗就像小姑娘一样被男人社会欺负……有两三个先生

---

① Walter Benjamin: Robert Walser, in: Illuminationen. Ausgewählte Schriften 1, Suhrkamp Verlag, Frankfurt am Main 1977, S. 352.

很傲慢地嘲笑强盗的长相,这嘲笑就像一泼污水,把强盗浇了个湿透"①。当有人说他"没有尽到一个社会成员的责任",讥笑他是个无用人时,他"像小姑娘那样落荒而逃"②。

不仅如此,瓦尔泽还在《强盗》中不断对"强盗"的无用、失败和落魄做出反思,他写道,"我想说的是,任何有用的东西都会变成害人的东西,害人的东西会变成有用的东西"③,"许多大胆妄为的人缺乏勇气,许多骄傲的人缺乏傲气,弱小的人缺乏心灵的力量去认识自己的虚弱。但在很多情形下,弱者会显得强大"④。这里显现的是一种对弱者(绝对他者)的自省和理解,只要弱者认知到其弱小,弱者就可能以弱示强。这与席勒笔下的强盗莫尔的主体价值观完全不同,对此瓦尔泽的"强盗"有如下一段叙述:⑤

　　一天晚上,我在一场辉煌的贝多芬音乐会上与一位女侯爵邻座,她对我说,你多么与众不同,(但)你还欠我一丝温情,你必须以文明的名义相信,你如同为我而生。我看到你身上有种好丈夫的气质,我觉得你腰板挺直,肩膀宽厚……

"强盗"用极其温柔的嗓音对上面引文中世人所普遍认同的男性价值和男性气概进行了调侃,他说:"我的肩膀是人类最柔弱的。"⑥对于女侯爵把他形容成大力士赫拉克勒斯的恭维,他回应

---

① Robert Walser: Aus dem Bleistiftgebiet, Räuber-Roman, Felix-Szenen, Suhrkamp Verlag, Frankfurt am Main, 1986, S. 24.
② 同上,S. 19。
③ 同上,S. 38。
④ 同上,S. 16。
⑤ 同上,S. 19。
⑥ 同上,S. 20。

道:"这只不过是表象而已。"①在这里,瓦尔泽对勇猛、力量、争斗、胜利等男权社会价值标准提出疑问,进而把 Eros 的至爱本质昭示出来,那就是一种上善若水的阴柔本质,是一种隐性(Negativität)和被动性(Passivität),就像瓦尔泽在《强盗》中默默自语的那样,生活的真理就是从小到大像孩童一样,孩童既是无助的,也是自然的,Eros 在孩童的世界里主宰一切。瓦尔泽接着用第一人称说:"由于我在上一段文字把自己描写成一个智者,有些读者会受到惊吓,不敢往下读了,我在这里安静下来,温柔起来,让自己变成小指头。"②

至爱常常发生在夜间,黑夜是爱的容器,也是裸露者"绝对他者"的保护色,因此 Eros 的本质是隐性。至爱不是占有和强权,更不是掠夺与战争,而是在隐秘中表白。列维纳斯将主体能力(Können)视为置"自我"于死地而后生的能力,而"强盗"的本事就是把自我置于弱小和藏匿的状态,这正是瓦尔泽文学的优雅和意蕴所在,所以本雅明在评论瓦尔泽作品无目的性的优雅时说过,瓦尔泽的人物"来自威尼斯的夜晚,微弱的几盏渔火照亮了他们的希冀,但局促不安,悲伤得就要落泪。他们的哭泣就是散文。因为抽泣是瓦尔泽喋喋不休的曲调,它给我们揭示了瓦尔泽至爱的源泉"③。瓦尔泽的"强盗"在他者面前表现出来的软弱、温柔、容易受伤,无疑是对他者的呼唤,是一种渴望生存的希冀。这种希冀意味着 Eros 的巨大力量,那就是列维纳斯说的:"黑格尔告诉我们,主

---

① Robert Walser: Aus dem Bleistiftgebiet, Räuber-Roman, Felix-Szenen, Suhrkamp Verlag, Frankfurt am Main, 1986, S. 20.

② 同上,S. 113。

③ Walter Benjamin: Robert Walser, in: Illuminationen. Ausgewählte Schriften 1, Suhrkamp Verlag, Frankfurt am Main 1977, S. 352.

人如何成了仆人的仆人,仆人又是如何成了主人的主人。"①

三、Eros 与羞

在列维纳斯那里,Eros 与"羞"(Scham)有着密不可分的联系,这与我们下面将要讨论的瓦尔泽《强盗》手稿中人物的"女性化"相关。这里,我们需要回到本雅明对瓦尔泽的解读中来。本雅明认为,造成瓦尔泽"抽泣曲调"的绝望情绪以及他语言的自我絮叨特点与瑞士农夫式的"羞语症"(Sprachscham)有关。一旦瓦尔泽开始写作,他沉默寡言的性格就会爆发,他就会在纸面上滔滔不绝地开始说话,每一句话都是推衍前一句话。这种羞语现象与人类情感,如害羞、耻辱、尴尬等有关。

一般说来,人类的羞愧机制是一种伦理悖论机制,"羞"从本质上说不会"出现",它所"出现"的地方恰恰是"不出现",每个害羞的人都会设法掩饰自己的羞。因此,羞是一种具有高度自我认同机制和反思性的伦理情感活动,是对自身在一定的社会价值伦理标准下缺陷和不足的领会。列维纳斯把"羞"的本质视为伦理范畴中的"愧欠"(Schuld)和"失败"(Scheitern),因为它是一种"自我非正义行为的意识"②。主体通过羞而获得主体性并进入世界。羞愧感是人的社会伦理道德的重要标志之一,它与 Eros 的关联性在于羞不仅是一种自我指涉的现象,它同时也是主体间性现象,是一种弱者在 Eros 关系中自我价值失落的现象。任何隐秘的东西在隐秘

---

① Emmanuel Lévinas: Die Zeit und der Andere, Felix Meiner Verlag, Hamburg 1989, S. 58.

② Emmanuel Lévinas: Totalität und Unendlichkeit, Versuch über die Exteriorität, Alber Verlag, Freiburg/München 2008, S.113.

时并不产生羞,只有在光线下(社会和人的目光下)才会裸露,这种发生在社会交往中的裸露现象就是羞。对于羞的应对行为则是遮掩,而遮掩是美的本质属性之一。瓦尔泽的《强盗》则是掩饰和裸露的结合体,可以说是一种暧昧。本雅明所说的瑞士农夫式的"羞语症"让不善言说的瓦尔泽在文学书写中找到了藏匿之处,因此他才在文学书写时有"喋喋不休的曲调",这种曲调既不是呐喊,也不是挣扎,而是"抽泣",一种躲藏在语言中的至爱。正是在"羞"的心理状态下,瓦尔泽的叙述手段变成了叙述目的,而叙述的目的却在于掩饰自我,由此而产生了一种瓦尔泽独特的文学风格:无意识地将一个句子推向下一个句子,其目的只是为了忘却或覆盖前面的句子,如同滚雪球一样,越滚越大。偌大的雪球随时在阳光下融化,化为乌有:

　　……昨天我摘了根树枝,您想象一下:一个作家,星期天在野外散步,摘了根树枝,觉得自己特别伟大,吃了一块火腿夹小面包。他在享用面包时看到身材如同树枝般苗条的女招待,他觉得不妨向她提个问题:"小姐,您是否可以用这根树枝在我手心上抽打一下?"小姐抬脚就从提要求的那人面前落荒而逃。她还从未遇到过诸如此类的请求。我走进城去,一群大学生坐在他们常去的咖啡馆里,我用树枝撩了其中一个大学生,那个被撩的注视着我,就像看到了什么从未见过的东西似的。其他大学生也这样注视着我,就像他们突然不明白许多陌生事物那样。我能说什么呢? 无论如何,他们是出于尊严而摆出十分惊讶的样子。这时我的小说主人公,那个即将或者正在成为小说主人公的人把被子蒙头盖上,在被窝里胡思乱想。他有一个习惯,就是胡思乱想,尽管别人不会为此付

给他分文。他从巴塔维亚的舅舅那里得到了一笔钱，不知道有多少？我们对这笔钱的数目也不清楚……①

瓦尔泽的《强盗》小说手稿就是用上述引文的语调叙述自己和"强盗"的琐事，没有章节，没有段落，只有絮叨。而这种絮叨掩饰着作家的"羞"，一种非常纠结和复杂的心理活动，是羞涩、愧疚、高傲交织在一起的心理活动。我们看到，在上面这段文字里，第一人称叙述者"我"、第三人称叙述者作家和他（强盗）混杂在一起。书写者对自己的文学创作、落魄生活和叙事方式以及诗学观均进行了遮掩式的述说。这是一种羞涩发生后遁入地洞式的叙事。就像本雅明所说的："对瓦尔泽来说，如何写作绝对不是一件小事，所有他原先想说的东西均在文学书写的自身意义面前变得毫无意义。"②因此，我们可以认为，喋喋不休本身就是一个裸露的过程，在裸露过程中的藏匿便成了瓦尔泽文学作品的风格。至此，我们无法回避瓦尔泽《强盗》小说手稿中下一个关键话题，即"羞"的美学中"女性"（das Weibliche）与遮掩的话题，正如列维纳斯所说的那样："对我来说重要的不仅是女性的不可知性，而是女性逃避光亮的存在模式。女性是一种存在事件，它与给予光明的空间超验或表达存在模式不同。女性是对光亮的逃避。"③

---

① Robert Walser: Aus dem Bleistiftgebiet, Räuber-Roman, Felix-Szenen, Suhrkamp Verlag, Frankfurt am Main, 1986, S. 14.

② Walter Benjamin: Robert Walser, in: Illuminationen. Ausgewählte Schriften 1, Suhrkamp Verlag, Frankfurt am Main 1977, S. 352.

③ Emmanuel Lévinas: Die Zeit und der Andere, Felix Meiner Verlag, Hamburg 1989, S. 57 - 58.

四、Eros 与女性

Eros 与"女性"有着密切的关系,如上所述,用列维纳斯的现象学理论来看,Eros 与绝对他者的关系是一种特殊的理性关系。列维纳斯特别重视"阴柔""女性""羞涩""弱小"在 Eros 中的地位和作用,而这点在瓦尔泽的小说和文学文本中显示度非常高,他的小品文中有很大一部分,叙述者常常会戴着女性面具(女裁缝、小女孩、女演员、女教师、女佣人等)登场。那么在《强盗》中,"强盗"是否也有这种特性呢? 在讨论这个话题之前,我们先来看列维纳斯对"女性"的定义。列维纳斯在《时间与存在》中提出:"绝对对立的对立面就是女性,她的对立性绝不会因她与男性有可能建立的关系而受到影响。对立性使女性能够保持其绝对的他者地位。"①

首先,列维纳斯是在男女性别和爱欲关系上审视"女性"问题的,在传统的意义上,男性即秩序、权力和暴力的化身,女性则是其对立面。女性的弱小和羞涩意味着若隐若现、若即若离的不确定性。其次,列维纳斯认为,主体性以及主体间性只有通过"女性化"方能得到救赎,而"女性化"的过程并非客体化的过程,"女性"是"羞"和"隐匿"(Geheimnis)的同义词,因此"女性"在列维纳斯的哲学体系中实际上是一种中性的东西。正如他在《时间和他者》中所揭示的那样:"两性之间的差异不是对立。存在与无之间的对立是

---

① Emmanuel Lévinas: Die Zeit und der Andere, Felix Meiner Verlag, Hamburg 1989, S. 56.

通往他者的道路,其间没有距离空间。"①

　　瓦尔泽在《强盗》小说手稿中反复叙述"强盗",或者作为第一人称叙述者"我"的女性情结。与席勒《强盗》中首领卡尔·莫尔的阳刚、血腥、暴力和理性不同,瓦尔泽的"强盗"是一个本雅明意义上的黑夜里的存在,或者列维纳斯意义上的藏匿存在,他的"行为举止如同一个姑娘"②,小说叙述者不断强调"强盗"身上的温柔和非男性化特征:"……也许强盗时不时地变成一个姑娘。"③他不再属于追逐功名的男性社会,因为他"……已经变成了一个女佣人,他似乎天天穿着围裙跑来跑去,他自己也因为穿上这样甜蜜的服饰而感到无比的兴奋"④。瓦尔泽甚至在小说中写道,一天"强盗"对自身的性别认同产生了怀疑,他前去一家诊所看医生,并做出了以下描述:

　　　　尊敬的先生,我不想跟您隐瞒什么,就跟您直说吧,我不时地感觉到自己是个姑娘,……我坚定不移地认为,自己跟任何别的男人别无异样,可我最近常常有一种以前从未有过的感觉,我觉得自己最近不再热血沸腾,不再具备任何攻击性,也没有任何占有欲。此外,我本人认为自己是一个非常听话、勤劳勇敢的男人,我非常热爱工作,不过最近没有什么活

---

　　① 列维纳斯的"女性"概念,是从具体的传统男女之间性别关系出发来思考的。列维纳斯认为,作为主体和霸权的男性只能被它客体化了的女性救赎,而被蔑视为客体的女性则并非男性的客体,而是一种隐匿和被动,其中蕴含着绝对伦理的本真含义,因此列维纳斯的"女性"只是一种中性的哲学概念。Emmanuel Lévinas:Die Zeit und der Andere, Felix Meiner Verlag, Hamburg 1989,S. 56.

　　② Robert Walser:Aus dem Bleistiftgebiet, Räuber-Roman, Felix-Szenen, Suhrkamp Verlag, Frankfurt am Main, 1986, S. 19.

　　③ 同上,S. 109。

　　④ 同上,S. 108。

干，……我认为，我身上有一种孩童或者小男孩那样的东西，……我常常觉得自己是个小姑娘。因为我喜欢擦皮鞋，喜欢做家务……我现在站在您面前，绝对没有一丝一毫的不幸感，我只是想特别强调这一点，因为我没有觉得自己有任何性别上的困扰和危机……①

诚然，瓦尔泽的《强盗》小说手稿中的"女性化"是一个文学反讽，它告诉我们一个道理。当"强盗"带着"女性"这副面具去看医生时，他实际上启示了作家的伦理观，也对本雅明提出的"至爱源泉"问题做出了直接的解答："亲爱的大夫，如果能够允许我来描述我的（女性化）状况的话，那么我的病因大概就是我具有太多的友爱。我内心有一个取之不竭的爱心资源库。"②瓦尔泽的"强盗"在这一解答中所蕴含的思想，可以用列维纳斯 Eros 现象学思想予以阐释——

首先，Eros 是对传统权力话语的质疑，对现代社会占统治地位的男性价值观进行颠覆，在小说中，"强盗"对现代男性社会所肯定的功名、阳刚、勇猛等"雄性"（Männlichkeit）价值进行了质疑。

其次，"强盗"的解答蕴含着 Eros 对"绝对他者"的至爱，《强盗》可以说是一部追逐爱情而失败的小说，"强盗"失去社会承认、沉沦落魄后剩下的所有价值就是对小说中四位女性的至爱，而"强盗"的追逐仍以失败而告终，此乃自嘲或反讽。

第三，Eros 是对传统价值中的同一性做出了多元价值论的回应。"强盗"的价值就如他自己所说的那样，不再是追逐功名，而是

---

① Robert Walser: Aus dem Bleistiftgebiet, Räuber-Roman, Felix-Szenen, Suhrkamp Verlag, Frankfurt am Main, 1986, S.112 - 113.

② 同上，S. 114。

"近来有一种圣神的本质一直在追逐着他,那是母亲、女教师,总之那是一种神圣的无法接近的人,就像女神"①。对于"强盗"而言,这种文学其实就是反讽式的"性别认同疾病",就是 Eros。瓦尔泽巧妙地通过自己笔下的医生对这种 Eros 予以充分的肯定:"您还是原来的您,就像现在的您那样。继续像您原来的您那样生活吧!"②就在这句话中,瓦尔泽在自我缺席的情况下将列维纳斯绝对伦理中"女性"和"男性"之间的霸权关系和主仆关系在 Eros 层面予以扬弃,性别之间的"距离空间"在 Eros 中被彻底取缔。

五、结 论

我们在罗伯特·瓦尔泽的《强盗》小说手稿中看到一种特殊的主体生存方式和文学表现手法,这种存在方式和诗学实践是一种被动的、隐性的、弱小的、内秀的、羞涩的,有时甚至是童贞调皮的,因此也是更加使人迷恋的。瓦尔泽通过喋喋不休诉说的日常小事,甚至是他诉说的无所事事,让自己戴上小姑娘、女佣人、流浪汉、失败者的面具,以此继承和创新了德语文学中的艾辛多夫(Joseph von Eichendorff)和黑贝尔(Johann Peter Hebel)等书写否定性人物的传统。③瓦尔泽的"强盗"的与前者的不同之处在于他持续地处于逃避和隐匿的状态中,即本雅明所说的"黑暗"之中,这恰恰是一种因为"羞"而藏匿的文学手法,其本质为主体否定性

---

① Robert Walser: Aus dem Bleistiftgebiet, Räuber-Roman, Felix-Szenen, Suhrkamp Verlag, Frankfurt am Main,1986,S. 136.

② 同上,第 145 页。

③ 瓦尔特·本雅明在《论罗伯特·瓦尔泽》一文中特别指出了艾辛多夫的"无用人"来自浪漫主义的德国森林和山谷,黑贝尔的"崇德尔弗里德"来自德国莱茵河流域城市里的小资产阶级。参见 Walter Benjamin: Robert Walser, in: Illuminationen. Ausgewählte Schriften 1, Suhrkamp Verlag: Frankfurt am Main 1977, S. 352。

（Negativität）的生存状态，是一种与抗争式完全不同的抽泣式叙述曲调，或许这是比呐喊和抗争更有力量的抗争。Eros 为这种生存状态提供了"取之不竭的爱心资源"。这或许就是瓦尔特·本雅明想通过"痊愈了的精神病人"所暗指的"至爱源泉"，也就是常人无法领悟到的瓦尔泽的"优雅"。

通过对瓦尔泽的《强盗》小说手稿中 Eros 情结的解读，我们也许懂得了一个道理，即若要解构以逻各斯和自我为中心的、霸权的后现代社会价值观，只能选择一种以 Eros 价值观为原则的语言行为。当"强盗"失去占有和侵略的欲望（Lust）时，当"强盗"成为小手指头时，当"强盗"成为含羞温柔的小姑娘时，这个世界才会充满爱。这样，我们就解读了赫尔曼·黑塞 1917 年读瓦尔泽《诗人生涯》后说过的一句名言："假如瓦尔泽这样的文学家成为我们的精神支柱，那么我们这个世界就不会有战争，假如瓦尔泽拥有千百万个读者，我们这个世界就会平和得多。"①

这就是瓦尔泽《强盗》小说手稿中蕴含并传递给读者的 Eros 情结，也就是列维纳斯意义上主体对"绝对他者"的渴望，然而这种渴望绝非从"我"出发的、具有占有欲的、阳性的主宾结构的"我—爱—你"（Ich liebe dich!），它的本质属性是隐性的、含蓄的、他者至上的，因而也是更有持久力的"我为你而在"（Ich bin für dich da!）。这就是以脸面对脸面的绝对伦理交往原则下的语言行为，当自我彼此裸露在他者的脸面前，自我便处在温柔和软弱（Ohnmacht）之中。准确地说，主体任何"自在"（Sein für sich）的前提是为他者而在（Sein für das Andere），而这往往会在现实社会中缺失。

---

① Hermann Hesse, in Neue Züricher Zeitung, Nr. 2222, 25, November 1917，参见 Diana Schilling: Robert Walser, Monographie, Rowohlt Taschenbuch Verlag, Reibeck bei Hamburg 1977, S. 153。

语言的摇滚

——论彼得·韦伯小说《没有旋律的年代》中的听觉性[①]

今天的文学理论与文化人类学理论几乎无法分离，这点毋庸置疑。然而文化人类学视角下的文学研究则刚刚起步，且大有可为，这点也是文学研究者的共识，尤其是在今天这个时代。之所以这么说，那是因为我们这个时代的特征就是自然和文明、人和机器、文字和图像、感知和言说之间的差异变得越来越大，而在日常生活中，这些差异却变得越来越模糊。文学理论的文化人类学转向，即从叙述转向述行，从叙事转向元叙事，从大脑转向身体，这一文学理论走向变得越来越清晰。文学写作已经成了某种文化工业仪式，这可以说是蜕变，也可以视为创新。

一、听　觉

感觉是文学理论向文化人类学转向的一个核心问题，即文学理论从形而上学向实践感知转向的关键。听觉作为感知的重要组成部分亦是如此。从形而上学向身体的转向，几乎可以说是一场革命，它意味着传统的文学阐释开始在人的身体和感知面前崩溃。

---

① 本文首次刊于《德语人文研究》2016 年第 1 期。

我在这里之所以这样说，那是因为文学理论上有关文化人类学的问题几乎都与身体有关，比如今天我们常常会从感知、记忆、仪式、述行、面具等视角去研究作品，而这些都与人的感官和行为密不可分，人的感官与行为又与人的身体密不可分。

最好的例子就是眼睛。柏林自由大学的文化人类学教授克里斯多夫·伍尔夫在他的《人论》里面如是说："人睁着眼睛不仅感知可以看得到的东西，而且还睁着眼睛感知着自身。其中的奥秘就是，人的身体既是看的，又是被看的。他看着所有事物的同时看到了自己，他在看的那一瞬间，反省到了视觉的另一面。在人的视觉中，记忆、期望和想象得以实现，它使得个体的、带有视角的他者形象和世界的产生成为可能。"[1]

眼睛作为感知器官在现代文学中意义重大，以德语文学为例，许多研究者都在霍夫曼斯塔尔、里尔克、穆西尔、瓦尔泽、卡夫卡的作品里看到了视觉的重要性。视觉也是本雅明的《巴黎拱廊街》里面关键的感知器官。

然而，我们常常忽视听觉在文学文本中的作用，或者常常忽视听觉、视觉及其他感官之间联动感知的状态。我们知道，言说是表达，听则是接受和记忆，言说和记忆与身体密不可分。[2]人类的感知行为是双向的，感知世界与感知自我同时发生，这与身体的本体植物属性相关，并且在人的表达行为发生时显得尤为突出。"每一次言说同时是对自己的言说，因此在人的主体性和社会性形成的过

---

① Christoph Wulf（Hrsg.）：Handbuch historische Anthropologie，Beltz Verlag，Weinheim und Basel，1997，S. 447.

② 参见同上，S. 460。

程中，听觉起到了十分关键的作用。"①伍尔夫的这一认知与法兰克福大学哲学系的李伯鲁克斯提出的"人类语言性的三维度"观点十分接近。李伯鲁克斯在其七卷本《语言和意识》中的结论，即人的意识源于"我与你说，同时与自己说，说事"②。我们可以从瑞士当代作家莫尼卡·施维特的小说《耳朵没有眼睑》中看到这种文化人类学视角，即耳朵与眼睛的关联性。③在施维特的那部小说中，作家将人最重要的两个感知器官——眼睛和耳朵联系在一起，构成了文学、认知哲学以及文化人类学的阐释空间。

文学或诗并不是只能被阅读的。文学首先是被听的，即便文学自印刷术发明后就被视为阅读的媒体（"文学"一词的起源似乎与活字印刷不可分割），但文学仍然没有失去，也永远不会失去被"听"的本质，因为"被听"是文学叙述中蕴含着的人类语言性之本真。

伍尔夫是这样描述听觉的："从生理学上来看，听觉和运动觉是人类最开始形成的感官。胚胎在四个半月时就已经能对声音做出反应。在这个阶段人体意义上的耳朵已经形成，听觉开始起作用，胎儿在母体中听到母亲的说话声，听到她的呼吸声，以及她血液循环和肠道蠕动的声音。胎儿从远处听到他父亲和兄弟姐妹的说话声，以及其他的声音。它一边接受着这种声音，一边对这些声音做出反应。听觉的形成比视觉和其他感觉要早得多。"④

----

① Christoph Wulf（Hrsg.）：Handbuch historische Anthropologie, Beltz Verlag, Weinheim und Basel，1997，S. 447.

② 参见 Bruno Lieblucks：Sprache und Bewußtsein, Frankfurt am Main，Bd. 1，1964。

③ 参见莫妮卡·施维特：《耳朵没有眼睑》，范捷平译，上海译文出版社，2010 年。

④ Christoph Wulf（Hrsg.）：Handbuch historische Anthropologie, Beltz Verlag, Weinheim und Basel，1997，S. 459.

在这里我进一步做出补充，从本体论的意义上看，听觉的形成过程也是对人的绝对主体性的否定，人并非主宰，而是被主宰的。我们可以通过"听"的德语词源来分析这一点。比如"听"（Hören）在德语中与"顺从"（gehorchen）、"从属"（gehören）同根同源，都是从"听命"（horchen）一词衍生出来的。我想说明的是，人的被言说性不仅与人对世界和万物的从属性相关，如人必定隶属于某一国家民族、某一社会、某一文化、某一社会群体或者某种宗教，而且还与人的自我观相关，比如我们如何看待主体与他者之间的关系。

法国哲学家列维纳斯就曾经说过，"主体"这个词源于拉丁语的"sub-iactum"，其含义为"屈尊"，也就是把"他者"的要求放在自我的要求之上，这个思想在人类文明进程中都比较接近，中国文化儒家思想中就非常崇尚这种价值观，如《三字经》中的"香九龄，能温席。孝于亲，所当执。融四岁，能让梨。弟于长，宜先知"说的都是这种他者价值观。在当今社会中，我们只有把颠倒了的主体与他者关系重新颠倒回去，那么"听觉"中蕴含的他者主体观才能得以确立。

在这里开始进入正题。首先我引用彼得·韦伯的小说《没有旋律的年代》中的一首从狗的视角而作的小诗：

一

我是一条狗
一条看着你和听着你的狗
嘴里嚼着拼凑起来文字
和你的木椅子

二

我听你

我听你

我听你

我听你

我听

我听

我属于你

我属于你

我属于你

我属于你

我顺从①

二、重　复

上面引用的诗不仅通过"我"是"一条狗"说明了主体性问题，而且引出了另一个与此相关的文学理论话题——重复。彼得·韦伯是瑞士的流行乐手，也是作家，他从 1993 年开始发表文学作品。小说《没有旋律的年代》记叙了主人公奥利弗 20 世纪 90 年代初游历冷战结束、柏林墙倒塌、两德统一后的欧洲。人和人之间，国家和国家之间，一种新的主体间性正在形成。奥利弗游历马赛、伦敦、布拉格、德累斯顿、苏黎世等大城市，统一后的德意志以及新的欧洲似乎显得很美丽。但冷战时的东西方对峙、经济发展中的贫

---

① Peter Weber: Die Melodielosen Jahre, Suhrkamp Verlag, Frankfurt am Main, 2007，S. 100.

富差距,社会制度认同的失落,这些差异性旋律真的消失了吗?日复一日的景象却显得无聊、重复,如果用韦伯小说中的话来说,那就是:我们重复。[①]

重复是一种自然界的常态。我们可以感知到日出日落、潮起潮落、白天黑夜、生老病死、花开花落等自然界的周而复始,但它绝对不是单调。重复现象也常常出现在艺术形态中,比如在音乐中,一个音符、乐句反复出现,在与音乐相关的文学形式如十四行诗、赋格曲等中重复也会经常出现。

重复是一种美的艺术手段。

韦伯是个摇滚乐手,他似乎懂得如何把音乐中的重复和节拍节奏手段应用到文学中去。2014年他来浙江大学访问的时候,在讲座之前他从口袋里掏出一个类似树叶那样的乐器,即兴演奏了一支曲子,我当时的感觉就是"重复"二字。所以,当我们打开他的小说《没有旋律的年代》时,首先发现的就是重复。在小说的引子里,三个重复的小标题"三张叶片"分别引出了三段文字,其中有一段文字是这样的:[②]

三张叶片

在越开越快的列车里人感到迷糊起来,风力发电机的叶片也转得更加起劲,逆着行进的方向,风力发电机开始向反方向旋转。反旋的叶片在列车高速行驶时显得特别亢奋,它们像磨盘似的把未来与过去碾磨在一起。磨盘在飞转中,列车在飞速行进。飞速行进的成为拖长的拍子,反拍。风力发电

---

① Peter Weber: Die Melodielosen Jahre, Suhrkamp Verlag, Frankfurt am Main, 2007, S. 104.

② 参见同上,S. 8。

机的三张叶片在我们的肚子里碾磨。

　　我们在这里可以看到一种圈状的重复运动,风力发电机的叶片在做旋转的重复运动,迷糊常常是一种晕和转的感觉,磨盘也是旋转的重复,等等,有关旋转问题我下面还要谈到。我们在原文中很快就会发现这段短短的文字里面不断地有词语、音节的重复,就像上面读到的诗句那样。我姑且把它称为一种"Drei-Dreh-Kombination"(三旋转结构),这有点像歌曲或者音乐中的三段曲(A-B-A)的形式。音乐需要重复,重复即再现,重复即节奏。音乐具有时间性,是听觉在音乐审美中的本能心理需求。

　　从结构上看,"3"这个数字在整部小说中不断地被重复,从"三张叶片"的引文开始,小说就好像是定了一个基调,不断地重复着这个"3旋转结构",甚至叙述本身也围绕着数字"3",如小说中出现的三段式结构、华沙文化宫的三次绕圈,人物出现也常常围绕数字"3",高铁 ICE 中出现三个警察,波兰边境出现三个边防警、三个音乐家,甚至就连瑞士牛羊圈里的三只鸡与三联插头的情节都与数字"3"相关。

　　摇滚音乐以及重金属打击乐常常都用电子乐器演奏,有时甚至是用数字技术制造出来的,会产生巨大的音量,不断重复的音节、音阶产生大功率的节奏,通常是 4/4 拍的节奏,牙买加的雷鬼音乐、拉斯塔音乐和美国的 Rap 就是小说主人公奥利弗常常提及并且仿效的手段[①]。一般说来,这种音乐节奏越快,就越有攻击性,极高的频率可以产生一种效应,即音乐旋律被巨大的声响节奏取

---

　　① Peter Weber: Die Melodielosen Jahre, Suhrkamp Verlag, Frankfurt am Main, 2007, S. 112.

代,转化为另一种能量——震动。在这种时候,旋律自然消失,剩下的只是机械的、不断重复的节奏,这就是摇滚的特征。

然而,韦伯又犹如一个阿尔卑斯山上的农民,眷恋着大自然的音乐,他常常模拟自然声,如蟋蟀、蝈蝈、蚂蚱、知了等发声的昆虫,还有奶牛脖子上的铃铛,用文字演奏音乐。韦伯把它称为"我们重复。"[1]

我们重复

如果不断地重复某个词和字面意义,那么这些意义就会变得十分自由,它们就会变成某种声音和音响,会给自己加上一个惊叹号或者问号。

我们可以从叙述手法上来审视"重复"这一文学现象,其中一个例子是"凶手的狗"一节。[2]在这个段落中,主人公奥利弗误入某私人草地,遭到主人的持枪威胁。这个情节韦伯用不同的叙述视角做了八次重复,或者可以称为变调。我们可以推测,韦伯蓄意要写一部反小说,他的意图是颠覆文字和传统的叙事方式。为此,他采用了一种重复式的叙述策略,用以颠覆叙述对象的意义,从而建构一种全新的意义。我们似乎看到他用电吉他在弹奏文学作品,不停地演奏着同样的文字,就像蟋蟀、蚂蚱和知了在不停地重复着它们演奏的音乐。小说中的全知型叙述是这样解释的:"每一只蚂蚱都知道,严格遵守规定的重复发声会刺激人的感知神经,任何声音、任何声响、任何信息都是语言,如果这些声音在相同的时间相

---

① Peter Weber: Die Melodielosen Jahre, Suhrkamp Verlag, Frankfurt am Main, 2007, S. 104.

② 同上,第157至163页。

德国文学散论

隔下不断地重复和延伸……"①如果这样的音乐是用大自然的声音或者是用电子乐器谱写的,换句话说,如果文学作品是用这样的语言来谱写的,那么"这就开始表明,这些声音具有某种意义,或者被赋予了某种意义。……有些是在建构意义,有些是在解构意义"②。

韦伯是一个非常平和的人,甚至多了一些腼腆。尽管他在小说中不时地采用一些重金属写法,他仍然是一个温和的诗人。他在小说中写道:"昆虫用嘴演奏的音乐充斥了语言之外的空间,把单调演绎到了极致。昆虫演奏出单调和高音,制造出没有意义的音节,只要沿着无意义的音节前进,就会发现句子。……按照发音要求,为自己编织着有意义的网络。"③

伍尔夫在其历史文化人类学手册《人论》中指出:"不断重复的声音、声响会给婴儿带来周边的安全感,特别是在仪式中出现的重复性声音,会给儿童带来一种在家里那样的感觉,儿童会通过听觉来融入外部世界,与外部世界构成网络。"④难道我们读韦伯这部小说的时候是为了寻求安全感?

可能不是。因为我们是已经习惯了、被迫习惯了充满技术和图像世界的现代人。现代技术和电子音响早已通过我们的听觉充斥了我们的内心。"因为我们周边的大多数声音、声响都经历过了社会和历史的变迁,以及地域的变更,马蹄声和牛奶桶的撞击声对我们今天的城市居民来说完全是一个过去的世界。工业机器、铁

① Peter Weber: Die Melodielosen Jahre, Suhrkamp Verlag, Frankfurt am Main, 2007, S. 157 - 163.

② 同上。

③ 同上。

④ Christoph Wulf (Hrsg.): Handbuch historische Anthropologie, Beltz Verlag, Weinheim und Basel, 1997, S. 460.

道、汽车、电话、广播电视、计算机制造出新的声音世界。"①伍尔夫还指出："外部的声音世界已经变成了我们的内心世界。"②韦伯在这个意义上阐释了伍尔夫的意思。他的文学文本表达了人类逐渐陌生化了的感知方式，我们在仪式化、节奏化的语言重复和模仿中挑战人类的艺术能力。

三、旋　转

除了重复之外，循环和旋转也是音乐的特征，也是摇滚乐的特征，因此也似乎成了韦伯小说的特征。我们在小说中不断遭遇叙述结构、叙述内容和叙述语言的圆周运动。韦伯的摇滚语言是激进的、强节奏的、重复的，他似乎不断地在寻找、探索、创造语言与摇滚乐中"摇"与"滚"的关联。从宏观上看，这种文学实验与天地宇宙间的旋转相关，旋转是万物生生不息的本质。下面，我举几个小说中的例子来说明旋转作为符号、作为象征的意义：比如我们上文提及的风力发电机的"三叶片"在旋转；东柏林电视塔上旋转餐厅在旋转，人在餐厅里旋转，勺子搅拌咖啡里的牛奶，咖啡在杯子里旋转，思想也在旋转；土耳其小吃店里烤羊肉的铁架子不断地旋转着；主人公在伦敦捡到的一只路牌可以旋转的交通标识；主人公在华沙文化宫的兜圈；等等。

摇滚是美国 20 世纪中叶从蓝调音乐（Blues）、乡村音乐、爵士乐等形成的一次音乐运动，摇滚乐形成后迅速在全世界传播开来，不断形成新的变异。不过从政治学、社会学以及文化人类学的视

---

① hristoph Wulf（Hrsg.）: Handbuch historische Anthropologie, Beltz Verlag, Weinheim und Basel, 1997, S. 460.

② 同上。

角来看,摇滚的意义远远超出了音乐形式。摇滚最起码可以说是一种思维方式、身体姿态和世界观仪式化的革命。摇滚的出现毫无疑问与当时美国黑人反对种族歧视和西方平权主义运动相关。这种音乐形式,从一开始就打上了抗争和反叛的烙印。

如果说我在这里将韦伯的《没有旋律的年代》与摇滚乐联系起来阐释,那与韦伯本人的音乐家身份没有太大的关系,而是因为韦伯的文学文本在美学形式上与摇滚有本质关联。也就是说,韦伯的小说在母题上、文本结构上、内容上和语言上都在表达摇滚思想。如果这样的分析是可靠的,那么我们可以提出一个问题:韦伯为什么要将音乐形式和思想转化为文学形式和思想。

我的回答是,韦伯对语音、叙述对象重复的主要目的是要摧毁传统的文学叙述习惯,将文学叙述转化为一种类似音乐谱写的状态,即"Composition"的状态。为了说明这个问题,我引入一个摇滚或者流行音乐中的一个"Pop"概念:"翻唱"(Coverversion),翻唱是摇滚、Beat 和重金属等音乐常用的手法。此外,还需提到所谓的"混音"(Remix)现象。韦伯在创作这部小说的时候,他似乎不再仅仅是用语言在写作,而更像是一个 DJ,不断地搓动着语言这张 Disco 唱片,对旋转着的唱片进行重新地旋转,即对语言进行混音处理。"翻唱"即对原有作品的内容、形式进行新的阐释和重组,以赋予其新的意义。如果我们从文学理论角度来看这种现象,那么我们可以将"翻唱"和"混音"方式视为一种戏仿,即对传统和陈旧的文本进行重新谱写。这种翻唱也有旋转的意义。

我尝试对韦伯的"翻唱"在语言、叙述内容和叙述结构上进行分析,其结果很快显现,可以马上确定:韦伯的《没有旋律的年代》是对英国讽刺小说家乔纳森·斯威夫特的《格列佛游记》的"翻唱"或者戏仿。韦伯戏仿了斯威夫特的讽刺风格,对 20 世纪 90 年代冷战结束后的欧洲现状进行了辛辣的讽刺。在描写东德格利茨市的贫困问题上，韦伯像斯威夫特讽刺英国皇家学会的学究们一样，讽刺了西德的政客和银行家。在《望远镜》一章中，韦伯让主人公奥利弗通过望远镜去观察：

> 亿万富翁先生是个隐身人。
>
> 他住在那个飘浮在空中的小岛上，肯定像从前的伯爵那样，只在墙上挂着的油画上才能目睹他的尊容，那里能看到他正襟危坐在餐桌的一碗热汤面前，他身边站满了年轻人，有侍者、学生和他收养的穷孩子等。伯爵头上戴着一顶俄罗斯的草皮帽子。
>
> "对不起先生"还看到，不断有小人从绳梯上往小岛上面攀登，小岛四面八方都有。他们爬上了一块精美的手巾，大家都想挤到那张餐桌边上去，最起码他们想挤到那碗热气腾腾的汤飘溢出来的气息下面去。假如他们在别的绳梯那里被堵住了，他们就会换一个绳梯，或者变换着口令。继续往上爬。
>
> 往上爬。[①]

我们可以清楚地看到，韦伯的小说从整体上对斯威夫特进行了"翻唱"，就连主人公的名字格列佛也进行了"翻唱"，把他叫成奥利弗，韦伯的小说其实也是一部游记，不是格利佛游记，而是"奥利弗游记"。比如有一天，韦伯的奥利弗像斯威夫特的格利佛在利立浦特岛上那样，他的书桌上爬上了许许多多黄色的小人，"他们用

---

① Peter Weber: Die Melodielosen Jahre, Suhrkamp Verlag, Frankfurt am Main, 2007, S. 119.

德国文学散论

胶水把奥利弗的衬衫粘在桌子边上,用数千枚小针把他的裤子固定在椅子的沙发垫上"①。这时,他只能通过望远镜去感知远方的瑞士,他看到上面提到过的那个亿万富翁正在试图铲除世界上的贫困,这时我们想到了斯威夫特的《最温和的建议》(*A Modest Proposal*),②就像斯威夫特一样,韦伯也辛辣地讽刺了东西德统一后政治家们的喋喋不休,但毫无成效地在议会讨论如何解决东西德和东西欧洲的贫富差距问题。

四、结　语

最后,我还要讨论一下《没有旋律的年代》这部作品中的文学语言的音乐性问题。我上面提到了翻唱,其目的还想指出另一个问题,那就是韦伯通过让读者去感知人和动物、文字和音乐、传统和现代这些对立面,去学会思考。他像斯威夫特那样很夸张、很极端地把理性、语言、文字以及所有文明产物都放到反思的天秤上去考量。例如,他在描写到伦敦的骑警时,有意地将那一对亚当夏娃式的警察男女做了陌生化处理,他们不会语言、不近人情,象征着暴力和权力。与此相反,他们胯下的两匹马却懂得人话,不断地与奥利弗交谈。

这里还是一个翻唱的问题,我们马上想到了格利佛游记里面的慧骃国(Houyhnhnm)。会说人话、充满智慧的马,会说德语的狗,用爪子抓字母的猫,演奏音乐的蟋蟀,等等。在这里,动物象征

---

① Peter Weber: Die Melodielosen Jahre, Suhrkamp Verlag, Frankfurt am Main, 2007, S. 116 - 117.

② 针对如何解决爱尔兰人口过剩、贫困和犯罪等社会问题,斯威夫特曾在《最现代的建议》一文中提出反讽建议,将爱尔兰的婴儿全部当作食品出口获利。斯威夫特以此嘲讽当时甚嚣尘上的以股份公司方式解决贫困或把人当作商品进行交易的建议。

着的是理性、友谊和善良，韦伯把人类文明进程中积淀下来的所有优秀遗存都用寓言的方式表达出来，成为一种反讽文学话语。大自然以及动物虽然不能真正理解人的语言，阅读人类的文字及文化符号，但是他们之间也没有人间的烦恼。事实上，它们与人类具有一种共同的语言，那就是和谐，即音乐，一种没有旋律的音乐。

经过长长的一段摇滚乐之后，我们终于领会了一点彼得·韦伯想通过《没有旋律的年代》传达的一种新的本体认识论，即不是我们想去认识世界和万物，因此我们可以理解它们，而是恰恰相反，是世界和万物让我们理解，我们才有可能通过感知，通过我们的听觉、视觉、触觉、情感去感知，我们才能理解世界、阐释万物。我们从属于世界和万物，而不是相反。

漂浮的大象

——评汉德克的默剧《在我们彼此陌生的时候》[①]

德国现代话剧极荒诞之能事，置观众于罔闻，善以奇思妙想取胜，惯用狂言妄语惊座。或曰：德国现代戏剧的手段和目的便是以残酷的感觉和叛逆的语言来撞击观众的心灵和侮辱观众的欣赏习惯。这些道理对柏林的话剧观众来说是进剧院的基本常识，毕竟柏林是现代话剧的开山鼻祖布莱希特的主要实验场所。然而，近日[②]柏林"大看台"剧院（Schaubühne）上演的一出不说话的话剧却使老练的柏林观众也似乎显得有点无所适从。这便是鲁克·伯恩第（Luc Bondy）执导的现代话剧（默剧）《在我们彼此陌生的时候》[③]（*Die Stunde，da wir nichts voneinander wussten*，下文简称《在》）。

这部默剧的作者是当代奥地利剧作家彼得·汉德克（Peter Handke）。[④]汉德克的剧作一向以强烈的先锋意识和执着的前卫形式著称，早在 1966 年，在他创作的话剧《骂观众》（*Publikumsbe-*

---

① 该剧评首次发表在台湾《当代》杂志 1994 年第 6 期（总第 98 期）上，本书收入时做了部分增写。

② 1994 年 5 月，鲁克·伯恩第在柏林"大看台"话剧院执导的演出。

③ 汉德克的这部戏剧写于 1991 年 7—8 月，1992 年 5 月 5 日在苏尔康普出版社（Suhrkamp）出版，为汉德克的第 12 部戏剧作品。1992 年 5 月 9 日，维也纳戏剧节期间，该剧在著名的城堡剧院首演，导演为克劳斯·佩曼（Claus Peymann）。

④ 汉德克于 2019 年获得诺贝尔文学奖。

schimpfung）中，汉德克就逆传统西方话剧手法而行，在形式上创造了所谓的"说话剧"。《骂观众》在剧场的正厅里演出，只有四人出场，既没有布景和道具，也没有情节和角色，演员在节奏强烈的音乐和日常生活的各种声响伴随下对观众进行谩骂，这种谩骂不针对观众个人，而是以观众为群体针砭社会现象和社会意识形态。当时汉德克认为，现代话剧的主要任务是通过艺术语言来同日常语言的污染做斗争。

之后，汉德克转而对写"默剧"表现出了极大的兴趣，1969 年，他写了一部默剧《被监护人要当监护人》（*Das Mündel will Vormund sein*），用象征的手法表现社会对民众的压迫、民众的反抗。20 世纪 70 年代后，他对默剧一直保持着强烈的兴趣，要用日常的图像来反映日常生活。1985 年，奥地利著名记者和剧评家卡琳·卡特莱（Karin Kathrein）在奥地利的报纸《通讯》（*Die Presse*）上采访了汉德克，他谈道："我想写一部默剧，没有语言的剧本，只有人的存在，写他们走上舞台，走下舞台，通过他们的一些动作，但不是哑剧动作。我不断发现戏剧的雄心，在此同时去表现人类，我喜欢如（瓦格纳的）帕西法尔这样的人物，我们没有能力（通过戏剧）去提问，我要写一部向社会提问题的话剧，作为我最后一部话剧。"①

从 20 世纪 70 年代中叶起，汉德克就不断为默剧收集素材，他把平日所见所思写在笔记本上，默剧《在》最早的笔记可以追溯到七八十年代，当时他将这些笔记称为《国家和死亡》（*Der Staat und der Tod*，见下图）。默剧《在》创作最直接的起因是一次偶然的机

---

① Kathrein, Karin: Ich erkenne mich lieber im edlen Umriß. Peter Handke zum Schreiben und zur Kunst. In: Die Presse, 5./6.1.1985.

会,2005 年汉德克在《昨天在路上》(*Gestern unterwegs*)收录了自己 1990 年 3 月 23 日的一则笔记,上面记载了汉德克在一家咖啡馆露台上等人时所看到的景象和反思。当时他给这则笔记起名为《她到来之前的时刻》,他同时"想到了之前对社会生活和死亡、路人和周围人群以及未来的思考,对在场和不在场的人,对人和物的思考"①。默剧《在》就是在这样的语境下生成的。1991 年,汉德克完成了这部与"说话剧"决然相反、没有一句台词的默剧。这充分表明了他在尝试放弃语言,汉德克的戏在柏林"大看台"剧院的沉默中漂浮,在沉默中运动。

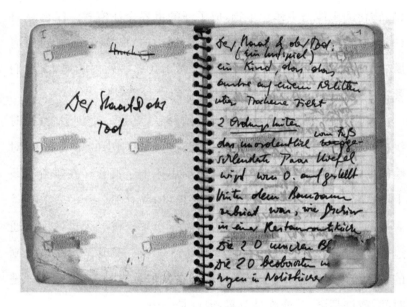

德国文学批评家瓦尔特·本雅明曾经说过,我们的语言已经失去了故乡。②那么,失去了故乡的语言只能去流亡。或许取缔语

---

① 参见 Peter Handke: Gestern unterwegs. Aufzeicnnungen November 1987 bis Juli 1990 Jung and Jung Verlag, Salzburg 2005。

② 参见本雅明《发达资本主义时代的抒情诗人》,生活·读书·新知三联书店,1989 年。

言也是话剧的幸运,从此汉德克的戏剧便可以从沉重的话语枷锁中解放出来,从传统的西方戏剧观念的重负下解脱出来。消解了话语,剧本也就变成了多余之物,所以汉德克在剧本中只写下了他的视觉感受,以及对这种感受的反思。汉德克是都市生活的观照者,然而汉德克却并不完全是"闲逛者"(Flaneur),他与本雅明笔下以波德莱尔为代表的巴黎拱廊街下的"闲逛者"不同,汉德克想说的在于他的不再想说。或许,汉德克的全部秘密蕴藏在"人等于物"(Menschen = Ding)的世界观之中。在现代社会人和人之间越来越"彼此陌生的时候",人与物、物与物的关系就变得尤其突出,物化的主体与主体化了物,成了新的世界交往模式。汉德克自白道:"每当我沉没在大都市的人流之中时,我觉得面前的那肩膀、那面部轮廓,或者那摆动的臂膀属于我那些死去的熟人,他们死去了,但他们的身影似乎仍然在人流中忽隐忽现。"①

鲁克·柏恩第不仅是汉德克的阐释者,更是一个创造者,当时汉德克住在法国的沙维尔,他将汉德克这部默剧中的海滨景象,对喧闹的巴黎香榭丽舍大街的观照及反思搬上了舞台。在舞台实践上,法国著名话剧导演罗伯特·布莱松(Robert Bresson)有关视觉表现的见解肯定给了柏恩第不少启发。布莱松曾经说过,"无法通过视觉来感知的风,在一池涟漪上得到充分的表现"②。在《在》剧的整个演出过程中,观众每时每刻都在领悟着风的含义,它或许是时间,或许是语言,或许是节奏,或许是……

就是在这种风的隐喻中,一幅轻柔而巨大的白纱幕布在飘拂的风中急速地拉开了柏林"大看台"话剧院的舞台。幕布如同在一

---

① Peter Handke: Die Stunde, da wir nichts voneinander wussten, Berlin 1994, S. 71.

② 同上,S. 79。

阵风下拂去生活的面纱，显露出其真实的面貌。观众眼前一片阳光灿烂，湛蓝的天空与一望无际的大海消融在视平线上，近处是一片空地，左边是两道刷成白色的墙，还有海边常见的那种白房子的围墙，墙的中央开着一个勉强可称作"门"的东西，大概是演员上台和下台的出入口。舞台中央竖立着一根极高的木柱，像是旗杆，却在半截子的地方装了个篮球筐；不远处，有一

尊非豺非犬的动物塑像，也许是古埃及的死神阿奴比斯（Anubis）犬面人身像；稍后一侧是一个用红白塑料带圈住的地洞，城市大街上挖地三尺修地下管道常见的那种；右边是一辆蒙着篷布的老式轿车；舞台右侧深处有一堵墙，开有一扇小门，门上装着"EXIT"字样的太平门门顶灯，也许意味着室内视角。这一切初看上去像是南欧意大利或者西班牙海滨风和日丽的度假村的景色，透着浪漫与安逸。

但布景的组合以及在这空间里将发生的一切给人的启示却远远超过异国风情、日光浴和意大利"比萨"馅饼的飘香。柏恩第在布景的组合上完全体现了汉德克的先锋观念。汉德克认为，在舞台上必须将不可能同时出现的东西置放在一起。于是，古埃及的阿奴比斯被置入南欧的海滨，都市街景与大自然风光交织在一起，

室外和室内视角重叠。然而画面的和谐,掩盖不住本质的冲突,一种古代文明和机器文明的冲突,历史和现时的冲突,自然和都市的冲突展现在观众的眼前。

舞台上出现了各式各样的人物,第一个登台的是位身着时髦夏装的摩登女郎,她急匆匆地穿过舞台,一阵海风袭来,拂走她肩上蓝色的纱巾;接着三三两两、络绎不绝地走来各类人物,他们既像是现代都市社会中入木三分的众生相,又像是几笔而就的速写人物,他们被一一置入超现实主义绘画的背景中去:步履维艰、孤独行走的老妇;西装革履的绅士臂上挽着浓颜媚妆的贵妇;拎着皮箱、匆匆而过的商品推销员;一群来自阿尔卑斯山麓的德国巴伐利亚旅游者,有的带着新奇的目光东张西望,有的把头埋进地图或导游说明之中,他们以不同的方式寻找着海洋文明;这时,左侧的白房子里走出一个侍者,左右窥视一番,将托盘里的烟灰缸和酒杯一起倒在大街上,旋即又消失在小门里;读书的走过,喃喃自语的走过……

一阵海风吹拂起白纱幕,裹挟着台上的众人物一掠而过。接着又是各式人物的登场和下场:两个衣着完全一样的男子面对面走近,擦肩而过,突然像察觉了什么似的,各自回头打量着对方,再回头,两人大惊失色,抱头鼠窜;扫马路的登台,机械地扫着垃圾,蓦地环顾四周,见无人注意,迅速将垃圾推到停在台上的轿车底下;一对情侣倚着那根高高的木柱热烈地亲吻,情难自禁,一边宽衣解带,一边朝那红白塑料隔离带围着的下水道口挪去;一个标准的职业妇女穿着正装,蹬着高跟鞋急急匆匆、半走半跑上台,像是去赶下一场商务会谈,突然被绊倒,公文箱里什物撒满一地,胭脂、口红、避孕套,香水、梳子、雪花膏,应有尽有,拾起了,又撒落一地,欲速则不达。舞台上出现的人物就像香榭丽舍大街上的芸芸众生,各自走各自的路,各自去做各自的事情。

突然一声霹雳,灯光骤暗,台上人物纹丝不动,在雷鸣电闪中像一张巨大的照片,舞台和人物被定格在日常生活中。在这一刹那,观众被震撼,似从熟悉的日常经验中被人拉出,在日复一日的混沌中被人猛拍一掌,怒喝一声:尔等如此这般是也。

转而雨过天晴,人物又开始活动,两个姑娘靠着白墙拿大顶,其中一个总是倒立不上去;一个溜旱冰的人娴熟地在舞台上绕着圈儿,如入无人之境,忽然那个犬面人身像也跟着动了起来;一个乞丐破衣烂衫,嬉笑人生;裸女惊慌失措地跑过;那辆轿车的篷布慢慢地被掀开,从车里一个接一个地钻出八九个人来,像是外星人;两个体态臃肿的土耳其女人推着超市的购货车,踱着鹅步缓缓而行,她们虽然没有吸烟,嘴里却吐出一个个烟圈;一辆遥控的玩具汽车在空空的舞台上开来开去,忽然玩具车开进那扇白墙上的小门,再开出来时汽车上钩着一只胸罩……

又是一阵风,又是白纱幕一掠而过,又是无数个角色。

就这样,三十五个演员轮流扮演几百个角色,每一个角色在舞台上都只有一两分钟,甚至几十秒钟的戏,故事尚未开始,就已经结束,或者根本就没有故事,只有生活中的"碎片"。所有的人物都是过路人,就像时间本身一样,没有一个开始,没有一个终结。第一个也许是最后的,最后的也许是第一个,这似乎象征着一个循环往复的圈。每一个形象都恪守着他应有的社会价值刻度,西装革履的有着西装革履式的举止,破衣烂衫的有着破衣烂衫的癫狂,观众眼前的秩序是那样的清晰明了,因为秩序正以一种特殊形式表现自己。这是程式化了的秩序,一切都已约定俗成,成了一种节奏。就像布莱松所说的那样:"节奏是至高无上的,节奏便是形式,将内容置入形式,将意义寓于节奏。"①

　　然而,这是一种荒诞的节奏,或者说是真实的节奏,说它是荒诞,那是因为它与我们的视觉感受相悖。眼睛是人类最浅薄的感知器官,它仅涉及事物的表象。也许,现代社会真实的节奏通过剧中"飘浮的大象"得到了深刻的隐喻。此刻,那白墙上出现了一只通过放映机投射出来的大象,悬浮在空气中,无声无息、悠闲地跳着"探戈",满台的演员和观众一起注视着这一奇景。大象,这个内陆大地上万物生灵中的庞然大物,此时好像与空气融为一体,它的重量与巨哞被完全消解。在这里,飘浮的大象不仅隐喻着汉德克戏剧观念和语言的消解,而且深刻地隐喻着人类以群体的形式的失重现象,个体的价值被物化了的群体和物化了的价值观念所取代。我们看到,现代人为了创造文明,不得不牺牲人类本性中的优点。他们既已僵化成沉重的塑像,又因失去价值重量而飘浮在空中。布莱松对此写道:"在我看来,香榭丽舍大街上迎面走来的行人,似乎都是无数像羽毛似的飘浮着的塑像,只有在我们的眼睛彼此相遇时,这些行走张望的塑像们才显出一丝人气。"②

　　人类自我价值的沉沦,首先体现在语言的消解上。汉德克的默剧《在》不仅通过舞台来表现现代人的互不关联性,用放弃语言交际来点触"在我们彼此陌生的时候"这一现实生活主题,而且利用戏剧手法将这一主题深化,演化出现代社会人类患有"失语症"的本质现象。鲁克·柏恩第在剧中安排了这样一个场景:灯光忽暗,狂风骤起,雷电交加,海哭浪啸,大雪纷飞,一片世界末日的景象。海边广场上的人惊慌失措,约定俗成的社会秩序土崩瓦解,伦

---

①　Peter Handke: Die Stunde, da wir nichts voneinander wussten, Berlin 1994, S. 78.

②　同上,第 79 页。

理道德荡然无存,人显露出原始本性。突然,阳光普照,世界又恢复了它的原来面目,社会随即也恢复了它的秩序和道德价值观念;此刻一个婴儿降生,一个长老般的体面人物登上高台,似乎想发表演说,但他完全失去了语言功能,只在那里指手画脚、竭尽全力地咿咿呀呀,当人们递给他那刚刚出生的婴儿——在他怀里放声大哭的时候,他才一下子从"失语症"的痉挛中解脱出来,流露出满足的神情。在这里,观众看到人类的语言最终与婴儿的啼哭等值。

汉德克的《在》将每一个观众带入现实生活,使观众看到,人们匆匆走过,他们之间没有任何共同的地方,彼此毫不相干,然而,"他们越是将自己局限在窄小的空间内,每个人在追逐私人利益时的那种可怕的冷漠、那种不近人情的孤僻就越使人难堪,就越使人感到可怕"[①]。这也许就是汉德克要通过他的戏剧告诉观众的。汉德克说:"我的主题只有一个,那就是让自己、让观众变得更加敏感、更加警觉,这样我们才能更加敏感、更加警觉地生存,才能更好地理解别人,更好地相互交往。"[②]

所以,我们可以说当汉德克的观众走进剧院之日,也正是他们返回日常生活之时。如果每一个观众从舞台上鱼贯而过的人物身上看见了自己的影子,看到了自己的行为,并为此而震惊,那么我们大概可以说,汉德克的《在》剧达到了让观众反思生活、使观众变得敏锐、对文学警觉的目的。

---

① 弗里德里希·恩格斯:《英国工人阶级状况》,中共中央马克思恩格斯列宁斯大林著作编译局,人民出版社,1962 年,第 36 页。
② 参见汉德克《我是象牙塔居民》(Ich bin ein Bewohner des Elfenbeinturms),Frankfurt am Main 1972。

《奥地利现代文学研究》前言^①

国别文学以及文学的阶段研究是对世界文学研究的求真务实，这个道理实际上是非常明了的，可以不说。要说的却有一点，歌德晚年所提出的"世界文学"概念绝对不是指世界各国各民族的文学集成。歌德秉承了赫尔德积极翻译和吸纳外国文学的精神，他在《诗与真》中评论赫尔德对希伯莱文学考古和翻译所做出的贡献时说过："文学艺术完全是世界和民族的天赋，而不是少数几个精英的私人遗产。"^②歌德认为文学不仅属于全人类，它同时也萌发在每个人的心中，文学作为一门艺术"只是发生在不同的地域和不同的时代而已，这样看来，文学又与某些具体的自然现象一样，会在具体的某些人那里喷薄而出"^③。在歌德眼里其实只有一种真正的文学，它既不属于平民，也不属于贵族，既不属于农民，也不属于国王，而是属于真正有人的感觉的那些人。

歌德晚年能有这些想法，起初大概是因为赫尔德，以及他本人

---

① 本文为《奥地利现代文学研究》论文集之前言，发表时间为 2007 年。

② 参见 Johann Wolfgang von Goethe, Sämtliche Werke. Briefe, Tagebücher und Gespräche. Hrsg. v. Friedmar Apel, Bd. 14. Deutscher Klassiker Verlag Frankfurt am Main 1986, S. 445。

③ 同上，Bd. 40, S. 302。

早年倾全力推崇的"民间文学和民族文学"。他在 1827 年 1 月 31 日与爱克曼关于中国明代小说《玉娇梨》的谈话中再一次说明了自己对"世界文学"的理解:"我越来越清楚地看到,文学是全人类的财富,文学在世界各地、各个时代缤纷迭出。……无论是谁,当他写了一首好诗之后,都不能把自己当成最好的诗人。当然,如果我们不从德国文学狭隘的视角向外展望,那么我们则不能轻易地摆脱我们的无知和盲目。因此,我特别愿意去学习外国的东西,我劝每一个人都这么去做。"①歌德的《西东合集》和对中国文学的关注、翻译和研究都诠释了他对世界文学概念的践行。由此看来,歌德所理解的世界文学既不是一种量的堆积(不是世界各地的文学之和),也不是质的标准(诸如以波斯、中国、古希腊或者古埃及中最好的文学为范文),而是在各国和各民族文学的交流和交融中产生具有无限生命力的某种人类文明的精神。

重温歌德的世界文学观,似乎可以对我们接受和研究奥地利现代文学带来三点启示:

第一,从我们今天的眼光来看,奥地利现代文学和德国现代文学(当然还有瑞士现代文学)有着极其鲜明的区别,同时它也与德国和瑞士的现代文学有着血脉相融的联系。就拿维也纳现代派的重要人物赫尔曼·巴尔来说,无论是他的生活轨迹,还是他的社会活动、文学活动背景,抑或是他所赖于文学生存的语言,都与德意志概念无法割裂。也就是说,奥地利现代文学与德国、瑞士现代文学除了它们共同的语言之外,还有着许许多多政治、历史和

---

① 参见 Johann Wolfgang von Goethe, Sämtliche Werke. Briefe, Tagebücher und Gespräche. Hrsg. v. Friedmar Apel, Bd. 14. Deutscher Klassiker Verlag Frankfurt am Main 1986, Bd. 12, Ⅱ, S. 224。

文化的渊源,但各自的命运承载有别。在这个意义上,霍夫曼斯塔尔(奥地利)、罗伯特·瓦尔泽(瑞士)和托马斯·曼(德国)一样,他们的文学像涓涓细流汇入德语文学的长河,融入了世界文学的大海之中,而我们却只有在那涓涓细流的源头才能找到这些文学的"心声"。

第二,中国的外国文学研究者所从事的工作大概就是歌德所说的"向外展望"和"学习"了。我们的立场也就是"门"的立场,它既朝着外面,又朝着里面,我们所需要做的无非打开这扇门而已。奥地利现代文学对于我们来说是一种财富,但是这种财富只有当我们站在自己文化的土地上时才有价值。我们常常说,若一个研究外国文学的人学问做大了,那么他也就"学贯中西"了,这里面的意思也许就是歌德提出的"世界文学"的本真意义所在。也就是说,中国的外国文学研究者应该立足本民族文化,方能"厚积而薄发",才能"放眼世界"。值得庆幸的是,中国的奥地利文学研究已经逐渐显示出强烈的本土意识和与源语国文学研究的对话机制,这在20世纪90年代以来出版的一大批中国日耳曼学人的专著和论文中得到了印证。

第三,从歌德的意义上来说,世界文学的价值就是一种实实在在的接受实践,歌德把它称为"翻译"。我记得,格林兄弟曾经对"翻译"(Über-Setzen)做过这样的定义:"翻译犹如在大海里扬帆远航,翻译者驾驶着航船从一个地方驶往目的地,而当我们走下这艘航船,踏上另一片土地的时候,那里吹拂着的却是另一种风。"因此,翻译即接受,它是一个过程,而这个过程也就是理解和阐释的过程,我们在这种接受实践中所无法放弃的就是我们文化的主体性——"另一片土地上的另一种风"。

歌德看来，在"世界文学"海洋中航行只有依赖语言之舟，而"翻译是最值得恭维的，它吸引我们走进"①美丽的世界文学，"每一个翻译者不但努力地使自己成为精神活动的中介，而且把促进这种交流视为己任。即便有人说，翻译总是不能十全十美，但它仍然是世界精神活动中最重要、最值得尊敬的工作"②。我国的外国文学翻译（当然也包括奥地利现代文学翻译）有过灿烂和辉煌，它应该在今天的外国文学研究中获得应有的崇高地位。

以上也许可谓出这本集子的宗旨。

2005 年春天，承蒙全国德语文学研究会会长叶廷芳教授厚爱，问学会是否可以到浙江大学来开一次双年会，我受宠若惊，惶恐中欣然应命。应命并不仅是因为杭州这个地方的确可以让人自豪地去当回东道主，重要的是浙江大学的德语文学研究可以借全国专家、学者的九鼎之力得以推动，我本人也可以获得一次学习的良机。2005 年的金秋时节，来自全国各高校、中国社会科学院文学所的 50 余位德语文学研究者，群贤毕至、少长咸集，来到了西子湖畔，虽无丝竹筋咏，却以"维也纳现代派和奥地利现代文学"为主题各抒己见，或曰见仁，或曰见智，不亦乐乎。

奥地利现代文学研究在国内有着深厚的学术底蕴，无论是在文本翻译接受，还是在奥地利现代文学批评、奥地利文学断代史研究、纯文本阐释等诸方面，许多著名的前辈学者都做过大量的工作。本专集编者在奥地利现代文学研究和译介上学焉未能，只能

---

① 参见 Johann Wolfgang von Goethe, Sämtliche Werke. Briefe, Tagebücher und Gespräche. Hrsg. v. Friedmar Apel, Bd. 14. Deutscher Klassiker Verlag Frankfurt am Main 1986, Bd. 10，Ⅱ，S. 479。

② 参见 Johann Wolfgang von Goethe, Sämtliche Werke. Briefe, Tagebücher und Gespräche. Hrsg. v. Friedmar Apel, Bd. 14. Deutscher Klassiker Verlag Frankfurt am Main 1986，Bd. 10，S. 498。

愧充纂辑，或全力筹集付梓所需资金，以免自责。全部论文分三个部分，第一部分大约为奥地利现代文学纵横概论，第二部分的论文主要集中在维也纳现代派具体作家的研究上，第三部分为奥地利现当代文学研究。这样的分类没有太多文学流派和断代史方面的意思，只是避免混杂，便于阅读而已。

这本集子收录了大会期间的大部分发言文稿（遗憾的是，有些文稿未能求得），其中特别收录了年轻学者和德语文学研究新人的一些论文，意在励志，薪火相传。

在编撰和校对期间，浙江大学德国学研究所的副教授李媛博士和研究生徐夏萍、钱春春、方晶晶曾为此付出许多时间和辛劳，特此致谢。

论耶利内克与瓦尔泽的文学主体观①

2004 年度诺贝尔文学奖获得者、奥地利女作家埃尔弗里德·耶利内克(Elfriede Jelinek)在 1998 年发表了一部篇幅不大的(戏剧)作品,这部作品的标题叫作《他不是他》(*er nicht als er*)。对这个文本的解读,其实应该从这一略显诡异的标题开始:因为它虽然像谜一样诱惑着读者,却明明又像一座迷宫,让人却步。由于耶利内克的这部作品的副标题是"关于罗伯特·瓦尔泽和与他在一起",因此我们可以认为,在这个标题里蕴含着耶利内克与瓦尔泽的某种关系。而"他不是他"使得作为文学主体的作家、作家所创造的文学人物在"自我"的层面上变得扑朔迷离。然而,耶利内克十分慷慨地主动揭开了自己设下的谜底,因为耶利内克在这部作品中的最后一段话就是:

> 诗人在雪地中死去,他的礼帽终于离开了他,斜卧在他的身边,但是仍在照片上。这本书的标题正是由罗伯特·瓦尔泽的名字拼凑起来的,却不完整,或者毫无意思:罗伯特不是

---

① 本文首次发表在《外国文学》2008 年第 11 期上,人大复印资料《外国文学研究》2009 年 1 月全文转载。收入本书时做了少许修订。

瓦尔泽(Rob-er-tnicht als Wals-er),也就是他不是他。他什么也没有,他拥有一切。这就是他,也是这个文本的要旨所在。[1]

耶利内克的慷慨似乎是一种欲擒故纵,因为她的解谜使得文本更加神秘。她把主体的认同符号(名字)拆碎,是不是把主体也拆碎了?"毫无意思"是不是也有某种意思?如果是这样的话,那么"毫无意思"的意思究竟是什么?我们看到,在这里"他不是他"的"谜"没有彻底揭开,我们仍需要阐释"罗伯特不是瓦尔泽"以及"没有即拥有"的悖论,也许"他不是他"恰恰就是他。文学阐释的魅力大概就是在这种云雾状态中寻找意义。如果说需要阐释,那就是在昭示某种被阐释的东西,即"存在着的"(das Seiende)。也就是说,"存在着的"没有全部地表明它的本质,有部分东西还没有得到揭示。因此,我们的原则是让掩蔽的东西自己来"揭示"掩蔽的事实。

一

从文本自身的告白来看,《他不是他》是一部描写瑞士已故作家罗伯特·瓦尔泽的"剧本"。之所以说它是剧本,大概是因为耶利内克当年欣然接受了奥地利萨尔斯堡戏剧节的约稿,为戏剧节撰写一个剧本。因此,这本小册子的封面上赫然印着"剧本"这样一行小字。同时,耶利内克在文本的扉页上写了一句类似场景提示的话:"几个心情尚好的人在一起交谈,(或许躺在浴缸里,犹如

---

[1] Elfriede Jelinek: er ist nicht als er. (zu, mit Robert Waler), Suhrkamp Verlag, Frankfurt am Main 1998, S. 49.

过去在精神病院里那样）。"① 1998 年夏，奥地利导演威勒（Jossi Wieler)将这部作品搬上了萨尔斯堡戏剧节的舞台,然而从文本形式上看,它并不具有传统剧本的时空形式,既没有舞台人物、场景,也没有情节和对话(耶利内克的剧本大多如此),只有"我"的内心独白。

这在某种意义上延续了耶利内克的戏剧作品的风格。尽管如此,我们仍然有理由把这部作品看成"散文"或"小品文"(Prosastück),看成某种思维碎片,或者就像耶利内克自己所说的那样,是一只打碎在地上的水晶瓶,"一种瓦尔泽式的万花筒,从一个小小的碎片中折射出了无限的绚丽和璀璨"②,或者就像一篇运用瓦尔泽的语言献给瓦尔泽的"颂词"。

整篇文本由十二个意群段落组成,没有任何刻意安排内容的痕迹,而是顺着文思、水到渠成,这点与瓦尔泽的文学的文本异曲同工。从表面上看,叙述主体不断地阐述自我和瓦尔泽,同时,这种不断地叙述(或者恰恰是因此而不叙述自我)似乎是一些没有逻辑和结构的梦呓。叙述主体似乎是瓦尔泽本人的自诉,又似乎是叙述主体与瓦尔泽的冥冥神交。

从根本上说,《他不是他》不仅反映出耶利内克一贯语言简练、结构简单的写作风格,而且与瓦尔泽的文学风格有一定的共通之处,那就是善于在文学语言的树林里捉迷藏,或者说是对文学意图的掩蔽。在这个问题上,本雅明已经有了定论。本雅明在《罗伯特·瓦尔泽》一文中对其风格做出了这样的说明:"我们现在面对……完全没有企图的,但又因此而具有魅力的、迷人的荒芜的语

---

① Elfriede Jelinek: er ist nicht als er. (zu, mit Robert Waler), Suhrkamp Verlag, Frankfurt am Main 1998, S. 7.

② Elfriede Jelinek/Christine Lecerf: L'Entretien, Paris: Seuil, 2000, S. 10.

言。同时还是一种随波逐流式的语言,体现了优美和苦涩的所有形式。我们说这是一种表面上的无意识。"①虽然我们尚且无法确定耶利内克是否在此刻意戏仿瓦尔泽,但是从她对瓦尔泽的敬仰之情来看,似乎可以做出她对瓦尔泽"马赛克""半睡眠半清醒"②和"梦呓"风格首肯的假设。

在谈到《他不是他》创作时,耶利内克说:"罗伯特·瓦尔泽是文学史上前所未有的奇迹,我没有见过跟他相似的作家和作品。当然,他是让人却步的,当我开始写一些表面上看似简单的东西时,我觉得已经没什么可以写的了。"③如果说,《他不是他》与"让人却步"的瓦尔泽有关,同时又是在写"表面上看似简单的东西,却已经没什么可写的了",那么耶利内克究竟在写什么呢?她有什么深层的意蕴要掩蔽或者掩埋呢?她又是如何来做到这一点的呢?

先来看耶利内克的表现手法:这是一段自我独白的第一人称作家对另一个作家关于文学的对话,从文本副标题"关于罗伯特·瓦尔泽和与他在一起"的逻辑关系来看,这里蕴含着两个叙述视角。第一是"关于"瓦尔泽的叙述,即叙述主体对叙述客体的叙述;第二是"与"瓦尔泽"在一起",即叙述主客体的混合;而在文本中,我们发现这两种叙述视角常常是无法区分的。独白者的对话对象是瓦尔泽,而独白者似乎是瓦尔泽本人。

这样,叙述主体和叙述客体就变得模糊不清了,"他"与"他"的关系就处于一种叙述悖论之中,整个文本也似乎成了瓦尔泽的自言自语。《他不是他》中的独白断断续续,同时采用了大量瓦尔泽

---

① Walter Benjamin: Robert Walser. In: Illumination, Suhrkamp Verlag, Frankfurt am Main 1969, S. 349.

② 罗伯特·瓦尔泽:《散步》,范捷平译,上海译文出版社,2002年,第239页。

③ Elfriede Jelinek/Christine Lecerf: L'Entretien, Paris: Seuil, 2000, S. 10.

文学文本的引文,这种结构似乎给人一个印象,好像耶利内克有意在让作家瓦尔泽说话,似乎瓦尔泽在述说他的生活和写作。我们唯一可以确定的是有人仿佛独自在大自然中散步,也许有几只小鸟在啾啾欢叫,小河发出阵阵拍击声,这时突然出现了一个声音:"且慢,请您留步,您难道没看到灵魂从肉体中飞了出来,就像您心中的作品那样,像沉睡的女神那样。"①

这便是耶利内克文本的开头。

从叙述结构和效果上看,耶利内克(假如我们将其视为文本创作主体)、第一人称叙述者、叙述对象瓦尔泽,三者就好像是一种叙述螺旋体,混杂、融合在一起,让人进入一种混沌的睡眠状态。而在耶利内克看来,"睡眠"恰恰是文学主体的某种"生存方式",②或者是一种梦幻状态,使得叙述主体和叙述对象变得含糊不清,而"睡眠"和"梦幻"也常常是瓦尔泽文学作品中对主体,尤其是对文学创作自身的无意识显现,如《雅各布·冯·贡腾》《散步》《强盗》和其他作品中均对此有很多表述。

在耶利内克的《他不是他》中,一方面,第一人称叙述者采取了与瓦尔泽对话的视角(肉体的视角或外视角),例如:"我的先生,您的作品很另类"等;另一方面,却采用瓦尔泽的视角(灵魂的视角或内视角),例如:

　　　　就连我的房间过去也只能感觉到我的存在,它们实在太熟悉我了,假如它们感觉到了,它们为什么不在我要出门去雪

---

①　Elfriede Jelinek: er ist nicht als er. (zu, mit Robert Waler), Suhrkamp Verlag, Frankfurt am Main, 1998, S. 9.

②　参见耶利内克戏剧《睡美人》,载《死亡与少女》,魏育青、王滨滨译,上海文艺出版社,2005 年,第 25 页。

地里散步的时候拦住我？不过我总是很喜欢勤奋地散步，圣诞节也要去散步。①

　　耶利内克通过以下几个主题词来展开十二个相互交融的片段：女神、音乐、房间、生活、食肉动物、秩序等。它们不断地深化、发展形成文本"灵魂从肉体"或"自我和本我"的分离及合一的主题，大概这就是耶利内克要表达的"他不是他"。同时，通篇由独白或内白写成，读者可以感觉到词的声响和节奏。文本始终围绕着灵魂是如何离开肉体这个主旨，叙述灵魂游离的状况。

二

　　假如我们读过卡尔·塞利希的《与罗伯特·瓦尔泽漫步》，那么我们马上就会理解耶利内克的用意。耶利内克在谈到这个问题时说："从本质上说，瓦尔泽总是在写一个文本，他的大文本都是由许多小文本聚集起来的，也就是说，从本质上看瓦尔泽的写作是一种分裂性的、碎片式的写作。"②而这种"碎片式"或者"马赛克式"的写作在耶利内克看来是歇斯底里的必然结果。她认为，瓦尔泽的精神病"歇斯底里"病症显现在自我表现和自我丧失之间的张力破裂，其表现形式就是不断地解说自我，但不仅是为了说明自我，而是"歇斯底里分裂成两半时的一种敏感，当然歇斯底里可以四分五裂，恰恰是这些分裂开来的东西成为写作的本体"，③耶利内克进而

<hr>

① 　参见耶利内克戏剧《睡美人》，载《死亡与少女》，魏育青、王滨滨译，上海文艺出版社，2005年，第36页。
② 　Elfriede Jelinek/Christine Lecerf：L'Entretien，Paris：Seuil，2000，S.11.
③ 　同上。

提出了一个观点，瓦尔泽作品中的文学主体特征即"自我分裂"。在这个意义上，耶利内克印证了本雅明对瓦尔泽文学作品特性的认识："因为抽泣是瓦尔泽喋喋不休的曲调，它给我们揭示了瓦尔泽至爱的源泉。它来自歇斯底里，而绝非他处。"①

歇斯底里是一种癔症性精神障碍，主要表现为发作性意识范围狭窄、具有发泄特点的急剧情感爆发，选择性遗忘或自我身份识别障碍。弗洛伊德对歇斯底里症治疗研究的贡献主要在于提出了催眠术和语言疏导，而在催眠疗法中、在"半醒半睡"状态中达到梦游和潜意识认知尤其重要。在这里我们不难发现，瓦尔泽所至爱的文学发出"喋喋不休的曲调"恰恰与歇斯底里的病症有关，睡眠、梦游和梦呓在他的文学作品中是回归主体的无意识行为和文学风格的主旋律。

迄今为止，我们无法确定瓦尔泽本人在文学中获得歇斯底里治疗的文献证明，唯一能够找到的就是本雅明关于瓦尔泽"歇斯底里"的评语。而耶利内克在《他不是他》的卷首语中所提示的"几个心情尚好地在一起交谈，（或许躺在浴缸里，犹如过去在精神病院里那样）"②给了我们同样的启示，那就是瓦尔泽在文学创作过程中的无目的性，以及主体意识的化解。

《他不是他》文本的叙述主体是第一人称单数，文字所表达的是叙述主体对文学创作的反思和冥想。由于放弃了时空情节（生与死，现在与过去完全失去界线），耶利内克成功地绕开了读者始终喜欢提的一个问题"谁在讲述"，而是像瓦尔泽那样，回归到了叙

① Walter Benjamin：Robert Walser. In：Illumination, Suhrkamp Verlag, Frankfurt am Main，1969，S. 350.

② Elfriede Jelinek：er ist nicht als er. (zu, mit Robert Waler)，Suhrkamp Verlag, Frankfurt am Main，1998，S. 7.

述本体，或者说是文学创作的本身。上面我们说过，《他不是他》整个文本没有故事情节，这本身并不重要，但重要的是为什么作者放弃情节和内容。我们看到，《他不是他》的作者似乎不断地在做滚雪球的游戏，一种近乎梦幻的文字游戏，我们可以说这是弗洛伊德意义上的"潜意识"和"白日梦"。但不能否认的文字事实是，耶利内克从一个字推向下一个字，从一个句子推向下一个句子，从一个想法推向下一个想法，作者试图由此来解读写作和思考问题，而这点恰恰又是瓦尔泽文学写作的特点。对瓦尔泽来说，**如何**写作绝对不是一件小事，所有他原先想说的话都在写作的自身意义面前而失去意义。也许可以说，写作是至高无上的。

文字的荒芜并不完全意味着叙述主体的荒芜。也许叙述主体正在无意识中逃遁，或者被掩蔽起来了。而瓦尔泽的逃遁恰恰是他的"在"，也就是"我在家里却不是我"（假如我们在这里把"家"理解成海德格尔的语言，即存在之"寓所"的话）。主体的诡异性或许能从罗马大帝奥古斯都（Augustus）临终前问身边大臣的最后一句话来揭示："我这一辈子喜剧表演得如何？"①

这个隐喻告诉我们，文学主体常常会戴着面具出现在我们面前。这如同笛卡尔在《私人沉思》（*Cogitaiones Privatae*）中开宗明义所写的那样："自我就像演员一样需要化妆登台，而自我总是戴着面具登上世界这个舞台的。"②瓦尔泽的面具是什么呢？抽象地说那就是"他不是他"，或者从瓦尔泽的视角出发来说"我不是我"。

这里必须要说明的是，标题《他不是他》（*er nicht als er*）中"als"这个连词。我们看到，无论是读者眼里的叙述主体，第三人称

---

① Heidemann, Dietmar H.: Probleme der Subjektivität in Geschichte und Gegenwart. Stuttgart-Bad, Cannstatt 2002. S. 55.

② 同上。

的"他",还是叙述主体眼里第一人称的"我",都与"als"(英语中为"as")这个连词有某种联系,"als"这个小小的连词实际上表达了一种掩饰的意义,这个词源于中古德语中的"alsō",意为某一人或事"如同"另一人或者事,主体在这一关系中成为"派松"(Person)。从词源学上看,"派松"在中古德语中为"persōn",源于拉丁文中的"persōna",具有舞台剧戴着"面具"的演员的意思,即主体经掩饰后的一种身份。也就是说,这里叙述主体身份处于一种"相互比较"和"相互掩饰"的关系之中。

因此,在耶利内克"他不是他"这个诡异命题中,言说及被言说的对象既是一元的,也是二元的。这样我们大概可以确定,瓦尔泽和耶利内克的叙述主体就躲藏在文字之中,这就是耶利内克所说的"他不是他",或者说"罗伯特不是瓦尔泽"。按照这个逻辑,要寻找瓦尔泽的叙述主体,最终只有在纸张和文字中去寻找,而文字却在树林里散步。文字被囚禁,就像诗人被囚禁一样。文字既是灵魂也是肉体,就像耶利内克所说的那样:

> 所有的字行现在都成了尸体,(意义)在尸体中静静地被保存起来,假如我们想耐心地去发现我们自己,那么我们大多数人身上都有足够的时间和精力! 为什么您的想法不再走出躯体,而我的思想却要出来,只是为了连篇累牍地、又不那么愉快地、顽固不化地跳跃到纸张上去。①

耶利内克在与莱塞的谈话中指出:"我尝试去定义什么叫作'不断表现自我的自我丧失',不断地解说自我,但不是为了说明自

---

① Elfriede Jelinek/Christine Lecerf：L'Entretien,Paris：Seuil，2000，S. 20.

我。瓦尔泽就是一个不断地解说自我的作家,他几乎不能说别的任何事,他总是在说'我',但指的却不是'自我',这就是我所说的那个现象。"①那是什么现象呢?《他不是他》中第一人称叙述者是这样解释的:"您的作品非常怪异,我亲爱的先生,我觉得您越不愿走进自我,您就越远离自我,是的,诗人总是从自己出发,然后便远离自我。"②这个诗人就是罗伯特·瓦尔泽。在这里,耶利内克说出了《他不是他》所掩蔽的要害,她对瓦尔泽的文学创作提出了自己的文学主体观:与瓦尔泽出于"歇斯底里"的主体荒芜有所不同,她明确地主张文学创作是反叛自我,而反叛自我的手段是在"写"的过程中放弃自我。

三

这种反叛反映在文学创作主体的无奈上,就如耶利内克对瓦尔泽文学作品做出的评判那样,他的作品就像"一个沉睡的女神,即便在睡眠中也在飘逸,……醒和死的区别就是梦"③。对耶利内克来说,人们常常死去,因为人们常常将自我遗忘在梦中。瓦尔泽的生命却就是在梦幻中"写作",即便在睡眠中也是在飘逸的沉睡女神。我们可以小心翼翼地说,那也许就是写作的冲动,自我释放的冲动。越是心中的宏大或宏大的自我,在瓦尔泽的文学表述中便越是显得渺小以至于几乎消逝:"您在寻找我吗? 那么您在我身上找不到我,但是只要您愿意弯下腰去,您就能看到我! 我就像小

———————

① Elfriede Jelinek/Christine Lecerf: L'Entretien, Paris: Seuil, 2000, S. 12.

② Elfriede Jelinek: er ist nicht als er. (zu, mit Robert Waler), Suhrkamp Verlag, Frankfurt am Main, 1998, S. 10.

③ 同上,S. 40。

德国文学散论 |

草那样微不足道,它们只有在微风下才会轻轻地摆动自己的身姿。"①这其实也是耶利内克在《他不是他》中表现出来的文学主体观。在整个文本的十二个片段中,她始终与瓦尔泽在一起,实践着一个不曾面见的约定,那就是"诗人总是走出自我,总是在激活他人,而从来不是自己"②。

相反,诗人在写作的过程中"释放着自身的人性本质,这个本质会带上别的特性,使人在这个深谷中迷失方向"③。这就是说,诗人的人性本质与其作品的本质常常会混淆不清,以至于诗人心中所蕴含的宏大的东西一旦表现出来,就成了某种特别微不足道的东西,它会小到不再引起任何人的注意。耶利内克怀疑这个主体的"微不足道"也许是瓦尔泽的故意而为,主体的蜷缩恰恰是"因为今天的'宁静'过于喧哗,今天的'人'真正在死亡"④。或许耶利内克在文学现代性中找到了上述悖论的解释。

瓦尔特·本雅明曾对瓦尔泽的"自我"做过一个解释,他说:"也许我们只要从一部《白雪公主》——瓦尔泽当代文学中具有深刻意义的作品中就可以理解,为什么这个表面上看最为扭曲的瓦尔泽是固执的弗朗茨·卡夫卡最钟爱的作家。"⑤本雅明所说的就是瓦尔泽用无人不晓、极其平常的童话来当隐喻,以诗歌舞台剧的形式开始写作散文,从而把文学主体掩埋得最深。其手法就是本雅明所说的"最为扭曲"的文学主体。

---

① Elfriede Jelinek: er ist nicht als er. (zu, mit Robert Waler), Suhrkamp Verlag, Frankfurt am Main, 1998, S. 10.
② 同上,第10页。
③ 同上,第11页。
④ 同上,第12页。
⑤ Walter Benjamin: Robert Walser. In: Illumination, Suhrkamp Verlag, Frankfurt am Main, 1969, S. 351.

如果说本雅明的评论是以"瓦尔泽开始的形式结束",①那么瓦尔泽的"童话"恰恰是在故事美好的结局之后开始:白雪公主、王子、猎人和女王在宫殿中一起质疑童话本身,过去和现在,童话和真实情景、梦境交织在一起,"善"与"恶"完全失去了可以依附的替身。在本雅明眼里,瓦尔泽的《白雪公主》绝非新瓶装旧酒,而是在本质上对文学叙事的摧毁,对多义性的营造,文学主体也因此有了逃遁的可能。

这也恰恰正是耶利内克的企图。在《他不是他》中的"死亡和少女"片段中,耶利内克重构了《白雪公主》,也同样在白雪公主的死亡中建构了童话和现实的悖论,因为只有死亡才是绝对真理。耶利内克不仅让白雪公主在时间的隧道中穿越了真理,而且也把散步中的瓦尔泽拉进了这个时间的隧道:"我现在离开房子,假如我步伐再快一点的话,我马上就会回到死亡,会准时地返回到死亡中去。"②在耶利内克看来,在死亡中唯一能做的一件事就是散步,"假如宁静最终还是宁静的话"③。

四

瓦尔泽的《陌生人》是一篇暗示文学主体诞生的重要小品文,文中首先反思了主体的孤独与封闭:当一个从窗前路过的陌生人举头投来期望交流的友好眼神时,"我"表现出来的是习惯性的"视

---

① Walter Benjamin: Robert Walser. In: Illumination, Suhrkamp Verlag, Frankfurt am Main, 1969, S. 351.

② Elfriede Jelinek: er ist nicht als er. (zu, mit Robert Waler), Suhrkamp Verlag, Frankfurt am Main, 1998, S. 43.

③ 同上,S. 44。

而不见"和"置之不理"。①这其实不过是现实生活中的主体的"失语"的插曲（而在弗洛伊德眼里这正是歇斯底里患者的一种症状），在《陌生人》里，瓦尔泽从这个日常现象出发，反思了"我"的"过失"，却无意地泄露了自己文学作品中的人物代名词"托波特"（Tobold）诞生，同时这也暗示了其文学文本诞生的过程：

> 我觉得自己非常没有责任心。我甚至可以说我感到很难过，感到不幸。不过我不喜欢"幸"或者"不幸"这两个字眼，它们说不清什么事情，我已经给那个陌生人取了一个名字，就是那个在我窗下要跟我打招呼的年轻人，我叫他托波特。当我想到他的时候，他就以托波特名字出现。这个名字我是在**半睡眠半清醒**的状况下偶然想出来的。现在他在哪里？他在想什么？我是不是能够猜出他脑子里的想法？是不是能猜出他现在正在想些什么？或者反过来，我是不是能够想象，他是否脑子里有跟我一样的问题。我的思绪久久地缠萦在他身上，在那个寻找过我的人身上。②

现代人常常是孤独的，他们的主体性也许习惯于封闭，瓦尔泽一辈子就是孤独的散步者，而文学正是他打开内心门闩的一个途径，就如耶利内克所看到的那样，"要打开自我就必须从内心出发"③，瓦尔泽在《陌生人》中就是这样用文学打开"自我"的。耶利内克对瓦尔泽以上的一段文字做了恰如其分的阐释：

---

① 罗伯特·瓦尔泽：《散步》，范捷平译，上海译文出版社，2002年，第239页。
② 同上。
③ Elfriede Jelinek: er ist nicht als er. (zu, mit Robert Waler), Suhrkamp Verlag, Frankfurt am Main, 1998, S. 15.

对那些总是写自己，但又是指向自己的作家我不感兴趣，我感兴趣的是那些认识到自我残缺的作家，他们虽然在不断地说自我，但不是在指自己，而是在说其他，这不是弗洛伊德意义上的"本我"，也不是"超我"，而是在作家身心中的所有。我自己大概也属于这类作家。那是些相对自我封闭的作家，他们在写作时处于一种不能守住自我的状态。比如我就会在写作中进入一种恍惚的状态，这是一种半醒半睡的状态，但绝不是睡或是醒的状态。反过来说，瓦尔泽也是一个常常出神的作家，他的写作是为了自我在现实中的移位。①

瓦尔泽写过一篇著名的散文（或中篇小说）叫《散步》，他在中间写道："您想想，假如一个诗人或作家一旦停止吮吸生育和抚养他的大自然中真善美的乳汁，那么他很快就会文思枯竭，可悲地落到失败的境地。您再想想，诗人作家从外面千变万化的世界里得到的神圣金色的教诲，这大自然的课堂对他会是多么地重要。"②耶利内克从瓦尔泽的文学散步中汲取了精神养分，就像她自己所说的那样：

　　我记不起来什么时候第一次读瓦尔泽的东西，我经常不断地阅读他的东西，就像读报纸一样。他对我来说就像是内涵深厚的作家，万花筒般的世界集聚在每一个小点上，我的每一本书里都蕴涵着瓦尔泽的话，就像人们以前造大教堂时在

---

① Elfriede Jelinek/Christine Lecerf：L'Entretien，Paris：Seuil，2000，S. 13.
② 罗伯特·瓦尔泽：《散步》，范捷平译，上海译文出版社，2002年，第159页。

地基里要埋只生灵那样,我写的东西里都有瓦尔泽的意蕴在里面。①

　　耶利内克这里所说的意蕴或许就是她与瓦尔泽共有的文学主体观:在放弃和消解文学主体的过程中以期实现文学主体的实质所在。至此,可以谨慎地说,通过上述解读,我们大概悄悄地走进了"他不是他"这个命题中所蕴含的否定之否定,而这个辩证法也许正是教堂地基下掩埋的那只生灵。②

---

　　①　Elfriede Jelinek/Christine Lecerf:L'Entretien,Paris:Seuil,2000,S. 13.
　　②　中世纪欧洲天主教教堂在奠基时有一个习俗,在奠基石下埋葬一只猫,耶利内克曾经说过,文本的意义就是作者掩埋在文本奠基石下面的那只猫,文本阐释者的任务就是找到奠基石下面的那只猫。

歌德的自然观解读①

一、导 言

　　大自然！我们被她怀抱，被她簇拥。我们无法从她怀中挣脱，却也无法更深地走进她。未曾相邀，亦不曾警告，她便将我们携入那周而复始的舞步之中，裹挟着我们一同向前，直至我们精疲力竭，从她的臂膀里滑落。

　　人类存于大自然之中，大自然与人类同在。她与人类玩着一场友善的游戏，人类从她身上获取得越多，她便越高兴。她与众人玩捉迷藏，游戏早已结束，众人却尚未发觉她身在何处。

　　上面摘录的两段文字源自《歌德全集》第 25 卷《论普通自然科学及物理、气象、地质、矿物和颜色学》开篇之作《大自然》残片（1782/83）。②

---

　　① 本文为 2018 年"慕尼黑大学—浙江大学—北京大学"中德高层论坛上的学术报告。

　　② Johann Wolgang von Goethe: Goethes Schriften zur Allgemeinen Naturlehre, Geologie und Miniralogie, Bd. 25, Deutscher Klassiker Verlag Berlin, Licened for sale in the People's Republic of China only (excluding Hongkong SAR, Macau SAR, and Taiwan), Shanghai, 2016, S.11 – 13.

　　　　　　　　　　　　　　　　　　　　　　　| 德国文学散论 |

它像是一曲大自然的英雄史诗，更像是一篇格言式散文，读起来非常有文学味道。

歌德是大师。歌德不仅是诗人，他更是科学家和思想家。这些年来，中国日耳曼学同仁在卫茂平教授的引领下，夜以继日地翻译德文原版 40 卷《歌德全集》，这无疑是一项浩繁的学术工程，将惠及后人。

今天，我们的讨论从《大自然》这篇美文开始，但需要指出的是，这篇大自然的咏叹调并非真正出自歌德之手，而是一次作者讹传。①

1828 年，歌德写了《对格言式散文〈大自然〉的解释》（以下简称《解释》）一文，专门就作者乌龙事件和自己的自然观做出说明。然而歌德在文中肯定了一点，即《大自然》中的自然观与他在早期魏玛时期的自然观相同，并且他只说这篇文章不是出自他之手，却没有指出真正作者的名字。《大自然》残片发表时，歌德人在魏玛，时年 33 岁。45 年后，年近 80 的他才写下《解释》一文。《大自然》残片之所以被收入《歌德全集》，是因为在这篇著名散文问世后近 50 年里，读者甚至包括爱克曼和里默尔，均认为此文出自歌德之手。爱克曼、里默尔甚至还将此文更名为《大自然·格言》，因为他们对这篇散文的作者毫不怀疑。

我记得歌德在《西东合集》里曾经写下一句话：假如你在我们这里有什么不舒心的，那么你就去东方寻找。歌德的《西东合集》中的"东方"是指西方视角下的近东，他所敬重的是波斯诗人鲁米、

---

① 此文出自托布勒（Tobler）之手。歌德 1833 年为此专门写了一篇名为《对格言式散文〈大自然〉的解释》的文章加以说明。参见 Johann Wolgang von Goethe: Goethes Schriften zur Allgemeinen Naturlehre, Geologie und Miniralogie, Bd. 25, Deutscher Klassiker Verlag Berlin, Licened for sale in the People's Republic of China only (excluding Hongkong SAR, Macau SAR, and Taiwan), Shanghai, 2016, S. 81.

哈菲兹等,这点并不存疑。在《歌德自传》里,青年歌德曾对中国有过激烈的批评,他认为中国风景、花卉、人物等图案非常"怪异"。当然,这是歌德对18世纪欧洲流行的"中国风"(Chinoiserie)的批评。在戏剧作品《情感的胜利》(1777)中,他对中国的园林艺术极尽嘲讽批评之能事,因为在歌德看来,这些来自中国的艺术品都非常矫揉造作,完全与自然相反。所以有很多学者认为,最起码歌德在青年时期对中国艺术并没有好感。

但是,如果我们从另一方面看,在文学方面和他的一些谈话里却出现完全相反的一面,他对中国诗歌、小说、戏剧从未产生过反感。例如,他在1783年就读到了皮埃尔的《东印度和中国游记》,他说:"我把这个重要的国家马上就保存在记忆之中。"①也正是在这一年,上面提到的《大自然》残片经歌德亲手修改后发表了。此后,歌德开始不断关注东方思想和东方文学素材,尤其到了歌德晚年,他开始对中国做了特别的关注。

1827年,晚年的歌德对中国的兴趣达到一个顶峰。1827年1月31日,歌德在与爱克曼的谈话中,中国成为主要话题。在那一年,歌德写下了四首模仿诗,他取名为"中国的"(Chinesisches),还写下了组诗《中德四季晨昏杂咏》。他在与爱克曼的谈话时说:"这些人(指中国人)想的、做的和感受的几乎和我们一样,只有一点,在他们那里发生的所有的一切,都要比我们这里清晰、纯真和有道德。"②

如果说,歌德的诗歌《在变幻中永恒》(*Dauer im Wechsel*)以及这种自然观在《浮士德》中得到了弘扬,那么就像汉学家卫礼贤早

---

① Günther Debon, Adrian Hsia (Hr.): Goethe und China - China und Goethe. euro-sinica Bd.1, Peter Lang, Bern, Frankfurt, New York, 1985, S. 15.

② 参见 Goethes Gespräch mit Eckmann vom 31. Januar 1827。

就说过的那样,歌德的这种自然观已经触碰了东方思想、中国思想或者中国文化的本质。[①]歌德的"《浮士德》中蕴含着中国对歌德的影响,这点就像中国画,一笔一画,细细地描绘在这部巨著里面"[②]。因此,我们大概可以说,歌德尽管早年对 18 世纪的"中国风"不以为然,但晚年对中国思想饶有兴趣,这在他后来的自然观中能够窥见一斑。

二、文本生产和流传

《大自然》残片的真实作者是格奥尔格·克里斯托夫·托布勒(Georg Christoph Tobeler),歌德在 1779 年第二次瑞士之行途中认识了托布勒。1780—1781 年,托布勒曾在魏玛做过逗留,文本应该就是在这个时期生成的。这个署名乌龙的第一个原因是,据推测当时托布勒把文章交给了歌德的抄写员塞德尔,并在只有 11 册的手抄本《蒂福尔特杂志》(*Tietfurter Journal*)第 33 期上发表。魏玛国家档案馆现藏有该期《蒂福尔特杂志》一册。

蒂福尔特位于魏玛北郊,蒂福尔特宫是魏玛公爵夫人安娜·阿玛利亚(Anna Amallia)[③]的一座宫殿,这里常常举办各种文化活动,也是当时魏玛文化名人经常出入的地方。《蒂福尔特杂志》是以阿玛利亚公爵夫人个人名义出版的文化杂志,歌德、赫尔德、克内贝尔等文化名人常常在上面发表文章,但均匿名。另外一个原

---

① Richard Wilhlem: Goethe und die chinesische Kultur, in Jahrbuch des Freien Deutschen Hochstifts, Frankfurt am Main, 1927. S. 307.

② Günther Debon, Adrian Hsia (Hr.): Goethe und China-China und Goethe. euro-sinica Bd.1, Peter Lang, Bern, Frankfurt, New York, 1985, S.20.

③ Herzogin von Sachsen-Weimar-Eisenach (1739 – 1807); regierte nach dem frühen Tode ihres Mannes von 1758 bis 1775 allein, bis ihr Sohn Carl August mit 18 Jahren die Herrschaft übernahm.

因是歌德在塞德尔的抄本上还做了修改,因此世人都认为《大自然》是歌德所作。直到 45 年后,晚年歌德才专门撰写了《解释》一文做出说明。

除了 1828 年歌德撰写,1833 年发表的《解释》之外,歌德还于 1828 年 3 月 3 日写信给卡尔·路德维希·克内贝尔,信中写道:"你说的《蒂福尔特杂志》上那篇文章不是我写的,这篇文章的作者是谁,这个谜底我一直没有揭开,我不否定,作者与我有过交往,这使得我非常愉快,我也许未能给他的是某种轻松和关爱。"[1]夏洛特·冯·施泰因在 1783 年 3 月 28 日给卡尔·路德维希·冯·克内贝尔的信中也提到了这件事,她替歌德揭开了谜底:"歌德不是您以为的关于大自然有千万种景象那篇文章的作者,作者是托布勒。"[2]

重要的是,歌德在《解释》中,对自己魏玛时期的自然观做了说明:"至于我是否(对自然)做了那些观察,事实上我已经记不清楚了,不过这些观点与我当时的所形成的精神是一致的。可以看到,当时(我的)有一种泛神论倾向,将世界万物现象想象成一种没有经过研究的、绝对的、幽默的、自相矛盾的本质,也许将其视为一种游戏,其实这种游戏是非常严肃的。"[3]

晚年歌德在《解释》中所阐明的自然观已经明显地克服了人与自然对二元对立的观点,也克服了自然具有任意性的看法,他自己也明确否定了《大自然》中的一些观点,取而代之的是一种整体辩

---

① Johann Wolgang von Goethe: Goethes Schriften zur Allgemeinen Naturlehre, Geologie und Miniralogie, Bd. 25, Deutscher Klassiker Verlag Berlin, Licened for sale in the People's Republic of China only (excluding Hongkong SAR, Macau SAR, and Taiwan), Shanghai, 2016, S. 860.

② 同上,S. 860 - 861。

③ 同上,S. 81。

证的自然观。

三、"两极并存"和"融合升华"

《大自然》残片的表达方式带有明显的颂歌元素,从发表的时间来看,作者似乎受到莱布尼茨和斯宾诺莎的影响。歌德虽然不是作者,但他对斯宾诺莎的崇敬以及对他自然观的肯定毋庸置疑。歌德在 1785 年 6 月 9 日致弗里德里希·海因里希·封·雅各比的信中写道:"你承认了最高的现实,这就是斯宾诺莎主义的基础,其他东西都是建筑在此上面的……。他没有证明上帝的存在,存在就是上帝。如果有人骂他是无神论者,我则要称他为有神论者,称他为基督徒,并以此来颂扬他。"[①]在《大自然》残片中,上帝大隐于自然之中,或者自然大隐于上帝之中的意念十分清晰。

从文章的篇幅来看,《大自然》残片与科学论文相比,更像是一篇文学作品。那么既然歌德对此文进行过润笔,之后又长达四十多年没有对此文做出否定性的评价。我们大致可以说,歌德不仅对托布勒的"颂歌"表达方式是肯定的,并且在相当长的时间内,对其中的自然观也是肯定的。只是到了晚年,歌德的自然观发生了比较大的变化而已。

在《解释》中,歌德把托布勒和自己在魏玛时期的自然观视为"一种想表达终极思想(Superativ)的比较级(Komperativ)阶段,却急着想去表达终极的思想"[②]。那么,歌德对大自然的终极思想又

---

① Johann Wolgangvon Goethe: Goethes Schriften zur Allgemeinen Naturlehre, Geologie und Miniralogie, Bd. 25, Deutscher Klassiker Verlag Berlin, Licened for sale in the People's Republic of China only (excluding Hongkong SAR, Macau SAR, and Taiwan), Shanghai, 2016, S. 864.

② 同上,S. 11。

是什么呢?

歌德在《解释》中认为,《大自然》匮乏的是大自然,或者所有自然现象中蕴含着的两只"巨大的驱动轮",即"两极并存"(Polarität)和"融合升华"(Steigerung)。他把"两极并存"视为一种既是物质的,又是精神的东西,作为物质(肉身)的人,我们从属于自然的物质性,同时作为精神的人,我们从属于自然的精神性。歌德的"两极并存"思想贯穿在他晚年的各个领域中,从自然科学(如物理学、色彩学、声学等)到哲学思辨,再到文学艺术,到处都可以看到这一思想的闪烁,他甚至认为在物质中就蕴含着这种现象,他在磁学和电学中均把它称之为"雌雄同体"①(Hermaphroditen)现象,即正负两极现象。歌德的"两极并存"指的是自然的物质性和精神性的辩证关系。我们非常容易联想到中国传统哲学思想中的"阴阳"说和"道",以及"形而上者谓之道,形而下者谓之器"的道器说。

歌德认为,大自然的"二极互动"自始至终具有相互吸引和排斥的力量,它总是处于一种升华状态之中,因为物质从来也不能离开精神而存在,相反亦是如此。这样看来,物质与精神一样,也有一种不断升华的本质,在相互吸引和相互排斥这点上,物质与精神是一致的。物质与精神一样,合是为了分,分是为了合。这点与中国传统意义上的分久必合、合久必分的思想是相同的。

歌德的"两极并存"说和"融合升华"说是《解释》一文的核心,它们是推动一切自然现象的巨大的车轮。这两只车轮是一个整体中的两个部分,它们既是单独存在的,又可以在升华中生成新的整

---

① Johann Wolgangvon Goethe: Goethes Schriften zur Allgemeinen Naturlehre, Geologie und Miniralogie, Bd. 25, Deutscher Klassiker Verlag Berlin, Licened for sale in the People's Republic of China only (excluding Hongkong SAR, Macau SAR, and Taiwan), Shanghai, 2016, S. 134.

体。歌德认为,这种原则在研究宏观的综合秩序分离和分析演绎中才有可能看到,这一思想在歌德的文学和自然科学著作中是一以贯之的。

不过在《大自然》中,这一思想也已经有所反映,如"她在创新,她在造物,永不停息。存者从未有过,逝者不再复现。万物皆是新,新亦即成旧"①。又如"她即是整体,却始终尚未完成。正如她的不懈追求,让她永远追逐"②。在《易经》中,自然与万物相连,处在不断变化和发展之中,然而"道"却处在一种大隐的状态之中。《道德经》中也有"大音希声,大象无形"的表述。这样看来,我们虽然不能说《大自然》作者,包括歌德,有一种类似与"道"的思想,但他们对自然的认识与中国传统自然观有一定的共同之处。就像《大自然》中所表述的那样:"她的身上蕴含着永恒的生命、永恒的成长、永恒的运动,却见不到前行。她千变万化,永不停息。她不言停顿,诅咒静止。她就是亘古如一。她步履从容,鲜有出格,她的法则地久天长。"③

庄子妻死,惠子吊之,庄子则箕踞鼓盆而歌。惠子不解,提出疑问。庄子曰:"不然。是其始死也,我独何能无概然!察其始而本无生,非徒无生也,而本无形,非徒无形也,而本无气。杂乎芒芴之间,变而有气,气变而有形,形变而有生,今又变而之死,是相与为春秋冬夏四时行也。"④庄子的生死观与道家的自然观是相吻合的。虽然目前还没有研究证实歌德对道家思想是否有过直接的接

---

① Johann Wolgang von Goethe: Goethes Schriften zur Allgemeinen Naturlehre, Geologie und Miniralogie, Bd. 25, Deutscher Klassiker Verlag Berlin, Licened for sale in the People's Republic of China only (excluding Hongkong SAR, Macau SAR, and Taiwan), Shanghai, 2016, S. 860.

② 同上。

③ 同上。

④ 参见《庄子·至乐》,载《庄子》,孙通海、方勇译注,中华书局,2007年。

触,但是我们可以从他 1814 年悼念亡妻克里斯蒂安娜的诗歌《虔诚的渴望》(*Selige Sehnsucht*)中,看出歌德与其自然观相符的生死观:

> ……
> 你已不惧遥远,
> 飞去来也,
> 最终朝向光明
> 在火中化为蝴蝶。
>
> 你生前没能拥有的,
> 它就在面前:死亡和生成!
> 你只是阴影般的客人
> 在幽暗的大地上。①

在这里,生与死被视为一种与自然一样的循环往复的运动。这一思想同样出现在 1782—1783 年的《大自然》残片中,那里我们也可以看到类似的语句:她那无穷的创造物从虚无中迸射而出,却从不告诉它们来自何处,又去往何方。它们只需前行。她,识得道路。②尽管在《大自然》中,自然被视为操纵万物的宰制性力量,与人处在一种相对立的位置上,但这一观点在《解释》中得到了扬弃。

---

① Johann Wolgang von Goethe: West-östlicher Divan, Teil 1, Bd 3/1, Deutscher Klassiker Verlag Berlin, Licened for sale in the People's Republic of China only (excluding Hongkong SAR, Macau SAR, and Taiwan), Shanghai, 2016, S. 569.

② 同上,S.12。

四、整体自然的思想

歌德对自然的态度也许是矛盾的,作为诗人的歌德和作为自然研究者的歌德不尽相同。这在歌德的诗歌、小说、戏剧作品,如《五月之歌》《威廉·麦斯特漫游时代》《浮士德》等中可以清晰地分析出,在那里,大自然常常是诗人的主观情绪和感觉,主要特点是对大自然的惊叹和新奇。而作为自然研究者(Naturforscher),歌德一直尝试着用实证的科学方式研究和看待自然,他说:"神话和传说在科学研究中都不能容忍。让诗人去做那些事吧,他们的天职就是用神话和传说给世界带来益处和愉悦。科学家的眼睛盯着离身边最近、最清晰的现实。"①

又比如在《自然科学》②一文中可以看到,歌德对大自然作为实验科学的高度关注,如他对"燃素"在寒冷冬天的窗户上形成霜的现象做了非常细致的观察,并记录了这种自然现象发生的整个过程。但从1780年后起,歌德的自然观发生了比较明显的变化。他开始把自然视为一个不可分割的整体,并将人视为自然中的组成部分。在1785年发表的《斯宾诺莎研究》中,歌德就开始思考整体性的问题了。他说:"一切有限的存在物均寓于无限之中,但不是无限中的局部,而是掺入了无限。"③

到了1800年之后,歌德整体自然观更加明确,他在《论一般自

① Johann Wolgangvon Goethe: West-östlicher Divan, Teil 1, Bd 3/1, Deutscher Klassiker Verlag Berlin, Licened for sale in the People's Republic of China only (excluding Hongkong SAR, Macau SAR, and Taiwan), Shanghai, 2016, S. 112.

② 同上,S. 18 - 19。

③ 同上,S. 15。

然科学,个体观察与警句》①第 116 条中写道:

> 生命的统一体具有一个基本性质:分和合;它会融入普遍
> 性,会在特殊性中集中体现,会相互转化,会具象化,就像有生
> 命的东西会在千百种条件下竞相表现一样,时而拔萃,时而凋
> 零,时而固化,时而溶解,时而僵硬,时而流逝,时而蓬勃,时而
> 萎缩。由于这些现象同时发生,所以一切和每个现象都会同
> 时出现。生成与衰败,造化与灭绝,生与死,欢乐与痛苦,在同
> 一种意义上和同一种规模上,这一切都交织在一起。②

歌德把这样的观点还运用到人的身上,他在紧接着的 117 条
中写道:"如果所有的存在均为永恒之分与合,那么结论是,在宏大
视野和状态上来看,人也会时时刻刻,分分合合。"③在歌德看来,人
既是个体,也是集体,既是孤独的,也是社会的,这与他对自然界的
植物和动物的看法是一样的。这样看来,歌德明确地将人视为大
自然的一部分,这与苏东坡的"人有悲欢离合,月有阴晴圆缺"又何
等相似。

歌德在 1805 年至 1806 年的《用图表解说的物理学讲座》中也
提出同样的思想,他认为在自然现象中出现的东西,必定会分离,
"分只是为了再次显现。分离开的还会继续相互寻找,并且能够重
新找到,重新合一"。"合一意味着首先能够融合,通过结合升华了

---

① 歌德有关自然科学的警句生成时间只能根据每条单独警句来确定。但总体上
它们均出现在 1800 年之后,主要在歌德生命的最后十年里。

② Johann Wolgang von Goethe: West-östlicher Divan, Teil 1, Bd 3/1, Deutscher
Klassiker Verlag Berlin, Licened for sale in the People's Republic of China only (exclu-
ding Hongkong SAR, Macau SAR, and Taiwan), Shanghai, 2016, S.113 - 114.

③ 同上,S. 114。

的东西,它便生出了第三种东西,即一种全新的、高层次的、未曾料想到的东西"。① 这里,我们似乎看到了老子《道德经》中"道生一,一生二,二生三,三生万物"宇宙观的影子。

歌德在《解释》中对整体自然观思想进一步做了阐发。文中,他写下了名言:"人颚间骨绝不能视而不见。"② 在这篇文章中,人的整体性、人与自然整体间的关系已经定型。正如歌德在《解释》中所说的那样,《大自然》这篇文章问世的那几年里,他主要在从事人体解剖学研究,1784 年他对人的颚间骨发现和研究使他坚信:人的颚间骨与其他脊椎动物的颚间骨没有区别,动物虽然形态各异,但都有脊椎骨,各种器官都是由脊椎骨发展而来。这一发现,使歌德对人与自然的关系的认知发生了很大的变化。

在《解释》中,歌德还就他对植物的研究做了说明,他之所以对植物研究如此执着,其重要原因之一即试图研究自然与万物之间的关系。独立存在的万物最终属于一个整体,它们之间相互关联、相互作用,在变化和发展的新的整体中得到扬弃。虽然我们无法证明歌德对中国儒家和道家学说的接受,仅能从他的少数谈话中提及对中国"睿智"的兴趣,但我们从这里仍然能解读出歌德自然观与中国传统自然观的可亲性。

五、结 论

歌德晚年总结出来的自然观可以概括为"两极并存""融合升

---

① Johann Wolgang von Goethe: West-östlicher Divan, Teil 1, Bd 3/1, Deutscher Klassiker Verlag Berlin, Licened for sale in the People's Republic of China only (excluding Hongkong SAR, Macau SAR, and Taiwan), Shanghai, 2016, S. 143.
② 同上,S. 82。

华"的整体自然观,这一总体思想反映在歌德的自然科学研究和文学诗歌创作之中,成为歌德思想的重要组成部分。[①]他的颜色学、磁学、电学、机械学研究中无一例外地蕴含着这一自然观总体思想,他在魏玛后期将这一思想提到了一个新的高度。除此之外,我们通过上面的解读得出一个看法,即歌德自然观与中国传统自然观和宇宙观的一些共同之处。

中国古人采用"道法自然,天人合一"的思想来看待人与自然的关系。中国传统自然观认为,人是天(自然)的一部分,所以人的行为,一定要在天的行为中寻找。无论在物质或精神方面,人都是天的副本。歌德在《解释》和《斯宾诺莎研究》中也看到了类似的问题,他说:"在每一个鲜活东西(人)的整体中都蕴含着被我们称为局部的东西,它们与整体密不可分,它们只能在整体中或者与整体一起才能被理解。"[②]

首先,中国古代自然观是一种有机论自然观,强调整体和联系,注重事物的变化发展,注重解释事物与现象的关系,注重辩证统一。在这个方面,我们可以看到与歌德自然观的同一性。其次,中国古代的自然观具有浓郁的思辨性质,不注重实验方法和逻辑推理。这点与歌德的想法有较大的区别,虽然诗人歌德注重对自然的感受和主观描述,但作为自然科学家的歌德更注重分析演绎和综合归纳的研究方法。最后,中国传统自然观是一种经验性、实用性的朴素自然观,讲究直观的经验的积累和服务于农业生产实

---

① 参见 Johann Wolgang von Goethe: West-östlicher Divan, Teil 1, Bd 3/1, Deutscher Klassiker Verlag Berlin, Licened for sale in the People's Republic of China only (excluding Hongkong SAR, Macau SAR, and Taiwan), Shanghai, 2016, S. 956。

② 参见 Johann Wolgang von Goethe: West-östlicher Divan, Teil 1, Bd 3/1, Deutscher Klassiker Verlag Berlin, Licened for sale in the People's Republic of China only (excluding Hongkong SAR, Macau SAR, and Taiwan), Shanghai, 2016, S. 15。

际。而歌德对自然的兴趣则在科学研究和文学思考上。

　　总体来看,歌德认为大自然是由无限的物质构成的;强调自然万物之间的关系和自发运动变化,揭示了万物由简单到复杂的演变过程,他主张对事物的认识要从整体角度来考虑,注重辩证统一。晚年歌德的"两极并存""融合升华"的整体自然观,形成了他自然科学认识论的基调。

文化学转向中的学者主体意识①

当今的中国德语文学研究者应该去思考两个问题，第一个问题是如何在文学理论建构和研究方法上以自己的方式安身立命；第二个问题与此密切相关，即如何形成中国德语文学研究者的文化自觉性和主体意识。这两个问题是手段与目的的统一，路径和方法的统一。自"五四"运动以来，中国学者对西方文学理论和文学的接受、研究基本上处于一种吸收兼容的海绵状态，或者说是保持着一种仰视的姿势，与此相关联的是一种"hörig"（隶属、奴仆式）的话语姿态。中西方德语文学研究中的"主仆关系"（Herr-Knecht-Relation）亦不例外，偶尔或者持续甚嚣尘上的"跨文化""文化越境"②乃至于"外国日耳曼学"等符号的形成并没有本质性地改变这种"主仆关系"。

这种基本话语姿态一直延续到 20 世纪的 80 年代前后。至此，我们崇尚西学的热情发展到了顶峰。近年来，中国学者在西学研

---

① 2008 年前后本文最初为浙江大学中国话语研究中心一次学术研讨会上的主旨发言，后刊登在 2009 年《德语学习》（学术版）第一期上。

② 在 2008 年日本金泽召开的亚洲日耳曼学者学术研讨会上，"transkulturell" 一词在日文中表述为"文化越境"，这个表述很难不让中国学者联想起中国历史上西方列强许许多多的"越境"事实。这次研讨会上，欧美学者的主体话语身姿不断显现，亚洲学者的从属地位一如既往，文学话语甚至有向政治话语渗透的迹象。

究领域逐步开始关注自身的学术话语权力和研究视角及立场。在这样的情形下,中国的德语文学研究亟须对自身的学术存在状态做出反思,即思考如何形成中国学者在德语文学研究中的学术独立、文化自觉和文化自信,以符合我们自身文化、国情和社会需求,我们尤其应该思考如何形成中国在排除西方误读和实现平等学术对话进程中所需要的西学研究视角、立场和方法等问题,从一种附庸存在(Mit-Sein)的地位转向独立的存在。比如西方的汉学研究无论在研究立场、视角和方法上都具有强烈的主体性和主体意识,这也许都值得我们借鉴。

实现中国德语文学研究的文化自觉、文化自信目标绝不等于妄自菲薄和坐井观天,它需要我们在了解西方学术走向的基础上形成自觉,以求得理论和方法上的安身立命之本。我想,20世纪后半叶以来,西方在文学研究理论和方法上的一些基本路径和目前的走向及发展,也许对形成中国学者的主体意识有所启示。

20世纪六七十年代德国理论界曾展开激烈的方法论讨论(史称"实证主义之争"),在文学理论上则反映为探讨文学文本的分析和阐释是否需要采用实证科学方法。当时的文学研究方法争论实际上是结构主义和传统阐释学之间的争论,争论的核心是文学批评和文学理论究竟应该归属意识形态,还是应该归属科学的问题。具体地说,这场争论涉及文本内部阐释和先验阐释这两种方法的科学合法性问题。

然而,自20世纪80年代起,西方理论界似乎不再关心这个问题,也不再对文本分析和阐释的具体范式进行讨论,而是把主要精力放在文学理论基本问题的讨论上,比如如何定义"文学"的问题等,如福利克(Harald Fricke)、勋纳尔特(Jörg Schönert)等德国学者这几年还一直在思考这个问题。①学者们更关心的似乎是文本的文学性问题。同时,文学理论界开始对"何为文学"的问题在文化学和传播学的范畴内进行思考,这在后来被认为是"文化学转向"的雏形。现在回过头去看,当时中国的外国文学研究界在这些文学理论共同性的问题上基本处于失语状态,中国文学研究和外国文学研究两张皮的问题由于我们的学科壁垒,长期处于一种不可不为而无可为的窘态。

当然,西方文学理论的"文化学转向"主要出自对文学科学的科学性定义困惑。比如许多西方学者都在关注文本与文学理论的关系问题(Martens 1989,Kammer 2005),②他们提出的主要观点几乎都围绕着一个根本性问题,即文学文本是文学理论的关注对象。这种学术关注后来被称为"文本和语境模式"(Text-Kontext-Modell),并在相当长的时间里成了文学研究的核心。比较有典型性的理论还有埃科的《阐释之争》等,但是主观的阐释和科学的文本分析之间的分野似乎仍然无法确定,文学文本究竟在何等程度上是可阐释的问题也未得到根本解决,因为在结构主义转向后结构主义或者说是在解构主义发展的进程中,基于主观理解的阐释理论面对科学主义的大潮亟须寻求新的自我辩护,比如解构主义就质疑阐释理论,因为解构主义从符号理论出发否认了传统的阐释理论。

与此相关的所谓"文化学转向"本当理解为一个未竟的过程。实际上从20世纪80年代末开始就逐渐形成了文化学转向的趋势,

---

① 参见 Journal of Literary Theory,2007/1,S. 192-216。

② Gunter Martens:Was ist Text? Ansätze zur Bestimmung eines Leitbegriffs der Textphilologie, Poetica 21,1989,S. 1-25;Stephan Kammer,Texte zur Theorie des Textes, Stuttgart,2005.

如弗斯康伯（W. Vosskamp）在 2003 年发表的论文《作为文化学的文学》①中提出的一个认知，即"文化学转向"是一个过程，而不是结果。不过在 20 世纪 80 年代的文学理论中，文化学只是一个口号而已，因为当时提出的文化学概念非常宽泛，文学与文化学的关系也无法界定。同时，西方传统文化学所涉及的如民俗学、民族学、文化人类学、文化心理学等对文学理论发生了大量的侵蚀，这一定程度上造成了文学理论概念上的混乱。但我们不能说这种侵蚀只具有破坏性，也许"破字当头，立也在其中了"，或者这种"破"具有积极主动的意义，即"erst brechen，dann sprechen!"②那样的颠覆性气势。

中国学者面对这种文化学侵入也许同样需要做出基于自身主体性的审视，重新认识西方文化学理论以及反思自己的文学话语策略。在我看来，对中国外国文学和德语文学研究者来说，文化学转向的形成实际上是一次天赐良机，也就是说，它为中国学者形成外国文学研究的文化主体意识提供了契机。中国学者长期在外国文学研究方法论和理论建构的夹缝中挤压生存，"东施效颦"亟须向"东施亦美丽"的观念转换。

而建制的重构往往意味着机会的重组，文化学转向即意味着这种文学理论建制元素的重构。近年来，中国的德语文学研究界展开的"文学文本中的中国形象""身体与感知""文化媒介""文化记忆"等一系列文本研究和理论探索已经开始尝试走向自己的安身立命之路，外国文学文本中的美学价值、伦理价值、文化价值这三大价值的认知或许能够得到新的发掘。

---

① Wilhelm. Vosskamp：Literatur als Kulturwissenschaft，in：Konzept der Kulturwissenschaft，Theoretische Grundlagen-Ansätze-Perspektiven，Stuttgart，2003.

② 德国 68 学生运动（68er - Bewegung）中的著名口号。

21 世纪初,德国学者诺依曼(Neumann)和魏格尔(Weigel)提出将文化作为文本来阅读①的主张,并在此基础上来建构新的思考形和阐释形(Denk- und Interpretationsfigur)。但是,这种思考形和与其相关的阐释形都依附于文本中的文化源,并不注重文本的异文化解读问题。实际上伽达默尔的历史阐释学和康斯坦茨学派的接受美学基本上都没有处理文学文本异文化接受的哲学问题,张隆溪等中国学者曾在这一层面上做过一些思考,但此间存在的理论真空值得我们去释放。

　　其实,将文化作为文本来解读的这一观点的创始者是美国人格尔茨(Clifford Geertz),格尔茨早在 1973 年就发表了《缜密的描述——文化体系解读》②一文,这可以说是文化学文学理论的先声,他试图将传统阐释学、结构主义文本学和文化学在文学文本的层面上相互交汇融合。然而,文化学文学理论的提出始终处在自身的矛盾当中,一方面文学研究的科学方法论问题进一步陷入模糊不清的困境当中,另一方面,在研究对象的材料、形式上大大地拓宽了文学理论的地图和疆界,同时这种“文化学转向”的本质不仅在于拓宽了研究视野,实际上也改变了文学理论的结构。具体地说,“文本-语境模式”在“文化学转向”过程中得到全新的意义,文本的跨文化研究、文学理论的跨文化建构获得了前所未有的机遇和合理性。我们可以从以下几个视角来看文化学转向的问题。

　　首先,文化概念得到了新的审视,它被视为一种具体的语境概念,如果说“文化学转向”是一种对文学科学或者是对文学理论的

---

　　①　Neumann/Weigel：Lesbarkeit der Kultur. Literaturwissenschaften zwischen Kulturtechnik und Ethnologie，München 2000.
　　②　Clifford Geertz，Dichte Beschreibung. Beiträge zum Verstehen kultureller Systeme，Frankfurt am Main 1983.

　　　　　　　　　　　　　　　　　　　　　　　　　　　|德国文学散论|

拓展,那么我们也许可以更准确地认为"文化学转向"是对"文本-语境模式"的翻新,或者说"文化学转向"就是具体地把握文本和语境的问题,文学文本在语境中的研究导致了对文化概念的颠覆。同时,被颠覆了的文化概念也让文学文本蜕变成文化文献或文化文本。这样看来,文学文本在宏观的层面上就是**文化文本**了。文化语境就成为文学文本的文本性的建构因素,文学文本和文化语境在这样的互动关系下产生了因果关系。假如"文本-语境模式"在文化学转向中的位置已经确立,那么中国的外国文学研究的自觉性问题不得不再次提出,因为文本与语境的关系不仅涉及文本创作,也同样涉及文本接受的语境问题。这样看来,本土化的德语文学研究并不需要自我辩护,而是可为而必须为的事情了。

其次,文化学框架内的"文本-语境模式"在文学科学领域中具有极广的域谱,它可以涉及福柯意义上批判话语分析以及后结构主义或者解构主义,可以出现在克里斯蒂娃意义上的"互文性"讨论中,也可以涉及林克(J. Link)的集体象征,更加可以涉及文学异域的传播和接受机制问题。这些只是为了说明一个问题,文学研究疆域的拓宽从本质上和源头上为中国学者进一步创新、发展自身的外国文学理论提供了范式。比如欧美2000年前后的文化学文学理论中的文化概念可以用以下几个路径来概括:1. 社会学指向;2. 历史学指向;3. 生态指向。

社会学指向(Systemtheorie)的文化学文学理论无疑最具影响力,欧美自70年代以来,文学社会学曾经非常流行,到了21世纪,社会学指向似乎显得比较苍白,好像有点江郎才尽。如果从文本和语境的角度来看,这个指向仍有巨大的生命力,它继承了文学社会学、文学伦理学的问题导向,而文学的社会学、伦理学的价值体系又是开放的、动态的,因此中国学者可以在自身生存环境作用下，对后现代社会文学写作、文学工业的社会和机构权力条件，对文学的接收条件（如政治、经济、法律、媒体等），对文学的传播营销、文学的作用等问题进行研究。

历史学指向（New Historicism）也成为新历史主义指向，这个指向从 20 世纪的 80 年代就已经形成，其主要观点是作家作为创作主体同样处在文本和语境的相互关系中，主体和主体创造的文本无法脱离历史阐释结构。文化学转向之后，历史学指向主要把文学文本和语境看成某种同步的现象，这种同步现象被视为文化，而文学文本就在这样的文化概念中生成，比如美国人格里巴特（Stephen Greeblatt）①将文化视为交往中的一张关系网，在这张网中，人们从事各种社会文化活动，比如贩卖奴隶、交换货物、婚嫁等，因此文学便有了与文化不可分割的联系。在新历史主义文化学看来，文学艺术与某一个具体的写作时代相关联，也必须在这个历史架构中进行阐释和理解，这个问题在阐释文本时成了最棘手的问题。文化与历史是同步的，这同时也说明了历史是文化的，历史与文化之所以可以通过文化来传播，那是因为新历史主义认为历史是无主体的，这个观念直接来自福柯。因此，我们看到福柯也在新历史主义的视角下提出了话语问题。福柯说过，话语的概念不仅使得互文性描述成为可能，而且使得对文化的描述成为可能。格里巴特的新历史主义文化学实际上是尝试将文化作为文学理论的土壤来分析，并且将文化视为文学文本取之不竭的阐释源泉。

生态指向（Biopoetik）在 21 世纪初尚未真正形成一种文学理论分支，但是引起了理论界相当大的关注。这个指向也许在今后

---

① Stephen Greeblatt: Kultur, in: Moritz Baßler (Hrsg.), New Historicism. Literaturgeschichte als Peotik der Kultur, Tübingen/Basel 2001.

的发展中会对文学理论嬗变起到根本性的促进,它在当前被称为
"生态诗学",同时这个指向几乎涵盖了所有文学与文化的关系,它
不单只是指人与人、人与自然的伦理关系。文化概念在这里被理
解成是某种有生命的、会进化发展的、与人有着密切关系的东西。
在这个意义上,自然与文化的对立似乎不复存在,传统文化学中自
然与文化或者文明的对立关系被扬弃。因此"生态诗学"也被称为
"文化诗学",在这个概念中,文学理论仍然是中心,其主要关心的
问题是,究竟什么东西使得文学成为文学。从表面上看,这里所关
心的问题也许是美学形式的起源问题,文化诗学把美学问题纳入
文化文本中去思考,而主张生态诗学的理论家们则把美学形式与
文化进化和嬗变结合在一起思考。在这里,文化概念初次产生了
被扬弃的雏形,或者可以说,文化在生态主义范式中开始渗入自然
科学的原理,比如生态人类学或者生物进化心理学等。"生态诗
学"观念实际上在中国古典美学和诗学中都能找到源头活水,它对
我们在现代国际学术对话机制中构建多元价值观显示出越来越重
要的意义。

　　在德国,生态诗学或者生态文化学的代表人物是慕尼黑大学
教授艾伯尔(Karl Eibl),其代表作是《动物诗人——生态文化和文
学理论》[①]。艾伯尔在其《诗学的产生》(1995)中就已经表露出生态
诗学的思想,他在《动物诗人》里展示了对文学和进化文化学关系
的思考,更进一步地试图打碎文学理论和自然科学之间的界限,他
的《动物诗人》第一句话就是"就如家庭与男性无关一样,家庭不单
单只是一个生态事实,或者说是一种社会机构,而是文化发明,家

---

① Karl Eibl: Animal Poeta. Bausteine der biologischen Kultur - und Literaturtheorie, Paderborn 2004.

庭只是后来才慢慢地成为自然形态或者社会形态的"。艾伯尔的观点是家庭和男性一样,都是生态事实,但是他试图从这个生态事实中导出文化概念。他认为文学、文化和美学经验都是人类生态学的衍生物,因此也只能用进化生态学进行解释。而语言作为生态进化进程中的关键发明,它的目的是对外部世界的形象化,但是这并不意味着这是对世界的一种友善的改造,同时也意味着人与世界的不断分离,造成了人与世界的对立。在这个对立中产生了美感,即在语言的叙述中产生美感,或者说在语言建构中产生美,即在虚构的过程中,在语言游戏中产生美。

认知诗学是近年来欧美文学批评发展中的一个新趋势,它主要提倡文学理论与认知科学(脑科学、社会心理学、文化心理学、计算机语言学等学科)的结合,特别注重在进行文本分析的过程中与认知心理学的结合。这个指向与所谓的"读者反应文学批评"(reader-response criticism)密切关联,也与传统修辞学、文体学相关。这一指向的基本观念在欧洲大陆,特别在德国有着深远的影响,也可以说是新批评或者文本内部阐释发展出来的东西,认知诗学特别注重文本阐释,同时把语境视为意义产生的基本条件。认知诗学的核心是以读者的语言认知为出发点,以此进入文本阐释,可以说它的一个很大特点就是回归古希腊的演讲术,是一种吸收现代认知语言学研究成果的演讲术理论。认知诗学关心的问题是文本理论、文本感知、文本构架、阅读规则、阅读注意度、前景化(foregrounding)和文体。其中认知诗学最关心的问题是概念隐喻。例如,美国认知科学代表人物拉考夫(Georg Lakoff)提出的通感隐喻和概念隐喻的问题被视为文本分析的基本工具,用来审视文本整体的修饰性"言说形"(figures of speech),在英语文学理论中也被翻译成"修辞格"或"修辞手法"。如果我们把读者的认知心理作为认知诗学的核心,那么中国的外国文学研究者则无法回避文化认知的问题,仅此一点就为我们介入世界文学理论和方法的创新与发展开启了大门。

我们发现,目前在西方认知诗学理论建构上有几个侧重面,第一,虚构世界理论(possible-world theory),这是认知诗学中最久远的研究视角,20 世纪中叶就已经开始对虚构世界语义进行研究,即研究可能世界或是虚构世界与现实世界的关系,其中包括科幻、后现代、魔幻现实主义等,阅读经验和阅读认知成为研究的重点,感知和隐喻问题逐渐凸现。第二,与媒介转向相关联的戏剧、影视、表演经验研究,其对象是以这些非文字文本为对象的文学研究。80 年代之后的话语分析和修辞分析开始逐步向舞台剧分析转向。第三,创新和想象,认知诗学在这个领域中特别注重日常语言和自然语言在文学创新中的维度。拉考夫提出要注重文学语言与非文学语言的认知作用研究,以及他们在文学中的不同使用方式方法。第四,伦理和社会政治。欧美认知诗学以社会语言学为基点,来审视文学文本中的伦理、社会政治问题,虽然文学批评中的伦理学问题是一个古老的问题,但是文学伦理学的"童真回归"实际上掩饰了方法论上的创新,在这里生态批评、批判话语分析、社会语言学和历史阐释学的方法得到新的融合,产生多学科交叉的方法论。

综上所述,西方文学理论和方法的嬗变、发展历史和发展趋势,尤其是近年来的"文化学转向"告诉我们一个道理,文学理论和文学研究方法总是随着人的社会认知不断地推陈出新,一个学者倘若失去自己的主体意识,那么他常常会陷入贴标签或者鹦鹉学舌的困境,倘若全体学者都失去了主体意识,那么将产生集体失语,或者集体鹦鹉学舌现象,并以学得像为荣。我们在这里思考"文化学转向"所产生的历史因缘,目的不仅是为了看到它给我们新的视野，更重要的是为中国的外国文学，尤其是德语文学研究者带来一种启示和驱动。如果我们敢于和善于立足中国社会文化本土意识，加强外国文学、德语文学的研究对象性，意识到我们自身无法摆脱的文化主体性，并视其为一种财富和资源，不断地在本土历史社会文化的源头活水中汲取养分，那么我们也许能很好地找到安身立命之本。也只有这样，中国的外国文学、德国文学研究才能走出自己的路子，并且为他人所尊重。

德国表现主义的文学大师德布林①

　　20世纪是思潮纷起、风云变幻的世纪，文学和艺术的审美观念也在整个旧的价值系统的全面崩溃中，经历了巨大的演变。从荷马延伸到席勒的英雄时代早已成为过去，英雄主义"幻想"消解之后，取代英雄的无疑是日新月异的机器世界和个体的失落。在"自我"不断朝"物化"方向迁徙的过程中，"真""善""美"作为美学价值的原来内涵也在不断地被解构，而当代斑驳陆离的现代主义文学和前卫艺术，有人称之为传统美学的反叛，有人视之为荒诞，更有人斥之为颓废和没落，真可谓"仁者见之为之仁，知者见之为之知"。

　　或许应该溯本寻源。欧洲从20世纪末到21世纪初，无论是在形而上学上还是在文学艺术领域里，都经历了一场脱胎换骨式的革命，艺术在否定自身中寻找自身的生存。然而这是一场被迫的革命，是一场被大工业生产"逼上梁山"式的"揭竿而起"。因为适应农业和手工业生产方式的旧价值系统，在机器文明的"通货膨胀"面前，显得一文不值。于是"主义"纷叠、流派横溢，艺术在困惑中流亡，艺术在流亡中寻找自身，艺术在寻找自身的过程中繁荣。

---

　　①　本文最初发表在台湾地区《当代》1995年第1期（总第100期）上，题为《表现主义的文学巨子德布林》。收入本书时做了少许修订。

德国更有"金色的二十年代"之美称。第一次世界大战前后，晚期的资本主义德国无论在科学技术上、经济上，还是在文化艺术上都逐渐取代了英法，成为当时欧洲的中心。这一时期，从绘画、造型艺术领域里首先开始的前卫艺术运动强烈地冲击了文学艺术，表现主义、野兽主义、象征主义、达达主义、未来主义、立体主义、超现实主义充斥于柏林、慕尼黑和莱比锡的艺术画廊。以"桥""蓝色骑士"为先导的现代主义绘画艺术潮流迅速延伸至其他艺术领域，形成了一股势不可挡的现代主义潮流，德国表现主义文学在这一洪流中达到了鼎盛。

表现主义文学是欧洲资本主义发展到高级阶段的一种文学现象，表现主义作家大多出生在 19 世纪末叶，他们经历了资本主义社会的矛盾和战争，对这段历史有着切身的体会。在文学形式上，表现主义作家既反对自然主义对外部事物客观的复制，也反对印象主义文学从客观事物的感识出发来进行文学创作。他们提出"艺术是表现，不是再现"的文学主张，认为艺术的任务在于表现人的主观感觉和激情，揭示人物的灵魂，即内心世界和潜意识。德国表现主义小说的特点是表现对大都市的喧嚣、混乱、堕落的厌恶，崇尚自然的人性，在形式结构上离奇怪诞、刻意求新，内容上追求变形和扭曲，但有强烈的隐喻性，因此具有辛辣的社会批判性。德国表现主义文学代表作家阿尔夫雷德·德布林（Alfred Döblin），便是当年德意志文坛上叱咤风云的人物。

一、开德国现代主义文学先河

德布林的文学创作横跨半个多世纪，他的作品题材广泛、形式繁杂，几乎涉足小说、诗歌、散文、戏剧各种文学体裁，一生共发表长篇小说 17 部、中篇小说 7 部、剧本 4 部、文学评论 15 部和许多散文及诗歌。同时他又是著名的文学评论家和理论家，尤其是关于小说理论，德布林有独到的见解，他对"史诗小说"（Epischer Roman）的结构、语言、创作心理、素材处理等的运思，无疑影响了欧洲的前卫派小说。如果我们将托马斯·曼的作品看成以巴尔扎克和托尔斯泰为代表的 19 世纪批判现实主义文学在 20 世纪德国的革新和延续的话，那么德布林大概可以说是陀思妥耶夫斯基在德语文学中的延伸，他与乔伊斯一起结束了以讲故事为中心的传统小说美学，开创了现代主义文学的先河。

如果我们把德国文学比作浩瀚的大海的话，那么德布林一定不是一条涓涓小溪。然而，对于大多数中文读者和外国文学爱好者、研究者来说，德布林甚至还是一个陌生的名字，他的作品迄今还鲜有中文译本。[①] 近年来，华人学者中研究德布林者虽众，但他们的论文都是用德文撰写的，中文读者望"书"兴叹。本文在这里试图勾勒德布林的一生和他的部分文学创作及文学思想，以避免泛泛而论。但无论如何，以这样的篇幅和形式来综观德布林的文学创作都难免有以蠡测海之嫌，笔者能做的只是向读者提供几组有关德布林早期创作的"分镜头"，那样多少会让我们体味出一点世纪初的历史和文学氛围。

二、向文学之路迈进

1878 年 8 月 10 日，阿尔夫雷德·德布林出生在施特廷（今波兰什切青）的一个犹太家庭。什切青是波兰最大的港口城市，18 世纪起被普鲁士王国占领，故德文称作施特廷（Stettin）；1945 年后划

---

① 2003 年后陆续有中译本出现，如罗炜的《柏林，亚历山大广场》等。

归波兰。德布林是家里的第四个孩子,父亲马科斯·德布林虽好吃懒做,但生性浪漫、富有多方面艺术才华,起先他是面包师,后来因经营不力,面包铺倒闭,他便开了一家裁缝铺子,雇了几个裁缝,生活还算殷实。德布林的母亲索菲·德布林是大布商的女儿,继承了父母精明的商人天性。夫妇俩性格截然不同,于 1871 年结为伉俪后生了五个孩子。德布林父母性格上的差异在五个孩子身上得到了充分的体现。路德维希(1873—1929)和库德(1880—1940)性格务实,以后成了商人。胡戈(1876—1960)继承了父亲的艺术天分,成了话剧演员。女儿梅塔(1874—1919)的性格酷似母亲,阿尔夫雷德·德布林似乎更多接受了父亲在音乐和文学方面的遗传。

1884 年,德布林进了弗里德利希·威廉人文中学的小学预科班,同时开始跟父亲学习弹钢琴。1888 年,他转入弗里德利希·威廉人文中学。同年的 3 月 9 日,德皇威廉一世驾崩,6 月 15 日威廉二世(1859--1941)登基。威廉二世亲政后便开始逐渐削弱“铁血宰相”俾斯麦(Otto von Bismarck)的实权。自由民主党人、社会民主党人和其他等各种左派力量在国会占据了越来越多的席位,摆出与俾斯麦为代表的保守势力抗争的阵势,这促使威廉二世于 1890 年彻底抛弃了老朽保守的俾斯麦,与进步的资产阶级结成联盟,实行一套对内专制、对外扩张、发展工业的政策。这一年,德布林的家庭也发生了变故,父亲与裁缝铺里的一个小他二十岁的漂亮女裁缝私奔到美国。裁缝铺子倒闭,德布林被迫辍学,到一家美术学校学手艺了。

德布林的舅舅是柏林的富商。这时,他接德布林全家前往柏林。然而,这六口之家却只能在柏林东区①的布鲁门大街的一间窄

---

① 柏林东区主要是工业区,是工人和下层劳动者的居住区。

小破旧的房子里落脚,长兄路德维希不得不去学做生意,这才使德布林得以在布鲁门小学继续读三年级。1890年,德布林的父亲和他的情人从美国回到汉堡,于是德布林的母亲便举家迁往汉堡。然而,父母并未重修旧好。半年后,德布林的母亲带着孩子们仍然回到柏林,一家人搬到了柏林东区的朗茨伯格区。

德布林回首往事时描述道:"我们从布鲁门大街搬到了马斯里坞街,那是四楼,我能从窗口看到我们学校的院子……家境渐渐好起来了,主要是由于大哥开始挣钱。接着,我们又从灰暗的马库斯街搬到了瓦尔纳剧院街。没过多久,我们又搬到在华沙桥边的梅梅乐大街。"[①]

1891年,德布林进了科恩人文中学一年级,他是全家唯一能继续念书的孩子。起先德布林学习成绩不错,但三年级起他的成绩便开始下跌,由于数学成绩不好而不得不两次留级。尽管如此,德布林还是一味沉溺于克莱斯特和荷尔德林的文学作品之中。德布林曾经说过,克莱斯特和荷尔德林是他青年时代的偶像。中学后,德布林的阅读兴趣开始转向尼采、叔本华、斯宾诺莎和陀思妥耶夫斯基,并瞒着母亲开始尝试文学创作。

迄今为止,发现德布林最早的手稿是1896年10月6日的《现代:现时的画面》,手稿表现了霍亨索伦王朝的一个普通妇女之悲惨遭遇。德布林试图从剖析婚姻的角度来探讨早期资本主义社会的妇女问题。在这件手稿中,我们已经可以看到青年德布林的马克思主义哲学的倾向,他甚至能相当熟练地运作马克思有关"人的社会存在,决定人的社会意识"这一历史唯物论基本观点,并信仰

---

① Bernhard Zeller (Hrsg.): Alfred Döblin 1878 - 1978, Katalog zur Ausstellung des Deutschen Literaturarchivs im Schiller-Nationalmuseum, Marbach am Neckar (Marbacher Kataloge), München 1978, S. 19.

平等自由的理想社会。青年德布林写道："所有的社会悲剧的主要原因在于资本主义制度，一个新世界将要诞生，一切都会比现在好。在新世界里人人都有工作的义务，工作是一种享受，没有工作便没有享受。我们要为这样的世界而斗争。"①

在《现代：现时的画面》这篇文稿中，德布林质疑当时流行的康德主观唯心主义的婚姻观，青年德布林认为，婚姻并不是康德所说的那样，是有契约的两性性器官的互相享用；婚姻的实质已成了资本原始积累的一种方式，成了商品交换的一种形式。因而，他提倡19世纪末20世纪初欧洲流行的口号"自由恋爱"(Freie Liebe)，并与马克思的朋友、社会民主党人培培尔(August Bebel)一起，为妇女解放奔走疾呼；德布林认为，妇女应享有与男子同样的权利、同样的义务，婚姻是私人契约，国家、教会、家庭无权干涉。他的这一思想除了直接受培培尔的影响外，英国作家狄更斯和德国作家冯塔纳(Fontane)的文学作品以及他的家庭经历不可避免地起了不小的作用。

冯塔纳的现实主义小说《燕尼·特赖贝太太》揭露了资本主义社会婚姻和金钱的关系，同时他的小说《艾菲·布里斯特》也探讨了婚外情带来的后果。然而在德布林看来，冯塔纳并没有看到问题的实质，冯塔纳提倡的自由恋爱仅建筑在资产阶级的启蒙觉悟之上，并没有跳出18世纪启蒙运动的思想桎梏。德布林则在更深的层面上看待妇女问题。对他来说，妇女的社会存在状态是首要的，应将贵妇人问题和劳动妇女问题分而视之。《现代：现时的画面》文稿揭露的妇女问题，正是贫困妇女的遭遇。在德布林看来，社会

---

① Bernhard Zeller (Hrsg.)：Alfred Döblin 1878–1978，Katalog zur Ausstellung des Deutschen Literaturarchivs im Schiller-Nationalmuseum，Marbach am Neckar (Marbacher Kataloge)，München 1978，S. 12.

的不公正才是导致妇女受压迫的原因,娼妓的肮脏并不在于娼妓本身,而是社会的肮脏。

1900 年,22 岁的德布林从人文中学毕业。他的成绩单上只有英语和唱歌两门良好,其他科目都仅为及格。老师的评语是:"品行规矩,勤奋一般。"德布林日后写道:"当我最终离开学校时,我狠狠地朝地上吐了一口唾沫。"① 他所痛恨的是"普鲁士精神"(Peußentum)。在普鲁士精神下,纪律和勤奋是柏林所有人文中学教育的主导思想和唯一的价值尺度。规训式的人文教育、科学实证主义和法治国家学说旨在培养霍亨索伦王朝循规蹈矩的臣民。

中学毕业后,德布林就开始写作他的第一部小说《逐马》(*Jagende Rosse*)(未发表),这是他带着崇敬的心情献给荷尔德林亡灵的处女作。在这部小说中,我们可以看到纵贯德布林一生的社会观和自然观之间的矛盾,一方面,德布林看到强权政治和不公正的社会现实,并从青年时期起就加以鞭笞,另一方面,他担忧 19 世纪以来占统治地位的自然科学一元论。于是,荷尔德林便成了青年德布林逃避现实理想的避难所。在荷尔德林的泛神论中,自然即尘世中的和谐,自然是异化了的个体恢复其自我的最好场所,是医治孤独和寂寞创伤的灵丹妙药。然而,自然已经在现实社会中丧失殆尽,人们所得到的只是失望。这便是荷尔德林的书信体小说《许佩里翁》(*Hyperion*)② 的主题。荷尔德林的许佩里翁整整影响

① Bernhard Zeller (Hrsg.): Alfred Döblin 1878 – 1978, Katalog zur Ausstellung des Deutschen Literaturarchivs im Schiller-Nationalmuseum, Marbach am Neckar (Marbacher Kataloge), München 1978, S. 12.

② 《许佩里翁》是荷尔德林的书信体小说,描写了希腊青年许佩里翁早年怀有崇高理想和高昂的爱国热情,参加了 1770 年反抗土耳其的民族解放战争,他英勇作战,身负重伤。但在希腊军队收复斯巴达城后,他看到军队纪律松懈,士兵烧杀掠抢,深感失望。只有他和情人的爱情使他暂时忘却苦恼。不久爱人死去,他失望地离开希腊,流浪德国,然而德国的社会现实同样使他无法忍受。最后,他躲避世尘过着隐居生活。

了德布林几十年,如小说中主人公许佩里翁最终得出的结论是:"要是我什么也没干好,……人历经苦难又回到他起始的地方,又回到了大自然的怀抱。"这显然为德布林 1911 年创作中国小说《王伦三跃》奠定了哲学基础。

三、奠定了文坛地位

1900 年 10 月,德布林开始分别在柏林的弗里德利希·威廉大学和弗莱堡大学注册学医,这一决定一方面来自家庭,母亲迫切希望他成为牙科医生,挣钱资助家用,另一方面则出于他个人要进一步了解人的强烈欲望。学业主要靠舅舅和长兄路德维希资助,除了医学之外,德布林还旁听了许多哲学和文学课程。在这期间他结识了表现主义作家瓦尔登(Herwarth Walden),从这时起,他们开始了长达十五年的友谊。通过瓦尔登,德布林认识了一大批波希米亚式的表现主义作家。这些人生活动荡不定,出入在烟雾弥漫的啤酒馆和咖啡馆里,时时将革命变成一种"即兴诗"。瓦尔登于 1910 年创办了《风暴》(Der Sturm)杂志,这成了这群年轻的表现主义作家的集结地。德布林在这种氛围中步入文坛。

1901 年夏,德布林写了两部中篇小说。两年后,他将这两部中篇收在一个名为《作为时代文献》的集子里,以摘录的形式发表。1902 年 10 月 8 日,德布林通过了医学的基础课程后,写了一篇名为《论尼采的权力和意志》的论文,半年后又写了《论尼采的道德说》。这两篇早期论文虽然都未发表,但从中可以看出青年德布林对尼采学说的怀疑和批评。德布林认为尼采的新道德学说建构在两个互不相关的层面上,尼采一方面通过心理分析从具体的社会现象出发来批判时尚和基督教文化。另一方面,这些批判又是建立在不固定的、非历史唯物主义的前提之上。在德布林看来,尼采的道德学说既有不可知论和神秘主义倾向,又有经验主义和形而上学的缺陷。

这样,德布林得出尼采哲学中蕴含着极端主义和反民主倾向的结论。他认为,尼采的超人及培养超人的学说在一定程度上成了资本主义制度卫道理论,并预感到这种理论极容易被专制制度利用。他的这个预感在 20 世纪 30 年代的纳粹德国对尼采学说的滥用中得到了印证。

1904 年 3 月,德布林前往弗莱堡继续学业。同年 10 月,德布林创作了小说《阿斯特拉里亚》(*Astralia*)。一个月后,德布林开始在弗莱堡心理病院豪赫教授手下撰写《论考萨高夫精神病理论中的记忆损坏实例》的博士论文,一年以后答辩通过。同年,德布林写了中篇小说《修女和死》(*Das Stiftsfräulein und der Tod*)、《国家数学》(*Staatsmathematik*)(未发表)及独幕剧《绿蒂和迈克辛》(*Lydia und Mäxchen*)。

1905 年年底,德布林的好友瓦尔登在柏林积极地为德布林的《绿蒂和迈克辛》公演奔走,而德布林却因没有得到施特廷医院的职位,只得前往累根斯堡,在那儿的一家小医院里获得了一个助理医生的职位。12 月 1 日,《绿蒂和迈克辛》在德布林不在场的情况下公演。接着,德布林自己出资出版了这个剧本,这是德布林第一本正式出版的文学作品。在这一期间,德布林开始频繁地在《风暴》上发表文章。德布林很不满意累根斯堡的职位,又常常与那儿的同事发生龃龉,特别是因为他不是雅利安人而遭到主治医生和同事的歧视,于是他便设法回到柏林。1906 年 10 月,德布林在柏林新科恩的布赫精神病院谋得一个职位。

1907 年到 1910 年间德布林很少参加文学活动,主要原因是德布林在布赫精神病院期间结识了十六岁的护士弗利达·孔克（Frieda Kunke），在一次与病人共同排演小话剧时，德布林和弗利达坠入情网。然而，另一个女人的出现改变了德布林的爱情生活，1910年年底，德布林认识了前来实习的医科大学女学生爱娜·赖斯（Erna Reiss），爱娜是一个聪颖的犹太姑娘，父亲是殷实的犹太企业家，共同的犹太家庭背景使他们很快产生了感情。经过一场三角恋爱后，德布林爱情的天平终于倾向爱娜，并与爱娜在1911年春订婚。弗利达·孔克在失恋中生下了她和德布林相爱一场的结晶——儿子波杜·孔克。波杜在石荷州外婆家长大，弗利达却因肺结核于1918年过早地离开了人世。尽管德布林与爱娜后来有了四个儿子，但德布林一直与波杜保持着父子关系。

1911年是德布林文学生涯中具有重要意义的一年，这一年他开始准备写作中国小说《王伦三跃》，也是他日后的成名之作。1922年德布林回忆当时的情景时写道，他的创作欲望如同"决了堤的洪水一样一发不可收，……《王伦三跃》在短短八个月内完了稿，在高架铁路车厢里写，在急诊室值夜班时写，在诊室的空隙时间里写，出诊时在病人的楼梯间里写"①。这样写到1913年5月，德布林一举完成了近五百页的小说初稿。这部小说取材于18世纪的中国，即清代历史上的王伦起义，语言和结构具有明显的表现主义特点，德布林以这部小说初步实现了他的史诗小说理论在艺术实践中的运用。1915年这部小说发表后在文坛上引起强烈反应，德布林因此而获得冯塔纳文学奖，从而奠定了他在德国文学界举足

---

① Bernhard Zeller (Hrsg.): Alfred Döblin 1878 – 1978，Katalog zur Ausstellung des Deutschen Literaturarchivs im Schiller-Nationalmuseum，Marbach am Neckar (Marbacher Kataloge)，München 1978，S. 25.

轻重的地位。[①]

三、《未来主义宣言》与《德布林主义宣言》

1912 年 4 月，瓦尔登组织了第二届《风暴》艺术展，展出了意大利未来主义画家波希奥尼（Umberto Boccioni）、卡拉（Carlo Carra）、塞维里尼（Gino Severini）的作品，德布林在这次画展上结识了意大利未来主义理论家马利奈梯（Filippo Tommaso Marinetti）。这些半资产阶级、半波希米亚式的意大利人在柏林到处张贴他们未来主义宣言和画着火车、机器的招贴画，他们高呼着"未来主义万岁"和"加利波第万岁"[②] 的口号。只要瓦尔登和德布林跟他们一起去喝啤酒，便可以领略他们仰头痛饮，随即将酒杯掷向墙壁的豪放。

对于德布林来说，未来主义的绘画从某种意义上讲并没有超出毕加索的范畴，在艺术上只是立体主义的分支而已。尽管如此，德布林仍然热情地支持未来主义的反传统精神，在德布林眼里，未来主义艺术的实用性、物质性大胆地否定了资产阶级主观主义、唯心主义的美学。1912 年 10 月，《风暴》刊登了马利奈梯的文章《未来主义文学，技术的宣言》，翌年 3 月，他又发表了该文的补充。马利奈梯狂热地建议文学家在文学语言运作中应摒弃和消解副词、形容词和连接词，主张取消标点符号，动词尽量使用不定式原形、突出名词、叠叠名词，将语言回归到儿童语言状态，将语言设置到没有标点、没有逻各斯的灾难中去。

---

① 有关《王伦三跃》的详情，参见本书《谈谈德布林的中国小说〈王伦三跃〉》一文。
② 加利波第（Giuseppe Gazibaldi）为 19 世纪意大利著名的民族英雄和共和党人。

德布林随即在《风暴》上以公开信的形式对此做出了反应，德布林对马利奈梯的未来主义文学观持完全不同的观点，他从亚里士多德有关语言的模仿性出发，反对马利奈梯对语言的肢解，坚定地捍卫了语言的完整性和丰富多彩的特点。德布林在马利奈梯矫揉造作的文学语言中看出，这只不过是机械复制时代无止境的工业产品在艺术领域的反映而已，因此德布林宣布："你要你的未来主义，我坚持我的德布林主义。"①不久，德布林在《风暴》杂志上发表了《德布林主义宣言》(1913)，亦即《致作家和批评家》(*An Romanautoren und Ihre Kritiker*)，这篇文章后来被称为德布林的《柏林纲领》。在这个宣言中，德布林明确地提出了他的文艺观。在心理医生和小说家德布林眼里，作家的任务是用客观唯物的方法去看世界，用心理分析的方法去看人。用有灵魂的人的眼睛，去看没有灵魂的社会，去研究有灵魂的人与没有灵魂的社会之间的关系。

对于真实的概念，德布林认为他自己与马利奈梯及《风暴》社的一些作家有着本质的分歧，他不认为马利奈梯的火车、机器、机关枪就是时代的真实，也不把《风暴》社（包括瓦尔登在内）的一些纯文学作家的形而上表现手法看成真实的反映。对德布林来说，真实便是生活的本质，反映这种本质便是文学的本质。《致作家和批评家》是德布林在表现主义文学刊物《风暴》上发表的最后一篇文章，此后他便开始与《风暴》社的成员逐渐疏远。20 世纪 20 年代，马利奈梯在墨索里尼上台后转向法西斯主义，瓦尔登则在纳粹统治时期因积极撰写反法西斯主义文章，1941 年被盖世太保投进监狱，后死在狱中。

---

① 将自己称作"德布林主义"是对未来主义和当时泛滥的各种主义的嘲弄。

四、文学与政治理念

德布林发表的第二部小说是《瓦德采克与汽轮机抗争》
(*Wadzeks Kampf mit der Dampfturbine*)，这部柏林小说继承了
《现代：现时的画面》和《王伦三跃》的社会批判性，语言上大量采用
柏林方言，在人物的内心世界和潜意识描写上进一步发展了表现
主义文学的特点，主观性的潜意识叙述和客观的细节刻画得到了
有机结合。小说描写小工厂主瓦德采克和大企业家、汽轮机生产
商鲁梅尔的竞争，资本主义经济大鱼吃小鱼的特点，注定了瓦德采
克的失败，主人公的处世哲学继续保持着荷尔德林的许佩里翁以
及王伦精神，中国道教中"无为"和"无不为"的思想在《瓦德采克与
汽轮机抗争》中隐约可见。德布林在这部小说中试图摆脱古希腊
悲剧的亚里士多德框式，他说："悲剧就其本身来说是可笑的，悲剧
的主人公好像除了肝肠寸断之外，其他什么都不会。"

德布林对古希腊悲剧的看法也许受到黑格尔《美学》的影响，
黑格尔试图将悲剧命运碰撞(tragische Kollision)界定在历史的范
畴内，并肯定自文艺复兴后的悲剧的社会性和政治参与性，德布林
显然接受了黑格尔的这一思想。在现代社会中，个体虽然仍是社
会的组成部分，但已不是原来意义上的个体，个体的目的有强烈的
排他性和隐私性，个体已不再是社会力量直接的载体，而是其心灵
和情绪的主观显现。希腊悲剧中的实体力量的碰撞在现代社会中
已经消失。

德布林认为现代社会中，人所做的个人决定已不再完全受传
统道德准则制约，而更多的是从个人的具体社会处境出发。瓦德
采克的个性与古希腊悲剧中英雄的悲剧命运相悖，也不同于莎士

比亚的马克白,但这并不意味着德布林不重视黑格尔对莎士比亚悲剧社会、历史意义的评价,也不能说德布林没有在历史的层面上接受莎翁的悲剧。在德布林看来,莎士比亚悲剧和历史剧中人物的悲剧性,在于中央王朝与封建侯爵之间的利益冲突,正如赫尔德(Johann Gottfried Herder)和黑格尔所指出的那样,莎士比亚是中央王朝"法"和"权"的卫道士,因此他的马克白代表了一种兽性的、恶的力量,一种不符合传统道德的价值观,所以是一种必定覆灭的力量。

德布林的瓦德采克则不是这种意义上的悲剧人物,他与王伦一样,采取的是"无为"的道家行为准则,瓦德采克最终放弃了与汽轮机厂主鲁梅尔的抗争,即放弃了与强权的抗争。他采取的策略是:"人不必去强求自己,只要换一个生存环境就可以了,鲁梅尔不能将我变成马克白。"①也许,德布林借此赋予了瓦德采克更大的抗争力量,这种力量恰恰蕴藏在"不抗争"之中。

这种和平主义思想既是德布林接受东方道家和佛教思想的结果,同时也是犹太精神在德布林的潜意识中的反映。德布林的好朋友布莱希特十分欣赏他的这种"惹不起,还怕躲不起"的策略,布莱希特在 1920 年 9 月 4 日的日记中写道:"我觉得这是一个了不起的想法,不让瓦德采克变成悲剧人物,我喜欢这本书。"② 这种积极的世界观在一定程度上影响了布莱希特的"史诗剧"和"间离效果"的产生。

历史小说《华伦斯坦》(*Wallenstein*)是德布林反思第一次世界大战给人类带来灾难的作品。从表面上看,德布林的这部历史巨

①　Alred Döblin: Wadzeks Kampf mit der Dampfturbine, dtv, Olten. 1987. S. 259.

②　Klaus Schröter: Döblin, rowohlts monographien, Hamburg, 1993, S. 71.

著取材于席勒的《三十年战争史》(*Geschichte des Dreißigjährigen Krieges*)和席勒的诗剧《华伦斯坦》,但德布林与席勒不同,他的小说颠覆了席勒作品中所确立的华伦斯坦历史价值。在席勒的作品里,华伦斯坦被视为争取德意志国家统一的象征,被视为反对封建割据,反对哈布斯堡家族①统治的代表人物。德布林采用了这一史料,其目的是进一步地锐化了统一和分裂之间的矛盾,针砭帝国主义发动的第一次世界大战给人类带来的灾难。

德布林的《华伦斯坦》,主要截取了三十年战争②中著名的军事统帅阿尔布莱希特·华伦斯坦一生中在军事和政治上的顶峰时期为素材,即他架空斐迪南二世,实行军事独裁的时期。从表面上看,华伦斯坦的军事独裁解决了皇帝、各地的选帝侯和教皇之间的矛盾,使德意志民族达到了一定程度上的统一。然而,德布林进一步深化了统一主题,他借华伦斯坦的军事独裁来影射俾斯曼架空威廉一世,实行"挟天子以令天下"的专制,以及普鲁士军国主义穷兵黩武政策注定要失败的历史必然性。德布林写道:"华伦斯坦最后露出了狰狞的面貌,他要统治一个统一的德意志,……新的统治者的语言即民众的贫困和奴役民众。"③

在这里,德布林从神圣罗马帝国和德意志各地选帝侯之间的矛盾扩展到农民与贵族之间的矛盾,以及农民与专制独裁之间的矛盾,从而指出 20 世纪初德国现实社会的矛盾是德意志社会朝着错误方向发展的根源;在德布林看来,这一社会形式被另一种社会

---

① 哈布斯堡家族源于 1020 年瑞士一侯爵家族,通过与欧洲各国的联姻不断地扩大势力范围。1438 年至 1806 年该家族实际上控制了神圣罗马帝国,19 世纪至 20 世纪初统治了奥匈帝国。

② 指 1618 年到 1648 年,因神圣罗马帝国天主教和新教矛盾而爆发的大规模宗教战争,欧洲主要国家纷纷卷入这场德意志邦国之间的内战。

③ Klaus Schröter: Döblin, rowohlts monographien, Hamburg, 1993, S. 74.

形式所取代是一种历史的必然。

德布林的历史小说并不是德国浪漫派历史小说的翻版，其目的并非不满现实而遁入历史的象牙塔，也不是司各特（Sir. W. Scott）历史小说的演化，去复制历史真实。对小说家德布林来说，历史的真实性并不重要，重要的是让历史在现实生活中重演，让历史成为一种日常话语。在《华伦斯坦》中，主人公已不再是席勒笔下那个壮志未酬的英雄，华伦斯坦的灭亡已不再是英雄史诗中的悲剧。1930 年，德布林在《关于〈华伦斯坦〉的起因和意义》一文中写道，华伦斯坦应看成"现代工业的巨头，通货膨胀时期发国难财的奸商，同时又是具有经济头脑、天才式的人物，可以与拿破仑一世相媲美"[1]。

在德布林笔下，华伦斯坦统领下的三十年战争是一场政治交易，宗教成了权力斗争的手段，以影射第一次世界大战，淋漓尽致地揭示了帝国主义列强发动第一次世界大战的非正义性本质。

五、对"一战"及对革命的反思

1913 年，德布林在《柏林纲领》中提出，小说的对象应是无灵魂的社会现实。这一观点则由他本人在历史小说《华伦斯坦》中付诸实现，民众和个体不再像席勒作品中那样被置入具体的历史和社会现实中去，成了一群盲从的、没有主观目的的"受驱物"（Getriebene），海德格存在主义哲学中关于现代人存在的本质"烦"（Sorge）和"惧"（Angst）[2]是对工业化语境下民众最恰当的定义。

---

① Klaus Schröter：Döblin，rowohlts monographien，Hamburg，1993，S. 75.

② 参见海德格尔：《存在与时间》，陈嘉映、王庆节译，三联书店，1987 年。

社会责任和个人荣誉感已不再是他们的价值取向,在他们身上只能看到社会的"自然的进化"。人在战争中表现出来的残酷和兽性超越了任何道德范畴,人性只在人的原始欲望的层面上得到揭示,战争描写为自然的暴力。

1915 年至 1918 年,德布林应征前往莎格明特(Saargemünd)担任军医。"一战"期间,他除了主要撰写《华伦斯坦》外,还在《诗》(*Die Dichtung*)、《时代回音》(*Zeit-Echo*)、《马思亚斯》(*Marsyas*)、《新展望》(*Die Neue Rundschau*)等一些文学刊物上发表文章。1917 年 8 月,德布林在《新展望》上发表的《时候到了》(*Es ist die Zeit*)一文,明显地流露出他对俄国革命的赞同态度和社会主义倾向。1917 年俄国爆发布尔什维克革命,1918 年第一次世界大战结束后,德国各地爆发了工人和水兵的起义。同年 11 月,基尔、汉堡的水兵向霍亨索伦王朝射出了革命的炮弹,柏林也发生了激烈的街垒战,11 月 9 日威廉二世宣布退位,结束了长达 217 年之久的霍亨索伦王朝。资产阶级共和国,即魏玛共和国①宣告成立,政权落入社会民主党人艾伯特(Friedrich Ebert)手中。

12 月 20 日,德布林从哈根瑙回到柏林,在革命的浪潮中他以极大的政治热情响应革命。1919 年至 1921 年间,他用林克·伯特(Linke Poot)②的笔名发表政论。这些文稿大部分收入《德意志假面舞会》(*Der deutsche Maskenball*),于 1921 年出版。在这些文稿中,德布林激烈地抨击了德国资产阶级革命的不彻底性和资产阶级政党的动摇妥协性,他总结道:"如果说过去几年的革命运动还有一点民主特征的话,那就是工人士兵委员会。这一组织比政党

---

① 首都建在柏林的德意志共和国也被称为魏玛共和国,因共和国宪法在魏玛举行的共和国国民会议上通过,故称魏玛共和国。

② "林克"一词在德文中有"左派"的意思。

更接近民众，委员会是民众自救、反对专制和官僚制度最好的办法。"①然而，在社会民主党的操纵下，德国的"工人士兵委员会"（苏维埃制度）最终被资产阶级议会所取代，从而失去其监督国家政权和军事机构的作用。

德布林对魏玛共和国感到十分失望。事实上，社会民主党人利用革命力量只是为了获得政府的高层领导权，而以艾伯特为代表的社会民主党右翼，在革命中则表现出极大的软弱性。因此，魏玛共和国具体的行政权，如司法、军事、教育等大权，实际上仍然掌握在保皇党政客手中。所以，德布林称十一月革命后的德国为"皇权共和国"（Kaiserliche Republik）。

可以说，德布林的革命理想与独立的左翼社会民主党人、斯巴达克同盟（即之后的德国共产党）领袖卡尔·李卜克内西（Karl Liebknecht）和罗莎·卢森堡（Rosa Luxenburg）十分相近，即教育民众具有精神和道德的独立性，反对任何特权，使民众具有自我意识和自我判断能力，以这种方式去消解官僚主义的危险。这一完全不同于苏俄式的、没有职业官僚的无产阶级革命在德意志土地上非但未能实现，反而转向内战。

在魏玛共和国成立之前，社会民主党内就对共和国性质问题产生严重的分歧。右翼社会民主党人主张建立资本主义性质的共和国，左翼的斯巴达克派主张建立社会主义性质的共和国。1918年12月29日，斯巴达克同盟秘密举行全国代表会议，决定脱离以考茨基为首的独立社会民主党（USPD），创建了德国共产党。1919年年初，政府军与共产党控制的工人和士兵在德国多地发生激烈的街垒战，同年1月15日，李卜克内西和卢森堡在柏林被暗杀，紧

---

① Klaus Schröter: Döblin, rowohlts monographien, Hamburg, 1993, S. 30.

接着保皇的右派势力发动政变，社会民主党政府流亡斯图加特。这种血雨腥风完全与德布林所设想的革命背道而驰，他感到非常失望，这种情绪使得德布林在革命后相当长的一段时间转向无政府主义和生物自然主义。

对资产阶级革命和魏玛共和国的失望，促使德布林又回到文学和哲学的思辨领域。他在 1920 年写道："眼下所发生的一切我还能说什么呢？如果认真思考的话，那么我的结论是，我无话可说。人体的秘密、热能的秘密、光的秘密、内心驱动力的秘密、宇宙的秘密……谁能知道这一切呢？我们要等待，不要空谈，也许最好是祈祷。"①

其间，德布林在主要由工人群众居住的柏林东区开设了一家私人诊所，他的目的并不在于挣钱，而是作为医疗保险公司的医生，以微薄的收入为工人群众服务。德布林试图从他的病人那儿接触到社会贫困，并探究各种社会问题。此时，德布林有机会继续思考从荷尔德林那里接受到的自然观，思考从叔本华那里接触到的佛教思想，同时也进一步思考在写作《王伦三跃》时所了解到的中国儒家和道家的自然观。

德布林在 1923 年 9 月 1 日给威廉·李曼（Wilhlem Lehmann）的一封信中提道："近几年来我发觉我内心有一种对无声的、有机的和无机的自然界的特殊爱好，这种强烈的情绪把我带入一个神秘的世界。"②在接下来的几年里，德布林写下了他最重要的自然哲学著作《自然之上的自我》（*Das ich über der Natur*）。在这部著作中，德布林主要表述了他的泛神论思想，其中有关"灵魂不死"和

---

① Klaus Schröter: Döblin, rowohlts monographien, Hamburg, 1993，S. 8.
② 同上，S. 84。

"轮回"思想不仅是荷尔德林的神秘主义自然观的一种变奏,而且与中国的儒家、道家和释家的自然观非常接近,从中可以看出他受老子《道德经》中"人法地,地法天,天法道,道法自然"思想的影响。

德布林认为,不仅人具有灵魂,而且物质如水、氢气、矿石等都具有灵魂,植物、动物与人一样,也都具有"自我"。德布林的这种思想看上去近似原始人类的万物有灵论,而实际上是对唯心主义哲学中主观意志决定论和对人类的占有欲的否定,更是对无止境地获取最大利润的资本主义精神的否定。在《王伦三跃》中,德布林提倡一种顺应自然的生命力量,即"道",通过这种超验的"道"的力量去化解一切社会冲突。在《自然之上的自我》中,德布林进一步发展了这一思想,提出现代社会中的人是消解了"自我"的存在。

在科学技术已相当发达的第二次工业革命时代,这种自然哲学应视为对工业文明的反叛,这种反叛精神虽然在《王伦三跃》中已初步成形,但在德布林 1924 年完成的《山、海与巨人》(*Berge,Meere und Giganten*)中,这种反叛思想表现得更激进。我们可以从德布林 1921 年给费舒尔的一封信中,看出他写这部小说的创作动机:"我正在写一部庞大的小说,是走向未来的小说,是我们这个工业社会的发展史,故事一直写到 2500 年。这是一部现实的,同时又是充满奇幻的小说。"[1]

《山、海与巨人》描述了 26 世纪人类借助科学技术的力量征服自然,消融了格陵兰岛上的冰,但自然又产生了新的力量对抗人类,人在征服自然的同时,也将被自然所征服。德布林指出:"人类不可避免地将成为孤独的动物,或者成为植物群体,而作为孤独的动物是无法生存的,因而唯一的出路是作为植物群体,其结果是历

---

[1]　Alfred Döblin: Briefe 1878 - 1957. dtv Olten, Freiburg i. Br. 1970, S. 119.

史将终结,而人作为物种却得以苟延。人类将通过国家的驯养几百年地繁衍下去,通过生物工程,通过食物。"①德布林在《山、海与巨人》中预见到的建立在实证主义基础上的遗传工程学、心理学和生物学,以及机器世界将给人类带来的问题——在半个多世纪后的今天,已大部分得到印证。

1925年,德布林参加了左翼作家协会"二五社"(Gruppe 1925),这期间他在穆茨街的一家咖啡馆里结识了一大批20世纪德国重要作家,如贝歇尔(Johannes Robert Becher)、布洛赫(Ernst Bloch)、布莱希特、梅林(Walter Mehrling)、魏斯(Ernst Weiß)等。1926年3月,德布林和布莱希特同时被聘为德累斯顿国家剧院的荣誉客座。从这时期起,德布林与布莱希特保持了许多年的交往,即使在德布林后来放弃泛神论,皈依天主教,并在政治上不再激进的情况下,他们仍然保持着良好的关系。布莱希特在1943年谈到他的史诗剧时说:"我在德布林那儿学到的史诗本质,比从在任何一个其他人哪儿来的都要多,他的史诗小说及史诗小说理论深刻地影响了我的戏剧理论。"②

布莱希特认为,德布林的文学风格是一种人格,他懂得如何处理自己作品的风格。布莱希特说德布林的风格其实源于材料,什么材料决定什么风格。他说自己从德布林那里学会了——作家的风格是由作品来决定的。做好的儿子是让父亲忘记的儿子,他崇敬地称德布林是一个比父亲还父亲的朋友。

沃尔夫冈·克彭(Wolfgang Koeppen)是德国战后的著名作

---

① Klaus Schröter: Döblin, rowohlts monographien, Hamburg, 1993, S. 87.

② 参见 Bernhard Zeller (Hrsg.): Alfred Döblin 1878–1978, Katalog zur Ausstellung des Deutschen Literaturarchivs im Schiller-Nationalmusium, Marbach am Neckar (Marburger katalgo), München 1987, S. 279。

家，《草中鸽子》的作者，他当年像崇拜明星那样敬仰德布林，他说自己60年前想去拜访德布林，但是没有勇气。当时他打听到德布林是个医生，就找到了他的诊所，并想冒充病人前去请教。他在诊所前面犹豫了很久，最终还是没有勇气去见德布林，这成为这位著名作家的终身遗憾。

而君特·格拉斯却有足够的勇气。1967年，他在柏林文学馆做了一个著名的演说，题目就叫《我的老师德布林》。在这个报告中，格拉斯不仅对德布林高度赞扬，而且还挑战性地指出，德布林不是一个令人舒服的作家，左派作家认为他太天主教，天主教徒觉得他是无政府主义者。对于道德学家来说，德布林又太不讲规矩，对于豪华晚宴，他太随便，对于中学生，他的语言又太露骨。总之，这就是格拉斯的老师德布林。

六、《柏林亚历山大广场》

1927年年底，德布林开始创作他最重要的长篇小说《柏林亚历山大广场》（*Berlin Alexanderplatz*）。这部小说在1929年出版后不仅大大提高了德布林的知名度，同时也使德布林成为畅销作家。1930年，这部小说在广播电台连续播出，一年以后又拍成故事片。然而，这些媒体加工在很大程度上破坏了原作的风格和寓意，使这部艺术形式上具有现代主义文学意义、内容上寓意深刻的社会批判小说成为一般的都市小说。

失业工人弗朗茨·彼贝考夫因与未婚妻口角，失手将她打死，被判刑四年。小说以弗朗茨出狱开场，他试图开始过自食其力的生活，白天在亚历山大广场做些小买卖，晚上去啤酒馆消磨时光。不久他结识地痞莱因霍尔德，却中了他的圈套，陷入贩卖少女、逼良为娼的黑社会。弗朗茨多次想摆脱黑社会,最终被莱因霍尔德察觉。在一次夜间抢劫时,莱因霍尔德将他推下汽车,摔断了一条胳膊。伤愈后,他与前未婚妻的朋友、妓女埃米莉邂逅,两人互相帮助,相处甚好。莱因霍尔德获悉后,将埃米莉骗至林中强奸后杀死,导致弗朗茨因涉嫌杀人再次被捕入狱,经审理无罪获释。弗朗茨又回到小说开头时的处境。这次他虽然获得了一份工厂看门人的工作,决心开始真正的新生活,然而不知道生活能否接纳他。

德布林在这部表现主义小说中开始大量地使用长篇幅的内心独白、意识流、蒙太奇和各种语言风格,为德国现代派文学开了先河。从表面上看,《柏林亚历山大广场》是德布林的早期文学创作中唯一的一部连贯地叙述一个主人公命运的小说,但这并不意味着德布林放弃了解构手法,回到了传统的文学叙述手法中来。首先,小说主人公已不再是传统故事意义上的具有个性的典型人物,而是一个匿名的“人”,不具备任何背景,既没有无产阶级的道德观念,也没有资产阶级的道德观念;既没有城市的生活方式;也没有农村的生活方式;既没有信仰,也没有思想;既没有朋友,也没有家庭。这是一个不具备社会意义的,只是生物意义上的人,或许说他是一个多余的人。

不仅主人公弗朗茨如此,小说中其他人物都具有这种“无根”特征,就像汉德克所描写的现代人那样,是悬浮的大象。①大象是陆地上最重的生物,然而在汉德克笔下,大象却像浮萍无根那样飘浮在空中,汉德克借此隐喻现代社会的“人”在现实生活中的无根性。德国哲学家京特·安德斯(Günther Anders)在其《没有世界的人》

---

① 参见本书《漂浮的大象:评汉德克的默剧〈在我们彼此陌生的时候〉》一文。

中将弗朗茨及他周围世界中的人物定义为"没有世界的人"①。当弗朗茨走出柏林特戈尔监狱大门时,整个世界虽然在本体论意义上存在于他面前,但是这并不是属于他的世界,最起码不是他原来的世界,要回到他原来的世界,那他必须返回历史。

其次,《柏林亚历山大广场》的解构特点更多地体现在对文学语言的解构上,德布林采用了评论式的叙述模式和其他各种叙述模式相掺杂的叙述手段,而不是只保持一贯的第一人称或第三人称的叙述模式。这样的解构不只限在表象的层面上,更多是在本质的层面上进行。语言的非完整性和非逻辑性隐喻了生活本身的非完整性和非逻辑性,小说不再采用人物主观叙述的手段,不再遵循大量对话的常规,没有人说话,没有人对答,事件和过程只是被记录下来。电影剪辑(蒙太奇)的手法和达达主义艺术表现手段在小说中被广泛地运用,天气预报、菜谱、药方、信件等以原始文本的方式肢接到小说中去,成为文本中的文本。德布林用"弗朗茨读到以下……"的方式强迫小说读者参与语言及语言的无聊乏味之中,小说中的人物成了媒介,只是作者驱使读者的导向物。

再者,《柏林亚历山大广场》是一部反传统小说,德布林在小说中将人物傀儡化,小说人物虽然存在,但这些人物只是被解构了其本质意义的存在物。就像海德格将"此在"(Dasein)与"存在"(Sein)区分开来一样,德布林的人物只是一种"此在",即不含有本质意义的存在。他们的行为已不再是黑格尔意义上的对客观外界、同时对主观自我的行为,而是主客观割裂的、单向性的行为。

---

① 参见 Günther Anders: Mensch ohne Welt. Schriften zur Kunst und Literatur. Verlag C.H. Beck, München 1984, S. 3. 安德斯在文中提到,他曾经将《没有世界的人》中有关评论《柏林亚历山大广场》的章节交给德布林阅读,德布林阅后对安德斯说,他的观点"joldrichtig",即柏林方言"如金子般的正确"。

我们说弗朗茨是没有世界的人,并不是说他不作为具体的人同其他具体的人相遇。事实上,芸芸众生,各具其相。这里所指的是,弗朗茨并不具备德国浪漫派时期或 19 世纪传统意义上的个性和认同性,弗朗茨的"此在"与其他人物的"此在"虽然不同,但是他们的"存在"并没有本质的区别,即一种不存在。

《柏林亚历山大广场》出版后在文学理论界引起了不少争论,左翼表现主义作家如贝歇尔(Johannes R. Becher)等评价小说的蒙太奇和意识流手法,并批评小说具有阶级调和倾向。卢卡契从传统的巴尔扎克、托尔斯泰社会批判小说的标准模式出发,怀疑《柏林亚历山大广场》的艺术性。卢卡契认为新文学的美学价值在于继承资产阶级文学中进步的主流,这一主流便是以歌德、巴尔扎克和托尔斯泰为代表的现实主义传统。在卢卡契眼里,他们的作品在形式和内容上达到了完美,而以乔伊斯、卡夫卡为代表的现代主义文学不再为恢复资本主义商品生产中异化了的人性而斗争,相反只将异化当作不可改变的事实。在艺术上,现代主义文学抛弃了现实主义传统,只在形式上做各种试验,因此是反动的。[①]

布莱希特则对德布林的艺术手法大为赞赏,他认为现代艺术的表现手法同样能达到社会批判的文学功效。他于 1940 年写道:"乔伊斯和德布林的小说表明了世界历史的矛盾性在于生产力与生产关系的矛盾之中。"[②]他写信给德布林说:"我知道您的小说表现了新的世界观,您填补了马克思主义文艺观在这方面的空白。"[③]另一些作家,则指责德布林充其量只不过摹仿了乔伊斯。然而,他

---

① 《论德语文学》,参见卢卡契《文学论文选》(第一卷),人民文学出版社,1986 年,第 1—13 页。

② 参见 Klaus Schröter: Alfred Döblin, mit Selbstzeugnissen znd Bilddokumenten dargestellt von Klaus Schröter, Hamburg 1978,S. 111。

③ 同上。

们忽略了德布林与乔伊斯的不同之处。首先，德布林的意识流建立在他们从豪赫①那儿继承过来的心理学研究之上，他不赞成弗洛伊德的精神分析法，而是将人的大脑机制和心理现象看成纯物质的，是客观的。也就是说，任何心理活动、心理疾病和变态都是有其物质原因的，必须通过物质手段来分析和解决心理问题；这一观点在文学上，即体现为客观的描述手法。其次，他的语言和文本解构特点建立在 1913 年发表的《柏林纲领》基础之上，同时柏林的达达主义及与未来主义的争论引发并启迪了德布林深刻的反思艺术理论。

德布林的早期创作以《柏林亚历山大广场》达到高潮并以此为终结。1933 年后，德布林作为犹太人也走向了流亡之路。早在 1923 年年底，柏林就拉开了反犹序幕，当时德布林没有接受热衷于犹太复国主义的朋友的建议，移居巴基斯坦。他觉得自己跟千百万欧洲犹太人一样，早已融入欧洲社会和德国社会，反犹风潮只是暂时的。他觉得，反犹不会波及他这种早已德国化的犹太人，相信时局会马上好转。但纳粹的反犹政策让德布林不得不清醒地看出希特勒的法西斯本质，他的文学作品在 1933 年 1 月与其他犹太人和共产党人的书籍一样，在柏林培培尔广场遭到焚烧，他的人身安全也受到严重威胁。1933 年 2 月 28 日，也就是纳粹制造"国会纵火案"的第二天，德布林开始了漫长、艰辛的流亡生涯。他先流亡瑞士，随后转到法国，并于 1936 年获得法国国籍。纳粹德国入侵法国后，德布林再次流亡美国。

自 1933 年起到 1945 年，德布林开始了长达 12 年颠沛流离的生

---

① 阿尔弗利德·埃里希·豪赫（Alfred Erich Hoche，1856—1943），德国心理学家，德布林的博士导师。

活,在瑞士苏黎世、法国和美国以及战后的德国,德布林写下了《不予宽恕》(*Pardon wird nicht gegeben*)、《去向不死之国》(*Die Fahrt nach Land ohne Tod*)、《亚马孙三部曲》(*Amazonas Trilogie*)及反映德国革命的《一九一八年的十一月,一次德国革命》(*November 1918, eine deutsche Revolution*)和《哈姆雷特或漫漫长夜终于结束》(*Hamlet oder Die lange Nacht nimmt ein Ende*)等一系列小说。1945 年 11 月,第二次世界大战结束后德布林带着法国国籍,以法国占领军军官的身份回到德国的法国占领区巴登-巴登,在法占区文化部主管的文学出版和书报检查工作,尽管德布林一直反对盟军的反共、反社会主义的意识形态,反对东西方(东、西德)对立,但这仍然引起了战后德国许多左翼作家(主要是"四七社"作家群)和读者对德布林的偏见和误解,他流亡期间以及战后写作的文学作品遭到德国大多数出版社的抵制,这一现象一直持续到 50 年代,导致他当时想重返德国文坛的夙愿彻底破灭。值得一提的是,德布林并没有放弃对自己文艺政策的告白。1946 年,德布林在法国占领区巴登-巴登当局的支持下,创办了一份文艺月刊,名为《金色大门》(*Das Goldene Tor*)。作为主编,他邀请了战前的文坛好友贝歇尔、布莱希特、布洛赫、孚希特万格、亨利希·曼等许多著名流亡作家发表文学作品,并以此为平台介绍自己的战后文艺观。

荣誉不再,光环暗淡,德布林最终没有回到他的"金色二十年代"。随着 1951 年巴登-巴登的法占区文化部解散,德布林主编的文学和艺术刊物《金色大门》也被迫"关闭"。两年后的 1953 年,德布林一家最终迁居巴黎,在以后的几年中由于德布林的健康状况越来越差,不得不住院治疗。1957 年 6 月 26 日,表现主义大师德布林在弗莱堡附近的一家医院里逝世。在之后的若干年里,德布林不可取代的文学史地位终于得到确立。

谈谈德布林的中国小说《王伦三跃》^①

      德布林是德国表现主义作家中的杰出代表,他一生创作了十几部长篇小说,他的《柏林亚历山大广场》(*Berlin Alexanderplatz*)无疑是德国现代主义文学的经典力作,但他也是德国文学界颇有争议的作家。作为犹太人,他受到纳粹迫害,流亡国外,却在法国皈依天主教。二战结束后,加入法国籍的德布林作为法国军官回到德国。作为占领者,他担任了法占区巴登-巴登文化部文学出版检查官,这是许多德国作家,特别是二战之后大批从战俘营里走出来的"四七社"废墟文学作家们所不愿意看到的。而真正奠定德布林文学地位的,是一部在中国尚没有太大知名度的所谓"中国小说"——《王伦三跃》(*Die drei Sprünge des Wang-lun*)。

一、成因与创作动机

      德布林称自己的成名之作《王伦三跃》(1915)为"中国小说"。从内容上来看,小说似乎直接取材于 1774 年清乾隆年间的清水教

---

    ① 此文为本书作者旅居柏林期间的德文手稿《德布林的"东方之旅"》中的一部分,未曾发表。

首领王伦领导的山东、直隶两省的农民起义这一历史事件,并围绕着此次事件展开的一幅宏大中国历史书卷。然而,这部历史小说的真正目的并非向读者展现中国历史,而在借中国历史针砭德国社会现实。

自唐宋以来,民间秘密宗教团体,尤其是道教秘密团体、派别,像一条暗线贯穿中国历史,各朝各代的农民造反和起义无不带有明显的宗教色彩,特别是南宋末年茅子元创立的"白莲教"曾在中国农村广为流传。17世纪上半叶,爱新觉罗家族入主中原,建立清王朝以后,"白莲教"和其他一些民间秘密宗教团体更常常带有反清复明的政治色彩。《王伦三跃》的主要情节基于18世纪清王朝统治期间的"清水教"起义。书中王伦的"清水教"是一个与"白莲教"和"无为教"(罗教)关系极为密切的秘密团体。历史上的王伦以习武练功兼卖药行医,宣传"无生圣母"的邪教信仰,鼓励民众离家出走,去昆仑山麓寻求极乐世界。王伦宣称乾隆三十九年(1774)天下将有血光大灾,只要笃信无生圣母便可刀枪不入,避灾消难。这种民间邪教信仰在生计艰难的中国农村很容易赢得民众,王伦"清水教"的迅速蔓延,引起清廷恐慌。1774年,乾隆派遣剽悍的伊犁骑兵将王伦所部围歼于山东临清一带,王伦自焚身亡。

然而,德布林在这一历史事件粗略轮廓的基础上加以艺术加工,营造出一种真实可信的、虚构的异国文化历史氛围,并以王伦对生活和命运认识的三次转折(即"王伦三跃")来阐述他本人的人生哲学。德布林笔下的王伦出生在山东沿海的一个渔村,从小在乡下以偷窃行骗为生,后到济南府行窃。因在一次打抱不平时怒杀了朝廷命官,逃入南官山落草为寇,干些劫富济贫的营生,与朝廷、与现世抗争。在小说第一章"王伦"中,他路见不平、拔刀相助,替被官府杀害的甘肃起义人士苏公（Su-koh），结识了普陀山的出家和尚马努（Ma-noh），在马努的开导下，王伦放弃了"冤冤相报"①，放弃了与现实世界的抗争。王伦认识到，与命运抗争是徒劳的，顺应自然、顺应命运才是明智的。王伦以道家"天下神器，不可为也，为者败之，执者失之"为座右铭，建立了一个"无为教"。随者甚众，连马努也成了王伦的追随者，此乃王伦一跃。

在第二章"碎瓜国"中，马努在王伦去寻求与白莲教联络之时建立了一个"碎瓜国"，成了"碎瓜国"的首领，并在宗教狂热中施行所谓"神圣淫荡"的乱伦经典。马努此举不仅违背了佛教"四大皆空"教义，同时也触犯了老子"将欲取天下而为之，吾见其不得已"之忌，还触动了以儒教为国家道德规范的清王朝统治根基。乾隆发兵包围位于扬州的"碎瓜国"，一场血腥屠杀就在眼前。王伦此时回到"碎瓜国"，为了使众信徒免遭杀戮，他在饮用水中下了剧毒，马努及信徒们在进入极乐世界的幻觉中纷纷死去。王伦目睹了自己一手制造的这场惨案，内心感到震惊和害怕，于是决定隐姓埋名、远走他乡，在江南一个小村子里结了婚，开始过起平静的生活，此乃王伦二跃。

与王伦的转折相对应，德布林在小说第三章"黄土地的主人"中营造了清朝宫廷的生活场景，塑造了乾隆皇帝的形象。乾隆虽为皇帝，却深为"治国、齐家、平天下"的矛盾所困扰。在围绕着如何对待王伦"无为教"等全国各地农民起义的问题上，乾隆同样经历了几次反复。之后乾隆似乎懂得了"治大国若烹小鲜"的道理，决定"无为而治"，然而乾隆皇帝卷入了一场宫廷权力之争。在粉碎皇亲的宫廷政变阴谋之后，乾隆决定实行严厉的统治政策，对王

---

① Alfred Döblin: Die drei Sprünge des Wanglun, DTV, München 1989, S. 79.

伦余党采取斩尽杀绝的举措。

王伦在小说第四章"西方极乐世界"中被迫重新出山,与清军展开了一场血战。王伦在野蛮杀戮和生灵涂炭中看到所发生的一切违背了他的初衷,终于放下手中的屠龙之刀,在自我认知的烈火中得到永生,此乃王伦三跃。

按照《王伦三跃》的出版者及后记作者、瑞士现代著名德语作家和日耳曼学学者穆希克(Walter Muschg)的说法,1911 年前后,德布林在报纸上读到一则西伯利亚中国淘金工人起义被沙皇军队血腥镇压的消息后,受到震惊,于是产生了写《王伦三跃》的念头,其意图主要在于为中国工人伸张正义,并以此针砭霍亨索伦王朝。[①]这一说法比较牵强附会,我们在德布林的《王伦三跃》和他的其他文稿中无法找到任何支持这一说法的线索和根据。从另一方面看,德布林从学生时代起就对叔本华介绍的东方佛教思想,以及对荷尔德林与道家非常接近的自然观感兴趣,写作《王伦三跃》的基本意向是表现东方道家思想,或者说用东方古老的哲学来观照、反省西方现实社会,而不是真的要写一部"中国小说"。德布林自己反复提到,他连欧洲都没有认清,更不要说中国了,他对中国唯一感兴趣的是"道"。为此,他曾多次写信给德国著名的宗教哲学家马丁·布伯(Martin Buber),向他请教中国的道家思想,[②]对当时的德布林来说,道家"无为而治"的世界观与他的生物主义思想,以及与他推崇的荷尔德林泛神论自然观非常合拍,这也许是德布林写《王伦三跃》的主要动机之一。

---

① Walter Muschg: Nachwort des Herausgebers, in: Alfred Döblin, Die drei Sprünge des Wanglun, DTV, München 1989, S. 481.

② Alfred Döblin: Briefe, hrsg. von Walter Muschg, Olten und Freiburg i. Br. 1979, S. 57 – 58.

此外,德布林在 1915 年 10 月 12 日给马丁・布伯的另一封信中提到,"中国小说是这一系列的第一部,第二部是俄国小说"①。据此我们可以推测,德布林可能从 1911 年的孙中山先生领导的中国辛亥革命,以及当时已明显呈革命趋势的俄国局势中汲取了创作灵感。20 世纪是风云变幻的世纪,从世纪初起,整个世界就处在剧烈的动荡之中。德布林在《王伦三跃》的《前言》里就意味深长地写道:"在这个地球上,两千年等于一年。"②在中国大地上,长达几千年的封建王朝统治顷刻之间土崩瓦解,在这句话里,德布林似乎点明了他的历史观,过去—现在—将来的时空观是一个运动的过程。

在俄国,1905 年以后风起云涌的民主革命运动猛烈地震撼了沙皇尼古拉二世的皇座,沙皇统治岌岌可危。然而,旧制度的枯藤朽枝根深蒂固,仍然具备强大的力量,德布林看到:"这个世界像沉重的坦克似的向人们压来,王伦和他的弟兄们想避开这个沉重的、野蛮的世界,不去惹它,而他却压过来,向王伦下了战书,然后将王伦和他的弟兄们碾成齑粉。"③在这里我们可以看到德布林明显的社会批判倾向,他的"沉重的世界"不仅是指中国的封建王朝,同时更是指对内实行专制、对外实行侵略扩张的霍亨索伦王朝。德布林试图用道家辩证法说明霍亨索伦王朝的外强中干,用老子的"天下神器,不可为也,为者败之,执者失之"的道理来阐明霍亨索伦王朝覆灭的必然性。

通过王伦三次反复地认识自我存在价值可以看出,德布林保

---

① Alfred Döblin: Briefe, hrsg. von Walter Muschg, Olten und Freiburg i. Br. 1979, S. 77.

② Alfred Döblin: Die drei Sprünge des Wanglun, DTV, München 1989, S. 8.

③ Bernhard Zeller (Hrsg.): Alfred Döblin 1878 - 1978. Katalog zur Ausstellung des Deutschen Literaturarchivs im Schiller-Nationalmuseum, München 1978, S. 130.

持着他从青年时期起就崇尚的一种荷尔德林"许佩里翁精神",[①]在王伦的三次跳跃中,许佩里翁的奋斗和失望依稀可辨,"英雄"最终回到大自然怀抱的影子。在《许佩里翁》中,荷尔德林借 1770 年希腊抵抗土耳其侵略的历史来隐喻德国现实,提倡一种和平的社会变革,荷尔德林笔下的许佩里翁向往的其实是古代希腊的民主社会,就像法国大革命中罗伯斯庇尔在国民大会上发表的演说,说到古希腊理想社会那样:"主宰的真正祭司是自然,他的朝堂是宇宙,他的信仰是美德,他的节日是一个伟大民族的欢庆,人民将在他眼前联合起来,使普天之下兄弟友爱的纽带更加紧密。"[②]德布林的《王伦三跃》用相似的手法来表达同一思想。所不同的是,德布林还看到现代人在工业革命时期的欲望已无法满足,因此他在小说结尾用了一句反问:"沉默,不逆'道'而行,我能做到吗?"[③]这里可以看出德布林的悲观主义倾向。

　　与"王伦三跃"相对应的是乾隆的内心矛盾。德布林将儒家的伦理价值观与释、道的出世哲学之间的矛盾,置于乾隆这个虚构人物身上。作为君主,乾隆应具备"内圣"和"外王"的条件,王的权力应和圣的义务达成和谐。圣人之所以为圣,在于他能履行君臣、父子、兄弟、夫妇等儒家道德义务。正如儒家经典《大学》中所说的那样:"一家仁,一国与仁;一家让,一国与让;一人贪戾,一国作乱。其机如此。此所谓一言偾事,一人定国。"在德布林眼里,小说中乾隆的这种独裁者人格无疑和任何独裁者的人格具有共同性。

---

　　① Klaus Schröter：Alfred Döblin, mit Selbstzeugnissen znd Bilddokumenten darg-estellt von Klaus Schröter, Hamburg 1978, S. 33-34.

　　② 卢卡契:《荷尔德林的于沛里昂》,载《文学论文集》,中国社会科学出版社,1980年,第 357 页。

　　③ Alfred Döblin：Die drei Sprünge des Wanglun, DTV, München 1989, S. 479.

二、小说《前言》与正文的关系

如上所述,《王伦三跃》实际上是一部针砭德国现实的小说,小说的目的不在于再现中国历史,而在于"指桑骂槐"。关于这一点,德布林谈到他的创作时不仅反复申明,[①]而且在《王伦三跃》小说的《前言》(*Zueignung*)中把这一意图表达得清清楚楚。以往国际学界在《王伦三跃》研究中,习惯将《前言》与小说正文割裂开来看待,或完全不予重视。那样对王伦小说的整体性,尤其是德布林的创作意图及文本的理解都会失之偏颇。从文学形式上看,"前言"同小说正文无论在内容上、叙述视角,还是从时空关系,似乎都没有任何有机的联系,是两个独立的文本;但是如果从德布林的写作风格来看,那么可以说他从一开始就是"互文"大师。

德布林不仅在他的表现主义小说代表作《柏林亚历山大广场》中,将"菜谱""广告""传单""天气预告""演讲词""报纸新闻"等拼贴进小说,他的表现主义成名作《王伦三跃》其实就是一部互文杰作。他在小说正文里所营造的"中国",实际上是从西方汉学家对中国的描述中嫁接过来的拼贴汇总。小说"前言"与正文也是一种互文关系,法国文学理论家热奈特(Gérard Genette)将这种互文关系称为"副文关系"(Paratextualität),这种"Paratext"常常以"前言""序""跋"等形式出现,其目的是用说明、解释、隐指等手法对正文予以解读,引导读者对正文的理解。

王伦小说的"前言"用第一人称作为叙述视角,动词采用现在

---

① 例如,德布林在他的论文学中谈道:"无论我是写中国、印度还是格陵兰岛,我都是在写柏林。"参见采勒编《阿尔夫雷德·德布林 1878—1978》,第 214 页。

式,给读者直接的印象是叙述者面对自己的世界,并叙述这个世界。那么,这是怎样的一个世界呢？这是一个喧闹的世界,外界的汽车、高架铁路和其他金属碰撞、摩擦发出的噪音,"我"感到烦躁。"我"关紧窗户,试图将噪音关在户外,然而"我"并没有因此而与世隔绝,放弃反思户外那个现实世界。恰恰相反,"我"开始描述工业革命和进步给周围带来的变化,画出一幅酷似未来主义机器世界的图画,火车头轰鸣,汽笛尖叫,有轨电车钻心的吱轧声。这时,"我"只有一声感叹,"这令人烦躁的颤动,我无可指责,只是觉得有些无所适从"①。

德布林恰恰通过这个"无所适从"质疑了机器文明,他写道："我不知道这是什么声音,谁的精神世界需要这成千上百吨重的机器带来的回声？"②对于像鸽子似的在天上的飞机,轰隆作响的地铁,闪电般飞快的语言(电报、电话),"我"发出大声的责问："谁需要这些？"③这个"谁"便是现代人。此时,"我"(德布林)从窗户往外看,人行道上人流来去匆匆,每个人的脸上流露出贪得无厌的表情,落水狗似的眼神里狺狺地闪着飞黄腾达的梦幻,人人都慌慌张张、蝇营狗苟,生怕晚一步,什么都落空。面对这样的现实,"我"来到了"道"的世界,想起了列子和"无为","我"要写一本书献给智者列子。

从小说的"前言"到正文,叙述者从德国跳到中国,从现在跳到过去,从现代氛围跨入历史氛围,从第一人称叙述视角转到评论式的全知叙述模式。这只能被视为文学形式语言的转换,其目的无外乎在于营造一种"变习见为新识,化腐朽为神奇"的效应,如果用俄

---

① Alfred Döblin：Die drei Sprünge des Wanglun, DTV, München 1989, S. 7.
② 同上。
③ 同上。

国形式主义文论家什克洛夫斯基（Виктор Борисович Шкловский）的话来说，这种效应就是所谓的"陌生化"，即创造一种间离和陌生的感受，强调事物的质感和艺术的具体形式。在什克洛夫斯基看来，小说"陌生化"的重要特征之一，便是通过"事件"来摒弃"情节"，作为素材的一连串事件经过作者的变异，产生陌生的效果，①而这正是王伦小说的重要特点之一。

然而，德布林的"陌生化"手法并没有改变《王伦三跃》小说的现时性本质，因为读者在接受文本的时候，只有现时性在起作用，读者从此时和此地出发与文本发生相互作用。再者，如果将小说"前言"的文本视为语言符号的所指的话，那么我们可以将小说正文看成同一语言符号的能指。或者说，如果我们将前者看作现实的话，那么后者便是一种文学隐喻。在小说"前言"的文本中，我们看到叙述者"我"对现实的反思，看到"我"与现实的矛盾，人和机器之间的矛盾；在正文文本中，我们看到民众和统治者之间的矛盾，弱者和强者之间的矛盾；这些矛盾在两个文本中，都体现在"为"与"无为"之间。

德布林的"中国"是一个"异托邦"，但这不只是德国表现主义艺术中崇尚"异托邦"的风尚，而是德布林首创的历史史诗小说的典范。表现主义文学中的"异托邦"文学表面上是反映异国文化、异国风情以及摹仿东方文学作品的形式，其根本是对 20 世纪初欧洲颓废主义（décadent）和世界末日情怀的某种流露，而不是对现实生活的遁逃。《王伦三跃》尽管也采用中国题材，但"中国"只是一件文学外衣，从小说"前言"中可以看到作者对现实社会的介入。

---

① 参见张冰《陌生化诗学：俄罗斯形式主义研究》，北京师范大学出版社，2000 年。

三、德布林的辩证历史观

与史诗小说的现实参与性紧密相关的问题，无疑是历史观的问题。是将史诗小说看成过去历史的再现，还是首先将其看成现实小说，看成历史的继续？这是德布林的史诗小说与传统的历史小说的根本分野。"历史"（Historie，histroy）这一概念在西方语言中可以追溯到古法语中的"estoire"，希腊文中的"histōr"，其义为"知识"或"学问"。德语中的"Historie"随着时间逐渐被"Geschichte"一词替代，一般是指用口头语言传达或文字记载的、受人和时间影响的事件。如果认为历史只是事件本身，那么语言符号和事件之间的关系就被割裂。但历史是通过语言文字记载的，那首先属于叙述的范畴，即便通常认为是古希腊史的《荷马史诗》，也是一种叙事，西汉司马迁的《史记》也是文学作品。所以我们说，任何历史记载都具有其主观的一面，也就是说，没有一部历史小说的作家能够客观地再现历史。

德布林认为："历史就其本身来说，从来就不是所谓客观记载下来的事件的本身，这个人可以这样记录，换个人可以那样记录……不带主观评判的历史是没有的。"①从这层意义上看，德布林作为小说家放弃了所谓历史真实的问题，而更多地着眼于史诗小说在读者心理上产生的接受效果。他认为，一部作品只要总的效果是统一的、前后连贯的，具有内在的必然性，使读者觉得合情合理，就具有艺术的真实。这个独立自主的、符合本身逻辑的小说世

---

① Alfred Döblin: Aufsätze zur Literatur, hrsg. von Walter Muschg, Olten und Freiburg i. Br. 1979, S. 172.

界就是德布林反复提到的"莫须有的王国"(Reich des Als Ob),在这个王国里,作家可以获得极大的自由,让想象的力量冲破有限的原始素材的桎梏,在诗的天地里自由翱翔。

威廉·福克纳(W. Faulkner)曾经说过:过去的不会真正死去。这句名言的意义在于揭示了一种与19世纪历史主义的历史观完全不同的、新的历史观。德布林的王伦小说运思正是遵循了这一新的历史观。与历史主义的做法相反,德布林不是在历史的白骨堆里寻求现实生活中的精神现象答案,而是"让骷髅头开口说话,让白骨动起来"①,将历史放到现代人的生活中去,在历史人物和事件中注入现代人的经验和感情。在他看来,采用历史题材不是为了回避现实,而恰恰相反是为现实所用,是现实生活中的一次化妆舞会。

席勒、司各特的历史小说强调历史的真实性,事件与事件之间的历史逻辑性,尤其是司各特,他的观点是历史小说应该尽量接近史书,历史小说的目的在于还原历史。法国历史学家伊波利特·阿道尔夫·泰纳(Hippolyte Adolphe Taine)将这种实证主义历史观归纳成历史主义文学理论,将文学当成历史文献。在他看来,"研究文学的目的几乎全是为认识过去时代的历史,或认识体现了时代精神的作者本人"②。因此,席勒、司各特历史小说中的英雄充其量只是过去时代的英雄。卢卡契谈到历史小说时说:"同现实的关系问题与这个问题的整体有密切的联系。当前历史小说同它直接的前辈之对立在这里必须再一次尖锐地提出来。我们时代的人

---

① Alfred Döblin: Aufsätze zur Literatur, hrsg. von Walter Muschg, Olten und Freiburg i. Br. 1979, S. 184.

② 张隆溪:《二十世纪西方文论评述》,三联书店,1986年,第35页。

道主义者的历史小说是同当前伟大的现实问题紧密相连的。"①

在这层意义上,德布林的王伦并非历史上的王伦,乾隆也不是历史上的乾隆,他们具备充满孤独、恐惧、歇斯底里和患有神经官能症的现代人的心理,王伦替朋友复仇并不完全是受正义力量的驱使,而是恐惧心理的一种本能反应。乾隆则具备现代社会中人的权力欲和占有欲的普遍特性。在《王伦三跃》中,事件与事件之间的时空关系只是蒙太奇意义上的关联,比如王伦的身世是德布林通过达达主义的"剪贴"(Collage)拼凑起来的。在《王伦三跃》中看不到一处具体的时间交代,读者不知道事件究竟发生在何年何月,读者只能看到诸如"这年春天""年初""第二天""一天下午""第二个夏天"一类的抽象时间概念,这样德布林将时间和历史置入一个循环往复的运动之中。这一观念又与小说中有关"道"的历史观相吻合,即万物与一切现象都处于息息不止的运动之中,万物与一切现象都转化为自身的对立物。在德布林的史诗小说历史观中,我们看到这种道家"周行而不殆"的思想,逝去的成为遥远的,遥远的又反转还原。德布林在小说"前言"中的警句"在这个地球上,两千年等于一年"②便印证了他的这一思想。

德布林在《我们的存在》(Unser Dasein)一书中进一步阐明了他的运动的、辩证的历史观。他认为,现时是过去和将来之间的概念,并且是一种矢量,现时存在的意义即在消逝和生成的过程之中,他说:"生成和消逝即存在,生活中到处是阴影和梦幻,存在就

---

① 卢卡契:《历史小说中新人道主义发展的远景》,载《卢卡契文学论文集(一)》,中国社会科学出版社,1980 年,第 149 页。

② Alfred Döblin, Die drei Sprünge des Wanglun, DTV, München 1989, S. 8.

是在阴影和梦幻之中。"①此外，我们还可以在语言哲学的层面上来解剖德布林的历史观。黑格尔曾经用"奥夫赫变"（Aufheben）这个词来解释语言和历史的问题，我们知道，现时就像言语（parole）一样，言语一出口便具有斯宾诺莎意义上的"然即否"的辩证性，②黑格尔用"奥夫赫变"一词来解释语言与意识的关系，就是取"奥夫赫变"这个词的多义性，它既有"取消"的意思，同时还有"保留"和"升华"的意思，这个词的所指就是通过历史的"逝去"得到"保留"，并在不断发展中得到"升华"。语言本身就是历史。

在这种意义上，现实与历史的界限实际上并非通常想象得那样泾渭分明。在德语中，"历史"（Geschichte）一词与动词"发生"（geschehen）有词源学上的渊源关系，是"事件"的抽象。对于德布林来说，历史事件并不是固定的、孤立的或彼此之间与现时没有联系的东西，而是一种能动的、与现时和将来处于辩证统一关系的时间范畴。

四、个体解构现象

如果我们将德布林的《王伦三跃》小说看成德国前卫文学的先声，那么其意义不仅在小说的形式符号上，《王伦三跃》小说的革命性还在于其否定了德国18世纪以来的小说的主观性。所谓小说的主观性是指主要体现在德国的成长小说（Entwicklungsroman）上的主观唯心主义倾向，成长小说形成于德国古典主义文学时期，小说内容大多是主人公通过实际生活的锻炼和经历，获得人生的经验，成

---

① Alfred Döblin: Unser Dasein, hrsg. von Walter Muschg, Olten und Freiburg i. Br. 1979, S. 56.

② 钱钟书:《管锥编》卷一，中华书局，1979年，第5页。

长为文化修养和思想品德等方面高尚而完美的人，主要代表作品有歌德的《威廉·迈斯特的学习时代》《威廉·迈斯特的漫游时代》，凯勒（Keller）的《绿衣亨利》，拉贝（Raabe）的《饥饿牧师》等。这类小说的特点是，故事以一个具体且个体的生活和命运为中心，事件和情节按照塑造主人公的需要来安排，一般都是叙述主人公完整的一生，展现他的道德完善过程。个体发展小说往往将读者引入主人公的内心世界，并与他一起经历挫折和成功的心路历程。

无论是歌德的《威廉·迈斯特》，还是凯勒的《绿衣亨利》都体现了作者对他们时代真、善、美的主观理念。卢卡契指出："这些小说的宗旨是个人理想的冲突与具体社会现实的和解。"①这种个人的完善和自我实现给这一类小说一方面抹上一层抽象的主观主义色彩，同时又使个体发展小说只蜷缩在"浪漫主义的纯内心世界之中"②。因此，我们说主观唯心主义是德国传统小说的典型特点，换句话说，传统小说中表现的真、善、美只是主观的关照。

德布林则代表了一种截然不同的创作思想，在 1947 年 1 月 7日致库切尔的一封信中，德布林批评了 18 和 19 世纪以歌德为代表、20 世纪以托马斯·曼为代表的主观主义文学创作观。他写道："这种主观主义无疑是错误地理解了历史（史诗）小说或者是小说中的弱点，是将小说降格为一般的文学评论，持主观主义创作思想的人恰恰是没有能力描写和塑造真实的人。"③德布林坚持小说要客观叙述，强调对事物细腻、具体和全面的刻画。与其他的表现主义作家不同的是，他不只是停留在心理分析和意识流上，而是在客

---

① Georg Lukács：Die Theorie des Romans，Frankfurt am Main S. 117.
② 同上，S. 119。
③ Alfred Döblin：Briefe，hrsg. von Walter Muschg，Olten und Freiburg i. Br. 1979，S. 361.

观事物的描述上同样花了大量的笔墨。

读者不难发现,德布林对王伦小说除了采用大量的"蒙太奇"拼接激发之外,还采用电影图像语言对小说情景进行了客观陈述性的描写,比如不惜篇幅地细致描写乾隆的龙袍,极具体地陈述战争格斗场面等。这种手法使人想起电影技法中的特写镜头、超长镜头、大广角镜头等,有时这种摄影手法甚至被推向极端,如同在用高倍放大镜看一张图,人们好像只看见图像"点阵",而真实在德布林看来恰恰是由这些网点组成的。有时这种电影图像给读者的印象无疑是"聊赖"和"乏味",德文中称之为"Langweile",这个词由"长"(lang)和"逗留"(Weile)组合而成。顾名思义,过长的逗留往往会令人乏味,而这种由慢速度引起的乏味感恰恰是机器的高速度给人造成的刺激感的对立面。也许没有高速度的刺激,便不会有慢节奏的乏味,德布林在文字间的长逗留,或者说放大语句,也许恰恰是反思现代人在现实生活中的急急匆匆、顾此失彼、忙于奔命的窘相。

社会批判理论家和文艺理论家克拉考指出,在现代社会中"那些有时间去聊赖并且不感到乏味的人和没有时间去聊赖的人一样乏味,因为他们的自我已经失落,在这个高速度运转的世界里,他们毫无目标地跟着运转,无处可以做一个长一点的逗留"①。

德布林的王伦已不是传统小说意义上的主人公,他不具备个人的典型个性,王伦代表的是普遍的人格,他所面临的"为"与"无为"的问题是人类面临的普遍问题。王伦和其他小说人物一样,只是群众中的一个特写镜头而已,小说真正的主人公是群众。小说

---

① Siegfried Kracauer: Geschichte - vor den letzten Dingen, Frankfurt am Main S. 321.

中关于"碎瓜国"善男信女的描述、死亡描述;农民起义和战争描述;宗教(邪教)仪式描述,都采用了"群众场面"(Massenszene)的电影手法。如德布林在小说的第二章和第三章中,基本上很少安排主人公王伦的出场,在小说中,王伦不完全是决定情节发展的人物,他如同沧海一粟,只是芸芸众生中的一个生灵而已,传统小说中一以贯之的"主人公"在很大程度上被颠覆。德布林从他的生物自然主义和泛神论出发,认为人如同水、土、金属、植物和动物一样,是生物链上的一节,与笛卡尔的"我思,故我在"相反,德布林倾向于"你在,故我在"的辩证法,即人类就其本身来说是亿万个自我,而每一个自我在他人眼里并不是自我,人既是自我又非自我。在这种辩证思想的基础上,德布林从根本上拒绝个体作为史诗小说的中心。

五、结 语

我们可以从德布林的《王伦三跃》悟出,在现代工业社会中,人的本质存在已经变形,人的此在与自我的认同性已在群体中泯灭,人已经变为无个性的群体人。德布林认为他的小说之所以以群体人为中心,陈述群体场面为重点,那是因为"自我已经不复存在,所以在《王伦三跃》中,出现的只是由充满恐惧的人组成的群体,越来越多的人加入这一群体,也许这正好说明他们并不是自我,群体就是这样组成的"[1]。德布林的群体人概念已超越了文学的范畴,这一概念不仅深刻地反映了欧洲社会"单向度"的现代人在异化过程

---

① Bernhard Zeller (Hrsg.): Alfred Döblin 1878 - 1978. Katalog zur Ausstellung des Deutschen Literaturarchivs im Schiller-Nationalmuseum, München 1978, S. 188.

中的迷惘，同时指证了东方文化圈中普遍的群体价值观的西渐。所不同的是，中国的群体价值观是儒家宗法社会伦理的产物，视社会群体为产生一切价值的最终实体和衡量一切价值的最终依据。西方的群体文化则是物质生产过程中产生的物化的结果，商品成了产生一切价值的最终实体和衡量一切价值的最终依据。东方文化圈的群体价值观必然导致了君主专制，西方的个体价值观的失落终将带来民主制度的消亡。

文学仪式和面具的掩饰功能
——兼论异域文学中的"东方形象"①

引　言

　　美国学者萨义德(Edward Said)20 世纪 70 年代末提出的"东方主义"主要是指在西方欧美社会形成的一种关于东方的认知与话语体系。萨义德从福柯后现代理论中有关话语与权力的理论出发,分析了西方社会自殖民时代以来关于东方(主要指近东)的认知。萨义德认为,在殖民和后殖民时代的东方主义话语体系中,由于东方主义经过西方道德价值观的阐释,形成了西方人的东方主义模式固见,因此,西方人在解读东方文化的时候常常是脱离和歪曲东方实际的,他们有时甚至戴着一副有色眼镜,对东方文化进行神秘化、妖魔化的阐释,东方成为被研究、被丑化的对象。这种话语的基本操作模式是一整套的二元对立模式,即东方主义视野中的文化总是落后原始、荒诞无稽、神秘诡异,而西方则是理性进步、科学文明的象征。

---

　　①　本文首次发表在《德语人文研究》,2013 年第 1 期(创刊号)上,收入本书时做了部分修订。

萨义德在其《东方主义》一书的导言中对"东方主义"这一概念做了三种划分:首先他提出一个作为文化学术思想体系的东方主义,持这种思想的包括教授、作家等对东方进行描写和研究的群体。其次是一般意义上的东方主义,它是一种本体认识论,以"东方"与"西方"的二元对立为基础进行思维,大多作家、诗人都是这个意义上的东方主义者。第三个意义上的东方主义具有明确的历史与物质规定性。这种东方主义是指通过建构东方的陈述,把关于东方的视点权威化,并以此出发来对它进行描述、讲授和定位,从而达到统治东方的一整套话语体系。这样就导致了西方所有研究和描述东方的人,都处于东方主义所强加于思想或行为的限制之下。

　　萨义德认为,没有一种方法能使学者与生活环境分开,他作为一个社会成员的活动与其学术活动必定是无法分离的。从根本上说,人文知识依然是政治性的,但是揭示西方关于东方的知识结构的本质并不是萨义德的主要目的。萨义德想说的是,任何观念、文化、历史都掩盖着某种权力关系。东方与西方从根本上而言是一种权力关系,也就是一种支配与被支配的关系。萨义德反复阐释话语的支配权力不是孤立的,而是与其他权力处于千丝万缕的联系之中。因此东方主义并不是一个自然地域上的现象,它不是政治权力直接对应的话语,而是通过政治、经济、文化、知识等权力的复杂交换而形成的地缘话语体系。

　　不必讳言,这种"有色眼镜"式的"东方学"是存在的,有许多西方人、西方主流媒体至今仍然戴着这副"有色眼镜"对发展中国家、非西方民主制度国家和非基督教文化做出价值判断。如果说在殖民地时代这种"东方学"是西方殖民者政治统治东方的工具的话,那么在后殖民时代,它则成为西方文化侵略的工具。东方国家应当警惕和反对这种"东方学""东方观"和"东方主义",这是后殖民批评的合理内容。

我在这里提出的讨论则是问题的另一方面,在文学研究中的另一个理论视角,即美学视角。我认为,文学中的"东方形象"或者说"中国形象"未必都落入"东方主义"的桎梏乃至俗套,解读这类文学作品时是否应该避免过度敏感,是否也应该顾及文学作品本身所具有的掩蔽本体的功能,也就是说,西方文学中的"东方"概念常常也可以从现代主义艺术中的"仪式"和"面具"的视角做出解读。从本质上看,"遮掩"是文学基本功能,文学作品大多不"直白",而总是把"意蕴"掩埋在文字当中,文学符号通过象征、隐喻而起到"遮掩"的作用。我尝试从下面三个方面来阐述上述观点。

一、文学中的仪式问题

在现代主义文学理论研究中,身体、感知、记忆等文化学概念不断侵入传统文学理论和研究的疆界,极大地丰富和开拓了文学研究者的视野,为提升其主体意识起到了积极的作用。[①]而仪式(Ritual)这个概念无论身体、感知和记忆三个层面都可以说具有交叉综合的意义,同时也是上述三个概念的载体。"仪式"这一概念表达了亘古以来人类某种特殊的文化行为方式,这种行为方式与其他行为方式有着鲜明的区别,瓦尔特·布格特(Walter Burkert)在后现代意义上对礼仪现象做了一个定义:

---

① 参见范捷平:《文化学转向中的学者主体意识》,载《德语学习·学术版》,外语教学与研究出版社,2009 年第一期(创刊号),第 3 页。

仪式是人类模式化了的、人际交往和社会语境下的信息告知行为。模式化的意义在于这种行为的过程是可以描述的、可以模仿和重复的，即一种重复性的模式。告知的意义在于仪式是可以被感知的，即具有某种展示性，同时这种展示性常常是夸张的，常常超越仪式本身的直接目的和作用。①

文学不仅是文化传播的载体，文学写作本身也是人类一种基本的行为活动，这种行为模式在仪式视角下的研究既有一定的新意，也存在某些不确定性，其中最大的一个不确定性是仪式这个概念的多义性。

在欧洲语言和文化中，无论从历史的角度来看还是在当下，"仪式"这个概念都是多元的。在一般日常语言中，"仪式"这个词指某一文化群体的一种符合某种规定、具有象征意义的行为结构。"仪式化"则是指赋予某种行为特定的象征意义和行为规定。在德国学者米歇尔斯看来，"Ritual"这个词具有多义性，它与一些概念如"Zeremonie"（典礼）、"Feier"（庆典）、"Spiel"（游戏）、"Fest"（节日）、"Sitte"（风俗）、"Theater"（戏剧）、"Sport"（体育）等具有某些相同的属性，但是又有明显的区分度。②从西语词源学上来看，"Ritual"一词源于古梵语中的"r̥ta"，意为"规则"和"真理"，在拉丁语中，"ritus"和该词的形容词形式"ritualis"都有某种典礼

---

① Walter Burkert, Ritual zwischen Ethnologie und Postmoderne, Philosophisch-historische Anmerkungen. Diskusionsbeiträge des SFB 619 "Ritualdynamik" der Ruprecht-Karls-Universität Heidelberg, hrsg. v. Dietrich Harth und Axel Michaels, Nr. 2 Dezember 2003, S. 1.

② Axel Michaels: Zur Dynamik von Ritualkomplexen, in: ebd. Nr, 3 Dezember 2003, S. 1.

（Zeremonie）的意思，①"仪式"这个概念与中国的《仪礼》《周礼》《礼记》（合称"三礼"）中所记载的典礼和程式以及规定在本质上均有共同之处。20 世纪 60 年代后，西方开始在文化学意义上翻新"仪式"这一概念，仪式概念也从原本对原始、宗教和蒙昧的行为模式的描述嬗变为"话语交际方式""仪式权力""日常仪式"等文化学领域中的亚文化系统，②在米歇尔斯等西方学者看来，从历史出发，尽管仪式概念一直存有多义性和文化多元性，即在不同的文化和社会中存有不同的理解，但是这个概念中所蕴含的人类活动方式在文化学等学科领域仍然具有较大的研究价值和意义，我们可以在米歇尔斯的研究基础上总结出"仪式"的以下几个本质属性，同时这些本质属性一般争议较小，具有一定的普适性：

第一，表现性。仪式是一种具有明确意向和目的的自身文化行为，因此仪式活动的发生与时间、地点和场合密切相关，同时策划和表演在仪式活动中起到关键的符号作用，在文学研究中常常与述行性相关。

第二，程式化。仪式常常是一种带有重复和模仿特点的文化活动，其中程式是衡量仪式行为是否不可或缺的标准之一，程式化的确定在于区分仪式活动之前和之后的形式差异。仪式的程式虽

---

① Friedrich Kluge: Etymologisches Wörterbuch. Hrsg. V. Elmar Seebold，23. erweiterte Aufl. Berlin 1995，S. 689.

② 1987 年 *Journal of Ritual Studies* 的出版标志着"仪式"研究正式进入文化学研究领域。Th. E. Lawson und R. N. McCauley，C. Bell，C. Humphrey 和 J. Laidlaw sowie R. Rappaport 等一大批学者开始突破具体的仪式案例研究的局限，在心理学、社会学等跨学科领域中进行仪式研究。海德堡大学接受德国科学研究会（DFG）资助，从 2002 年开始成立全球最大的"动态仪式"（Ritualdynamik）研究中心，这个研究中心下属 3 个研究领域和 17 个研究分项目，目前全球有 15 个学科的 90 多名学者在海德堡"SFB 619"框架下从事跨学科"仪式"问题研究。SFB 为德文"Sonderforschungsbereich"（特别研究领域）的缩写。

然是相对固定的，但是在历史进程中处在变化之中，它常常也是文化记忆的承载媒介。

第三，结构性。仪式活动一般都会通过某种符号和图像（图腾）来实现其象征意义，如教堂礼拜仪式中的钟、一定的手势和动作、一定的服饰和面具，参加仪式的人均能从内心到形式都认同这种结构。

第四，功能性。仪式活动与人的身份功能相关，仪式活动结束后会使参加人员获得某种身份的转变，如割礼、成人礼、婚礼、毕业典礼等。

第五，价值提升。参加宗教和其他仪式活动的人员常常可以通过仪式而得到主体价值的提升，很多仪式活动能达到稳定和协调人的主体间性（或社会等级关系），使其对主体的价值理想得到升华，（从精神上）进入一种较高层次的社会关系。在这一问题上，米歇尔斯指出："在参加仪式的时候，人们往往不需要理解他的所作所为，而只要相信他的行为是正确的。"①

仪式的上述五个本质属性（表现性、程式化、结构性、功能性和价值提升）都与戏剧表演（performance）的特征有关联，而"面具"是仪式和戏剧表演中共同的文化符号，在人类社会初期的狩猎活动、图腾崇拜、部落战争，尤其是在巫术仪式等人类精神交往活动中起到重要的作用。因此，我们在研究文学仪式的时候不能忽视"面具"的本质问题。

皮埃尔·波尔蒂（Pierre Bourdieu）的实践社会学理论同样十分重视仪式问题，他反复强调，在主体的外表及行为模式和仪式行

---

① Axel Michaels: Zur Dynamik von Ritualkomplexen, Diskusionsbeiträge des SFB 619, Ritualdynamik der Ruprecht-Karls-Universität Heidelberg, hrsg. v. Dietrich Harth und Axel Michaels, Nr. 3 Dezember 2003, S. 5.

为之间具有密切的结构关联，要产生个体的日常社会行为特征，那就必须要求仪式行为的存在，而人的日常社会行为又是策划和实施仪式行为的必备前提。①在波尔蒂看来，人的日常行为在仪式实践中具有极其重要的位置，其原因是人的日常行为模式取决于人的实践知识结构，同时决定了主体的气质以及心理特征。假如我们说，主体性是后天获取的某种知识结构，或者是波尔蒂意义上的实践知识结构，那么从主体的日常行为中可以解读出其思想和感知以及行为的目的，主体的行为是"成为身体和物的历史"②。波尔蒂的这个观点从根本上走出了结构主义的文本解读方式。

按照这样的思路，我们可以确定罗伯特·瓦尔泽的文学写作过程具有鲜明的仪式化特点，首先我们发现他的一些小说具有戏剧化特点（这在瓦尔泽文本研究中得到了普遍的认同），③也就是表明了写作的表演性，我们以瓦尔泽的中篇小说《散步》为例，不仅散步作为主体行为本身在他身上体现出强烈的仪式特点，如表现性、程式化、重复性等仪式的特征，而且这部小说写作本身也像是某种仪式，我们来看这部中篇小说前几段的开头：④

---

① Pierre Bourdieu: Entwurf einer Theorie der Praxis auf der ethnologischen Grundlage der kabylischen Gesellschaft. Suhrkamp Verlag, Frankfurt am Main 1976, S. 165.

② Pierre Bourdieu: Sozialer Raum und Klassen. Leçon sur la leçon. Zwei Vorlesungen. Suhrkamp Verlag, Frankfurt am Main 1985, S. 69.

③ 参见 Jochen Greven: Die Geburt des Prosastücks aus dem Geist des Theaters, in: Immer dicht vor dem Sturze..., Zum Werk Robert Walsers, hrsg. v. Paolo Chiarini und Hans Dieter Zimmermann, Athenäum, Frankfurt a. M. 1987, S. 83 - 94; Dieter Borchmayer: Robert Walsers Metatheater, Über die Dramtolette und szenischen Prosastück, in: ebd., S.129 - 143; Robert Leucht: Die Komik ist ein begrenztes Gebiet, Robert Walsers früher Theatertext Mehlmann, Ein Märchen, in: Robert Walsers Ferne Nähe, Neue Beiträge zur Forschung, hrsg. v. Wolfram Groddeck u. a., Wilhelm Fink Verlag, München 2007, S.223 - 228.

④ 罗伯特·瓦尔泽:《雅考伯·冯·贡腾》,载《散步》,范捷平译,上海译文出版社,2002 年,第 125—127 页。

（第二段第一句）我来到楼下宽阔明亮、充满欢快的马路上，这时我的心里也注满了浪漫历险的豪情，它使我感到由衷的幸福。

（第三段第一句）我怀着愉悦的心情期待着在散步过程中可能获得的一切印象以及各种遭遇。我的步伐均匀稳健，据我所知，我这样往前走，一定会领略到无限风光。

（第四段第一句）我嗅到书店和书店老板的味道；同时也急切地需要，如同我预感到和察觉到的那样，重点描述一下面包店，但在这之前，我还得先提一笔牧师或教士。

（第五段第一句）由于一家规模宏大的书店跳入我的眼帘，我内心感到了某种一定要去光顾一下的驱动和热情，我没有片刻犹豫，马上抖出斯文，也让人看看我的教养，就这样我走进店去。

我们注意到，瓦尔泽《散步》的整篇小说的行进图都是由这种边走边说的形式构成的，它使我们想起了"边走边唱"的行吟诗人的表演，或者"Happening"等行为艺术（Performance Art），即艺术家用行走的身体姿态加入艺术行为本身。[①] 叙述主体对散步本身的描述或成了某种戏剧性的程式，不断地重复出现，小说的每一个场景和遭遇都与散步的身体行为密切相关，在需要叙述新的遭遇

---

① 行为艺术是指在特定时间和地点，由个人或群体行为构成的一门艺术。行为艺术必须包含时间、地点、艺术家的身体，以及与观众交流这四项基本元素。之所以说瓦尔泽的小说含有鲜明的行为艺术特征，其基本判断包括：首先，写作本身的时间和地点取代了故事的时间和地点；其次，写作主体的身体行为已经作为主要叙述元素参与了艺术活动本身；最后，瓦尔泽小说中叙述主体与读者的交流成为仪式中的重要程式。因此，我们确定了瓦尔泽小说艺术与行为艺术的共通性。

或者轶事时，叙述主体就会说"这里我又得重新找找路了"；"这里要提醒一句，我现在离开了森林小道，又重新回到了阳关大道上来了，我听见……"；"我继续往前走去，空气柔和温暖，我走着走着，……一条弯弯曲曲的小路，给人带来愉快调皮的心情。我沿着小路，带着心满意足的享受往前走"①一类的话。写作仪式在瓦尔泽看来就像是一场运筹于帷幄之中、玩弄于掌股之间的战争，它既是计划周密的，又是瞬息万变的，既是必然的，又是偶然的，而在这场战争中倒下的常常就是作家自身。

这里我们看到瓦尔泽的小说写作不仅带有表演色彩，或者具有某种戏剧表演程式的特点，散步与写作这两种主体行为在这种表述上可以理解为"一箭双雕"，叙述主体既在叙述散步，又在叙述写作，即用"重新找找路"来隐喻写作过程中的困惑，解决下面该怎样写了的问题；用"森林小道"蕴含叙述中的插曲和小事，用"阳关大道"隐喻"言归正传"回到正题上来，尽管瓦尔泽自认为他从来不会宏大叙事。

同时，瓦尔泽小说写作的仪式特征显现在表演性（述行）上，《散步》和其他文学文本的叙述主体乃至于叙述本身类似一种即兴表演，在表演的过程中，不同的符号（常常是戴着面具的化妆舞会）具有强烈的象征意义。从表面上看，散步作为仪式似乎是为了"刺激"和"激励"叙述主体的"继续创作"，是写作的"源头活水"，②而实际上，散步和写作一样，其目的是达到主体理想价值的自我认同，或者通过"散步"以及"写作"这一仪式使得自身主体价值达到某种提升。

---

① 罗伯特·瓦尔泽：《散步》，范捷平译，上海译文出版社，2002年，第140、145页。
② 罗伯特·瓦尔泽：《散步》，范捷平译，上海译文出版社，2002年，第158页。

那么，文学仪式和东方观以及文学的掩蔽功能又有什么关联呢？要讨论这个问题，我们还是要回到仪式中的本质属性上来，这个本质属性就是表演。与文学的本质属性一样，表演的本质属性之一是掩饰自我，也就是对文学角色的认同。这里我以瓦尔泽和德布林这两位德语作家的文学表演为例，来具体看待文学仪式与东方观的问题，或者说来探讨是否存在某种反东方主义的东方观，是否存在一种戴着东方面具的诗学手段。在这之前，我们需要讨论和厘清文学的"面具"问题。

二、文学与"面具"

1904 年，瓦尔泽出版了他的处女作《弗里茨·考赫的作文集》，同时也宣告了瓦尔泽方式的文学"面具"正式诞生，因为瓦尔泽的文学创作从此就再也没有离开过这条特殊的文学轨迹。首先，我们可以从瓦尔泽这部处女作的封面发现一个重要的细节，那就是他在 1904 年版的《弗里茨·考赫的作文集》封面上冠冕堂皇地写上了"罗伯特·瓦尔泽转述"的字样，[①]也就是说瓦尔泽公开地，并且特意宣称自己只是这本书的编纂者，而不是创作者，真实的作者"应该"是弗里茨·考赫。瓦尔泽这种欲盖弥彰的手法无非是想让读者知道自己成为所谓的"第二作者"或者是某种意义上的"隐含

---

① 在 1904 年莱比锡岛屿出版社的首版中，我们可以看到封面上注明"罗伯特·瓦尔泽转述"（Mitgeteilt von Robert Walser）的字样，"转述"的德文动词原形为"Mitgeteilen"。参见 Anderas Georg Müller: Mit Fritz Kocher in der Schule der Moderne. Studien zu Robert Walsers Frühwerk, Tübingen 2007, S. 9。但是后来约亨·格莱文主编的 20 卷瓦尔泽选集以及此后出版的《弗里茨·考赫的作文集》单行本中均不再出现"瓦尔泽转述"这种表达方式，这可能是为了避免误解或者避免版权争论（事实上弗里茨·考赫的后代的确向岛屿出版社提出了疑问），或许是因为出版和图书市场的需要，在诗学意义上看，也不得不说是一种遗憾。

作者"。尽管如此,这种做法仍然会导致一些读者产生疑惑:这些作文真的是某一个名叫"考赫"写的吗? 那么,这个考赫究竟是谁呢? 究竟谁是这本书真正的作者?

我们看到,这个故意隐去作者真实身份的"编纂者"还特意写了一个所谓的"编者导言"。在导言中,瓦尔泽讲述了一个动人的故事,但实际上那只不过是一个真实的"谎言"①而已:本书编纂者有一个名叫"弗里茨·考赫"的同学,他在"毕业前不久去世","我"(即本书编纂者)"千方百计、竭尽全力地说服了男孩的母亲拿出儿子生前的作文稿,最后终于纂辑了这个本子并得以付梓"。②从文本和文本史考证、文学叙述学以及具体的作品和修辞风格分析来看,这本集子里的文学文本显然出自瓦尔泽的手笔,这点在瓦尔泽文学研究中从来没有发生过疑义,然而瓦尔泽与读者玩的这个捉迷藏游戏的确迷惑了不少人,就连真实生活中的弗里茨·考赫的女儿也被列入被蒙蔽者之列:

> 我极其惊讶地读完了《弗里茨·考赫的作文集》的导言,我承认瓦尔泽作为诗人毫无疑义具有文学创作的自由,但是导言里所说的都是错误的信息,而这些一定不是罗伯特·瓦尔泽的所为。我的父亲,也就是弗里茨·考赫享年63岁,他

---

① 我们之所以说这是一个"实的谎言",那是因为瓦尔泽1890—1891年在比尔(Biel)读中学,他所在的IIa班里确实有一个同学叫"弗里茨·考赫",他既没有在毕业前死去,也没有写过这些作品,瓦尔泽研究者确认《弗里茨·考赫的作文集》导言中所说的无非都是瓦尔泽的文学虚构以及叙述学伎俩而已。参见 Bernhard Echte: Etwas wie Personenauftritte auf einer Art von Theater. Bemerkungen zum Verhältnis von Biographie und Text bei Robert Walser. In: Runa. Revista portuguesa de estudos germanicos,No. 21 (1/1994),Coimnra/Portugal 1994,S. 31-60。

② Robert Walser: Fritz Kochers Aufsätze. Sämtliche Werke in Einzelausgaben,hrsg. von Jochen Greven,Bd. 1,Zürich und Frankfurt am Main 1986,S. 7.

曾经是脑胼聪明的男孩,也是罗伯特·瓦尔泽的同学。考赫的父母是比尔市谦虚和受尊敬的市民,但肯定不算是富有的。导言里为什么要那样写呢? 年轻的弗里茨·考赫写的那些作文经过罗伯特·瓦尔泽的文学加工已经足够了,为什么还要那个谬误百出的导言呢? 我恳请你们给我一个解释,我将为以我父亲的作文为蓝本而写成的这本优美的小书而感到高兴,但是究竟哪个是真实的呢? 是作文呢,还是那个导言?[①]

瓦尔泽把自己打扮成"编者",而把自己的文学创作"栽赃"到同窗好友"弗里茨·考赫"的头上,却又让同学"死去"。从这样的逻辑来看,"死去"的不是"弗里茨·考赫",也不是"瓦尔泽",而是文学文本的作者,就像福柯所说的那样,"文学作品从前的任务是显示永恒,而如今它接受的任务是谋杀,即成为杀害它作者的凶手"[②]。瓦尔泽的这个"谋杀企图"从那个引起争议的导言中的最后一句话中得到最好的彰显:"他(弗里茨·考赫)必须早早地死去,这个有趣的、严肃的嬉笑者。过去在他幻想着外面世界的时候,他的眼睛肯定是又大又亮,现在什么都看不见了,相反他却留在作文里显得清晰可见,这点读者在阅读他的作文时可以证实,再见了,我的小同学! 再见了,读者!"[③]这个"再见"实际上不是告别,而是相约在下面的文字里"再见"。在这里,作为编者的"我",也就是作

---

① 转引自 Anderas Georg Müller: Mit Fritz Kocher in der Schule der Moderne. Studien zu Robert Walsers Frühwerk, Tübingen 2007, S. 17. 弗里茨·考赫之女玛格丽特·威斯-考赫 1978 年致信岛屿出版社,对瓦尔泽在《弗里茨·考赫的作文集》导言中的虚构表示质疑。

② Michel Foucault: Qu'est-ce qu'un auteur? In: Société française de philosophie, Dites et Ecritis, 4 ts., Paris 1994, t. 1. P. 793.

③ Robert Walser: Fritz Kochers Aufsätze. Sämtliche Werke in Einzelausgaben, hrsg. von Jochen Greven, Bd. 1, Zürich und Frankfurt am Main 1986, S. 7f.

者瓦尔泽,终于让自己戴上"弗里茨·考赫"这张面具,将真身隐去,开始对中学生作文"戏仿",就像他自己说的那样:"许多地方是孩子气的,但是许多地方却老气横秋。请不要相信,我一个词都没有改动。"①

瓦尔泽从小就喜欢在家中玩演戏游戏,不断地把自己打扮成不同的人物角色,他喜欢在角色下玩捉迷藏,现实与虚构在瓦尔泽身上一直就是迷糊不清的。少年瓦尔泽虽然按照父亲的意愿在比尔的一家银行当学徒,但是他仍然没有放弃学戏,曾经偷偷地去上过一些戏剧培训班,加入过比尔的"戏剧协会",也曾登台跑过一些龙套,但是遭到了父亲的严厉禁止。1895 年 9 月,瓦尔泽 17 岁,他去斯图加特尝试自己有没有当演员的机会,运气不错,他甚至得到了当时著名的演员凯恩茨(Josef Kainz)的指点,参加了凯恩茨主考的"才艺表演"考试,但是他木讷沉闷的性格决定了他的考试以失败告终,最后只赢得了凯恩茨的一丝嘲弄的冷笑。当时他在写给姐姐的信中写道:"当演员的梦碎了,但是我会成为一个伟大的作家。"②

对于戴上文学面具的瓦尔泽有以下阐释。我们知道福柯曾在1969 年 2 月 22 日的《法国哲学公报》上发表了《何谓作者》③一文,在这篇文章中,福柯提出了后现代社会中文学写作的一个基本特点。福柯认为,在后现代社会的写作实践中,无论文学创作者的主观愿望如何,作者的作用都在消退,因为文学已经从对事物和人的

---

① Robert Walser: Fritz Kochers Aufsätze. Sämtliche Werke in Einzelausgaben, hrsg. von Jochen Greven, Bd. 1, Zürich und Frankfurt am Main 1986, S. 7.

② Diana Schilling: Robert Walser. Hamburg 2007, S. 13 – 14; Robert Mächler, Das Leben Robert Walsers. Eine dokumentarische Biographie. Frankfurt am Main 1992, S. 36.

③ Michel Foucault: Qu'est-ce qu'un auteur? In: Société française de philosophie, Dites et Ecritis, 4 ts., Paris 1994, t. 1. P. 781 – 821.

描写以及叙述中脱离出来，从而进入作家关注写作以及写作自身意义的时代。这里，我们对文学创作主体的消退现象做出分析。

贺拉斯在其《诗艺》中告诉我们，是埃斯库罗斯创造了面具。然而，这个说法显得有失偏颇，从广义上看，作为文化符号"面具"的使用不仅只限于舞台戏剧表演，也不只限于古希腊悲剧，在中国发现的史前岩画中的面具图像大概出现在旧石器时代晚期，距今一万年左右，面具的雕塑作品如四川巫山大溪出土的人面饰距今有 5000 至 6000 年。不过就西文而言，"面具"这个词在起源问题上一直存有争议。"面具"的词源，一种说法出自舒尔茨（H. Schulz）1913 年开始编纂的《德语外来词词典》（DF）[①]，现代德语中的"面具"（Maske）源于拉丁语系的法语"masque"和意大利语中的"maschera"，而"mashera"与中古德语中的"maskharat"似乎有一定的联系。另外，在阿拉伯语中，"面具"还有"戏谑"或者"调侃"的含义。[②] 另一种说法的主要依据，是李特曼（Enno Littmann）的《德语中的东方词语》（1924）[③] 和莱茵菲尔德（Hans Rheinfelder）的《关于"Persona"这个词语》（1928）中的研究，[④]按照他们的研究，西文"面具"与"人物"（Person）一词同根同源，德语的"Person"在 12 世纪前后的中古德语时期为"persōn[e]"，源于"persōna"，其意义为"角色"和"性格"，与戏剧中的"Maske"意义相同。[⑤]

---

① DF＝Deutsches Fremdwörterbuch. Begonnen von H. Schulz, fortgeführt von O. Basler, weitergeführt im Institut für deutsche Sprache. Bd. Ⅱ, Straßburg, Berlin, New York, 1942, S. 83 - 85.

② Friedrich Kluge: Etymologisches Wörterbuch. Hrsg. V. Elmar Seebold, 23. erweiterte Aufl. Berlin 1995, S. 543, 623.

③ Enno Littmann: Morgenländische Wörter im Deutschen. Tübingen 1924, S. 11.

④ Hans Rheinfelder: Das Wort „Persona". Halle 1928.

⑤ Friedrich Kluge: Etymologisches Wörterbuch. Hrsg. V. Elmar Seebold, 23. erweiterte Aufl. Berlin 1995, S. 623.

"面具"这一物器源于人类原始社会祭神、巫术和舞蹈等一类仪式活动，其目的是为了掩饰主体，以达到表演者与被表演者的认同：

> 巫师一经戴上面具，就进入了一种"忘我"的境界，成了鬼神的化身和代言人，他既能代表凡人向鬼神传递其意愿，又能代表鬼神向凡人转达旨意，并且还能借助面具存寓的"灵力"获得驱邪镇妖的巨大力量。[①]

这里我们可以看到面具蕴含着一种文学阐释学功能，也就是某种异化了的赫尔墨斯传播信息的功能。在某种意义上，面具是为了驱除魔怪和避免灾难而对"他者"产生某种"威慑"和"惊吓"的陌生化效应。"面具"作为某种文化工具出现在世界各地，无论是在中国、非洲还是在欧洲，先民都采用这种方式来表达上述意义。

在埃斯库罗斯之后的古希腊戏剧中，面具是喜剧和悲剧演员常用的手法，其中的一个非常实际的想法就是可以让一个演员扮演不同的角色，或者是让男演员扮演女性角色（因为古代欧洲女性常常不能登台表演）。在启蒙运动之后的欧洲古典主义戏剧中，面具和假发逐渐被弃用，而在化妆舞会、芭蕾舞和哑剧中面具仍然流行。莱辛在其《汉堡剧评》中对面具在戏剧中的消失颇存遗憾，而歌德在1801 年魏玛公演泰伦斯（Terenz）的《孪生兄弟》（*Adelphoi*）时也特别想让面具重新发挥作用，但以失败告终。在现代戏剧中，特别是在荒诞派戏剧中，面具常常得到使用，如布莱希特的《高加索灰阑记》就因中国戏剧《赵氏孤儿》中巨大跨越的时空性而大量地采用

---

① 顾朴光：《中国面具史》，贵州民族出版社，1996 年，第 37 页。

"面具"著称,面具为布莱希特的"间离效应"的产生亦起到了推波助澜的作用。

瓦尔泽的早期文学文本,特别是"柏林三部曲"折射出三种主体身份:一是"写字生""助手""小职员"(Commis);①二是"学生""学徒""小孩";三是"文学青年"。这三种主体身份也成了瓦尔泽在早期文学文本中的主要"面具"。在小说《唐纳兄妹》和《助手》中,瓦尔泽的"面具"主要是"写字生"和"助手",在小说《雅各布·冯·贡腾》中,这副"面具"就是勤奋写日记的班雅曼塔仆人学校"学生"。如果说"身份"与"面具"有一定的关联的话,那么这里的关联是一种悖论,即通过"认同"而达到"反认同"的目的,"面具"的第一功能就是"我戴着'他'的面具模仿'他'",这里面出现的"Mimesis"(模仿)效应上文已经论及了。也就是说,当演员戴上面具的时候"我就是'他'",但是我们也必须同时看到,当演员戴上面具走上舞台的时候,也同时宣告了"我"不是"我"。

1927 年 3 月,瓦尔泽曾经写过一篇名为《面具》(*Maskerade*)的小品文,这篇小品文是这样开头的:

> 有一个人的额头很高,出于这个原因他显得特别令人瞩目,也因此让他极为难堪。在我们城里漂亮的拱廊里有许多年轻人在游荡,就像意大利贵族那样无所事事,田野风景寂静如画,犹如无法驱赶的上帝。我像老太太那样走了一会儿。我把老太太颤颤巍巍的样子学得惟妙惟肖,不停地从褂子里

---

① 源于法语的"commis"。特指银行或者保险公司的助手、写手一类的小职员,也可指一些商店,如书店等的实习店员。commis 是都市文学中常常出现的形象,比如我们同样可以在卡夫卡的小说中看到这个族类。

取出掩藏的酒瓶,瓶子里面装满了酒,喝上去却像牛奶一样。①

　　这篇小品文比较充分地反映了瓦尔泽晚期文学文本的风格,
这里因果关系、时空关系、叙述视角等完全处于非逻辑状态,我们
不知道这里是现实还是虚构,是梦境还是精神官能症。这里的
"他"是戴着面具的,我们无法确定究竟是谁额头很高,还是现实中
的某个人,还是戴着面具的"我"。"我"虽然在学老太太的样子,但
是不能确定"像"(wie)老太太,还是"打扮成"(als)老太太,因为
"als"在德语中常常与"wie"通用。②从"学得惟妙惟肖"中我们可以
认定,"我"把自己打扮成"老太太"来掩饰自己,这是在文学"舞台"
上,还是在现实生活中?"我"是在拱廊街游荡的年轻人,还是在田
野风景中的散步者? 这都让我们处于一种模糊的认知状态中,
"他""我"和"瓦尔泽"陷入了混乱和非逻辑的状态,我们唯一可以
确定的是,这里不是现实常态,而是一种混杂在现实和虚构、梦幻
以及精神错乱之间的杂糅现象。

　　我们从瓦尔泽对面具的阐释中清楚地看到,这里涉及的其实
是"我在学"的问题,"我"用戏剧化妆或者戴面具的手法掩饰了
"我",将"我"打扮成了"他/她"。可以肯定的是,这里的"化妆舞
会"是一个文学隐喻,瓦尔泽的小品文《面具》虽然有可能说的是一
次"化妆舞会",但是通过文本分析我们可以看到,《面具》其实并不
指涉某次具体的化妆舞会,因为在文中化妆舞会的能指和所指都

---

①　Robert Walser: Maskerade. Sämtliche Werke in Einzelausgaben, Bd. 19,
Frankfurt a. M. 1986, S. 39.
②　比如在德国萨克森地区方言中,"als"和"wie"没有区别。法语中,"als"和"wie"
也没有区别,都是用"comme"这个词来表述。如果用法语来表达"老太太的样子",那么
就是"comme une vielle Femme",既是"打扮成",也是"像"。

被摧毁殆尽,所剩下的只有掩饰了。

那么,主体为什么要掩饰呢? 是因为太过于个性化,就像"巨大的额头"那样与众不同而感到难堪? 答案是掩饰出于瓦尔泽文学中的主体双重意义。本雅明在瓦尔泽和卡夫卡的身上都看到了这种主体的"羞涩"(Scham),然而在他看来,这种羞涩具有两张面孔,它既是人的极其隐私性的心理反应,也是对社会现象的深刻反应。

三、作为掩饰手段的"东方形象"

德布林于 1912 年至 1913 年间写下了著名的中国小说《王伦三跃》,此前他对中国几乎没有太多的了解。我们从文献中可以确定一点,1912 年 8 月,德布林对马丁·布伯说起他要写一本中国小说,并向布伯讨教。布伯是 20 世纪初较早接触东方思想的德国犹太思想家,1910 年,他发表了《庄子言论故事集》并写了一篇著名的跋文,题为《道家学说》。1911 年,布伯出版了《中国精神及爱情史》。大概是出于这样的原因,德布林向布伯请教,问他"是否能够提供有关中国宗教、哲学或其他有关的书籍"[1]。布伯当时向德布林提供了哪些书籍,现在无从考证,值得注意的是,德布林在另外一封书信中,向布伯请教了有关中国异教组织的情况,他写道:"我正在研究王伦领导下的无为教派的命运,您是否了解有关这方面的专著及其他宗教组织的情况。"[2]

但是为什么德布林要写这部中国小说? 他是否真的要写一部

---

① Alfred Döblin: Briefe 1878 - 1957. dtv Olten, Freiburg i. Br. 1979, S. 57.

② 同上,S. 58。

有关中国的小说？德布林曾经说过，中国与我有何相干？我连欧洲都不了解，何况中国？他还写道："我从来也没想过去和中国打交道，到中国去的想法连做梦都没想过。我有一种心灵深处的感受，或者说是一种根本性的立场。这一立场我竭尽全力地要去维护，把它发扬光大。"①那么，这种心灵深处的感受又是什么呢？我们是否可以认为德布林的中国小说是一部戴着中国形象面具的德国小说？如果是这样的话，那么这位柏林医生又有何用意？他究竟想向德国读者传达什么信息？

德国德布林研究者阿明·阿诺德（Armin Arnold）提出一种假设，德布林写这部中国小说的目的是想写一部类似马利奈梯（F. T. Marinetti）非洲小说《未来的马法卡》（1910）的作品，来对未来主义文学模式提出批评。根据他的观点，德布林想借鉴马利奈梯的非洲小说的文学形式，反其意而用之，塑造一个"真实"的，但欧洲人完全陌生的文学世界。这里也许道出了现代主体文学中运用异域符号的本质：也就是我们所说的仪式中面具的"陌生化"功能。

君特·格拉斯（Günter Grass）一直非常推崇德布林，并把德布林视为自己文学创作的老师。② 1977 年，格拉斯出版了《比目鱼》后，随即拿出《比目鱼》的部分稿酬在柏林艺术科学院设立了"德布林奖"，以褒奖青年作家。格拉斯在《关于我的老师德布林》中写道："德布林只有一个原则，尽可能地接近真实，而马利奈梯只是简化真实。"③在马利奈梯眼里，只有一个完美的真实世界，那就是所谓代表着"未来"和"进步"的飞机、机关枪的机器世界。他在未来

---

① Alfred Döblin: Briefe 1878 - 1957. dtv Olten, Freiburg i. Br. 1979, S. 338.

② 参见蒋跃、毛信德、韦胜杭：《二十世纪诺贝尔文学奖颁奖演说词全编》，百花洲文艺出版社，2001 年，第 1034 页。

③ 格拉斯：《关于我的老师德布林》，载 Akzente，1968 年，第四卷，第 293 页。

主义宣言中写道:"战争是美,战争因为拥有防毒面具,拥有骇人的高音喇叭,火焰喷射器和坦克车使人对机器的统治得以确立。战争是美,因为战争把机关枪喷出的火焰和大炮的间隙轰鸣、香水和尸体的腐臭织成了一曲交响乐。"[1]而德布林则相反,他追求的世界是一种"市民阶级"的,一种"宁静的"世界。对于激进的社会主义者德布林来说,这种以机器、飞机和机关枪为代表的"进步"则更多的是一种喧嚣。

德布林的中国母题(China -Motiv)不仅在形式上而且在内容上都不能简单地认为是在追求异国情调,而是一种戴着"面具"的陌生化仪式行为,如果我们对面具原始功能加以联想,那么也许可以将这种面具行为视为一种"狩猎"仪式。狩猎时戴上面具,第一是为了"麻痹和诱骗猎物,借此偷偷接近猎物,然后突然发动袭击将其杀死或者捕获";[2]第二是为了"恐吓和威慑捕获对象,使之感到害怕而不敢伤害自己";[3]第三是为了"蒙蔽被捕杀动物的灵魂,防止死去的动物对自己进行报复",[4]狩猎仪式在原始部落战争中得到了延伸。因此,我们认为"面具"的功能恰恰在于其夸张的造型和怪异的图案上,德布林在中国小说中利用异域图像作为"面具"也许是创造陌生化文学效应的一种理想手段,其猎物和敌手恰恰不是东方文明,而是西方文明。

任何研究瓦尔泽的人都知道,他所有的文本都是"自我"文本,他写"女裁缝""仆人""写字生""小姑娘"等,他都是在表演自我,都

---

① Filippo Tommaso Marinetti: Manifest des Futurismus. Matthes & Seitz Verlag, Berlin 2018, S. 26.

② 顾朴光:《中国面具史》,贵州民族出版社,1996 年,第 17 页。

③ 同上,第 18 页。

④ 同上,第 20 页。

是在用"面具"掩饰自我。《中国女人、中国男人》①是瓦尔泽的戏剧小品，也是他一生写过的唯一一篇涉及中国的作品。作品描述了一个关在牢笼里的"出轨"的"中国女人"，虽然她的"出轨"是出于"真爱"，但她仍然被判处"饿刑"处死，执行的是一个维护道德和法律准则的"中国男人"，故事情节在二者的对话中展开。我在本书《真作假时假亦真》中较详细地讨论过这篇小品戏剧。②作品里的"出轨"实际上是指瓦尔泽自己文学创作的"红杏出墙"，即指他的文学作品极不符合当时社会的主流审美价值判断，因此这种出于"真爱"的"出轨"行为被贫困潦倒所惩罚。在现实生活中，瓦尔泽在二三十年代的伯尔尼时期，穷到了连一块黄油都要向别人乞讨的地步。

在日常德语口语中，有两个涉及国家名称的诙谐说法：一个是"spanisch"（西班牙的），指"怪异"；另一个是"chinesisch"（中国的），指"陌生""遥远"。在这部戏剧小品中，瓦尔泽让自己戴着"中国女人"的"面具"，来掩饰自己对"中国男人"强权和压迫的反抗。这不仅与我们在本文开始时提及的后殖民理论中的"东方主义"和后现代主义中的"女性主义"话语批评有一定的共同性，而且具有文学表现手法上的美学特征。

瓦尔泽所有的文学中笼罩着一种"弱"与"强"、"仆"与"主"、"小"与"大"、"女"与"男"、"物"与"人"的辩证抗衡关系，并且形成了一种罗伯特·瓦尔泽的文学程式。如果文学理论界将卡夫卡的文学写作方式以及美学特征命名为"Kafkaesk"（卡夫卡式），那么我们不妨也把瓦尔泽文学方式及其美学特征称之为"Walseresk"

---

① Robert Walser：Aus dem Bleistiftgebiet. Mikrogramme 1924/25，Suhrkamp Verlag，Frankfurt am Main 1985. S. 460 – 262.

② 参见本书《真作假时假亦真——德国戏剧对中国的开放性接受研究》一文。

（瓦尔泽式）。在这个程式中，瓦尔泽的文学位置一定是弱势的一方，其对立面一定是"权力拥有者"，是高大的、男性的、强权的文学符号。在小品文《荷尔德林》①中，瓦尔泽把荷尔德林表述为"囚禁在笼子里的狮子""戴着脚镣的英雄"，其实瓦尔泽也是戴上"荷尔德林"这副面具，与所谓"正统文学"进行抗争，并因此受到了惩罚。在这里，中国作为异域符号无疑也是一种"面具"而已，瓦尔泽在自己脸上戴上各种面具，或者书写上各种脸谱进行文学写作，并将这种写作过程在文本中予以展现，那么作为文学写作的"文化技术"也就具备了"仪式"的意义。

如果这一判断成立的话，那么"仪式"除了上文概括的五条本质属性之外，我们还可以揭示出第六种本质属性，即仪式的批判主体间性。各种形式的仪式在表达主体间性的时候常常采用符号对话的形式，一般都具有强烈的符号象征意义，耶特（Werner Jetter）在《象征与仪式》中提出，从本质上看，宗教仪式无非是一种社会交往活动，而作为宗教实践的礼拜仪式（Gottesdienst）则是一种表现形式，其特点是"象征性的交往，它像大多数日常社会生活中的表达形式一样，具有理所当然和无反思的表现行为特征"②。一旦礼拜仪式被赋予符号意义，并且有意识地表达意志，那么这种意识就成了一种"有意蕴的交往活动"③。我们从基督教礼拜仪式的布道中可以看出一种深层次上的批判意蕴，同时也是基督教（尤其是路德教派）礼拜仪式的批判性本质：这种意蕴就是对封建世俗统治和

---

① Robert Walser: Sämtliche Werke in Einzelausgaben, Bd. 19, Frankfurt am Main 1986, S. 116.

② Werner Jetter: Symbol und Ritual: anthropologische Elemente im Gottesdienst, Vandenhoeck & Ruprecht, Göttingen, 1978, S. 140.

③ 同上。

天主教教会权力的一种否定。①也就是说，基督教礼拜仪式蕴含着一种对以具象"物"为目的指向的(sachgerichtet)交往行为的批判，同时也是对精神价值和象征性交往行为的肯定。

根据瓦尔泽档案馆 2003 年新发现的 1927 年瓦尔泽写给巴塞尔哲学和艺术刊物双月刊《个性》(*Individualität*)主编施道尔(Willy Storrer)②的一封信中，瓦尔泽表达了停止写作的意愿，表示对主流社会以"是否有用"为衡量标准的价值观念的抗议。他在感谢施道尔邀请他写文章的同时，指出：

> 我原则上自然非常愿意接受您的约稿邀请，但请您允许我向您做一个也许完全不是让人不安，而是让人舒心的小小说明，穆希克(Muschg)博士退回了我的一篇手稿，他说无法采用。……据说是因为作者的反叛和目的性不明确，不知所云……。尽管我写东西一般与退稿完全无关，但我还是要说，我非常想在一年内不给贵刊投稿了，因为时间要求我沉默。……难道每一篇在报刊上发表的文章不都像不守规矩的小玩意吗？我希望您能够暂时允许我离开一段时间，……同

---

① 这一观点包括中世纪天主教政教合一时期的宗教仪式实践活动，如"赎罪券"的实施等。

② 施道尔(Willy Storrer，1895—1930)，瑞士记者和作家，欧洲现代派以德国古典哲学、歌德艺术观和东方智慧融为一体的"人智学运动"(Antroposophie Bewegung)创始人施泰纳(Rudolf Steiner，1860—1925)的追随者和现代艺术的积极推崇者。施道尔于1926 年创办具有反叛精神的《个性》杂志，黑塞、康定斯基、保尔·克利、弗兰茨·马克等都是《个体》圈子里的人物，施道尔曾多次邀请瓦尔泽为刊物投稿，并与他有密切的书信来往。瓦尔泽晚期的一些作品发表在这个刊物上。1930 年 5 月 3 日，施道尔因飞机失事去世，瓦尔泽在精神病院得知此事，他在小品文《施曼尔策》中写道："当我的笔开始在抽屉里安息的时候，我失去了一个朋友，他因飞机失事而离开了我。"参见 Bernard Echte (Hrsg.)：Robert Walser. Sein Leben in Bildern und Texten，Suhrkamp Verlag，Frankfurt am Main 2008，S. 400。

时我也可以获得休息的时间来改变自己,也许可以让自己变得更加优雅。①

瓦尔泽在信中直接表达了他对主流艺术价值和社会价值的不满,并且流露出他的文稿就是"反叛",就是那些"不守规矩的小玩意儿"(Kleines),这里所说的"不守规矩"即没有按照传统价值观用文学体现"有目的""有用""积极向上""追逐成功"的主体观,而是主张"渺小""无用""沉默""宁静"等价值观取代正统文学。这也许就是"出轨",也许就是他戴上《中国女人,中国男人》异域面具进行抗争的理由。

结　语

综上所述,西方文学中的异域形象运用具有多维度和多义性特征,它不仅可以是对异域文化的政治、伦理、文化的价值判断,同时也可以是文学本体论价值的反映。文学艺术的价值不仅在于语义和意蕴,而且还在于其表达语义和意蕴的方式方法。在现代主义文学中,符号、象征、隐喻、反讽、戏仿等各种艺术手段往往起到遮掩意蕴的作用,而文本阐释就在于揭示在诗中栖居的人类精神,因为人类精神的栖居之地便是文学语言自身。瓦尔泽和德布林笔下的"东方形象"可以解读为戴着"东方面具"的诗学手段,它不在于反映文化间的权力话语机制,而是反映其自身的生存状态以及其自身的美学价值。就像仪式和戏剧中的面具一样,作家使用异

---

① Mitteilung der Robert Walser Gesellschaft. Zürich, März 2003 (2003/9), S. 11.

域形象的目的正是为了消解自我，建构陌生化效果，以达到其艺术目的。文学文化学意义上的"仪式"或者"面具"往往不在于表现自身，而在于表现"物之外"。

瑞士当代小说译丛总序^①

2010 年上海世博会开幕期间以及在之后的几年里，瑞士文化基金会(Pro Helvetia)精选出的瑞士当代优秀德语作家的文学作品将陆续在上海译文出版社面世。这个文化交流项目在瑞士文化基金会安·萨尔维斯贝格(A. Salvisberg)女士和柏林文学研究会(LCB)乌·雅内斯基(U. Janetzki)博士的倡导和支持下得以实施，中国读者将会在这个当代文学系列中充分感受今天瑞士德语文学中所蕴含的鲜活的文化记忆，体验当代欧洲社会生活的多棱面折射，感悟世界各地同时代人的情感和命运。

说到瑞士的德语文学，我们很快就会想起在苏黎世家喻户晓的高特弗里特·凯勒，想到他的《绿衣亨利》和《马丁·萨兰德》。凯勒在他的小说中，用现实主义的手法向世界展现了阿尔卑斯山上这个小小的国家从农业社会向工业社会转型时期的社会历史画卷，描述了个体在社会形态变异中的心路历程。凯勒在 19 世纪就已经为瑞士德语文学奠定了在整个德语文学中的重要地位。

20 世纪的瑞士德语文学群星灿烂，他们中间不仅涌现出了像

---

① 本文为上海译文出版社 2010 至 2014 年出版的"瑞士当代小说译丛"10 部系列作品的总序。

诺贝尔文学奖获得者施皮德勒、黑塞那样的经世作家,也蕴藏着像罗伯特·瓦尔泽那样鲜为人知,却又充满神秘和狡诡的现代主义文学瑰宝。著名的文学双子座迪伦马特和弗里施更是为瑞士德语文学增添了绚丽的色彩。这些作家在中国都有广泛的译介,深受中国的外国文学读者的喜爱。然而,我在这里使用的"瑞士德语文学"概念却蕴含着某种悖论,因为这个概念本身说明了瑞士德语文学在存在中的不存在,或者说是在不存在中的存在。

我们若用罗伯特·瓦尔泽的语调来说,假如有一种文学叫作瑞士德语文学,那么它就像这个国家一样,渺小得几乎就像片片飘逸的雪花,然而正是那片片雪花所具有的巨大力量,染白了雄伟的阿尔卑斯山脉。对于任何一个瑞士人来说,地球面积的百分之九十九点九九二都是国外,因此毫不奇怪,20世纪以来的瑞士德语作家几乎都必须融入整个德语地区,或者融入整个世界。

洛桑的文学理论家彼得·冯·马特先生曾经说过,瑞士德语文学是一种语言区域文化相互作用下的某种效应,瑞士籍的德语作家若要成功,那么他们必须在其他德语国家得到认同,在那里摘取文学的桂冠。其原因是显而易见的,仅有五百万德语人口的瑞士无法为德语文学的接受提供足够的疆土和阅读人口,如果说要对瑞士德语文学做一个定义的话,那么它首先是属于德语的,其次是属于德语国家的,再者是属于欧洲的,最后则是歌德意义上属于"世界文学"的,因此它也是属于瑞士的。之所以这么说,那是因为现当代瑞士德语作家的身份和存在方式已经发生了变化,他们创作的视角、涉及的主题以及在作品中表现出来的情感世界、生活和命运都远远地超越了瑞士的疆界。

过去如此,今天如此,将来也一定如此。

2008年初夏,我和宁波大学的陈巍,上海外国语大学的陈壮鹰、张帆,浙江大学的李张林等诸位同仁应瑞士文化基金会和柏林文学研究会的邀请,参加瑞士当代德语作家的译介和文学交流项目。2009 年的初春时节,我与几位同仁去了苏黎世近郊小村,那里有一个叫"罗伦译者之家"(Übersetzerhaus Looren)的地方,目的是与几位当代瑞士颇有成就的中青年作家进行一次面对面的交流。那次,我们还有幸与柏林文学研究会的雅内斯基博士一起专程去苏黎世拜访了瑞士著名的文学家、文学评论家、记者、国际社会活动家霍戈·罗切尔(Hugo Loetscher)。其实,罗切尔应该算是迪伦马特和弗里施那个时代的作家,或者说也是积极介入瑞士政治和社会活动的那一代瑞士知识精英,他的早期作品如《污水》(1963)、《编花圈的女工》(1964)、《大橙子里的秋天》(1982)等均具有强烈的社会批判和讽刺特点。

那一年春天,雪下得很大,罗切尔的手摔伤了,他的左手缠着石膏和绷带跟我们见了面,在苏黎世老城区给我们介绍了许多文学往事,他的步履有些缓慢,他告诉我,前几天走路不小心摔了一跤,手骨折了。那天晚上,他邀请我们在苏黎世内城的一家古罗马风格的饭店里吃了晚餐。遗憾的是,那次见面是我们最后的一次聆听大师的教诲了,就在那年 8 月,罗切尔不幸与世长辞。当时他正在阅读总结自己一生的自传《我的时代是我的时代》(2009)的样书。现在想来,这个不带问号的书名既是他对自己一生的自信,也是对历史和未来的焦虑。他的去世无疑是德语文学界和瑞士知识界的一大损失。

我在与这位诙谐幽默的长者关于瑞士德语文学的交谈中感受到他对世界的热爱,尤其是对中国的热爱,自 20 世纪 80 年代访问中国之后,罗切尔便不断地关注中国,多次访问中国,与中国的日耳曼学者和外国文学爱好者交流。我从他身上强烈地感受到了一种"世界情怀",也许这是他自 20 世纪 60 年代以来积极地活跃在拉丁美洲、东南亚等地,从事采访和写作而留下的"痕迹",或许这种"痕迹"也代表了当代瑞士德语作家的某种共性。

然而,罗切尔是瑞士社会政治舞台上最后的勇猛斗士。今天的瑞士德语作家似乎已经远离了迪伦马特和弗里施对瑞士本土政治的敏感和社会批判。他们关注更多的是人类的今天,关注主体个人生活的本身,而且是一种超越瑞士疆域的跨文化生活本身,关注人类共通的主体间情感与交往经验,关注对日常琐碎生活程式的反思。其中具有代表性的作家及作品有托马斯·霍利曼(Thomas Hürlimann)的《四十朵玫瑰》(2006)、克里斯蒂安·哈勒(Christian Haller)的《好年代》(2006)、乌尔斯·费斯(Urs Faes)的《爱情档案》(2007)、阿道夫·穆希克(Adolf Muschg)的《孩提婚礼》(2008)等。

2009 年,伊尔玛·拉库萨(Ilma Rakusa)发表了长篇小说《更多的海》,并且获得了当年的瑞士最佳图书奖。这部小说采用了碎片和断章的方式回忆了作家在匈牙利和斯洛文尼亚的童年生活,随着家庭的迁徙,拉库萨的小说犹如茨冈人的大篷车,载着她的遭遇、记忆和情感走遍了欧洲各国,布达佩斯、卢布尔雅那、德里雅斯特、苏黎世,以及她在巴黎、列宁格勒的学生生活。"我是一个永远漂流的孩子"。从这句话中,我们看到了拉库萨默默眼神中流露出来的陌生人的新奇和恐惧。

这种对个人经验的关注也表现在上海译文出版社"当代瑞士文学系列"所精选的作家作品中,比如彼得·施塔姆(Peter Stamm)。我是在苏黎世"罗伦译者之家"认识施塔姆的,在译者与作者交流的那些日子里,我们常常在阿尔卑斯山的凛冽寒风中一起吸烟,"罗伦译者之家"是一座高科技环保建筑,自然不能吸烟,我和他只能融入大自然了。他的口音似乎并不太瑞士，这大概是因为他曾在纽约、巴黎、柏林、伦敦等地居住多年的缘故。那些天，我们谈了很多关于瑞士童话《海蒂》的话题，因为他自己曾改写了一部图文并茂的现代版《海蒂》读本，他对《海蒂》在中国拥有如此广泛的读者表示惊讶。施塔姆的第一部长篇小说叫《阿格尼丝》(1998)，次年这部小说获得了奥地利萨尔茨堡劳利泽文学奖。2006年，他的另一部长篇小说《如此一天》问世，同样获得很大的成功，被先后译成五种文字。

《阿格尼丝》以美国为叙述场，用第一人称的视角叙述了"我"与美国女孩阿格尼丝之间发生的个人恩怨与情感。小说所关注的是写作与现实、文学意念与生活真实的双重性，以及个人情感与理性、责任的关系。作者以非常洗练的语言、独具一格的构思，使现实与虚幻随着主人公"我"的"小说创作"而交替变换，让主人公自私的灵魂不断接受着严酷现实的拷问。长篇小说《如此一天》围绕着客居巴黎的瑞士籍德语教师安德利亚斯与几位法国女人之间的故事展开。作者再次娴熟地描写了爱的无力、主体的苍白以及个体对伟大感情炽热的渴望。

我和莫尼卡·斯维特(Monique Schwitter)也是2009年初春在瑞士的"罗伦译者之家"相识的。当时她挺着大肚子，看上去就像马上要生的样子，我很难想象她竟是著名的汉堡大剧院的话剧演员。我们一起谈论她的创作和作品，谈论她的长篇小说《耳朵没有眼睑》。说斯维特是瑞士人，开始时我完全不敢相信，因为她的口音显然是汉堡的，只有她在跟瑞士同乡说话的时候，她才说一口我一点都听不懂的瑞士德语。斯维特35岁的时候出版了第一部短篇小说集《假如在鳄鱼边上飘雪》(2005)，斯维特的作品就像她的舞台表演一样，具有强烈的角色戏剧性。她喜欢把叙述主体打扮成各种各样的人物,或者戴上各式各样的面具,采用各种叙述视角的转换,在文学这个世界大舞台上表现着日常生活的细节。我在阅读时,常常想起罗伯特·瓦尔泽的小品文。毫不奇怪,她的《假如在鳄鱼边上飘雪》在 2006 年就获得了罗伯特·瓦尔泽文学奖。

斯维特喜欢在书名上做文字游戏,鳄鱼生活在不下雪的地方,这是常识。假如鳄鱼见到了大雪,那么这条鳄鱼一定是在动物园里,一定是生活在桎梏之中。同样,她的长篇小说《耳朵没有眼睑》(2008)也演绎了一个刚刚走进生活的女孩的生存桎梏,表达了叙述主体如何对生活真谛的探索和对个体自由和解放的渴望。小说采用了侦探悬念的手法和元叙事方式,描绘了苏黎世普通人的众生相,表面的日常生活如爱情、同性恋和人际交往掩饰下的吸毒和凶杀。我们相约 2010 年在杭州再见,并带上她那当时还没有出生的孩子,她答应了。

记得和罗尔夫·拉佩特(Rolf Lappert)的第一次见面是在浙江大学的灵峰山庄。当时,他受我之邀前来给浙大德语文学专业的学生讲学,朗诵他的小说片段《游泳回家》。那是 2009 年 5 月的一天,为了给他接风,我去敲他的门,他穿着睡衣出来开门,长途跋涉给他留下了一脸疲倦。我在交谈中得知,原来他和许多瑞士德语作家一样,也是一个世界公民。他曾经在巴黎生活多年,周游亚洲和加勒比海国家,2000 年后,他在爱尔兰的港口小城利斯图威尔定居。

拉佩特从 20 世纪 80 年代初就开始文学创作,发表了小说《接下来的那些日子》(1982)、《路人》(1984)、《走失者之歌》(1995)和诗集《旅馆房间里的浪漫》《泳者的视野》(1986),拉佩特的代表作是鸿篇巨制《游泳回家》(2008),这部小说 2008 年虽然进入了德国最佳图书奖的最后竞争,但未能折桂,然而几周后,小说便获得了同年瑞士最佳图书奖。小说叙述了离开家园后的个体对精神故乡的向往,小说以幽默、冷峻的语言表达了当代瑞士德语作家的共同话题:寻找自我,在日常的生活话语中寻找自我。小说以少年维尔布的成长过程为线索,以多种叙述视角和时空变换,表现了一个成长中的少年对自身的困扰和对世界的疑惑。

时隔一年后,也是在大雪纷飞的日子里,我和陈壮鹰、陈巍又一次来到了阿尔卑斯山上的"罗伦译者之家"。在那里,我们结识了两位青年瑞士德语作家,一个叫丹尼尔·戈茨(Daniel Goetsch),另一个是卢卡斯·贝尔福斯(Lukas Bärfuss)。戈茨在我眼里是一个非常典雅的欧洲人,他在苏黎世长大,来自我曾经客居十三年之久的德国首都柏林,鉴于我们俩共同的柏林情结,我显得有些激动,但他的谈吐似乎过于腼腆。我们围坐在"译者之家"面朝阿尔卑斯雪山的大客厅壁炉跟前,热烈地讨论着他的长篇小说《本·卡德》(2008)。客厅宽阔的落地窗外千里冰封、万里雪飘,他娓娓地给我们讲述着这部与他的家族历史相关的文化记忆小说。

《本·卡德》反映了有着非洲血统的卡德家父子两代法国人对宗教文化的情结,小说通过两条时而平行、时而交叉的叙述路线,营造了凝聚在叙述主体身上的西方与东方、历史和现实、虚幻和真实二元相悖互动的现代主义文学叙述架构,表达了殖民、权力、种族、性别范畴内的文化话语冲突,以及作者对文化认同和自我认同的困扰和焦虑。戈茨的另一部小说《沙心》(2009),写的是一个联合国观察员弗兰克在阿尔及利亚西撒哈拉沙漠难民营的经历,来自发达国家的男男女女与西撒哈拉难民、贫困、毒品、娼妓、黑市相遇,理想和希望在沙尘暴中遭到颠覆。顿科尔的出现唤醒了弗兰克对美好爱情、对过去生活的记忆。理想只有从自身的经历中才能感知，这是弗兰克在记忆中获得的认知。

与戈茨不同，贝尔福斯却给人一种风风火火的感觉。他以一个艺术家的形象出现在我们面前，头发似乎特意有点乱，西服里面穿着色调极不般配的运动式翻领毛衣，有一边的领子永远是翘起的，说话时苏黎世口音分外浓重，他那敦实的形象让人感觉与他的名字本意很符合——"熊爪"（Bärfuss）。他告诉我，他是图书商出身，读的是职业学校，学习成绩平平。后来有一天，他觉得自己应该成为剧作家或者作家，于是就成了剧作家，写了小说。他觉得自己会成功，于是就成功了。他觉得他的艺术道路就是那么简单。

贝尔福斯的代表作是长篇小说《百日》（2008），这部小说使他一举夺得 2009 年瑞士席勒文学奖和 2009 年雷马克和平奖（特别奖）。《百日》也是一部非洲小说，贝尔福斯告诉我，他曾经非常向往美丽的卢旺达，因为他儿时曾在课本中认识过这个风景如画的非洲国家，后来他去了卢旺达，却被那里的政治动乱、贫困和腐败、民不聊生的景象所震惊。《百日》描述了瑞士援非人员大卫在卢旺达首都基加利的所见所闻，他与胡图部落女人阿伽特的情爱以及他在 1994 年卢旺达胡图与图西种族大屠杀中的经历。美变成了恶，善行造成了兽行，女人成了疯狂的屠夫。小说在 80 万生灵涂炭的血河中反思、拷问，批评了西方彻底失败的援非政策，对西方价值观在不同的文化语境下的权力话语机制，对因此而歪曲了的人类道德理性提出了疑问。

又过了一年，那是 2011 年的冬天，我在苏黎世结识了托马斯·霍利曼（Thomas Hürlimann），他从柏林克罗茨堡赶来与我们这些中国译者见面。我们一起参加了在苏黎世郊区的一个市民俱乐部举办的朗读会，他朗读了长篇小说《四十朵玫瑰》的片段，我则朗读了相应段落的中文翻译，因为朗读会组织者跟我说，瑞士读者特别想听听德语文学译成中文后的声音，其实我对自己的普通话以及文学朗诵水平感到特别忐忑，但是一想到下面坐着的人都听不懂我的话，心里也就平静了不少。那次他还跟我一起，接受了瑞士国家电视台的采访。

霍利曼出身于笃信天主教的政治望族，父亲汉斯·霍利曼在1974—1982年任瑞士联邦委员会的委员，并在1979年出任瑞士联邦主席。霍利曼的作品有两个特点：第一，他的作品与瑞士二战期间历史密切相关；第二，天主教和政治游戏是他许多作品共同的话题。从80年代开始，他创作了一系列小说和剧本，剧本《祖父与兄弟》《大使》揭露了瑞士在二战期间与纳粹德国复杂的经济、政治纠葛，颠覆了人们心中瑞士的"中立国"神话，他的作品常常拷问的是瑞士战争罪责问题。他认为二战历史不仅是瑞士民族的历史，也是每个瑞士家庭的历史，每个瑞士人的历史。获得2007年瑞士席勒文学奖的小说《四十朵玫瑰》(2006)是霍利曼"家族三部曲"中的一部，但更像是一部瑞士的近代史。霍利曼从一个犹太和天主教结合的家庭历史文化记忆出发，把自己的家族史、天主教政治家生涯、二战历史和战后经济繁荣融合在一起，带领着读者去感知纳粹统治下的瑞士，感知犹太族裔的内心世界。

就在苏黎世的那个寒冷的冬天，我们还结识了女作家梅琳达·纳吉·阿波尼(Melinda Nadj Abonji)。她看上去非常年轻，喜欢围着一条红色的围巾，脸上总是带着笑。她的代表作是《鸽子起飞》(2010)，这部作品使她获得德国图书奖、瑞士图书奖的双奖殊荣，她总是说"真的没有想到"。阿布尼是一只从远方飞来的鸽子，1973年她随父母从当时的南斯拉夫辗转来到苏黎世，自传小说《鸽子起飞》叙述了科奇斯一家从塞尔维亚北部少数民族部落来到瑞士、融入苏黎世社会的一段跨文化记忆，以及主人公对童年的追忆。塞尔维亚和瑞士的叙述场景转换犹如现代与传统、陌生与亲情、机器与自然之间的转换，"童年的气氛就是故乡"这句话里蕴含着作家的故乡观。阿布尼用女性的直觉视角和文化敏锐观察了瑞士社会生活的方方面面。同时，这部小说也对被人遗忘的塞尔维亚小村庄和大都市苏黎世做了黑白对比，主人公从对比中显露出对工业文明和传统价值的冲突的高度关注。

2012 年 7 至 8 月间，我们终于见到了美丽的阿尔卑斯山上的夏天。应瑞士文化基金会之邀，我和同事们一起来到了那片绿色的牧草地。蓝天白云和远方终年积雪的阿尔卑斯山峰相得益彰，一片人间仙境的景色，令人感叹不已。我们参加了离洛桑不远的"洛克尔巴特"文学节，在森林里、绿草地上聆听作家们的作品朗读。文学节结束后，我们乘坐邮车去了阿本采尔的"文学之家"。在那里，我们以瓦尔泽的方式去"望登"。德语中把山地徒步旅行或者散步称为"wandern"，我喜欢把这个词译成"望登"，登上阿尔卑斯山，漫步在嫩绿色的牧草地上，远远望去，山峦起伏，四处不断传来叮叮当当的牛铃声：这使我想起了彼得·韦伯（Peter Weber）的小说《没有旋律的年代》中的旋律。可是，那次他没有来。

几天后，我们和几个作家在苏黎世湖畔聚会，韦伯来了。他是从德国赶来的，风尘仆仆，我们一起谈论了他的代表作《没有旋律的年代》。那是一部反小说，他用了散文游记的形态、断裂的语言，还有就是几乎用爵士乐的嘶哑和窒息般的节奏写就了这部小说；一段段的叙述各说各的，让人隐约看到斯威夫特《格列佛游记》的影子，叙述场景随意置换，传统的叙述主体遭到质疑，往往是牛、昆虫、动物、物体反客为主，成了叙述主体；语言变成了音乐，音乐却没有曲调。我问他，他是不是在变调、在戏仿、在反讽？他诡异地笑了一笑。其实他是最乡土的，他的旋律和曲调是瑞士阿尔卑斯山上的大自然，是它发出呼吸声，假如我没有去过阿本采尔，那我不会理解韦伯。

我跟阿兰·克劳德·祖尔策（Alain Claude Sulzer）也是那年夏天在苏黎世湖畔聚会时初次见面的。他告诉我，他在德国杜塞尔多夫、不莱梅、柏林等城市生活了近二十年，现在他住在巴塞尔、阿尔萨斯和柏林。在这点上，他与许多当代瑞士德语作家一样，大多是"狡兔三窟"。因此，他们的作品往往也具有宽阔的视野。祖策尔写过许多小说，如中篇小说《安娜的面具》（2001）、《完美的侍者》（2004）、《私人时刻》（2009）、《为了错误的时间》（2011）。

长篇小说《完美的侍者》是祖策尔的代表作，2008 年这部小说在法国获得"美第西斯外国作品奖"，从而确立了祖策尔在国际文坛上的地位。米兰·昆德拉、多丽丝·莱辛、乌贝托·艾柯等著名作家也曾获过这项大奖。这部小说以细腻优美的语言描述了人类永恒的情感——爱情，书写了 20 世纪 30 年代一个旅馆侍者的同性情感往事，表达了"完美的侍者"和"不完美的情感生活"这一矛盾主题。祖策尔的小说不仅表达了爱情的美好，也表达了往往与美好同在的背叛与伤痕。

近年来，瑞士当代德语文学似乎显现出一种总的趋势：首先，文化记忆成了作家们所喜爱的创作主题，上海译文出版社推出的"瑞士当代文学系列"中所选择的作家几乎都在关注着文化记忆问题，他们的作品似乎都在与遗忘进行着抗争。他们所展现的文化记忆有些是历史政治事件的具体折射，有些则是个体在成长过程中的点滴经历。他们的作品几乎都远离了政治说教和宏大叙事，而常常用自己的身体去感知日常的生活细节，去反思主体的人生经验。其次，这些作家已经无意识地显示出罗切尔意义上的"世界情怀",他们中大部分都有"移民"情结,或者他们都是移民,或多或少都带着一种"外来者"的视角,他们在作品中书写的往往是显微镜下的局部,或者甚至是细部,但是所放大的却是人类日常交往中严肃的伦理问题。因此,他给我们带来的启示也是严肃的。

是为序。

另:值此当代瑞士德语文学系列出版之时,我谨代表译者向瑞士文化基金会、柏林文学研究会和上海译文出版社表示衷心的感谢。

浙江大学　范捷平

2010 年 2 月于杭州桂花城

2012 年 8 月修改

瑞士德语文学面面观^①

一、瑞士文学的源起

讨论瑞士文学并非一件易事，瑞士这个国家拥有四种语言，德语、法语、意大利语和莱托罗曼语，因此瑞士文学也是四种语言的文学，而瑞士德语文学则常常被视为德国文学的一部分。就瑞士德语文学而言，早在中世纪的许多修道院里就出现了文学创作。1250 年，瑞士的穆里修道院就出现了迄今为止最古老的德语复活节戏剧，此后在圣·加伦也出现过圣诞节戏剧。

哈特曼·冯·奥厄(Hartmann von Aue)^②是中世纪瑞士德语地区最著名的诗人，他不仅创作了大量的贵族宫廷诗歌，还在古法语故事的基础上创作了早期宫廷小说《埃里克和伊雯》，这部小说表现的爱情故事集中反映了骑士伦理冲突，即主人公埃里克在爱情和刀剑之间的矛盾和纠结。哈特曼·冯·奥厄的《可怜的亨利希》是一部不朽的长诗，这部作品反映了骑士生活的理想、现实和

---

① 本文首次发表在《外国文艺》2005 年第 5 期。
② 他的生卒年月不详，估计生于 1160 至 1170 年间，卒于 1210 至 1220 年间。

虔诚的神仆意识的统一和谐,患麻风病的亨利希只有通过处女血才能获救,而亨利希最终放弃了这种获救方式,却得到了救赎。

15世纪前后,今天的瑞士德语地区出现了贵族宫廷诗歌,当时在苏黎世还出现了一种所谓的《情歌手稿》,数量达到6000多首,它成了德语文学中贵族和宫廷诗歌的主要素材来源。德语文学研究中所说的"海德堡情歌手稿"基本上来自瑞士苏黎世地区。海德堡情歌目前收集到的140位中世纪诗人中至少有30人是来自苏黎世地区的德语诗人,其中包括哈特曼·冯·奥厄、洪堡伯爵维尔纳、图根堡伯爵卡拉夫特、约翰内斯·哈德罗伯等。瑞士伟大的文学家凯勒在其《苏黎世小说》中采用了大量哈德罗伯的诗歌手稿和插图,16世纪瑞士德语诗人埃基迪欧斯·楚蒂撰写了《瑞士编年史》。席勒在这个基础上写下了不朽的《威廉·退尔》。

瑞士德语文学的第一个辉煌时期是18和19世纪。伏尔泰曾经说过,瑞士这个国家在18世纪的时候是欧洲最有素质和教养的国家,那里出过著名的教育家裴斯塔洛齐。19世纪也是瑞士德语文学最辉煌的时期,这个时期的瑞士启蒙文人和文学家都把追求幸福和教养写在自己的旗帜上,他们呼吁回归民族认同,鼓动爱国情绪,崇尚自由想象和创造。当时的瑞士诗人认为,文学应该具有教育作用,同时也应打动读者的心灵,然而如何去实现这个目标却存在不同的观点。那个时候的莱比锡的文人认为,文学的主要表达方式应该是戏剧,而苏黎世大学教授博德默尔(Johann Jacob Bodmer)和布莱廷格(Johann Jacob Breitinger)则认为,文学首先应该选择小说、寓言、史诗的方式,同时还要学习英国的文学模式,也就是说文学需要用怪异的、神秘的方式去描绘故事,或者说文学要尽量"形象地"去表现故事。这两个瑞士人的文学批评观可与当时德国高特希德(Gottsched)的权威文学批评相提并论。

值得指出的是，博德默尔是弥尔顿和荷马的翻译者，也是他把苏黎世的《情歌手稿》编撰出版，此外他还编撰了《尼伯龙根之歌》的第二部分，他的周围集聚了当时一大群文学家和文人，如维兰德、克劳普斯多格、裴斯塔洛齐、所罗门·盖斯纳以及歌德敬重的朋友卡斯帕·拉瓦特（Caspar Lavater）等，他们一起出版文学刊物，形成了苏黎世的文学社交圈。

二、19 世纪的"文坛三杰"

19 世纪中叶，瑞士德语文坛又出现了新的辉煌，有三位作家的名字与欧洲文学紧紧地联系在一起，他们是戈特费里德·凯勒（Gottfried Keller）、耶雷米亚斯·戈特黑尔夫（Jeremias Gotthelf）和康拉特·费迪南·迈耶尔（Conrad Ferdinand Meyer）。凯勒和戈特黑尔夫的文学作品可以说是瑞士经济社会转型期的镜子。他们所生活的时代正是瑞士从农业社会向工业社会转型时期，戈特黑尔夫的作品充满批评和挑衅，凯勒的作品则常常温柔而不失幽默，他们俩都在自己的文学作品中描绘了当时瑞士社会特殊的现实状况：戈特黑尔夫的作品常常表现社会转型中的农民，凯勒则更喜欢表现城市化过程中的小市民以及小城市里的手工业者。与前者不同，迈耶尔的历史小说善于对欧洲宫廷贵族社会进行细致入微的描写，还原历史人物。这三位作家首次突破了瑞士德语地区的时空限制，表现了他们那个时代欧洲，特别欧洲各民族的共性。

戈特黑尔夫原名叫阿尔贝特·比茨尤斯，是瑞士伯尔尼附近埃蒙塔尔地区的乡村牧师，他还是教育改革和贫苦农民救助的积极分子。在十八年里，他一共写了 13 部小说以及 70 多篇中、短篇小说。他的小说常常反映出他的社会活动，比如《农民的镜子》《一个教师的哀乐》《金钱与精神》等。值得一提的是,戈特黑尔夫40岁才开始文学创作,他从事文学活动并不是仅仅出于对文学的热爱,而是一种社会责任。他在1838年的时候曾经这样说过:"这个世界压迫了我这么多年,让我透不过气起来,直到它用文学的方式把这些郁闷和烦恼从我的脑子里排了出去,然后再将其扔进别人的脑子里去。"①他在第一部小说《农民的镜子》中就将自己对社会和时代的烦恼以及纠结全部寄托在主人公身上,甚至从此就将主人公"戈特黑尔夫"这个名字当成了自己日后的笔名。在这部小说中,戈特黑尔夫把瑞士早期资本主义原始积累时期社会的疾病、农民的疾苦、社会的不公,以及人际关系的粗鲁和野蛮、缺乏教养等现象做了淋漓尽致的描写。戈特黑尔夫笔下的人物不只是艺术品,而是活生生的人。他说:"一旦某一个人物创作出来了,那么他就要在作品中生存、成长,作家必须那样去做,无论他愿意与否。"②

戈特费里德·凯勒是一个不善言辞的人。本雅明曾在《论罗伯特·瓦尔泽》这篇著名的文学评论中描述过凯勒,他写道:"一天,波克林、他的儿子小波克林③和凯勒来到一家饭店,他们常常光顾的那个酒座早就因客人的沉默无语而闻名,和往常一样,三人默默无语地坐着喝酒。一段沉寂之后,小波克林说:'天气真热。'一刻钟后,老波克林说:'没有一丝风。'凯勒沉默了片刻,站起身来要走,说:'这样唠唠叨叨我无法喝酒。'"④本雅明要说的是一种"十分

---

① Iso Camartin, Roger Franeillon, Doris Jakubec-Vodoz, Rudolf Käser, Giovanni Orelli, Beatrice Stocker: Die vier Literaturen der Schweiz, bei Pro Helvetia, Schweizer Kulturstiftung, 1995, S. 25.

② 同上。

③ 波克林父子均为瑞士著名画家。

④ Walter Benjamin: Robert Walser, in: Illuminationen. Ausgewählte Schriften 1, Suhrkamp Verlag: Frankfurt am Main 1977, S. 350.

瑞士式的东西"①,那就是瑞士农民的羞涩。这种"言说羞涩"和文学中的"温柔叙述"是凯勒和后来也成为瑞士德语文学象征性人物罗伯特·瓦尔泽的特征。这些特征充分地反映在凯勒作品的语言风格中,如大量描写小人物的作品《人要衣装》《滥用的情书》《乡村的罗密欧与朱丽叶》《三个正直的制梳匠》等。

凯勒早年曾积极投身政治,是瑞士联邦国家成立初期的重要人物,后期他是苏黎世联邦政府幕僚,从事公文文字工作。老年的时候,凯勒对年轻的联邦政府的政治颇感失望,从此远离政治。在晚年发表的最后一部小说《马丁·萨兰德》中,凯勒把主人公的投机性格、飞黄腾达的政治家以及资本家的三重特性刻画得淋漓尽致,也许这恰恰说明凯勒的一生对此特别富有心得。

凯勒的文学作品形式多样,从政治诗歌到各种篇幅和形式的叙事作品,其中最著名的是他的自传体鸿篇巨制《绿衣亨利》,这也是德语文学中与歌德的《威廉·迈斯特的学习时代》《威廉·迈斯特的漫游时代》齐名的最优秀的教育小说(Bildungsroman),或者说发展小说(Entwicklungsroman)。

在这部小说中,凯勒将自己离开苏黎世前往德国南部的个人成长道路融入其中,里面既有凯勒在慕尼黑等地的人生经历,也有他当画家时的失败经验,虽然卢卡契等文学批评家曾指出,歌德和凯勒的教育小说均有市民阶级的理想化倾向,②但《绿衣亨利》仍不乏时代真实,反映了主人公的生活感知、人生艰辛和失败的痛苦。1854年,小说的第1版出版,读者被绿衣亨利的内心矛盾、情感纠

---

① Walter Benjamin: Robert Walser, in: Illuminationen. Ausgewählte Schriften 1, Suhrkamp Verlag: Frankfurt am Main 1977, S. 350.

② 参见 Georg Lukáces: Die Theorie des Romans. Frankfurt am Main 1971, S. 140 – 156。

结、负疚感和生活窘迫深深打动，直到 1880 年小说的第 2 版出版时，凯勒才修改了小说的结尾，他把主人公的个人宏大目标和生活现实之间的矛盾做了妥协式处理，他让亨利回到临终前的母亲身边，得到了母亲的理解和原谅。

迈耶尔也是 19 世纪瑞士苏黎世德语文坛上杰出的小说家，他的一生都像在折射着瑞士这个多语种、多文化的国家。迈耶尔出生在苏黎世豪门，很小就失去了父亲，母亲患有心理疾病，自杀身亡。他自己也在 20 岁时得了严重的忧郁症而住进精神病院。迈耶尔年轻时曾在洛桑生活过，精通法语，并且立志从事法语文学写作和研究。但 1870/1871 年的第二次普法战争改变了他的决定，由于法国的战败，他决定用德语进行文学创作。然而，他的文学作品中法国历史和文化始终占据着重要的位置。

迈耶尔也是很晚才开始文学创作，1872 年，他在 47 岁时发表了首部诗集《胡腾的最后日子》。他的小说创作常以历史为题材，代表作有反映三十年战争的长篇历史小说《郁尔格·耶纳奇》、中篇小说《护身符》等。其中《护身符》集中体现了历史小说的创作风格，这部小说以 16 世纪法国宗教改革为历史背景，表现了代表新兴市民阶级的加尔文派和天主教之间的战争冲突。迈耶尔的写作风格充满幽默，故事情节常常嵌在叙事框架内，同时历史上的著名人物常常会作为小说配角人物出现在文本中，如《少男的烦恼》中的路易十四，还有《修道士的婚礼》中的但丁等。迈耶尔认为，读者非常了解这些历史人物，因此历史小说会产生一种特殊的阅读效果。

三、文学怪才：罗伯特·瓦尔泽

　　瑞士德语文学在 20 世纪初出现了一种没有预期到的突破，一大批成功的小说作品纷纷出版，这些小说对传统小说而言大多叛经背道、不媚时俗，反映了瑞士进入工业化、都市化和现代化社会进程中人的心理。卡尔·施皮特勒(Carl Spittteler)1906 年发表了小说《心像》，他用潜意识手法描述了艺术家和市民社会之间的矛盾：艺术家"塔索"陷入了民主人士的围困之中，艺术创作主体在社会权力话语机制下处处受到限制，回归内心、象征表达成了艺术的选择。作家用表现爱情的手法隐喻人的潜意识活动，施皮特勒的潜意识文学曾经影响了弗洛伊德的精神分析法。1919 年，他的潜意识文学以及史诗《奥林比亚之春》使他获得了世界文坛的桂冠——诺贝尔文学奖。1907 年，瑞士著名的人类学家、作家、戏剧家阿尔伯特·施泰芬(Albert Steffen)发表了长篇小说《奥托、阿洛斯和威尔施》，在这部小说中，作者塑造了与尼采截然不同的"反超人形象"，丑陋和病态取而代之成为新的美学价值，呼唤人的怜悯、恻隐之心成为文学的功能。

　　这个时期值得一提的是罗伯特·瓦尔泽(Robert Walser)。他在柏林写下的三部曲《唐纳兄妹》(1906)、《助手》(1908)和《雅各布·冯·贡腾》(1909)，给德语文坛精英带来了"意想不到"的欣喜。另一方面，这个"意想不到"却是一个事实，因为上述小说和他的其他作品当年的确没有获得读者的青睐。罗伯特·瓦尔泽，这位欧洲文学现代主义运动中的经典作家、瑞士德语文学的瑰宝被阿尔卑斯山上的皑皑白雪掩盖了近半个世纪，直到 20 世纪 80 年代，他的文学价值才重新被人发现。他的"柏林三部曲"实际上描写的是现代大都市的"白领小人物"（Commis）的族类，他们畸形的生存状态反映了本雅明意义上的现代文化拾荒者在文明进程中的无价值性。如小说《唐纳兄妹》塑造了西蒙这个现代社会"无用人"的文学形象；小说《助手》则表现了年轻的约瑟夫陪伴着一家荒诞的工程师事务所的败落；小说《雅各布·冯·贡腾》是"柏林三部曲"中最荒诞幽默的失败者颂歌，它描述了主人公如何以仆人的身份、以空前的热情，竭尽全力地去成为一枚"滚圆的零蛋"①。当时欧洲著名的文学评论家如韦德曼（Joseph Victor Widmann）、布莱（Franz Blei）等将他誉为欧洲现代主义文学的先驱，瓦尔泽对传统文学的反叛在于颠覆西方市民社会的价值体系，用新的美学手段表达支离破碎的现代都市生活。

瓦尔泽的文学创作延续到 1933 年，之后他进入了瑞士赫利萨精神病院，直至 1956 年逝世。瓦尔泽在患病之前的文学作品主要是发表在报纸文艺副刊上的小品文，这是欧洲文学的一种特殊形式。瓦尔泽以这种形式撰写了大约 4000 页的文稿，这些文稿大都只有几页长短，且形式多样，有散文、小故事、对话、诗文等。这种文学方式既是一种独特的美学，也是诗人在大众媒体时代的特殊生存方式。瓦尔泽生前的极大部分手稿都没有发表，研究者后来发现，这些手稿密密麻麻地写在各种各样的字片上，有明信片、烟盒、票证等，最小的字几乎无法用肉眼分辨，被研究者称为"密码卷帙"。瑞士瓦尔泽研究会用了二十多年时间，直至 2000 年才将瓦尔泽的全部手稿译读出来，分成 6 卷本《来自铅笔领域》出版。②

瓦尔泽的小说遗稿《强盗》是一部可与乔伊斯的《尤利西斯》、

---

① 罗伯特·瓦尔泽：《散步》，范捷平译，上海译文出版社，2002 年，第 8 页。
② 参见范捷平：《罗伯特·瓦尔泽与主体话语批评》，浙江大学出版社，2011 年。

普鲁斯特的《追忆似水年华》相媲美的现代主义杰作。[①]这部小说形成于 1925 年,瓦尔泽将其写在 24 张稿纸上,每张上密密麻麻地用铅笔写满了德语花体字,每个字母大小 1 毫米左右。手稿既没有书名,文本以段落为单位。所谓的"强盗"是一个游手好闲的落魄作家,事实上这个"强盗"就是创作主体和叙述主体融合在一起的作家自身。由于写作失败和生活无能,"强盗"生活在社会边缘,被世人鄙视和嘲笑,研究者大多认为这种嘲笑实际是作家的自嘲,因而也形成了小说鲜明的"浪漫主义反讽"特色。《强盗》的美学意义在于对传统叙述视角的解构,叙述主体在叙述对象面前不断地反思自身,反思自己的叙述视角,这使得叙述对象与叙述主体之间的界限变得十分模糊。"强盗"的基本特征是一种没有存在价值的物化主体,但它以物"自在"和"自为"的形式体现着其自身价值。这部小说遗稿之所以在现代文学中具有特殊的地位,在于瓦尔泽用抽象的方式显现了现代社会主体的迷惘和失落。

四、文学双雄:弗里施和迪伦马特

20 世纪 50 年代中叶,瑞士德语文学中有两位作家的名字举足轻重,他们在世界文学殿堂中也具有不可或缺的重要地位。他们就是同时代的作家马克斯·弗里施(Max Frisch)和弗里德里希·迪伦马特(Friedrich Dürrenmatt)。

弗里施的文学活动始于 20 世纪 30 年代,但他真正走进读者视野的是《日记 1946—1949》,在这部作品中,弗里施充分地表现了自

---

① 参见 Heinz F. Schafroth: Wie ein richtiger Abgetaner. Über Robert Walsers Räuber Roman, in Über Robert Walser, hrsg. v. Katharine Kerr, Bd. 1, Suhrkamp Verlag, Frankfurt am Main 1978, S. 287。

己的语言天赋,也表现了作家敏锐的社会政治批评,他在这部作品中提出了对当时社会和世界的疑问,也提出了对自我的疑问。在这部作品中,弗里施形成了他所有文学创作中的核心问题——不与现实妥协,不做现实的抚慰者。他在 1954 年出版的小说《抚慰者》中的第一句话就是,"我不是抚慰者",这部小说的本质就是批评对民众、对社会的麻木与随大流。这种自我反思特征还反映在小说《我的名字叫甘腾拜因》中,弗里施写道:"我让我站在我的面前。"[1]这句话体现了对自我的反思和构建,同时他也写道:"我把历史当成衣服在身上试穿。"[2]这显然是对历史和社会的批判,对自我的反思,这种辩证法始终是弗里施的文学原则。需要指出的是,弗里施在 1944 年还写过一部短篇小说《我在或者远行北京》,在这个短篇中,弗里施同样是在拷问自我的存在,他要远行北京,目的就是在修远的道路上发现自己。

《能干的法尔贝》(1957)是弗里施的代表作。这部作品集中表现了文化人类学的焦点问题:命运和偶然让小说主人公直面人与技术、自然与知识之间的冲突。小说始终在"知"与"不知"和"不可知"的层面上探索现代科学知识的伦理问题。在作品中,弗里施融入自己的自传因素,自我认同和社会角色的矛盾同样也是这部作品的主题。同时弗里斯也是瑞士德语文坛上杰出的戏剧家,他的戏剧《中国长城》(1946)、《奥德兰伯爵》(1951)、《彼得曼和纵火犯》(1958)、《传记·戏剧》(1968)都获得了巨大的成功。弗里施的晚期作品以《出现在新世纪的人》(1979)为代表,这部作品是弗里施

---

① Iso Camartin, Roger Franeillon, Doris Jakubec-Vodoz, Rudolf Käser, Giovanni Orelli, Beatrice Stocker: Die vier Literaturen der Schweiz, bei Pro Helvetia, Schweizer Kulturstiftung, 1995, S. 54.

② 同上。

晚年对人的可逝性的沉思，是对人生、恐怖的自然和孤独以及对人类将来的忧患。

迪伦马特是瑞士德语文学历史上著名的戏剧家，他一生创作了许多经世之作，其中包括《罗慕洛斯大帝》《老妇还乡》《物理学家》《天使来到巴比伦》等，这些戏剧作品奠定了他在国际戏剧界的地位。1949年，迪伦马特发表了处女作《罗慕洛斯大帝》，这部"非历史的历史剧"取材于罗马帝国覆灭的历史，但作者对罗慕洛斯大帝的性格进行了虚构，塑造了一位漠然政治、认定自己用无所作为促进了历史发展的人物形象，指明人类历史荒诞的一面。

1956年《老妇还乡》在苏黎世上演，取得巨大成功，并使得迪伦马特闻名于世。剧本讲述了一位成为亿万富翁的老妇在离别45年后重返故乡，为了向让她17岁时沦为妓女的旧日情人伊尔复仇。老妇用金钱收买了全城居民，让伊尔在无尽的心理压力下死去。作者采用悲喜剧结合的手法揭露了瑞士50年代至70年代经济奇迹时期扭曲的社会现象。剧本《物理学家》（1962）表现了一名天才物理学家研究出一种能够发明一切的万能原理。为了不让政治家得到这项发明，他躲进了精神病院，而西方和苏联谍报机关都派间谍装成精神病人来到病院，企图窃取这项发明，但这项发明早已被精神病院的女院长窃走。这个剧本反映了迪伦马特对美苏争霸和冷战现实以及战争危险的担忧，反映了人类对科学技术追求背后所蕴含着的悖论。迪伦马特通过这部剧本再次提出了政治和权力之间的关系，提出了科学技术所面临的社会责任问题。

迪伦马特也是小说创作的大师，他的代表作是《隧道》（1950），表现了二战以后瑞士社会的一种迷茫现状。小说语言简练、气氛压抑、叙述手法巧妙，被公认为世界短篇小说的杰作之一。迪伦马特小说创作的主要贡献是犯罪小说，他主张通过犯罪问题的探讨来揭示犯罪的生理、心理原因和社会根源。1952年发表的犯罪小说《法官与刽子手》描写了一个生命即将终结的老探长面对一个作恶多端却十分狡猾、无法在法律上加以控告的人。探长派出了自己的"刽子手"除掉了对方。作品运用了大量的推理和心理暗示，使之成为推理小说的名著。中篇小说《抛锚》(1956)通过一场游戏以及主人公的死亡，探索犯罪和道德问题，在题材处理和人物心理分析上，构思巧妙。1958年发表的小说《诺言》，副标题为"以犯罪小说形式写的安魂曲"，讲述了主人公破案不成、身败名裂、精神失常的故事，小说主人公主持正义，却反被社会视为怪癖，迪伦马特通过价值观倒置现象，揭露了西方社会的道德沦丧。

　　弗里施和迪伦马特可以说是二战后瑞士德语文学中最重要的两位作家，他们肩并肩地将瑞士德语文学带上了世界文学的大舞台。宛如他们所处的动荡时代，这两位作家不仅在政治上十分激进，以辛辣的社会批判和揭露社会黑暗的勇猛姿态介入文学，同时也以激进的态度进行文学语言和文学形式的创新。无论是弗里施，还是迪伦马特，他们都是实验文学和实验戏剧的大胆实践者。面对欧洲的后法西斯时代和经济奇迹时期的瑞士社会意识形态和社会结构的剧烈演变，他们以文学的方式表达了瑞士德语作家强烈的社会责任和政治道德原则。

五、形式的多样化：20世纪末的文坛

　　20世纪后半叶的瑞士德语文学呈现出众彩纷呈的局面，反映出这个时期瑞士以及欧洲社会的斑驳陆离。反权威运动、女权运动、和平主义、绿色生态、移民及多元文化、同性恋等都成为文学所关注的主题。社会批判、追求对瑞士国家的认同和简洁的语言成

了这个时期瑞士德语文学的鲜明特征。阿道尔夫·穆施克(Adolf Muschg)1934年生于苏黎世的一个书香门第,父亲老穆施克和兄弟瓦尔特·穆施克都是德语文学史上的著名作家。他本人则无疑是继弗里施和迪伦马特之后瑞士德语文学社会批判和心理分析主义的主要代表。阿道尔夫·穆施克早期的文学创作有小说《破除魔法》(1967)、《一起玩》(1969),这两部都涉及瑞士社会的青少年问题,而作者的主要兴趣显然在于探索新的文学语言。随后出版的短篇小说集《异物》(1968)、《爱情故事》(1972)、《有点相识》(1976)、《身体和生命》(1982)、《塔顶风标》(1987)也基本体现了穆施克细腻、忧伤的语言风格和人物心理的风景画特征。

阿道尔夫·穆施克最初引起欧洲读者注意的其实不是自己的作品,而是他1977年给欧洲68学生运动积极分子、作家弗里茨·曹恩(Fritz Zorn)的小说《火星》写的前言,《火星》是瑞士德语文学80年代的重要作品,批评了欧洲发达国家富裕的生活和教育给人性带来的麻痹和心灵摧残,过度追求"个性"造成了现代人的心灵残废和心理病人。曹恩大声地向欧洲社会疾呼,这些无法治愈的疾病正是这个社会和教育造成的。穆施克在前言里支持了曹恩的这一社会心理学和社会批评的基本观点。此后,心理病态、无效的医治、寻求逃避成了穆施克小说的主要内容,如《阿尔比塞的理由》(1974)、《白云或友好协会》(1980)等都在讨论人在后现代社会的自我救赎问题。

《白云或友好协会》是一部所谓的中国小说,小说中8个不同职业的欧洲人应中国人民对外友好协会邀请,来到中国旅游,写了大量有关中国的风土人情和旅途中发生的事件,但是中国只是穆施克的一个隐喻,或是对侦探小说的戏仿,他的真实意图不是中国的山水和旅途中的突发事件,而在于表现不同人物的内心世界,穆施克用辛辣的语言刻画了施达伯等人的虚荣、自负和孤独的病态心理。穆施克的写作风格在 20 世纪 90 年代发生了变化,他的历史小说《红色骑士·帕西法尔的故事》(1993)戏仿了埃辛巴赫中世纪同题材长诗和瓦格纳的同题材歌剧,穆施克历史小说中的骑士故事与中世纪传说不同,他把重点移到了众多的女性人物身上,折射出欧洲现代社会的女权运动和性别觉醒。

奥托·F. 瓦尔特(Otto. F. Walter)的小说《野蛮》(1977)和《水泥怎样成绿色》(1979)表达了作家与 60 年代末的欧美学生反权威运动、绿色和平运动的高度认同。小说《雉鸡的时代》则反映了第二次世界大战期间瑞士普通家庭的生活,作家把小说的重点放在家庭的男权和女权话语争夺上,以此隐射社会权力机制和第三帝国时期的野蛮。瓦尔特·福格特(Walter Vogt)是放射科医生,他不仅用伦琴射线透视人体,还用敏锐的目光文学透视人生、透视自我。他晚期作品如《遗忘和记忆》(1980)、《海边的堡垒》(1993)则用荒诞的故事和病态的语言集中反映了瑞士和欧洲后现代工业社会人的灵魂变异,其中包括他本人的吸毒、戒毒和对性、毒品的经验。

彼得·比克塞尔(Peter Bichsel)也是当代重要作家之一,1965年他参加“四七社”,并获得“四七社”文学奖。他的第一部小说集《布罗姆太太想结识送奶人》(1964)收入了 21 篇短篇小说,作者以朴素的语言、白描式的手法展示了瑞士普通人的生活、愿望和苦恼。反长篇小说《四季》(1965)是对小说叙事的颠覆,《四季》可以从后往前读,也可以从中间向后读。小说没有情节,只叙述了一幢住宅里的普通人的日常生活。短篇小说集《儿童故事》(1969)其实并非为儿童所作,比克塞尔是想告诉读者,幼稚的并不只有儿童,这个集子因短篇小说《一张桌子还是一张桌子》而闻名于世。这个短篇讲述了一个老人因生活单调无聊而开始对家中的物什进行重新命名的故事,主人公的语言颠覆行为导致了无人能够理解,他因此也变得更加孤独。实际上,比克塞尔想告诉读者,语言本身就是话语建构:桌子是什么并不重要,重要的是人们对于桌子的观念。

格哈德·迈尔(Gehard Meier)作为诗人、小说家有着特殊的身份,他可以说是瑞士德语作家中唯一的工人作家,他长期在乡村和工厂劳动,因此对具体事物和人物有着极为细致的观察和深入的思考,迈尔曾经说过:"一个人若要有宽阔的心胸或者宏大的视野,那么他首先要脚踏实地。"①迈尔的作品如诗集《草绿了》(1964)、《我的村子下雨了》(1971)以及长篇小说《笔直的运河》(1977)、《石榴树是否开花了》(2005)等都表现出鲜明的瑞士地方特色和劳工世界的真实。

20世纪七八十年代瑞士经济繁荣时期的另一个重要作家无疑是霍戈·罗切尔(Hugo Loetscher)。罗切尔属于弗里施、迪伦马特一代积极介入时政、投身社会活动的瑞士知识精英,早期作品如《污水》(1963)、《编花圈的女工》(1964)、《大橙子里的秋天》(1982)等均具有强烈的社会批判和讽刺特点。《污水》是罗切尔的处女作,也是一部政治小说,小说叙述者用报告的语言客观地描述了苏黎世贫民的穷苦生活,并用"污水"来隐喻不公正的社会体制以及表面堂皇、实际肮脏的官僚阶层。

罗切尔早期的作品提倡个性发展和知识分子的身份认同,用小说和散文揭露和抨击了后工业化社会中人的异化现象。罗切尔认为,若要在这个世界上站住脚,就必须面对世界和征服世界,而征服世界的工具就是语言。罗切尔是一名记者,常年在南美洲奔

---

① Peter Rusterholz, Andreas Solbach (Hrsg.): Schweizer Literaturgeschichte, J. B. Metzler, Stuttgart 2007, S.350.

波,他的作品《奇迹世界》(1979)反映了他在巴西生活的长期经历。他用记者的眼光对南美洲社会疾苦、对发展中国家人民的生活状态做出了客观真实的描述,他的游记和纪实作品引起了欧洲的震惊。1983年,罗切尔出版了短篇小说集《洗衣房的钥匙》,这也是他最有影响力的一部作品。小说充分表现了罗切尔诙谐幽默的美学特点,他用讽刺的语言方方面面地揭示了现代瑞士人的国民性。罗切尔最后的一部作品是《我的时代是我的时代》(2009),这部自传体小说之所以采用不带问号的书名,那是因为这部作品既是作者对过去一个时代的总结,也是对自己一生的自信表达,更是对历史和未来的焦虑。

古伊杜·巴赫曼(Guido Bachmann)是第一个触碰同性恋题材的瑞士德语作家。他的"同性恋三部曲"《基尔伽迈施》(1966)、《寓言》(1978)和《埃希纳通》(1982)在德语文坛刮起了一股旋风,引发了极大的争议。伯尔尼郊区的一所中学甚至开除过阅读巴赫曼小说的学生。巴赫曼的小说不仅在题材上惊世骇俗,在艺术表现上也旗帜鲜明地反对心理分析。他通过朦胧、重复、变异的方式营造语言流,把神话和历史时空构建成一个迷宫般的世界。马丁·弗兰克(Martin Frank)也以同性恋为题材,他的《死亡的雪佛莱》用专业的速记方式,真实记录了身穿皮夹克、开着摩托车的同性恋人群,以及他们的交往方式。

21世纪以来,瑞士德语文坛呈现出一种两极或者多极分化现象,一方面是以弗里施和迪伦马特为代表的社会批评和政治介入传统继续得以传承;另一方面则是罗伯特·瓦尔泽的那种白话生活、反讽自嘲、调侃游戏的写作风格被很多作家接受。年轻一代作家开始叛经逆道,对时政批评和介入的兴趣逐渐淡化,这是对伟大的弗里施和迪伦马特进行权威挑战。以迪伦马特、穆施克为代表

的心理现实主义遭到了质疑,瑞士德语作家、历史学家马恩贝格
(Niclaus Meienberg)把心理现实主义简称为"虚幻的亚现实主
义",与此相反,他把自己的写作风格称为"纪实超现实主义"。他
与奥托·F. 瓦尔特就写作风格问题发生了激烈争论,这些争论被
收集在《不能和解的建议——现实主义讨论》(1983/1984)一书中。
与此同时,瑞士德语文学涌现出一大批女性作家,她们既是欧洲 68
学生运动后女权主义运动及性别批评引发的一种现象,也是瑞士
社会演进的必然结果。20 世纪 70 年代至 20 世纪末,代表性的作
家有劳拉·威尔斯(Laure Wyss)、玛格丽特·鲍尔(Margrit
Bauer)、玛格丽特·施利伯(Magaret Schlieper)、玛丽拉·梅尔
(Mariella Mehr)、海伦·迈耶尔(Halen Meier)等;一些六七十年代
出生的女作家,如克里斯汀·T. 施尼德(Christina T. Schnider)、伊
尔玛·拉库萨(Ilma Rakusa)、莫妮卡·施维特(Monique
Schwitter)等开始崭露头角。她们的文学表现出强烈的女性自我
意识,也流露出一种与男人强权社会的平等对话欲望,同时在写作
风格上形成了女性化、个性化的倾向,在文学题材和叙事学上反映
出鲜明的特点和女性主体性,女性身体和疾病、个体与权力、历史
与女性迫害(如中世纪女巫迫害)、少女年代追忆、母性研究等都成
了女作家喜爱的文学话题。

六、瑞士德语文学现状

进入 21 世纪后,当代瑞士德语文学显现出淡化政治和趋同文
化人类学的格局及走向,大多数作家似乎不再直接介入瑞士社会
政治,不再讨论弗里施、迪伦马特以及罗切尔所关心的社会问题。
文化记忆成为许多作家所喜爱的创作主题,他们的作品似乎都在

与遗忘进行着抗争。他们所展现的文化记忆有些是历史政治事件的具体折射,有些则是个体在成长过程中的点滴经历。[①]他们的作品几乎都远离了政治说教和宏大叙事,而更喜欢用身体、感官去感知日常的生活细节,去反思创作主体、叙述主体的人生经验,用文学去表现语言行为,所有的文学述行似乎都在尝试一件事,那就是在触摸历史、触摸过去、触摸将来。

女作家伊尔玛·拉库萨(Ilma Rakusa1)不是土生土长的瑞士人,她少女时代随父母来到瑞士,自称是一个"永远漂流的孩子",追寻着自己的文化记忆。2009年拉库萨发表了小说《更多的海》,并且获得了当年的"瑞士图书奖"。这部小说采用了碎片和断章的方式回忆了主人公在匈牙利和斯洛文尼亚的童年生活,随着家庭的迁徙,拉库萨的小说犹如茨冈人的大篷车,载着她的遭遇、记忆和情感走遍了欧洲各国,布达佩斯、卢布尔雅那、的里雅斯特、苏黎世,以及她在巴黎、列宁格勒的学生生活。从"永远漂流"这个词语中,我们看到了拉库萨文学文本中流露出来的陌生人眼神中的新奇和恐惧。

托马斯·霍利曼(Thomas Hürlimann)出身于笃信天主教的政治望族,父亲汉斯·霍利曼在1974—1982年任瑞士联邦委员会的委员,并在1979年出任瑞士总统。霍利曼的作品有两个特点:第一,他的作品与瑞士二战期间的历史密切相关;第二,天主教和政治游戏是他许多作品共同的话题。从80年代开始,他创作了一系列小说和剧本,剧本《祖父与兄弟》《大使》揭露了瑞士这个国家在二战期间与纳粹德国复杂的经济、政治纠葛,颠覆了瑞士在二战时期的"中立国"神话,他的作品常常拷问的是瑞士战争罪责问题。

---

① 参见范捷平:《总序》,《瑞士当代小说译丛》,上海译文出版社,2010年,第11页。

他认为二战历史不仅是瑞士民族的历史,也是每个瑞士家庭的历史,每个瑞士人的历史。获得 2007 年瑞士席勒文学奖的小说《四十朵玫瑰》(2006)似乎就是这样一部瑞士的近代史,霍利曼把天主教政治家生涯、二战历史和战后经济繁荣融合在一起,从一个犹太家庭的历史文化记忆出发,带领着读者去感知纳粹统治下的瑞士,感知犹太人的内心世界。

彼得·施塔姆(Peter Stamm)的第一部小说《阿格尼丝》(1998)以美国为叙述场,用第一人称的视角叙述了"我"与美国女孩阿格尼丝之间发生的个人恩怨与情感。小说所关注的是写作与现实、文学意念与生活真实的双重性,以及个人情感与理性、责任的关系。作者以非常洗练的语言、独具一格的构思,使现实与虚幻随着主人公"我"的"小说创作"而交替变换,让主人公自私的灵魂不断接受着严酷现实的拷问。长篇小说《如此一天》是施塔姆的又一部重要作品,故事围绕着客居巴黎的瑞士籍德语教师安德利亚斯与几位法国女人之间展开。作者再次娴熟地描写了爱的无力、主体的苍白以及个体对伟大感情炽热的渴望。

《鸽子起飞》(2010)是女作家梅琳达·娜迪亚蓬奇·阿布吉(Melinda Nadj Abonji)的代表作,这部作品使她获得德国图书奖、瑞士图书奖的双奖殊荣。与拉库萨相似,阿布吉也是一只从远方飞来的鸽子。1973 年,她随父母从当时的南斯拉夫辗转来到瑞士苏黎世,自传小说《鸽子起飞》叙述了主人公科奇斯一家从塞尔维亚北部少数民族部落来到苏黎世、融入瑞士社会的一段跨文化记忆,以及主人公对童年的回忆,塞尔维亚和瑞士的叙述场的转换犹如现代与传统、异化与亲情、机器与自然之间的转换,"童年的气氛就是故乡"这句话里蕴含着作家的故乡观。阿布吉用女性的直觉视角和文化敏锐观察了瑞士社会生活的方方面面。同时,这部小说对被人遗忘的塞尔维亚小村和大都市苏黎世做了对比,主人公从对比中显露出对工业文明和传统价值的冲突的高度关注。

卢卡斯·贝尔福斯(Lukas Bärfuss)的代表作是长篇小说《百日》(2008),这部小说使他一举夺得 2009 年瑞士席勒文学奖和雷马克和平奖(特别奖)。《百日》是一部所谓的非洲小说,创作的动因是他曾经在课本中认识过这个风景如画的非洲国家,后来他去了卢旺达当志愿者,却被那里的政治动乱、贫困和腐败、民不聊生的景象所震惊。《百日》描述了瑞士援非人员大卫在卢旺达首都基加利的所见所闻,他与胡图部落女人阿伽特的情爱以及他在 1994 年卢旺达胡图与图西种族大屠杀中的亲身经历。美变成了恶,善行造成了兽行,女人成了疯狂的屠夫。小说在 80 万生灵涂炭的血河中反思、拷问,批评了西方彻底失败的援非政策,对西方价值观在不同的文化语境下的权力话语机制,对因此而歪曲了的人类道德理性提出了疑问。

《本·卡德》(2008)是一部与作者家族历史相关的文化记忆的长篇小说,作家丹尼尔·格奇(Daniel Goetsch)在苏黎世长大。《本·卡德》反映了有着非洲血统的卡德家父子两代法国人对宗教文化的情结。小说通过两条时而平行、时而交叉的叙述路线,营造了凝聚在叙述主体身上的西方与东方、历史和现实、虚幻和真实二元相悖互动的现代主义文学叙述架构,表达了殖民、权力、种族、性别范畴内的文化话语冲突,以及作者对文化认同和自我认同的困扰和焦虑。格奇的另一部长篇小说是《沙心》(2009),写的是一个联合国观察员弗兰克在阿尔及利亚西撒哈拉沙漠难民营的经历,来自发达国家的男男女女与西撒哈拉难民、毒品、娼妓、黑市相遇,理想和希望在沙尘暴中遭到颠覆。东克尔的出现唤醒了弗兰克对美好爱情、对过去生活的记忆。理想只有从自身的经历中才能感知,这是弗兰克在记忆中获得的认知。

罗尔夫·拉佩特(Ralf Lappert)和许多瑞士德语作家一样,也是一位世界公民。他曾经在巴黎生活多年,后来又周游亚洲和加勒比海国家,漂流经年,2000 年后在爱尔兰的一座叫利斯图威尔的小城定居。拉佩特从 20 世纪 80 年代初就开始文学创作,发表了小说《接下来的那些日子》(1982)、《路人》(1984)、《走失者之歌》(1995)和诗集《旅馆房间里的浪漫》《泳者的视野》(1986),拉佩特的代表作是新教育小说《游泳回家》(2008)并以此获得了 2008 年"瑞士图书奖"。小说以戏仿的手法继承了歌德、凯勒的教育小说传统,叙述了个体在离开家园后对精神故乡的向往,小说以幽默、冷峻的语言表达了当代瑞士德语作家的共同话题:寻找自我,在日常的生活话语中寻找自我。小说以少年维尔伯的成长过程为线索,以多种叙述视角和时空变换,表达了成长中的少年对自身的困扰和对世界的疑惑。

莫妮卡·施维特(Monique Schwitter)是汉堡大剧院的演员,更是瑞士女作家中的杰出代表,她的第一部短篇小说集是《假如在鳄鱼边上飘雪》(2005)。也许是受舞台表演的影响,施维特作品中具有一种强烈的角色戏剧性,她总是让叙述主体戴上各式各样的面具,采用各种叙述视角,在文学这个世界大舞台上表演着年轻人的日常生活细节。读者在阅读中常常会想起罗伯特·瓦尔泽的小品文,这点在很多瑞士现当代作家身上都能察觉到。

同样,她的长篇小说《耳朵没有眼睑》(2008)也表达了叙述主体的生存桎梏,表达了叙述主体对生活真谛的探索及对个体自由和解放的渴望。施维特以女性作家特有的敏感和细腻的语言倾诉了少女成熟过程中的个人情感。在叙述手法上,小说呈现出一种鲜明的后现代主义文学的特征,所有的叙述元素,其中包括人物、情节、结构、视角、意象、隐喻、符号的美好似乎都在承担着一个共同的任务,那就是为了演绎和阐明叙述本身。小说采用了侦探悬念的手法和元叙事方式,描绘了苏黎世普通人的众生相,表面的日常生活如爱情、同性恋和人际交往掩饰下的吸毒和凶杀。

七、结　语

纵观瑞士德语文学,我们可以说它与瑞士这个国家十分相似,瑞士这个国家形成 500 年来,始终是一个松散的联邦,语言认同、文化认同和历史认同一直是纠结着这个国家知识分子和文学家们的人文主题。文学也一样:它首先是属于德语的,其次是属于德语国家的,再者是属于欧洲的,最终才是属于瑞士的。当代瑞士德语文学既继承了凯勒、瓦尔泽的本土文学朴实、幽默、诙谐的语言风格,也继承了弗里施和迪伦马特犀利的社会批判传统,同时又不断突破传统的束缚,呈现出以下几个新的发展趋势。

首先,自 20 世纪末以来,瑞士当代德语文学的创作群体发生了一些变化,女性作家逐步增加,越来越多的瑞士作家旅居国外,创作视野和主题得到极大的拓宽。当代许多瑞士德语作家已经有意识、无意识地显示出罗切尔意义上的"世界情怀",瑞士德语文学不再只囿于"瑞士人"的概念,许多第二代移民作家开始登上瑞士文坛,并取得了巨大的成就。

其次,大部分作家不再只关心瑞士、德语国家或者欧洲的问题,瑞士国内政治似乎已经不再是文学创作的唯一主题,文学的题材和内容涉及国际政治,以及国际政治语境下的历史事件、民族和霸权话语、民族矛盾和文化冲突,他们在世界各地感知着、体验着世界,特别在感知着异文化区域如非洲、中东等地区的人的命运,因此他们的文学也在诉说着世界。

再者，日常生活和个人命运也成为作家喜爱的话题，普通瑞士人的家庭社会生活、日常小事中反映出来的生态环境意识、性别和女权意识、移民问题、多元社会和亚文化形态成为主流价值观，他们的作品内容往往是显微镜下的局部，甚至是细部，但是所放大的是人类伦理的严肃问题。

最后，瑞士当代文学表现手法越来越趋于多元化：身体、感知、仪式、文化记忆、媒介、述行等文化人类学特征变得越来越鲜明，文本样式变得越来越多样化，叙述方式更加趋于实验性，叙述视角的转换、叙述框架的突破、叙述主体的变换也成为文学常态，文学形式层出不穷，它与瑞士德语文学的"国际情怀"相依相存。总而言之，瑞士当代德语文学呈现出一种欣欣向荣的景象，已经成为世界文学大花园里的一枝奇葩。

《耳朵没有眼睑》译序[①]

　　莫妮卡·施维特（Monique Schwitter）的长篇小说《耳朵没有眼睑》是近年来瑞士德语文学中颇有特色的一部作品。这部小说较明确地呼应了欧洲当代文学中大多数中青年作家关注和反思个人经验，关注集体记忆、文化感知和关注日常话语以及个人命运的基本特征。施维特以女性作家所特有的那种敏感和细腻的叙述手法倾诉了少女成熟过程中的个人情感困惑，是一部现代欧洲青年寻找生活意义的成长小说。这部小说表现了瑞士当代德语文学强烈的非政治话语化倾向。在叙述手法上，这部小说呈现出一种鲜明的后现代主义小说特征，所有的叙述元素，其中包括人物、情节、结构、视角、意象、隐喻、符号等似乎都承担着一个共同的元叙事任务，那就是为了演绎和阐明叙述本身。此外，《耳朵没有眼睑》还在叙述视角和面谱变换以及与叙述时间、叙述场域的交互作用等方面做了许多实验，给人耳目一新的感觉。

---

　　① 本文最初载于莫妮卡·施维特的《耳朵没有眼睑》中译本，上海译文出版社，2010年。收入本书时做了部分修改。

一

　　"生活之路在何方"是这部小说的主旨。小说的第一部以第一人称叙述者的视角讲述了她与男友法比昂（小说中"我老公"）9个月无所事事的蜗居生活。"我老公"属于西欧典型的"继承遗产的一代"，他从祖母那里继承了一笔数目不明的遗产，衣食无虑，而自己却扮演着反叛功名和成就的小资角色。第一人称叙述者"我"则与所有获得大学入学资格的高中毕业生相反，她的职业目标是当一名咖啡馆的服务员，以此来获得她梦寐以求的"自由和喘息"。他们俩在苏黎世一座带有公共花园的出租公寓里找到了一套住房，公寓里住着的其他5家住户，他们是从来不练琴的美国大提琴手杰夫、三位合租的大学生、极端严肃的教师鲍姆嘉特纳、儿科医生考妮和另一对同居者：自由职业者盖尔特和他的女友阿格娜丝。小说反映了当代苏黎世普通市民的生存状态和交往方式，反映了20世纪90年代初西方普通人群所习惯的现代文明下斑驳陆离的多元生活方式：生态和绿色、艺术与品质、派对、反叛、摩托、孤独、重金属音乐、酒精和软消费、同性恋和多元价值观等。

　　小说的第一部着重叙述了"我"与邻居阿格娜丝的关系。阿格娜丝与"我"的蜗居生活几乎成镜像重叠，她也是与一个几乎无所事事的男友同居，处在一种"城堡"式的与世隔绝状态中。她们俩的关系逐渐演变成一种暧昧关系，而这一关系又因阿格娜丝与其他邻居的关系而变得扑朔迷离。"我"与邻居似是而非的交往关系构筑了小说的大量想象空间，"我"在浴缸中的虚幻意象和日常生活中的真实细节互为依衬、钩心斗角，显现出作家的独到匠心。阿格娜丝凶杀案成为第一部的悬念，似乎有意给读者埋伏了期待和想象。

　　"出乎意料"和"重起炉灶"是小说第二部刻意给人的印象，第二部的篇幅只占第一部的四分之一左右，这一衍生性结构是一种互文关系，似乎给人一种充当小说第一部的"超文本"或者"子小说"的感觉，其原因主要是施维特变换了叙述视角。在这个"超文本"中，叙述主体"她"以全知型叙述者的身份反思了第一部中"我"的记忆，同时也对叙述场域进行了大范围的腾挪，场景从苏黎世切换到法国马孔、喀麦隆、柏林和伦敦等地，就像施维特在接受《明星周刊》的采访时所说的那样，叙述主体的成长过程就是不断漫游的过程，生活之路在不断地变化着，结束意味着开始。①小说第二部以阿格娜丝凶杀案为线索，以年份为单位，构建了 1996 至 2008 年间主人公对阿格娜斯凶杀案的解读过程。这一情节安排实际上掩饰了施维特对阿格娜斯这个人物存在意义的否定，并隐喻了第一部中的"我"和第二部中的"她"对生活意义的困惑。施维特似乎在告诉读者一个道理，无所事事的蜗居只能导致类似"我老公"法比昂的那种危及生命的长期便秘。

二

　　施维特之所以采用"耳朵没有眼睑"的悖论有其特殊的意蕴，它一方面意味着耳朵虽然与眼睛一样是人类的感知器官，但无法像眼睛那样闭上，它总是处在倾听状态下，耳朵无法躲避外界带来的骚扰，因此而引发恐惧。耳朵代表着后现代社会的主体间性，就

---

　　①　玛蒂娜·绍尔曼：《无所事事的失败——采访莫妮卡·斯维特》，载《明星周刊》，2008 年 4 月 14 日。

像施维特在小说中做出了总结性的解释那样："我们在声学上与他们合住同在。"①当现代人彼此陌生的时候，耳朵比眼睛的感知更加具有安全感。于是，我们想到了瓦尔泽在小说《雅各布·冯·贡腾》中对仆人学校学生的耳朵描述："可怜的耳朵们，它们不得不经受恐惧。耳朵也想睡会儿觉。"②另一方面，就像瓦尔泽笔下的耳朵一样，施维特笔下的"耳朵"也是心灵感知的器官，也是眼睛的隐喻，叙述主体始终"对无法说出来、听不见的东西都长着耳朵，都长着一个好奇的心眼，一双窥视的眼睛，一个探索的心灵"③。施维特的"耳朵"不仅在倾听着世界发出的各种噪音，而且也在倾听着心灵的声音，小说主人公的浴缸便是叙述主体倾听心灵的场所，那里想象驰骋、虚幻成真，倾听自我和倾听他者相互交融，形成小说特有的叙述场。

瑞士文学评论家伊莎贝尔·陶森曾经在《瑞士画刊》上评论过施维特的《耳朵没有眼睑》，她说这部小说中的每一个人物都有自己的音乐，这是一部特为耳朵而撰写的小说。的确，声音在这部小说中具有极其重要的交际作用和符号象征意义，声音常常取代了对话。这点也许源于施维特的舞台经验，她作为话剧演员一定深知不同的音响效果在舞台艺术表达时的作用，因此在她的这部小说中，盖尔特的重金属音乐、脚底下隆隆驶过的地铁、卡拉 OK 歌厅传来的流行歌曲、街道上的汽车声和发电厂的噪音等等，声音不仅是叙述主体感知世界的主要通道，而且更是小说采用的特殊艺

---

① 莫妮卡·施维特：《耳朵没有眼睑》，上海译文出版社，范捷平译，2010 年，第 60 页。
② 罗伯特·瓦尔泽：《散步》，范捷平译，上海译文出版社，2002 年，第 40 页。
③ 同上，第 110 页。

术手段。声音在小说中不断以鲍勃·迪伦的歌词和音乐的形式出现,同时声音也成了叙述主体对邻居的主要感知方式,无论是鲍姆嘉特纳沙沙的笔尖声,还是楼上杰夫的脚步声、《零号交响曲》、CNN 广播声、洗衣机甩干声、阿格娜丝的喀麦隆比库兹音乐声,以及隔壁大学生发出的电话声、刮锅子、刷锅碗瓢盆声,直至凶杀案发那个除夕夜里的敲门声和恐怖的叫声,声音都成了叙述主体的认知源泉。

三

施维特的《耳朵没有眼睑》具有某种实验小说的性质,它不仅是近年来瑞士当代德语文学中引人注目的小说作品,而且在写作技法上也有着自己鲜明的实验特色,它将现代文学、流行歌曲、诗歌、戏剧、成长小说、爱情小说、侦探小说、电影等多种艺术元素融于一体,似乎有一种回归德国早期浪漫派理论大师施莱格尔提倡的"整合总体诗学"(progressive Universalpoesie)的意思,或者说有一种强烈的朱莉娅·克里斯蒂娃意义上的互文性。传统小说的叙事策略被大规模地解构,故事的逻各斯中心被彻底否定,小说文本结构显示出鲜明的断裂性和不确定性。尤其是小说第二部的13 个篇章,它们在叙述视角和各种叙述元素上被重新构建,并各自形成独立的、保持着距离和张力的叙事体系。这些篇章对第一部中出现的人物、时空和情节实施镜像相互折射,实现了小说第一部和第二部之间三个层次的对话,即文本对话、主体对话和文化对话。

"我为我俩造一个快乐生活的小巢,阿妮塔,阿妮塔……"①小说中的卡拉 OK 吧里传来的这首流行歌曲,以及不断出现的鲍勃·迪伦的歌词贯穿了整部小说,我们看到不同歌词文本作为互文元素始终与小说文本构成某种互文和复调关系,它与其他的编织引用文本一样(如全书罗列的几十种植物学、医学、音乐等领域里的专业名词和文本)不仅在叙事结构上有起承转合的作用,而且起到多种文本镜像对话的交互作用,歌词中的人物和思想折射出小说文本中人物的思想情感,鲍勃·迪伦歌词中的隐喻如"偏离航向的候鸟"②揭示了作家刻意潜伏的小说情节,这种互文折射使小说文本中文化感知和主体间性有可能得到多层面、多视角的阅读审视。

四

　　舞台戏剧性是《耳朵没有眼睑》的另一个特点。施维特是汉堡大剧院的签约演员,她的职业也许告诉她,化妆和面具是舞台艺术表现的手段。因此,她的小说也像戏剧那样,不仅具有鲜明的舞台性,也具有强烈的述行性(Performativität)特征。小说的第一部就像一出独幕剧,时间、场景、角色都没有变化(如果有,那也是电影镜头推移式的局部特写),各种人物你方唱罢我登场。施维特让第一人称叙述主体在公寓里的住户中来回穿梭,呈现与不同人物的不同关系,如叙述者"我"与"我老公"、阿格娜丝、考妮、盖尔特、杰夫、鲍姆嘉特纳、大学生等的关系,我们犹如看到了罗伯特·瓦尔

---

　　① 莫妮卡·施维特:《耳朵没有眼睑》,上海译文出版社,范捷平译,2010 年,第 82 页。
　　② 同上,第 155 页。

泽的"班雅曼塔仆人学校"里的那种封闭式的人物角色描述,或者我们眼前呈现出了一种话剧《七十二家房客》般的舞台效果。

小说的第二部却犹如一部多幕剧,13个章节就像一幕幕的短剧,舞台上不断地变换着布景,时空发生着变化,有些人物重新出现,有些则不断地戴上新的面具,变换着身份。如在第二部的《1996年——对一个睡者的观察(1)》中,人物"西蒙"的出现在诗学上具有戏仿意义,施维特将瓦尔泽文学作品中常用的文学人物"西蒙"①植入自己的小说,在叙述方式上坚定地将元叙述宗旨推至极端。在这里,我们看到叙述主体不断地提醒读者,小说的故事只是形式而已,结局没有意义(暗指阿格娜丝凶杀案的结局没有意义),任何一个结局都是作家为了写作而做的安排,这就像"西蒙"的人生一样,都是"她"小说计划中的一个组成部分。

这种元叙事手法有点像布莱希特戏剧中的间离效果,不断提醒读者以"疏离"和"清醒"的心态去读小说。就像西蒙高中毕业之后的生活道路那样,小说里假设了五种不同的情节,每一个情节都用一个"当然不是这样的!"②而予以否定。就像小说中所言明的那样:"我们的作家问着自己,她要在西蒙睁开眼睛的时候重新改写这个故事。"施维特将这个宗旨保持到了最后,在小说第二部最后的篇章《2008——新年好(13)》中,叙述主体在新的一年开始之际出现在柏林胜利柱前的大角星圆形广场上,通往城市的五条发散型大街象征着叙述主体面临着不同的生活道路,每条道路都沐浴在黎明的曙光之中,就像西方俗语所说的那样"条条大道通罗马"。

---

① 莫妮卡·施维特:《耳朵没有眼睑》,上海译文出版社,范捷平译,2010年,第215页。

② 同上,第218页。

我们需要细读和深思的是小说的最后一句话:"什么声音,我回过头去,但是我听到的脚步声是我自己的。"①

耳朵没有眼睑,它在倾听自己的脚步。

---

① 莫妮卡·施维特:《耳朵没有眼睑》,上海译文出版社,范捷平译,2010 年出版,第 293 页。

图像书写与图像描写

——论罗伯特·瓦尔泽的图像诗学①

一、导 论

宋代诗人苏轼曾对唐代文人王维的田园诗和山水画做过评价，他说："味摩诘之诗，诗中有画；观摩诘之画，画中有诗"②。苏轼"书画一体"③的美学思想在西方也可以找到类似的源头。古罗马诗人贺拉斯也曾经提出书画一体的说法，他说，"*ut pictura poesis*"，意思是"诗如画"，这一思想在欧洲巴洛克时期被视为典范。这两位东西方大诗人所处不同时代和语境，但他们的美学思想蕴含着同一种图像判断，即诗与图像之间有着密切的关系。从本体论上看，诗非画。文学作品所表述的图像由于其非可视性也不能称之为实际存在的画作。这点无论是苏轼还是贺拉斯都是清楚的，苏轼说的"诗中有画"也许在本体论上否定了"诗即是画"；贺

---

① 本文首次发表在《德语人文研究》2020 年第 1 期上，人大复印资料《外国文学研究》全文转载。

② 苏轼：《东坡题跋》，浙江人民美术出版社，2016 年，第 166 页。

③ 元人杨维桢写道："东坡以诗为有声画，画为无声诗。盖诗者，心声，画者，心画，二者同体也。"参见杨维桢：《无声诗意序》，《东维子文集》卷十一，商务印书馆（上海涵芬楼）1929 年重印。

拉斯所说的"诗如画",也是通过"如"字否定了"诗即是画"。

但不可否认的有三点:第一,这两位诗人共同提出了诗与画之间的关系;第二,提出了这种关系是建筑在图像基础之上的,文字符号作为图像媒介实现了这种关系;第三,提出了图像与图像性、图像与想象的区别。

我们先回到苏轼那里,苏轼将王维的田园诗用书法题在王维的山水画《蓝田烟雨图》上:"蓝溪白石出,玉山红叶稀。山路元无雨,空翠湿人衣。"①可以看出,王维在这首诗里用文字表达了四种不同的色彩,如"蓝""白""红""翠",以烘托山间晚秋景色的气氛,"溪""石""山""路""人""衣"等物在不同的色彩中相争显现,而动词和形容词如"出""稀""湿""无"又赋予画面以灵气,"无雨"所导致的"湿"恰恰给人一种雾蒙蒙的感觉,营造出一种中国山水画中的意境,这一切都是在文字符号中实现的。王维试图在山水画和田园诗中将物的外表、真实性以及物的本质做出感知性表达,即出于艺术家的主观精神对物进行艺术处理,也就是在这个美学意义上,艺术家王维实现了诗的特征、主体与客体、情感和山水的相互交融,并且成功地将其以一种相得益彰的形式表现出来。

那么,我们如何解释文学图像的本体论问题呢? 究竟存不存在文学图像? 用文字表现的图像性对象是否可以称之为图像? 如果可以,那么文学图像又有哪些特征? 王维诗中用文字符号表现的色彩、物究竟是否可以被感知和认知? 这些问题也许可以通过托马斯·米歇尔(W. J. Thomas Mitchell)和高特弗里德·波姆(Gottfried Boehm)的图像转向理论而进行探讨。

上述两位学者提出的图像转向(ikonische Wende/pictorial

---

① 苏轼:《东坡题跋》,浙江人民美术出版社,2016 年,第 166 页。

turn)的理论诉求基本上都是从"图像"这个概念出发,而图像概括地说是人类思维的基本模式。"举例来说,我们可以将'想象'这个概念从柏拉图理念说中找到根源"①,在柏拉图看来,"每个作为具有独立经验的个体乃是原始图像(*paradeigma*/Urbild)的复制图像(*eikon*/Abbild),它向我们启示了普遍性的外表(*eidos*/Aussehen)"②。柏拉图认为,原始图像和复制图像二者之间存在一定的关系,他把人能看到的东西(das Sichtbare)分为两类。他把第一种反射性的和能产生阴影的称为"自然图像",而把第二种具有可视性的东西称为"摹仿"(Mimesis)。"摹仿"这个美学概念在柏拉图那里又得到进一步细化,他把艺术中的"摹仿"再次分为"让显现"(*mimetike phantastike*)和"图像表现"(*mimetike eikastike*)。所谓的"让显现"在德语中的表达为"Erscheinen-lassen",意为人的想象力所产生的图像,或者说是人大脑中产生的那种物理上不存在的东西的图像。柏拉图认为,这是艺术的本质属性。"图像表现"即德语中的"Darstellung",它是指人通过艺术手段达到对物质对象的描写。同为"摹仿",但二者是有区别的,其区别在于艺术对非可视的和可视的两种对象的不同表现形式。

我们从苏轼评王维"诗中有画,画中有诗"的例子里依稀可以看到柏拉图"摹仿说"中二分法的影子,也好像嗅到了康定斯基的"艺术中的精神"③的味道,但意犹未尽。我们仍然很难解释诗歌中的绘画现象以及绘画中的诗歌现象,因为王维的两种艺术品可能**同时**涵盖了"让显现"和"图像表现"的现象。

---

① Stephan Günzel, Dieter Mersch: Bild. Ein interdisziplinäres Handbuch, J. B. Metzler, Stuttgart, 2014, S. 4.

② 同上。

③ 参见 Wassily Kandinsky: Über das Geistige in der Kunst, Bern 1973。

米歇尔和波姆这两位学者的图像观不尽相同,但在一点上二者比较一致,那就是他们同时看到了语言转向中蕴含的缺陷,即它试图通过抽象符号、超语言符号来解读图像以及物的表象问题。这种对抽象符号的热衷(Zeichenphilie)在米歇尔看来大有逻各斯中心主义之嫌。对米歇尔而言,语言转向蕴含着一种认知危机,在那里,可**把握**的世界和物均消失在了不可**把握**的抽象概念之中。米歇尔反对"用语言去驯服图像",[①]主张反其道而行之,用图像去驯服语言,即在政治、话语和日常文化的视角下去阐释图像。图像转向不仅意味着从逻各斯到图像的转型,而且更是一种思维方式和立场的转向,它意味着一种从抽象到具象,从形而上学到物性、从理性到日常性的转向。

二、图像差异

波姆将其图像转向的理论思考回溯到 19 世纪的现代艺术革命。首先,波姆在塞尚的油画作品中看到一种对空间中心视角建构范式的"扬存弃"(Aufheben)。其次,对波姆而言,这种"扬存弃"不仅只是美学意义上的创新,更是对笛卡尔"我思,故我在"(cogito, ergo sum)命题诞生以来主体霸权的解构。有关这个问题,下文将通过罗伯特·瓦尔泽的文学文本中图像书写和图像描写来做进一步分析,在这里先讨论波姆提出的"图像差异"(ikonische Differenz)问题。

波姆所谓的"图像差异"其实是从阐释学原理演绎而来,它可以视为海德格尔"本体论差异"的一种解读。海德格尔在其本体论

---

① 参见 Wassily Kandinsky: Über das Geistige in der Kunst, Bern 1973, S. 11。

差异中将"存在"(Sein)和"此在"(Seiendes)做了区分,他把存在视为一切此的前提,若没有此在,存在就无法被理解,此在若没有存在为前提也无法存在。若要探究某一事物的存在,那么我们首先遇到的是作为非整体的此在,此在总是以局部的存在方式显现存在,这里我们看到了阐释循环的影子。在这个意义上,尽管海德格尔介乎于存在和此在的"本体论差异"且暗示了其中所蕴含的阐释循环,但同时也让我们明察了二者之间相辅相成的辩证性。基于上述原理,波姆把图像的本体性定义为物质性和非物质性的统一:"图像本质坦言,它其实是一种双面体的存在(Zwitter | existenz),介乎于物和想象之间。非物质性通过物质显现而可视。"①但波姆认为这种可视的图像首先并非一定在场的,他说:"图像的原始场景生成了物质性的非物质性。"②若要领会这种寓于物质性中的非物质性,若要通过颜色、线条和块面去领会图像的非物质性,需要我们有一种阐释学意义上的"看"的方法,波姆将其表述为"评判式的看"(wertendes Sehen):"对于意义生成而言,最具有决定性的是通过一种'看'去激活艺术家寓于图像中的意义。只有被'看'的图像才是在真实意义上存在的图像。"③

波姆作为艺术史家在其"图像差异"中看到了图像物质性和非物质性的统一,但他似乎只强调了,或者只愿意强调在图像的物质性中实现图像的非物质性,即将在实体图像中实现图像非物质性的可视化。作为文学理论研究者,我则试图去追究图像差异论中的另一面。也就是说,是否存在另一种可能性,即通过图像的非物

---

① 参见 Wassily Kandinsky: Über das Geistige in der Kunst, Bern 1973, S. 281.
② 同上。
③ Gottfried Boehm: Wie Bilder Sinn erzeugen. Die Macht des Zeigens. Berlin 2007, S. 49.

质性去展现图像的物质性。这一尝试的基本思想基于一个认知，即图像作为摹仿实际上无非是艺术家对真实存在的一种建构，或者是艺术家通过各种不同艺术手段的重现，而这种建构或者重现均源于艺术家大脑中的一种既定的理念。被建构的图像存在依赖媒介，如纸张、银幕、色彩、线条、色块等，艺术家大脑中的理念则通过这些媒介将真实世界和物建构出来，使之可视化。这种借助媒介被建构出来的真实与实际存在的物同样具有差异性，媒介的多样性决定图像的多样性。在这里需要提出的是，除了上述图像建构的媒介之外，文字符号在一定的条件下也同样属于图像建构的媒介。

事实上，即便米歇尔和波姆在其图像转向理论构建过程中明显流露出对语言和符号的怀疑，但从不同文明进程中的文字起源来看，文字或者符号其实并非与图像无缘。从中国传统艺术的视角来看，字和画或者书写和绘画的关系非常密切，唐代绘画理论家张彦远早在公元 847 年就提出了"书画同源"的观点。[①] 汉字中的"书"与"画"在词源学上关系密切，[②]张彦远在描述仓颉造"书"和"画"二字时写道："颉有四目，仰观垂象。因俪乌龟之迹，遂定书字之形，造化不能藏其秘，故天雨粟；灵怪不能遁其形，故鬼夜哭。是时也，书画同体而未分，象制肇始而犹略。无以传其意，故有书；无以见其形，故有画。"[③]张彦远认为，仓颉先造"书"字，因万物无法用文字描述致尽，所以造"画"字来摹仿自然万物，在甲骨文或稍后的小篆中，书画二字形源相通，如出一辙。这可能是中国美学史上最

---

① 参见张彦远：《历代名画记》之《叙画之源流》，1963 年，人民美术出版社。
② "书"与"画"的繁体字分别为"書"与"畫"，形体相似。
③ 转引自高铭路：《"仓颉造字"与"书画同源"》，载《新美术》1985 年第 9 期，第 41 页。

早的"书画同源"说。

　　我们也能从德语词"Image"中探寻到图像差异的痕迹。"Image"这个现代德语在《杜登》大辞典中的意思是"某个人或一群体对他人或别的群体的'想象'（Vorstellung）和'图像'（Bild）"，[①]这就是说，在"Image"这个词中就已经蕴含了图像的物质性和非物质性差异。从词源学上看，"Image"源于古法语中的"imāgo"，其义为"图像"和"翻图"，这个词语还与"imitieren"（摹仿）以及与"imaginär"（想象中的）和"Imagination"（想象）有词源关系。[②] 由此看来，无论在中国文化还是在西方文化传统中，文字和词语均有一种表现心灵眼睛中的世界图像的能力。

　　若要理解作为语言艺术的文学所表述的意义，那么在人的理解过程中常常会发生一种类似"想象"的心理现象。想象（Imagination）是语言文字的图像化功能，或者是意象世界的生成过程，意象世界及意象物可以通过文字语言的描述而产生。如果将"Imagination"与"Image"这两个词联系在一起，那么想象可以作为文字和文本的一种图像形态来理解。这样我们可以假设，图像与想象具有必然性的内在联系，准确地说，图像与诗有共同之处。至此，我们不仅回答了苏轼评价王维的问题，也引出了瑞士作家罗伯特·瓦尔泽的图像诗学问题。

三、图像书写与图像描写

　　所谓的图像转向不仅在艺术史、哲学、医学、建筑学、信息学等

---

① Duden，Deutsches Universal Wörterbuch A-Z，Dudenverlag，Mannheim，Wien，Zürch，1989，S.754.

② Friedrich Kluge：Etymologisches Wörterbuch der deutschen Sprache，bearbeitet von Elmar Seebold，Berlin/New York 231995，S. 395.

众多学科发生影响,同时也必定会在文学书写和文学研究中发生影响。早在 2004 年,中国学者王宁先生就预言,以照相、网络和文字为综合媒介的"语像文学"将会是现代文学写作的新特点,他认为:"文学形式将从以文字为主要表达媒介逐渐向以图像为主要表现媒介,当代摄影文学和网络文学的出现大概已经从不同的层次证明了这一征兆。而在此基础上,一种以对图像进行理论解释的'语像批评'便在文学和艺术的交界点应运而生了。"①而我却认为,这一预判过于强调图像的物质性,忽略了波姆意义上的图像差异。假如我们将文学视为表述物质性图像和非物质性图像的"文字集成",②那么我们可以认同这一预判。就像拉帕赫利所说的那样,与口述文本不同,书写文本同样可以通过其文字编织结构以图像形式表现出来。以中国书法为媒介的诗歌便是最好的例子,书法具有图像性,王宁也在其文中认可这一点。③因为接受文本、理解文本的前提是可视性的文本阅读,也就是一个"筛选"的过程,即对视觉对象的一种价值判断,德语中"lesen"的原义为"筛捡",如对蔬菜和葡萄的筛检,其延伸意义为文字阅读,其本质是对意义的筛检,即黑格尔意义上的"扬(存)弃"或"奥夫赫变"(Aufheben)。但这个现象在我看来并不是图像转向的结果,而应是图像转向的重要缘由之一。

罗伯特·瓦尔泽是一位国际公认的现代文学经典作家,他的文学地位从边缘到经典经历了一个不寻常的过程,这也反映了文

---

① 王宁:《文学形式的转向:语像时代的来临》,载《山花》2004 年第四期,第 100 页。

② 参见 Jean Gérard Lapacherie: Der Text als ein Gefüge aus Schrift, in: Bildlichkeit, hrsg.v. Volker Bohn Frankfurt am Main, 1990, S. 69 - 87。

③ 参见王宁:《文学形式的转向:语像时代的来临》,载《山花》2004 年第四期,第 101 页。

学研究理论不断拓新的过程。他在文学创作初期,即在 20 世纪初,就关注文学图像问题。这可能与瓦尔泽的画家兄弟卡尔·瓦尔泽关系密切。柏林脱离派成员画家卡尔·瓦尔泽在 20 世纪初将其兄弟罗伯特·瓦尔泽引入柏林绘画界,从此打开了诗人瓦尔泽的图像诗学的双眼。在那里,瓦尔泽逐渐融入柏林脱离派。1907 年,在德国印象主义和表现主义绘画高峰时期,他曾一度担任保尔·卡西尔①的秘书。因此,瓦尔泽直接经历了现代主义绘画艺术在柏林的生成与传播,这在很大程度上影响了他的文学创作,也形成了他的图像诗学。

本文讨论的"图像书写"是指用文字符号来建构图像,所谓图像书写在瓦尔泽身上有两层意义:第一是指他的文学书写过程,即以特殊方式构建特殊图像,例如他的手稿本身就是图像。第二是指他通过文字来进行绘画式的书写,即作家尝试将语言文字作为画笔(往往力不从心),时而轻描淡写、时而浓墨重彩,从事画家的工作。"图像描写"是指用文字符号对绘画作品进行描写,这在瓦尔泽的文学小品文中成为一个独立的文类范畴,②图像书写与图像描写相辅相成,图像被文字化,文字被图像化,瓦尔泽的图像书写和图像描写水乳交融,形成了一种诗学特征。

在这里,首先讨论的是瓦尔泽的图像书写。瓦尔泽的《来自铅笔领域》共收入作家 1924—1933 年的铅笔手稿近 1300 件,其中部分是书信、随笔,大部分是文学作品(小品文、小说、剧本等)的草稿,也有部分是交付出版社和报社的誊写稿。这些手稿史称"密码

---

① 保尔·卡西尔(Paul Cassirer,1871—1926),德国犹太出版家,艺术收藏家和画廊主人,柏林脱离派运动的重要成员和支持者。卡西尔的重要贡献之一是在德国和柏林推动了法国后期印象主义画家,如凡·高、塞尚等的艺术创作。

② 参见 Robert Walser: Vor Bildern, Geschichten und Gedichte, hrsg. v. Bernhard Echte. Insel Verlag, Frankfurt am Main 2006。

卷帙"(Mikrogramm),它是瓦尔泽文学研究的重要文本对象,然而这些手稿的图像美学价值却值得我们在图像差异理论视角下进一步研究。在下图所呈现的手稿影印件中可以确定,图像的物质性和非物质性(精神性)达到了高度一致。

瓦尔泽的手稿及"密码卷帙"

瓦尔泽在创作后期喜欢用铅笔在信封、日历、明信片、卷烟盒上写草稿,这些文学手稿字体特殊,他用古代加洛林手写体完成的微型文字本身就是绘画艺术品。无论从这些文字图像的空间布局,还是从书写媒介来看,它们均反映了瓦尔泽的社会处境和地位,反映了作者的美学品位和艺术的表达个性。研究界甚至将这些手稿称为瓦尔泽特有的"随机诗和窘迫诗"(Gelegenheits- und Verlegenheitslyrik),①我且将其延伸为一种"随机诗学和窘迫诗学"(Gelegenheits- und Verlegenheitspoetik)。这里"随机"的意思是指诗人在文学书写时书写媒介的信手拈来,同时书写本身也具有极大的随机性,"窘迫"则反映了瓦尔泽贫困潦倒、作品无人认可的社会处境和生存状态,以这种方式在这种状态下形成的文学观

---

① Stephan Günzel: Dieter Mersch: Bild. Ein interdisziplinäres Handbuch, J. B. Metzler, Stuttgart, 2014, S. 264.

和书写范式便是随机诗学和窘迫诗学。

在已经印制完成的图像(如日历纸、明信片、卷烟盒等)上面书写图像,并且采用小到 0.3 毫米左右的铅笔微型字体,这种艺术创作本身就是物质性的图像书写活动,让读者在视觉上获得美感。这点与中国书法的美学意义有相通之处。在物质性图像中蕴含的文学意蕴,因其想象空间而在阅读感知中上升到更高的层面。瓦尔泽的文学创作在图像书写和文字书写中达到完美的统一。从瓦尔泽的手稿中可以确定,他一直将文学书写和图像书写视为一体,也就是说,他在手稿书写的美学行为中完成了诗学实践。这里论及的图像书写所涉及的瓦尔泽的手稿即图像的问题,图像书写的第二个问题是以文字作为"画笔"进行图像书写的问题。讨论这个问题之前,需先厘清图像的可视性与非可视性的关系。

四、图像的可视性与非可视性

波姆认为,任何图像均为隐喻。他想表达的意思是,图像能对现实进行复制并赋予其意义,图像是一种阐释实践。"图像将自身推向它所演示的物,并在它所演示的物和未被演示的东西之间营造张力。隐喻是语言的本质,词语的意义闪烁在个体日常经验和文化归属的五彩缤纷之中。"[①]但图像隐喻与语言隐喻不同,图像隐喻是可视的。那么,非可视的想象、梦境等是否也属于图像大家庭?

米歇尔的回答是肯定的,他的图像概念涵盖非可视的图像。

---

① Stephan Günzel;Dieter Mersch;Bild. Ein interdisziplinäres Handbuch, J. B. Metzler,Stuttgart,2014,S. 11.

在图像的大家庭中,除了可视的图像之外还包括"可感知图像"(perzeptibele Bilder),即心理和精神性的图像,如想象、幻想、梦、记忆等。[①] 米歇尔将它们全部归入语言图像的范畴,也就是隐喻或者可描写的图像。

我在本文中所讨论的"图像描写"主要包含两方面的意思:一方面是用文字作为媒介对物质性的图像进行描述;另一方面则是利用文字符号对文学对象进行非物质性的图像化(Einbildung)。

图像的可视性主要指图像的视觉功能,文学的图像性则指涉某一可视对象的非可视图性,而这种指涉只在可视对象被书写(geschrieben)和被描写(beschrieben)的前提下才能实现,因为文学图像蕴含在文字符号之中,但指涉文字符号之外的东西,文字符号在文学作品中不仅只是抽象物,它是指涉性的媒介。

塞尚(1888/1890):穿红色礼服的塞尚夫人

我回到罗伯特·瓦尔泽的"图像书写"上来。瓦尔泽在其自传式的文学书写中常常将书写和绘画联系在一起,不仅如此,他还对画家和诗人的艺术观、艺术表达手段等做出诗学反思。1902

---

① W. J. T. Mitchell: Was ist ein Bild?, in: Bildlichkeit, hrsg. v. Volker Bohn Frankfurt am Main 1990, S. 20.

年，在瓦尔泽撰写的小品文《一个画家》①中，作家用文字对画家如何绘画进行了文学书写：

> 　　我让她[伯爵夫人]摆出半坐半躺的姿势，我最喜欢她穿连衣裙的样子。（略）灰色非常适合女人的身体，还有带一点黄的灰色（略）她的目光显得冷漠而凝重，看着前方。（略）双手略略松开，它们也许是画中最好的东西。（略）在她可爱的小脚底下是一块灰蓝色的地毯。那是一块厚实而柔软的单色地毯，在画中效果很好。她的眼睛在画中尚未完成，其实也不应完成。（略）画中的一束鲜花让她流泪。那是一束非常普通的鲜花，尽可能把它画得平常一些。②
>
> 　　对漂亮颜色的想象如同对一道可口的菜肴或对一朵神奇鲜花的想象。那真是甜蜜的享受！我尽量不去想象，否则那会毁了我。难道不是所有的感官都是通过美妙的渠道联系在一起的吗？在绘画过程中，我只在眼睛和感觉上完成了画面。特别是经常要对手腕进行管控，因为它特别想要睡觉。一只手不容易掌握。在这只手中往往藏匿着很多捣乱的自我意志，需要去打破。③

这里，我们不仅看到瓦尔泽试图通过铅笔进行图像书写，而且还可以看到现代主义文学的书写方式。霍夫曼斯塔尔在其著名的

---

　　①　1902年，该文发表在伯尔尼《联盟》报的星期日版上，后收入《罗伯特·瓦尔泽全集》第1卷《弗里茨·考赫作文集》。参见 Robert Walser：Ein Maler, in：Sämtliche Werke, Bd. I, Frankfurt am Main 1986。

　　②　Robert Walser：Ein Maler, in：Sämtliche Werke, Bd. I, Frankfurt am Main 1986，S. 75.

　　③　同上。

《一封信》(《钱多斯致培根》,1902)中表明了现代主义文学语境下的书写和语言危机,他企图从抽象"意义"和"深度"中解脱出来,转向可以把握和感知的"表象"(Oberfläche)以及貌似的"无意义"(Signifikantenlosigkeit)。瓦尔泽虽然没有直接言明类似霍夫曼斯塔尔的那种书写和语言危机,但他的《一个画家》实际上表达了同一种意思,就像他在文中所说的那样,"重新学习写作"①。重新学习也许正意味着书写图像,瓦尔泽在《一个画家》中用铅笔勾勒的,正是塞尚的名作《穿红色礼服的塞尚夫人》。如上所述,瓦尔泽在柏林脱离派活跃期间对塞尚和凡·高的作品有过深入的了解。1929年,他在《布拉格日报》上发表小品文《塞尚之想》中对这幅作品做了如下的书写:

> 在(塞尚)眼里,她就像桌布上的水果一样。对他(塞尚)而言,他妻子的轮廓线与水果最简单的轮廓线无异,复杂的东西是鲜花、酒杯、盘子、刀子、叉子、桌布、水果,以及咖啡杯和碟子。一块黄油对他来说意义重大,就像他在妻子的长袍中的褶皱。我在这里知道自己言不达意,但我想人们仍然乐意明白我的意思,或者还有那些没有细部刻画的东西,在这种情况下,灯光闪烁甚至效果更好,更有空间感,尽管我原则上不赞成随意性。②

对瓦尔泽而言,绘画与文学相比具有优越性,文学不像绘画那

---

① Lucas Marco Gisi: Robert Walser Handbuch, J.B. Metzler, Stuttgart, 2015. S. 264.

② Robert Walser: Cézannegedanken, in: Vor Bildern. Geschichte und Dedichte, hrsg. v. Bernhard Echte. Insel Verlag, Frankfurt am Main 2006, S. 71.

样可以运用色彩和色调,文学只能用语言文字来表达画面。对此,瓦尔泽在《一个画家》中这样说道:"语言的曲调只能让人听到行为,让人想象图像。文字符号只能前后堆砌,拼接词语的意义,它怎能与绘画的精准性竞争呢?"①在文中,他通过伯爵夫人的话来表示对文字符号传达真实能力的怀疑:"大部头的书中写的东西,丝毫不比我们彼此间日常所说的东西多,而绘画作品却能给我们带来惊喜,让我们思考,给我们欢快。色彩和线条讲的故事更加甜美,而不是文章。"②在文中的另一处,他还写道:"再华丽的辞藻在画笔面前也无地自容。"③但这并不意味着瓦尔泽放弃图像书写,他坚持不懈的文学书写恰恰是克服文学语言抽象性的尝试。这样,我们就必须面对文学图像的非物质性了。

五、作为想象的图像

图像在文学中的表现形态可以概括为米歇尔意义上的所谓"精神意象"(geistiges Bild),④或者是拉尔夫·舒马赫尔(Ralph Schmacher)意义上的"心理认知图像"(mentales Bild)。⑤瓦尔泽清楚地知道,在书写或描写这类图像的时候无法避免书写者的主观性,也就是说他极力主张用诗的方式去表达真实存在物

---

① Robert Walser: Cézannegedanken, in: Vor Bildern. Geschichte und Dedichte, hrsg. v. Bernhard Echte. Insel Verlag, Frankfurt am Main 2006, S. 105.

② Robert Walser, Ein Maler, in: Sämtliche Werke, Bd. I, Frankfurt am Main 1986, S. 85f.

③ 同上,S. 67。

④ 参见 W. J. T. Mitchell: Was ist ein Bild? In: hrsg. v. Volker Bohn Bildlichkeit, Frankfurt am Main 1990。

⑤ Ralph Schmacher: Welche Anforderungen muß eine funktionalistische Theorie mentaler Bilder erfüllen? In: Bild, Bildwahrnehmung und Bildverarbteitung, hrsg. v. Klaus Sachs-Hornbach/Klaus Rehkämper, Wiesbaden 2004.

传递给他的那种存在状态。瓦尔泽认为，诗的图像与绘画图像从根本上看并没有区别，其本质都是想象。他的这个观点与其兄卡尔非常一致。卡尔作为脱离派画家很早就放弃了早期印象派对自然界所谓的真实写生，而是重新回到画室，"关起窗户拉上窗帘，把自己的梦境表达在画布上"①。与画家卡尔·瓦尔泽不同的是，作家罗伯特·瓦尔泽是用文字将自己的梦和想象写在纸张上的。

瓦尔泽兄弟很早就对这一问题进行过思考和讨论，罗伯特·瓦尔泽在《一个画家》中提道："我的眼睛是用来想象的，……我很少再去看大自然，至少几乎没有用画家的眼睛去看。因为我热爱大自然，所以我尽可能地避开大自然那诱人的视线，她那视线或许会让我的写作欲一蹶不振。我要做的是，要在记忆中唤醒第二种大自然，可能与第一种相似：我的大自然图像。这就是我的想象。"②换句话说，瓦尔泽认为，一切艺术创作都基于图像的形式转换，图像与模仿、图像与想象，这些都是心理想象，都是一种积极的、创造性的接受与创造，而不是简单的视觉接受和再现。

在这个意义上，我们可以认为，瓦尔泽图像诗学的基石是"精神意象"，图像书写和描写的方法是诗的语言。它一方面依赖想象，另一方面借助文学表达。这里所谓的精神意象和心理认知图像其实常常基于一种文学性的"描写"（Beschreibung），因为"所有'精神意象'，包括视觉和幻觉，都是描述性的"③。这样看来，图像描写和图像书写分别为两种不同但相似的过程：图像描写是一个诗

① Robert Walser: Vor Bildern. Geschichte und Dedichte, hrsg. v. Bernhard Echte. Insel Verlag, Frankfurt am Main 2006, S.106.

② Robert Walser, Ein Maler, in: Sämtliche Werke, Bd. I, Frankfurt am Main 1986, S. 72.

③ Michael Pausen: Die Sprache der Bilde, in: Bild-Bildwahrnehmung-Bildverarbeitung Bd.15. Hrsg. v. Klaus Sachs-Hornbach/Klaus Rehkämper, Wiebaden, 2004, S. 209.

学过程，在这个过程中文学家让精神意象在眼前再现，读者在接受过程中同样也让精神意象在自己的眼前再现，这一美学在德语中被称为"置于面前"（Vor-Stellung），即想象；而图像书写则是真实图像与心理认知图像互换的过程。这两个过程均发生在诗人的大脑中，在这里也就是发生在瓦尔泽的文学创作过程中。对此，我举了两个例子：

卡尔·瓦尔泽（1894）：罗伯特·瓦尔泽扮演的卡尔·莫尔

　　在瓦尔泽的一生中，有一张画十分重要，那就是卡尔·瓦尔泽于1894年画的一幅水彩画，画面内容反映了瓦尔泽少年时期观看席勒剧作《强盗》后梦想成为话剧演员，扮演该剧中的主人公卡尔·莫尔的情形。无论走到哪里，瓦尔泽一直保留着这幅画。早在1909年，瓦尔泽就在柏林的文学杂志《大舞台》上发表了一篇小品文《文策尔》，在文中他表达了想当话剧演员的强烈意愿，并且以当时的心情描写了这幅水彩画：

　　　　踌躇满志的小演员穿着他父亲在婚礼上穿过的天鹅绒背心，肩膀上披着叔叔的旧风衣，这可是在密西西比州的一个小镇上砍价买来的，腰上系着一条醒目的腰带。头上戴着的帽子恰到好处……手里握着一把不知哪里搞来的灰色手枪，脚上穿着双登山靴。这样打扮就可以排演（席勒的）卡尔·莫尔了。[1]

---

[1]　Robert Walser：Wenzel，in：Sämtliche Werke，Bd. I，Frankfurt am Main 1986，S. 84.

十六年后，1925 年 7 月和 8 月间，瓦尔泽寓居在伯尔尼的公正大街 29 号，写下了一部名为《强盗》的小说手稿。此时的瓦尔泽早已经历了柏林时期的小说创作失败回到了瑞士，他靠偶尔给柏林、布拉格和苏黎世报纸的周末版鬻文为生。从这个时期开始，瓦尔泽发表的文学作品逐渐减少，他几乎不再指望读者会接受和喜欢他的作品。[①]《强盗》只是一部小说草稿，就连"强盗"的书名也是日后出版者约亨·格莱文(Jochen Greven)用放大镜解读出后加上去的，研究界一致认为这部小说是瓦尔泽对自我生存状态的书写。[②]瓦尔泽在小说手稿里再一次对这幅画做了图像描写：

> 他的腰带上别着把匕首。蓝灰色的裤子松松垮垮。单薄的身板上缠着条腰带。帽子和头发还算表现出无畏的原则。衬衫上点缀着花边装饰。外套毕竟有点破旧了，不过怎么说也镶着一圈裘皮。这整个服饰的颜色不是绿得太绿。……他手里拿着的那把手枪正在嘲笑着它的主人。[③]

在早期小品文《文策尔》中，瓦尔泽对"强盗"的描写积极向上，画中人物"踌躇满志"，手里"握着手枪，脚上穿着登山鞋"，一心想攀登艺术高峰，想成为演员去扮演席勒的卡尔·莫尔。与之相比，瓦尔泽在《强盗》中对卡尔·莫尔的形象描写则显得悲观和失落。"单薄的身板""破旧的外套"以及画中人物手中的那把手枪"正在嘲笑着它的主人"，这都反映了瓦尔泽通过对作为诗人的"强盗"描

---

① Diana Schilling：Robert Walser, Monographie, Hamburg 2007，S. 106.

② 参见范捷平：《罗伯特·瓦尔泽主体话语批评》，浙江大学出版社，2011 年，第 10—18 页。

③ Robert Walser：Aus dem Bleistiftgebiet, Bd. 3, Räuber-Roman, Filix-Szenen, Frankfurt am Main 1986，S. 20.

写,隐喻自己在文学创作上的失败,隐喻自主体性和社会生存状态的一落千丈。一幅同样的绘画作品,在不同的社会时代语境和主体生存状态下却有不同的解读和文学书写,这让我们不难看出诗人的心理状态。

六、结　语

瓦尔泽 1912 年间曾在柏林的一个画廊里看到过凡·高的人物肖像画《阿莱城的基诺夫人》,之后写下了一篇小品文《凡·高的画》。[①] 在这篇小品文中,瓦尔泽对这幅画做了如下描写:

> 几年前,在一次画展上,我看到了一张令人着迷且珍贵的照片;那是凡·高的《阿莱城的基诺夫人》,一个不漂亮,还很老的女人的肖像,她静静地坐在椅子上,正视着前方,她穿着平常的裙子,就像每天都能看到的那种,她的手也很平常,就像到处能看到的那种,因为它们绝对谈不上漂亮。头发上简朴的发饰也并不引人注意。女人的脸部并不显得温柔。面部特征说明了她的不平凡的经历。[②]

这个并不漂亮的、出生平凡女子究竟是谁? 她的"面部表情说明了她不平凡的经历"。难道文本中的这个女人是罗伯特·瓦尔泽自己的隐喻? 如果我们认同研究界的学术认同,瓦尔泽的文学

---

① Robert Walser: Das Van Gpgh-Bild, in: Vor Bildern. Geschichte und Dedichte, hrsg. v. Bernhard Echte. Insel Verlag, Frankfurt am Main 2006.

② 同上,S. 79。

作品均为"自我之说"(Ich-sage),①那么我们在这里可以清楚地看到,瓦尔泽对凡·高这幅画的文学描述其实也是隐喻,这幅图像蕴含着瓦尔泽的自我指涉,他不仅通过文字符号对图像做了描述,而且做了**如此这般**的描述,即对其进行了文学和诗学处理,也就是说,瓦尔泽总是不断地在文本中对图像做出构建,一方面是构建文学图像,另一方面则是

凡·高(1888):阿莱城的基诺夫人

利用图像来进行文学指涉。无论是《一个画家》中的女伯爵、《文策尔》和《强盗》中的卡尔·莫尔,或是《穿红色礼服的塞尚夫人》,还是《阿莱城的基诺夫人》,它们无一例外,均是一种特殊的诗学形态,即它们都是具有摹仿本质的隐喻,最终,这些图像都指涉罗伯特·瓦尔泽本人。也就是说,图像的文学功能可以用波姆的"评判式的看"来概括。无论是物质性的,还是非物质性的图像,无论在文学中,还是在绘画艺术中,它们均是媒介,其共同任务就是传达实际存在的真实,而真实首先寓于艺术家的艺术想象之中。只有在这种图像差异的辩证关系之中,我们才能够理解文学图像,才能领悟瓦尔泽的图像诗学。

---

① Heinz Schafroth: Seeland kann überall sein, in: Text + Kritik, Zeitschrift für Literatur, hrsg. v. Heinz Ludwich Arnold, X/04, 12/12a, Robert Walser, S. 83.

荒芜的语言
——《雅各布·冯·贡腾》语言的文学性^①

德国文学评论家瓦尔特·本雅明生平只写过一篇关于罗伯特·瓦尔泽文学创作的评论文章^②，这篇专论 1929 年发表后似乎没有引起文学理论界太多的重视，在 20 世纪 70 年代之前，瓦尔泽也没有引起德语文学界的太多注意。但在我们今天看来，这篇评论其实很早就对瓦尔泽作品的文学性问题，特别是对瓦尔泽的文学语言做出了提纲挈领式的总结。本雅明在文中指出："窃窃私语是瓦尔泽唠叨的主旋律，它给我们泄露了瓦尔泽（文学）挚爱的天机：正是他的精神分裂症导致了他的这一嗜好，而非其他。"^③我曾经在中国首次出版的一个瓦尔泽译本的序言中写过，瓦尔泽的小说语言犹如阿尔卑斯山脉上的"茫茫白雪，无声无息、无止无尽地飘落下来，初看，它近似于一种**无聊**和**单调**，但转眼那片片雪花在寂静中覆盖了大地，世界变得如此晶莹雪白、如此绚丽多彩"^④。这个说法便基本源于本雅明 1929 年对瓦尔泽的批评。

---

① 本文首次发表于《解放军外国语学院学报》2003 年第三期，人大复印资料全文转载。收入本书时做了少量修改。

② Walter Benjamin：Illuminationen，Ausgewählte Schriften I，Frankfurt am Main 1974，S. 350.

③ 同上，第 372 页。

④ 范捷平：《命运如雪的诗人——罗伯特·瓦尔泽（代序）》，参见瓦尔泽：《散步》，上海译文出版社，2002 年，第 11 页。

在本雅明看来，瓦尔泽的文学语言近乎一块杂乱无草的荒地，他称之为"荒芜的语言"（Sprachverwilderung）。本雅明 1940 年去世之前，尚不可能读到瓦尔泽的晚期小说作品如小说佚稿《特欧道》以及 20 世纪 70 年代整理发表的《强盗/费利克斯》手稿等。在这几部晚期作品中，瓦尔泽语言丛林之荒芜可以说发展到令人难以涉足的地步。因此，我们大体认为，本雅明在 1929 年的那篇文学批评中指的主要是瓦尔泽的"柏林三部曲" ①和其他散文作品中的文学语言，本雅明看到瓦尔泽的文学语言特点是通过窃窃私语来重复和强调已经说过的话，他的文学语言如同藤茎植物那样，杂乱无章地向四处蔓伸。本雅明认为，其中的原因是一种瑞士农夫式的羞语症，其根源在于瓦尔泽的精神分裂。

根据荣格的文学心理学，艺术家和文学家在很大的层面上可以说是程度不同的精神病患者，最起码有这方面的气质和倾向。荣格认为艺术家可以分成两大类：一类是神经官能症患者型，另一类似精神分裂症患者型。虽然两者都善于用象征隐喻或暗示的手法创造文学形象，但前者的作品往往具有一种综合的性质，而后者的作品则是荒诞的、不和谐的、断断续续的。荣格在谈到《尤利西斯》时说，"精神分裂症患者像现代艺术家一样，也以陌生的眼光看待现实，或者将自己从现实中抽离出来，在精神分裂症病人中，这一倾向通常没有可辨认的目的，它只是一种不可避免的症状，这一症状起于一个完整人格向无数破碎人格的分裂"②。荣格否认《尤利西斯》与精神分裂症的直接联系，但认为这种文学现象与精神分裂症患者的心理状态相符。荣格用 1932 年以后的毕加索作品为

---

① 指瓦尔泽"柏林三部曲"之《唐纳兄妹》《帮手》和《雅考伯·冯·贡腾》。
② 荣格：《心理学与文学》，冯川、苏克译，三联书店，1987 年，第 153 页。

德国文学散论 |

例，试图佐证他的艺术家心理学说。这一学说因将毕加索归入精神分裂症患者而举世哗然，不得不加以修正。这里我且不论荣格的艺术心理学说是否具有普遍意义，但说瓦尔泽的精神分裂症或早期的歇斯底里气质影响到他的创作和文学语言，也许并不过分。

下面我以瓦尔泽的日记小说《雅各布·冯·贡腾》（以下简称《雅》）为例，阐释作者文本语言与精神分裂症之间的关系。我们看到，《雅》是以日记形式写成的自传体小说，然而与德语文学中传统的日记小说不同，《雅》不再是主体对自我经历的阐述，而是一种与现实相悖的、梦幻般的"窃窃私语"。它反映在语言上，便是朦胧、模棱两可和虚拟语气。《雅》与瓦尔泽的其他小说一样，常常给人一种昏睡和梦呓的感觉，一种对睡眠和梦境的向往。

西方有些文学评论家把瓦尔泽文学语言的朦胧混沌状态阐释为欧洲"七睡人"①（Siebeschläfer）神话故事内涵的延伸，暗示对不合理现实的消极抗争。然而，瓦尔泽小说语言的荒诞不仅于此，我们在《雅》中能够发现两种不同的梦境，一种是直接指明的梦境，如雅考伯梦到自己是个十字军的司令官，是个十恶不赦的坏蛋，或者梦到自己是拿破仑军队士兵等。另一种是非梦非实的朦胧，即弗洛伊德意义上的白日梦，如与班雅曼塔小姐的"梦游"，把自己当成"大富翁"②等。这些臆想不仅具有极大的反（超）现实意义，而且小说全文都具有这种荒诞性。文本展示的不再是"然"和"所以然"，而是存在的一种可能性和虚拟性。这在语言上就体现为类似超现实主义的"亚真实"，通过扩大词语的"能指"来消解或模糊词语的

---

① 据基督教神话，公元 251 年，著名的基督徒七兄弟为了躲避国王德休斯对基督徒的迫害，逃进爱菲索斯附近的一个山洞，昏睡了 195 年。公元 446 年出洞后向世人证明不死的基督精神。

② 瓦尔泽：《散步》，范捷平译，上海译文出版社，2002 年，第 80，64，102，72，105 页。

"所指"，具体地说就是真实的假话。这便是瓦尔泽的推衍式（Ver-schiebung)语言方式。推衍式就像滚雪球那样，从很小的一个雪球开始，越滚越大，瓦尔泽的小说几乎都是这样写成的。瓦尔泽自己说："在写作的时候我总是将重要的东西，将那些我本要强调的东西，推衍开去……"①前一句话总是被接下来的一句话所消解。例如，瓦尔泽在《雅》中写道：

> 我对悲哀的感觉完全消失了，我不愿意说谎，特别是我不愿意对我自己说谎，说谎有什么意思？真的要说谎我也在别人那儿说，不对我自己说。鬼才知道，我活在这儿，而班雅曼塔小姐又跟我说这种令人吃惊的事，难道我在她面前真的没有掉一滴眼泪？我是个混蛋，就是这样。不过且慢，我只是不想让自己太掉价，我感到迷惘。②

在这里，我们看到小说主人公做出的观照和判断被自己不断地否定和置疑，说出口的又不断地收回，不断地反悔，就像雅各布所说的那样："都是谎言。我其实知道所有的一切，我真的知道吗？这又是个谎言。我真的没有办法说出真话来。"③我们知道，"我在说谎"这句话只有在不真时才具有真的本质，这一悖理自罗素（Russell）以来一直被视之为语义学意义上的双重型，这种自相矛盾在瓦茨拉维奇（Watzlawich）和巴特松（Bateson）看来是精神分裂

---

① 凯尔：《论罗伯特·瓦尔泽》（*Über Robert Walser*），第二卷，法兰克福/美因茨，1978 年，第 328 页。
② 瓦尔泽：《散步》，范捷平译，上海译文出版社，2002 年，第 101 页。
③ 同上。

症患者特殊的语言结构特征①。巴特松认为，精神分裂型的语言结构有一个明显的特征，那就是"某一句子中若发出一个必须执行的命令，那么为了执行，这个命令应该是一个不允许执行的命令"②。所以《雅》中矛盾相悖的语句比比皆是，例如：

> 另外，干净的衬衫领子对我来说也是必不可少的，一个人是否幸福不赖于此，但又是与此密切相关的。幸福？不，我不是这个意思，但人得看上去像个人样子。能做到清洁卫生这一条，那就是幸福，哦，我噜嗦了。我憎恨所有达意的言辞。③

又如，"你必须希望，同时又什么都不希望"；克劳斯是一个"不可爱的可爱的人"；他是只"丑陋的猴子"，又是"上帝的杰作"，这只猴子却比"最优雅、最漂亮的那些人还优雅，还漂亮"等。

本雅明1929年发表的文学评论提出了瓦尔泽文学语言与"精神分裂症"问题，但遗憾的是，本雅明生前对此没有做具体的阐释。20世纪70年代以来，将瓦尔泽语言荒诞性与其精神分裂症关联起来的看法，在瓦尔泽文学文本的语言研究中占有很大的比重，其中有两种观点，一种是病理性的，即把瓦尔泽的语言特性归于精神分裂心理；另一种是艺术心理的，即把瓦尔泽的语言特点视为荣格意义上的类精神分裂性创作。具体考察瓦尔泽的语言特征，可以得到这两种观点的印证。例如，雅各布对人生的表白"谁什么都不是，那他便是真正的有价值的""只有不幸乃是大幸""你的希望便

---

① 凯尔：《论罗伯特·瓦尔泽》(*Über Robert Walser*)，第二卷，法兰克福/美因茨，1978年，第329页。

② 同上。

③ 瓦尔泽：《散步》，范捷平译，上海译文出版社，2002年，第35页。

是什么都不希望"等等。它们都可以看成精神分裂症气质所导致的荒诞语言结构。

上述观点符合精神分裂、癔症心理和病理学机理,但我们不能因此而排除瓦尔泽语言的深刻哲学内涵。一方面,我们可以认为瓦尔泽的荒诞语言是社会现实的荒诞写照,因为现代社会的基本机理便是自相矛盾,人在资本主义生产方式中的异化和物化过程本身就是荒诞的,用荒诞的语言来反映荒诞的社会现实恰恰是一种真实;另一方面,瓦尔泽的语言具有强烈的辩证哲学特点,如果我们用奥夫赫本(Aufheben)来看瓦尔泽矛盾相悖的文学语言,则正说明瓦尔泽的文学语言具有"然即否"的深刻含义。

斯宾诺莎说过,"言 是 此 即 言 非 彼"(Determinatio est negatio),中国的道家也讲究"天下皆知美之为美,斯恶已;皆知善之为善,斯不善已。故有无相生,难易相成,长短相形,高下相倾,音声相和,前后相随"的辩证法。这便是庄子所说的"彼出于是,是亦因彼,是亦彼也,彼亦是也"①。以瓦尔泽"只有不幸乃是大幸"为代表的语言虽不符合西方逻各斯,但如果用庄子"祸兮,福之所倚;福兮,祸之所伏"来理解,那么荒诞性就变得十分合理了。

瓦尔泽文学文本语言的另一大特点是所谓的"浪漫主义反讽"(romantische Ironie)。"浪漫主义反讽"这一概念出自 18 世纪德国浪漫派理论家弗里德里希·施莱格尔(Friedrich Schlegel),指的是当时浪漫派文学中貌似严肃正经,实际上极讽刺嘲笑之能事的一种文学话语。这种手法具有强烈的隐喻的性质,拿破仑占领莱茵河两岸是德国浪漫主义诗人爱国情绪的一个重要的宣泄时期。《雅》中的履历一段比较明显地体现了这个特点:

---

① 《齐物论》,载《庄子》,孙通海、方勇译注,中华书局,2007 年。

他对生活不抱奢望,只求主人苛待,这样他才懂得什么叫
作抖起精神做人。……贡滕是有来历的家族,早年贡滕家世
代鞍马弓箭,只是时过境迁,贡滕家弯弓射雕的劲儿渐渐稀松
了。……贡滕家的末代后裔,……毅然决定置家族经世辉煌
之传统于不顾,束世袭贵族之德行于高阁,让生活本身来教训
自己。……他有一颗高贵的头颅,那里头还剩有那么一点祖
先传下来尚未肃清的清高,不过他请求,当他犯傻的时候千万
要提醒他,如果提醒不起作用,那就揍他,他相信这对他只有
好处。……如果对他略施褒奖,那么他的谦虚将是无止境的。
他做仆人的热情如同激励他内心的进取心,这足以使他鄙视
那些只能让人举足不前、害人匪浅的荣誉感。……如今他殷
切地渴望在辛勤劳作之坚硬岩石上将那也许是溶在血液之中
的清高和狂傲砸得粉碎。……他既不信天堂也不信地狱,只
要雇佣他的主人满意,那就是他的天堂。

很明显,瓦尔泽承袭了这一传统文学话语,并在现代文学语言
运作中赋予了新的哲学含义。小说《雅》中语言的诙谐和反讽主要
体现在自嘲自虐上,即板起脸来嘲弄、否定自我。这种自我否定与
施莱格尔"浪漫主义诙谐"是建构在康德先验主义和费希特
(Johann Gottlieb Fichte)哲学三命题的基础之上的,即"自我设定
自身""自我设定非我"和"自我与非我的统一"。施莱格尔的"浪漫
主义反讽"与费希特的哲学一样,通过压抑自我达到实现自我。通
过夸大自我的弱点和无能从而使理念和现实产生陌生化,施莱格
尔的反讽主要产生于自我的生成和自我的否定这两个不断相互运
动的过程中。在瓦尔泽那里,反讽则是荒诞的基本定义,他的反讽

含义在于绝对地否定自我。与费希特的主观主义哲学不同,瓦尔泽摒弃了在实际上是以主观唯心主义为目的的浪漫主义反讽,在否定主体的过程中建构新的主客观关系。瓦尔泽浪漫主义反讽式的语言在德语文学中可以说是独运匠心,给人一种咀嚼回味的享受。

"班雅曼塔学校"的符号和象征意义辨考①

　　《雅各布·冯·贡腾》是瑞士德语作家罗伯特·瓦尔泽目前唯一介绍到中国的小说。这部小说 1909 年问世，是作者"柏林三部曲"②的最后一部，也是瓦尔泽生前正式发表的最后一部小说。这部小说在全世界有二十几个译本，书名通常译成《班雅曼塔学校》。如果我们说，西方文学理论界普遍认为卡夫卡是运用文学符号和象征手法的大师，那么卡夫卡则明确地指出，他在瓦尔泽的小说中获得了许多养分。这部小说与瓦尔泽的晚期小说和剧本手稿（《强盗/费利克斯》）相比，虽然还称不上德语文学现代主义文学的代表作，但其中的符号和象征意义则比较明显，我们可以在这部小说中看到卡夫卡《城堡》的雏形。下面，本文将探讨这部小说的符号和象征意义。

　　讨论这个问题之前，我们首先需要确切地限定"符号"和"象征"这两个日耳曼语言学概念的含义，在这里我们援用皮亚杰、索绪尔结构主义语言学意义上的定义。皮亚杰认为，符号是社会共识事物的随意性标志，符号与所表示的事物没有相似性，语言和数

---

　　① 本文首次发表在《外国文学》2005 年第二期上，人大复印资料全文转载。收入本书时做了少量修订。
　　② 指瓦尔泽的《帮手》《唐纳兄妹》和《雅各布·冯·贡腾》。

学符号便属于这一种类;象征则相反,是一种意向化了的符号(mo-tiviertes Zeichen),具有一种与所表示的事物相似的趋向。象征是图像,文学象征是由语言符号构成的文学图像,而符号本身则具有抽象性。因此,皮亚杰认为,符号有助于理性思维,象征适合表达情感和经验。象征又可区分为知觉象征(图像、隐语)和无知觉象征(梦幻),这两种象征都具有多种含义。

其次,我们从索绪尔那里知道,语言符号是由"能指"和"所指"这两个层面组成的,能指和所指之间可以是一种任意组合的关系,在现代文学创作中,能指和所指的错位形成意义的多元性。人类的语言在传播信息的过程中除了表达与事实相符的信息外,还具有所谓的撒谎功能,这样看来,"指鹿为马"无非能指和所指的错位。这种能指和所指的人为割裂或扩大能指、模糊和消解所指,便是现代文学艺术的一个显著特点。

佛罗伦萨当代著名文学家翁伯托·艾柯(Umberto Eco)将文学分为封闭式和开放式两类。他认为传统文学,尤其是浪漫派以前的文学,其内涵是狭义的,能指是单一的,文本的意义则往往囿于词语的所指,即便采用象征手法,其阐释可能性大多也只受限于隐喻和暗示范畴,象征的内容往往只停留在宗教伦理的层面上,其目的无非是给予读者一个理解故事文本的工具和循规蹈矩的手杖,如但丁的《神曲》等。换句话说,传统文学受中世纪以来的哲学和阐释学影响,最终总是将读者纳入其文本所固定(有)的解释轨道,因此是封闭式的。而现代文学,尤其是前卫文学的主要特点之一,即阐述意向的模糊性。

现代文学在运用象征和隐喻时,目的在于表达文学意义的不确定性,给予阐释者一个多元解释的许可,文学接受者能够从中获得无穷的想象和各种阐释可能,如卡夫卡的作品既可以用存在主义、马克思主义,也可以用神学、政治学角度来理解,既允许用社会学,也能用心理学、病理学理论来阐释,现代文学的图像甚至可以不受文化区域和历史时间的限制,不受个人生活经验和情感因素的桎梏,具有广泛的美学意义。从这样的观点出发,我们来反观惯于在语言的丛林中捉迷藏的瓦尔泽是怎样在小说中游戏文字的。下面,我以"班雅曼塔学校"这个关键词语为例来看其象征意义。

首先,"班雅曼塔学校"这一词语由两个语言符号组成,第一个符号是名字"班雅曼塔"(Benjamenta),第二个符号是"学校"(Institute)。我们首先可以确定这是一所教学机构,"学校"这个符号所表示的内容是一种社会共识,这是一种理性的接受。在小说文本中,"学校"这一社会范畴是固定的。"班雅曼塔"的符号含义从表面上看也是明确的:它是校长的名字。然而这一语言符号所负载的文学象征含义却是多元的。小说中的仆人学校是一个存在于世界之外的世界,其存在是非现实的,却又是合理的。说是非现实的,那是因为这个学校既没有正常的课程,也没有正常的教师;因主人公的出现而出现,又因主人公的消失而消失。说是合理的,那是因为毕竟是一所学校,有教育者和受教育者,有学习者和职业目标。只是其内涵同我们对于学校的经验相悖罢了,在这一非现实与合理性的矛盾之中便产生了文学的荒诞性。我们可以从小说的结构和内容的矛盾来分析班雅曼塔学校的矛盾性。

在这里,我们看到"班雅曼塔学校"这个语言符号的多义性。在某种意义上看这既有一般学校的含义,又不同于读者的经验。一方面,看上去有点像欧洲传统的仆人学校,但似是而非,又有点像是神学院或是修道院一类的机构;另一方面,班雅曼塔学校在课程设计(常常是梦境)上又具备欧洲 20 世纪初人文中学的一般特征。"班雅曼塔学校"的多义性在"班雅曼塔"这一语言符号上也同样得到相应的体现,首先,从小说主要人物的名字上可以看出《雅各布·冯·贡腾》的宗教寓意。瓦尔泽的隐喻主要集中在运用《旧约全书》中记载的亚伯拉罕时期(Abrahams Zeiten)传说上。亚伯拉罕是公元前1200年巴勒斯坦犹太部落首领,为了向上帝表示虔诚和绝对的服从,表示愿意献出儿子依龙克,以证明亚伯拉罕对上帝的恭敬。上帝赦免依龙克,亚伯拉罕因而成为犹太宗教史上的重要人物。依龙克的儿子雅各布子孙满堂,他的儿子约瑟夫曾在埃及大官波提乏(Potiphar)宫中当仆人,由于成功抵御了波提乏妖艳淫荡的妻子反复勾引而闻名。雅各布的小儿子叫本雅明(Benjamin),《圣经》传说中将他称为公正之子。瓦尔泽明显地引用了雅各布和本雅明这两个宗教人物的名字来隐喻小说雅各布和班雅曼塔两个人物在基督教神学意义上的关系。

其次,在词源学和语法学上我们可以将"班雅曼塔"(Benjamenta)看成"本雅明"(Benjamin)这个词的意大利语阴性变化。或许"班雅曼塔"这个名字是为小说中的女教师丽莎而取,因为瓦尔泽的姐姐丽莎·瓦尔泽也是女教师,并曾在意大利任教。小说中的丽莎与雅各布似有若无的爱恋关系在一定程度上反映了作者与其姐姐的关系。在所有的亲属中,瓦尔泽一生只与丽莎保持密切的、超乎寻常的关系。1929年,瓦尔泽得了精神分裂症以后,丽莎一直是他的监护人,直至1944年去世,他终身没有找到爱情的归宿。这正与小说中的丽莎小姐暗恋雅各布,又不能与雅各布相爱,最终忧郁而死的情节暗合。另外,根据黑贝尔(Hans H. Hiebel)的分析,班雅曼塔兄妹则是瓦尔泽父母的隐喻。这样,班雅曼塔先生的父权形象便得到了佐证。然而,格莱文(Jochen Greven)则偏向认为班雅曼塔先生及班雅曼塔学校应作为一种对社会和文化批判的能指来理解。①

　　有趣的是，无论我们用哪种方法来阐释，"班雅曼塔"这个符号在宗教层面上似乎得到一个与文本截然相反的答案。在《圣经》中，本雅明与雅各布的关系恰恰颠倒，本雅明作为雅各布的小儿子处于从属地位，而小说中雅各布却是仆人和学生的身份，班雅曼塔先生以主人的面貌出现。如果我们透过表象，则能看到班雅曼塔先生对仆人雅各布的从属性，这种主仆辩证性就像黑格尔所说的那样，当主子之为主子时，他便是他仆人的仆人了。或许这正是瓦尔泽小说要通过雅考伯的自我消解和一心为仆来达到反仆为主的真正意图。

　　在《旧约全书》中，雅各布梦到了一部连接天地的神梯，天使便是通过这部天梯来往于天地之间。在另一个梦中，雅各布与一个陌生人搏斗了整整一个晚上，最终雅各布制服了对手，他对那陌生人说："我不放过你，除非你为我祝福。"那人说："你不能再叫雅各布了，你的名字是以色列。因为你为上帝和人而战，你已获胜。"雅各布战胜了所有的险阻，找到了自己的道路。那个与雅各布搏斗的人便是上帝，上帝后来又跟雅各布说，他要改名为以色列，将是以色列的开国国王。最后上帝又跟雅各布说，不要惧怕去埃及。雅各布遵照上帝的旨意带领全部落迁往埃及，避免了饥荒。《雅各布·冯·贡腾》小说的结尾似乎隐喻了《圣经》的故事。

　　然而，这个隐喻的所指是极不明确的，如果从现实的层面上来看，那么这个结尾是怪诞的，雅各布学业结束后理应走上职业道路，在小说中的安排却是远走埃及沙漠。或许是运用了《圣经》中

---

①　Jochen Greven：Robert Walser. Figur am Rande, in wechselndem Licht, Fischer Verlag, Frankfurt am Main 1992，S. 86.

对以色列的叙述,也可能是隐喻了《圣经》中约瑟夫在埃及当仆人的经历。

　　从另一个角度来看,雅各布的出走荒漠是对现世的一种彻底否认,即彻底否认现存的价值体系。作为与世隔绝的世界,班雅曼塔学校是雅考伯否认现存社会的一种尝试,瓦尔泽将班雅曼塔学校与外界喧闹的现代工业社会置于显明的对照之中。在小说中,瓦尔泽刻意安排了雅各布与其兄长卡尔在外部世界的几次会面,来揭示现代社会尔虞我诈、相互倾轧、贪得无厌的异化人本质。然而,班雅曼塔却并非是瓦尔泽的理想世界,而是没有实际生活的虚幻世界,是从实际的世界中离异出来的一种精神避难所。班雅曼塔学校"没有阳光""窗户也谈不上像窗户",雅考伯和他同学的卧室像"老鼠洞或者狗洞"①。这是一个既没有地点也没有时间的抽象物,或者在这么一个抽象时空里获得现实世界的距离,从而达到关照现实世界的目的。从这一层面上看,如果将雅各布在班雅曼塔学校的逗留看成保持距离关照现实世界之过程的话,那么雅各布出走沙漠则是过程的结束,是主观反思的结局。

　　雅各布在离开班雅曼塔学校时说:"我跟班雅曼塔先生去荒漠,我倒要看看,在荒漠里是否也能活人,是否也能呼吸,也能正直地做好人,也能做事,晚上也能睡个囫囵觉,是否也能做梦。"②这便是瓦尔泽通过放弃物质世界,追求人之价值本原的哲学思想,这一思想与瓦尔泽通贯其整个文学创作的"遁世""与世无争"思想相符。

　　这种消解具体所指的做法便是现代艺术的特征,21世纪初风

---

①　参见罗伯特·瓦尔泽《散步》,范捷平译,上海译文出版社,2002年,第9页。
②　同上,第124页。

靡欧陆的抽象主义绘画运动便是佐证。如果说高更通过人体、康定斯基通过纯色彩、毕加索通过立体主义的形式分别表现了艺术符号的能指，进而直接取缔了所指的话，那么瓦尔泽文本中的语言作为塑造形象的媒介也进入了抽象的领域。也就是说，语言符号的能指在瓦尔泽的小说中不再仅局限于梦境或者隐喻，而是在整体上逼退了甚至瓦解了传统语言符号的所指。在这里，能指不再仅是某一事物的符号，而更多地成了一种结构功能；不再仅是事物指定的手段，而是成了文学表现之本身。

谈谈德语文学中的"回家"母题

　　"现代德语文学流派"是我在浙江大学开设的一门"通识核心课程"。[①] 多年来,"回家"这一文学母题算是我每个学期必讲的话题。其实,讲德国现代文学中的"回家"母题,我心里是有几层意思的:第一,这门课是给全校的本科生开设的,他们中间绝大部分不是德国文学专业的。我想,"回家"就是让大学生回到文学这个人类共同的精神故乡,这应该是这门课的首要目标,因为培养创新型人才最不可或缺的是培养学生的想象能力,而文学带给我们最美好的东西就是想象空间。第二,"回家"是人类日常生活中常常发生的事,人人会碰到,以它为主题的文学作品也非常多,容易产生共鸣,是个讲外国文学的好题目。第三,德国这个国家(或者德语国家)很特别,它不仅是欧洲重要的文化之邦,让我们想到歌德、席勒、康德、黑格尔、贝多芬、爱因斯坦等,它也是曾经发动两次世界大战的国度。第三帝国时期,德国法西斯迫害和屠杀过 600 万犹太人,战争让无数人流离失所。第二次世界大战后,成千上万的德国战俘回到了德国,他们面对的是战争废墟,更是精神废墟。所以

---

　　① 通识核心课程是浙江大学通识教学的重要组成部分,采用教授大课讲授理论,由助教带领小班进行研讨,全校各专业本科生在学期间必选一门研读。

"回家"是一个德国文学开放性的话题,也是大学生应该学习的内容。

一

首先,要讨论"回家",必须澄清德语中"家"的概念,即德语中"家"指的是什么? 我们中文里说的"家"实际上常常对应的是德文中的 "Familie"这一概念,即指血缘和亲情关系中的那个"家","回家"大多指回到父母或者亲人所在的寓所。而在德语中,"家"有不同的表述。"回家"的那个"家"更多是指"Heim"(居住地),或者"Heimat"(家乡、故乡)。所以,我们这里讲的"回家"在德文中也是用"Heimkehr"(回归家乡、回到居住的地方)这个词。但是这个词很难准确地译成中文,它与中文中"故乡、家乡"并不完全一样。它既有出生地、成长地的意思,还有一个意思是指与情感密切相关的某个地方。在德国文学史上,18 世纪末、19 世纪上半叶的浪漫派文学中常常使用这个词,但这个词在纳粹时期也曾经被政治化,因此,"Heimat"在现代德语中具有一定的文化敏感性。

再者,要讨论"回家",那就要先了解一下"离家"的情况,在德意志文化史上,"离家"和"远行""漫游"是一个常见的现象,特别是在浪漫主义文学时期。漫游、远行、旅行都是文学的重要话题,不能离家远行,似乎成为一种恐惧。艾辛多夫的《一个无用的人的生涯》就是一个典型的例子,当磨面匠父亲将无用的儿子赶出家门时,儿子欣喜若狂,他终于可以走向远方,经历冒险。歌德成长小说《威廉·麦斯特学习时期》《威廉·麦斯特的漫游时期》中的"威廉·麦斯特"也有个体在漫游中获得受到教育、得到教养、不断成熟的意思。

第三，"回家"是德语国家许多现代作家非常喜爱书写的母题。特别是第二次世界大战后，一些从苏联和盟军战俘营中被遣返的战俘成了"废墟文学"的作家，他们写了大量有关"回家"的小说、戏剧和诗歌。此外，在德国现当代文学中，长篇小说、中短篇小说、戏剧作品等都有以"回家"为母题的名作，如彼得·汉德克的《迟缓的回乡》、迪伦马特的《老妇还乡》、托马斯·霍利曼的长篇小说《回家》、罗尔夫·拉佩特的《游泳回家》、本哈德·施林克的《回归》、黑塞的《回家》，等等。

二

我与通识核心课上的大学生讨论的作品却不是上述的鸿篇巨制，而是一些比较小巧的文学作品，其中之一便是弗兰茨·卡夫卡写于 1920 年，带有浓烈寓言性质的短文《回家》(*Heimkehr*)。当然，这篇寓言短文的题目也有人把它翻译成《归来》《回家路上》等。

卡夫卡生前并没有发表这篇寓言短文。1924 年卡夫卡去世后，他的好朋友马克斯·布洛德(Max Brod)从遗稿中发现了这篇短文，整理出来后 1936 年发表于世。这篇短文讲的是"我"回到了故乡，回到了父亲的老房子，但在熟悉的庭院里止步徘徊。"我"虽然回到"父亲的老房子"（隐喻"Heimat"），却未能叩开家门，心中的犹豫、迷茫和陌生感，还有自己过往的一切，使得"我"感到与"家"之间的那层巨大的隔阂，"我"是否应该敲门，里面住的究竟是谁，还是父亲吗？"我"有自己的秘密，那房子里面的人是否也有他们的秘密呢，这些秘密能够被触碰吗？

从文学理论上来讲，这是一篇极具"互文性"的文学作品。换句话说，也就是法国文学理论家热奈特(Gérard Genette)所说的与源文本具有一种"超文关系"（Hypertextualität）的作品，即现文本对源文本的某种模仿和变异。那么，卡夫卡的《回家》的源文本是什么呢？

可能是《圣经·新约全书》中《路加福音》第十五章的"失而复得的儿子"故事。这个故事其实是个寓言（Allegorie），或者说是托寓，而寓言说到底都具有一种比喻的功能，它指的是故事以外的故事，意义以外的意义。《新约全书》中"失而复得的儿子"的故事讲的是一个父亲有两个儿子，小儿子分到父亲的财产后浪迹天涯，贫困潦倒后回家，父亲显示出对小儿子的宽容和父爱，举办庆典迎接他的归来，以此表达上帝对迷途知返的羔羊的仁爱，并且教育为此大为不满的大儿子，让他明白，他在父亲身边，时时刻刻都受到父亲的爱，无需对弟弟嫉妒。《路加福音》这个故事里的父亲其实就是上帝的隐喻，"回家"是回到上帝的、天上的"家"，其核心思想是"失而复得"。

卡夫卡出生在犹太家庭，对这个寓言肯定非常熟悉。他的《回家》虽然有《路加福音》的影子，但是与圣经故事完全不同，卡夫卡文中的"我"回家后，并没有投入父亲的怀抱，即没有回到"上帝"的怀抱，因此儿子没有实现"浪子回头"，父亲也没有"失而复得"。在卡夫卡的短文中，父亲作为上帝的隐喻甚至没有出现，卡夫卡对"父亲"的存在持怀疑态度。或者说在卡夫卡文中，"浪子回头金不换"成了"浪子回头父不在"的倒置。由于上帝或者"父亲"的缺席，文中的"我"其实没有回"到"家。

三

罗伯特·瓦尔泽是卡夫卡喜爱的作家，他同样地以"回家"为母题写过两篇小品文,即以《路加福音》第十五章为源文本。这两篇小品文一篇名为《失去的儿子的故事》(*Die Geschichte vom verlorenen Sohn*),另一篇名为《失去的儿子》(*Der verlorene Sohn*)。

第一篇《失去的儿子的故事》写于瓦尔泽的比尔时期(1913—1921),从创作时间上看,瓦尔泽的《失去的儿子的故事》刊登在1917年11月的《苏黎世日报》上,卡夫卡肯定读过这篇小品文。说卡夫卡1920年写的《回家》手稿受到瓦尔泽的影响可能并不算过。所不同的是,瓦尔泽的这篇小品文显而易见地是对《路加福音》相关章节的回应,却没有在情节上做出模仿,而是塑造了一个"失去的儿子"的形象,用瓦尔泽的话说,"失去的儿子"或者"迷失的羔羊"其实就是一个"无家可归"的人(der Unheimliche)。德语形容词"unheimlich"从构词法上看是由前缀"un"(无)和"heimlich"(家、居所的、家庭的、温馨的、有保护的)构成的,这个词的引申意义有"令人不安的""恐惧的"等。把失去的儿子称作"无家可归者"或者"惊恐者"的本身就是对"回家"的反讽。瓦尔泽的文本与圣经故事最大的区别,在于《路加福音》中"浪子"是会回头的、是会后悔的、是可教的,而瓦尔泽的"失去的儿子"则是一个现代社会中"浪子"的隐喻,是对现代社会孤独和陌生的个体的深刻描述,"现代浪子"在工具理性的语境下是很难回头的。这点与卡夫卡"回不到家"的"浪子"有异曲同工之妙。

瓦尔泽的《失去的儿子》写于1920年以后的伯尔尼时期,文本前半部分情节与圣经故事一样,都是讲浪子回头,得到了父亲的宽恕,但带着调侃和反讽的语调。文本的第二部分重点讲了在家勤勉劳动、服侍父亲的大儿子,把故事的重点放在了大儿子身上,从而实现了对圣经故事的戏仿,其目的在于反讽,把对迷失的羔羊(浪子)的道德说教,转化成对忠诚老实的大儿子的同情。瓦尔泽认为,大儿子也有远走高飞的愿望,也同样有得到父亲认可的权利,他没有出走并不表示他内心没有迷失。这里,大儿子更像是艾辛多夫的"无用人",不能出门漫游是他最大的悲哀。

卡夫卡和瓦尔泽通过他们各自的文学作品对《路加福音》第十五章做出了反讽和颠覆。他们的互文作品表达了现代社会"失去的儿子"和"迷失的羔羊"现象,这与海明威文学作品中出现的"迷失的一代"可能有些相似之处。这一文学现象在第二次世界大战后的德国表现得更为明显。

四

德国战后"废墟文学"的代表作家博尔歇特(Wolfgang Borchert)有一部著名的广播剧,也写的是"回家"。这部写于1946年秋天的剧作取名为《在大门外》(*Draußen vor der Tür*)。与卡夫卡和瓦尔泽不同,博尔歇特的剧作没有明确地指涉《路加福音》上的寓言,而是具有强烈的社会介入性。剧本描述了一个从西伯利亚战俘营里回家的士兵贝克曼,当他像千千万万个战俘一样,从战俘营里出来,回到汉堡的"家"里(隐喻回到德国),他的亲人已经死于战乱,恋人却以为他早已战死,于是投入别人的怀抱,故乡成了异乡。贝克曼在熟悉和陌生的人面前,在废墟中,被战后的德国拒之门外。

博尔歇特曾经说过,"他是千万人中的一个,他们回家了,但是他们终究没有回家,因为他们已经没有家了"。战后的"四七社"里很多作家都缠绕在"回家"的困窘中,他们作品里有些人"无家可归",有些人"有家难回",还有一些人因伤残而被社会歧视,有些人的价值观彻底崩溃。博尔歇特(贝克曼)的"回家"从深层次看,仍然与《路加福音》相关，但不同的是，他是战争的浪子，他在斯大林格勒挨过冻，他被炸弹炸伤过。虽然这一切都不是他的过错，但他仍然被上帝拒之门外。就像博尔歇特所说的那样："上帝睡着了，而我们还得继续活下去。"从这个意义上看，废墟文学中战俘的"回家"母题更重要的是"回"，而不是"家"，因为"家"在这里更多是"废墟"的同义词，因此很多人愿意称它为"回归"母题。人回来了，家却没有了。

五

德布林（Alfred Döblin）的长篇小说《柏林，亚历山大广场》其实也是从"回家"开始的，我喜欢和同学们一起阅读小说的第一页。主人公弗兰茨·彼伯考夫从柏林的泰戈尔监狱被释放出来，而他却不愿离开。对于弗兰茨而言，监狱更像是"家"。假如惩罚罪犯的监狱成了他的"家"，那么他又如何寻找到监狱之外的"家"呢？昨天他还穿着囚服，跟别的囚犯一起刨土豆、做木工活、粘贴信封，而今天弗兰茨自由了，别的囚犯还有三年、五年，但他自由了。就像《路加福音》中的小儿子一样，弗兰茨有了"浪子回头"的机会。是吗？弗兰茨能够重新回归社会吗？重新做"好人"吗？他能重新回到上帝（父亲）身边吗？能够成为上帝"失而复得"的儿子吗？

结论是否定的，等待弗兰茨的一定是"无家可归"。小说第一段落的最后一句话点出了弗兰茨"回家"（回归自由、回归社会）的本质："惩罚开始了。"

"家"是给人安全感的地方，"家"是温馨的、平和的、安定的。对于弗兰茨而言，身后的那座泰戈尔监狱给他带来的几乎是"家"的温暖：他有规律的生活，有保障的衣食，每天的劳作任务……这一切几乎都像是伊甸园。而眼前的自由,他获释后的生活却像真正的监狱等待着他。因为他是失业者,是没有世界的人。德布林通过"家"的倒置,颠覆了魏玛共和国时期德国资本主义社会的伦理和价值观,揭露了失业者面临的社会现状。这种倒置犹如柳宗元《捕蛇者说》中提出的"苛政猛于虎"式的社会批评:监狱(毒蛇)虽毒,但社会更毒,相比之下,监狱反倒如天堂了。

六

还有一部我常常跟学生讨论的作品,那是当代瑞士作家托马斯·霍利曼(Thomas Hürlimann)的一篇短文,叫《回到楚格》(Heimkehr nach Zug)。这篇短文的源文本也可以视为《路加福音》。一个客居德国小镇的话剧演员经历了事业挫败、贫困潦倒之后回到了他在瑞士的家乡——楚格,那是一座美丽的瑞士小城,在经济奇迹中,这座小城正处在蓬勃发展之中,主人公眼前的一切都发生了巨大的变化:现代化、霓虹灯,香水弥漫的空气中豪车驶过,主人公却感到无所适从,他逃进了童年的记忆,山上那座与现代化格格不入的大教堂似乎也与眼前的景象格格不入,主人公眼前似乎又重新出现了当年红衣大主教做弥撒时的疯狂。现实和虚幻、想象交错:大主教坚信他手中金杯里的奇迹终将发生,他竭力晃动着那只金杯,坚信杯中的红葡萄酒终究会在他的诵文声中变成耶稣之血。当然,这是一个隐喻。

大主教没有能将杯中的葡萄酒化为耶稣的血,他没有成功,他在声嘶力竭中砰然倒地……然而,霍利曼想表达的不只是这个童年的记忆,而是对迷信的嘲讽,从嘲讽对神的迷信到嘲讽对"进步"的迷信。尽管"进步"和"现代化"几乎成了现代人的宗教信仰,但人类对现代化奇迹的迷信同样无法兑现。主人公在"家"中失落，他失去的是"精神故乡"，于是他落荒而逃，逃回他赖以寄居的德国小镇。

<h1 style="text-align:center">七</h1>

从上面几个例子来看，"回家"这个文学母题在德国现代文学中常常是一个悖论，"回家"与"回不了家"、无家可归、对精神家园的渴望或失落有着密切的联系，就像 2019 年诺贝尔文学奖得主彼得·汉德克在其"回乡四部曲"的中篇小说《迟缓的回乡》中想表达的那种情绪一样，"回家"是对宁静、和谐和文化故乡的向往。在汉德克那里，美国西部是精神的荒漠，但主人公又对回归欧洲故乡忧心忡忡，对精神故乡的追求和回归是一条漫长的道路。

寻找精神家园无疑是德国现当代文学对传统价值观的一种反思，这种反思并非一种简单的否定或者肯定，而更多是一种无奈，或者是梦幻和渴望，"家"与"精神家园"的价值是永恒的，"回家"的价值也是积极肯定的，问题是回家的路是否通畅，是否被封堵，或者回家的"路"是否已经不复存在了。

之所以与通识核心课的大学生谈论"回家"这个文学母题，其目的无非是让今天的年轻人明白一个道理：精神家园需要我们每一个人的"守望"，不要让"回家"成为一种"遥望"和"奢望"。尽管"回家"一直是人类的一种"期望"，乃至于一种"渴望"，但在现代化的语境下，稍不留意，这种渴望往往就容易沦陷，成为一种"无望""失望"甚至"绝望"。

在纸面上散步：再读瓦尔泽的《散步》^①

罗伯特·瓦尔泽终其一生都在进行充满激情的散步。这位患精神分裂症的作家在家乡比尔的赫利萨精神康复疗养期间，苏黎世记者卡尔·塞里希（Carl Seelig）定期前去探望，并在其《与罗伯特·瓦尔泽漫步》一书中追忆共同散步的时光时，将罗伯特·瓦尔泽视作"散步之王，真正的闲游天才"^②。

他在乡间、在积雪的林间、在城市和小巷中无以计数的漫游不仅是一种"生存的状态"，也是他所独有的叙述方式。换言之，那是一种纸面上的散步。散步这种闲游的行为，自 19 世纪以来就是市民阶级的行为范本，并且通过波德莱尔成为一种诗意的主题，瓦尔泽则在他的文学文本中不断反映出来。这种说法并没有夸张，因为瓦尔泽本人也证实了这种说法。在早期作品《格拉芬湖》（*Greifensee*）中，他就通过一次漫游表现了这种关联。在他的"柏林小说三部曲"中，也大量出现了对城市漫游、散步的描绘。

在中篇小说《散步》（*Der Spaziergang*）中，他甚至通过塑造的

---

① 本文最初为 2008 年在日本金泽大学举行的亚洲日耳曼学者大会上的德文学术报告，中文版由林小遐翻译。德文版 2012 年载入亚洲日耳曼学者大会论文集出版，收入本书时做了修订。

② Carl Seelig：Wanderungen mit Robert Walser，Frankfurt am Main 1977，S. 5.

散步者角色来表达对这种诗学反思："为了振奋自己，为了维持自身与生机勃勃的世界之间的联系，我必须散步。否则我写不出半个字，……如果不散步，我就死了。"①散步，或者更确切地说闲游，对瓦尔泽而言即观察与被观察。这种观察是散步者有意识的行为，并将自己置身于观察之中。散步并不仅仅是一种对路途的解读，也是对自身的一种解读。正如本雅明在其《拱廊街计划》中所指出的那样："城市向闲荡者展示了相互辩证的两极。它作为风景展现在他面前，也像房间一样将他包围。"②这种辩证关系不仅契合了波德莱尔的观点，也符合瓦尔泽的观点：因为散步和写作是同一件事，或者我们可以称瓦尔泽的写作为一种"纸面上的散步"。那么，"纸面的漫步"这一比喻指的是什么？它与瓦尔泽的文学创作有关联吗？这对瓦尔泽的诗学观又产生了什么影响？这些问题是我在这次报告中想说清楚的问题。

本雅明在评论瓦尔泽时说，瓦尔泽的作品——不同于其他作家——向我们展现了一个"完全无意识却具有强烈吸引力的迷人的、荒芜的语言"。这种荒芜的语言首先是"放任自己漫步"（Sich-gehenlassen）。这样，文字叙述便是一次漫无目标的散步，瓦尔泽的《散步》也表现出这一特征。文中的第一人称叙述者"我"以勘察的方式在一座小城市中散步。他毫无目的、漫不经心地穿过街道和村庄，或遇见熟人，或与他人交谈，或自言自语，或与读者分享他散步时的印象和感情。总而言之，散步者"我"无所事事。这种叙述方式，就像邀请读者在纸上进行一次思想上的漫步，与作者一起

---

① Robert Walser: Der Spaziergang, Prosastücke und kleine Prosa, hrsg. Von Jochen Greven, Bd. 5, Frankfurt am Main 1986. S. 50.

② Walter Benjamin, das Passagen-Werk, gesammelte Schriften Bd. V-1, Frankfurt am Main 1982, S. 525.

手拉着手一起散步：①

> ……你，亲爱的友好的读者，请放轻松，小心地与作者和
> 这些文字的创作者一起向明亮亲切的晨曦世界前行，别急，再
> 放松些，朴实、从容、安静地，我们俩一起来到挂着金色牌匾的
> 面包店。在那里，我们感动、吃惊地驻足……

插入许多事件，作者通过文中的叙述者"我"达到了两种文学
效果：第一，这种叙述方式使得整个叙述过程也像一次散步，具有
极强的无目的性和随意性；第二，"我"的写作过程也被不断呈现出
来。正如格莱文指出的那样，这里的叙述模式并非"史诗连续性"
的，而是典型的"事件堆砌性"的。②每一个插段（如书店、埃比太太
的邀请、银行、裁缝店、与税务馆谈话等），也包括一些插入的事件，
如对文学创作的反思以及评论，随意的联想和关于风景、时评和人
物的白日梦，他把这些当作阅读时反讽性的配菜，呈现在读者面
前。这又让我们想起了散步。

首先让我们感兴趣的是本雅明的观点："瓦尔泽所叙述的都是
无关紧要的小事，这使得他所要说的一切事情都彻底让位于写作
本身的意义。"③ 为了更进一步理解本雅明对于瓦尔泽诗学的阐
释，我们将在下文尝试阐明《散步》中"我"对于文学创作的反思。
在国际瓦尔泽研究中有一种学术共识，即瓦尔泽的大多数文学作

---

① Robert Walser：Spaziergang, Prosastücke und Kleine Prosa, sämtliche Werke in Einzelausgaben. Hg. v. Jochen Greven. Bd. 5 Frankfurt am Main 1986，S. 14.

② Jochen Greven：Robert Walser. Figur am Rande, in wechselndem Licht, Fischer Verlag, Frankfurt am Main 1992，S. 23.

③ Walter Benjamin：Illuminationen, Ausgewählte Schriften I, Frankfurt am Main 1974，S. 350.

品都带有强烈的自我指涉色彩。

小说开头，瓦尔泽就以"我告知"(Ich teile mit)一句话显示出自己的叙述者身份。文中采用大量的过去时态表明，即便是现在时的"我告知"也是一个写作过程。换言之，这表明叙述者"我"已经完成了散步，并在事后以书面的形式记载下来。一方面，读者与叙述者"我"手拉着手一起出发前去散步；另一方面，我们总是与他一起回到那个房间，或者总是被他带回那间本雅明所说的"创作房间或者精神房间"①。也就是说，有什么"事"让作者想要忘记，却又无法忘记。

在小说中，瓦尔泽通过叙述者"我"之口诉苦，说他"写的书得不到舆论的认可，使人心情抑郁"②。他尝试着排解自己作品无法获得成功的郁闷，因为他自称其无目的、无情节的创作风格不具大众性。这种自我评价，在瓦尔泽出版三部柏林小说时就出现在他的文本中。字里行间都透露着他的不满，并不断地为自己的文学创作辩解，即使有时这看上去不太自然，正如在《散步》中通过他"勤奋"的"散步"(勤奋地创作)这一隐喻，对税务官指责他"无所事事"进行辩护。瓦尔泽明确地告诉读者，创作与散步就像生命一样同等重要，因为"不散步的话我就死了，而我热爱的工作也就毁灭了。不散步的话……我写不出……任何文字，更别提撰写长篇小说了。不散步的话，我就完全无法观察，无法学习"③。文中瓦尔泽多次以叙述者的身份，以遮掩、讽刺又忧伤的口吻，为其不为大多数读者所接受的行文方式辩护。他表面上低声下气，事实上却是

---

① Walter Benjamin: das Passagen-Werk, gesammelte Schriften Bd. V-1, Frankfurt am Main 1982, S. 525.

② Robert Walser: Spaziergang, Prosastücke und Kleine Prosa, sämtliche Werke in Einzelausgaben. Hg. v. Jochen Greven. Bd. 5, Frankfurt am Main 1986, S. 49.

③ 同上，S. 50。

为了激怒读者,他的道歉是这样开始的:

> 尊敬的当权者、赞助人以及全体读者,如果您能够接受并原谅这种或许有些过于隆重高调的风格,那么请友好地允许我……①

在文中的另一处,他通过温和的笔调反驳了对他文风的批评,从而再一次为其创作进行辩护:

> 接下来就像你马上会见到的那样,我将对我自己装腔作势的粉墨登场和矫揉造作进行严厉的自我检讨,我要检讨我是如何炫耀自己的。否则看别人一身疤,看自己一朵花,对人严、对己宽,似乎也不那么合适。只会批评别人的批评家算不了真正的批评家,作家应该有点职业道德,不能由着自己性子瞎写。我希望我的话有点道理,大家都喜欢听,并且能够引起大家热烈的掌声。②

瓦尔泽作品叙述的都是日常琐事,既是他内心抑郁忧伤的表现,又是他别具一格的文风。正如本雅明指出的那样,对罗伯特·瓦尔泽来说,如何达到文学美并非次要,而是有着重大的意义。就这点而言,格莱文所提出的,瓦尔泽的作品在情节上更是以一种"事件堆砌性"的方式,而不是"史诗连续性"的,这一观点在语言层面上更值得深思。瓦尔泽的繁复文风可以被认作"动词-叠加-装

---

① Robert Walser：Spaziergang, Prosastücke und Kleine Prosa, sämtliche Werke in Einzelausgaben. Hg. v. Jochen Greven. Bd. 5, Frankfurt am Main 1986，S. 21.

② 同上，S. 55。

饰"性的,正如本雅明认为的那样:"罗伯特·瓦尔泽的亮点在于他的句式。而他的思想正像瓦尔泽散文中的主人公,集懒汉、闲荡者、天才于一身,却被束缚在他的文中。"①因此,瓦尔泽的文风又使我们想起了散步,在散步的过程中他的思绪不断被风景、街景、行人等打断。

本雅明将这种独树一帜的现象解释为语言的"荒芜化"②,其原因也许在于瓦尔泽放弃了创作的内容,他唯一坚持的,只有创作本身。本雅明的观点在瓦尔泽伯尔尼时期(1928—1929)创作的小品文《白费劲》(*Für die Katz*)中得到了印证。瓦尔泽在该文中涉及了他的文学创作:"在寂静的午夜,我正在写这篇即将完稿的小品文。但写作是徒劳的,只是为了日常之需。"③瓦尔泽明白,他的文学创作只是为了维持生计。上文提到了两件事,它们对瓦尔泽来说与生命同样重要:散步和写作。这两件事之间存在着共同点吗?回答是肯定的。首先,两者都是徒劳的。Für die Katz("白费劲")这一俚语源于布尔卡德·瓦尔蒂斯的寓言《铁匠与猫》,讲述了一个好心的铁匠只顾付出,不计功利的故事。瓦尔泽认为他正如"好心的铁匠"一样,毫无意义地提供产品,因为他必须提供。瓦尔泽解释道:

> 白费劲指的是作家天天为工厂,或者工业企业生产,甚至每小时都在为它勤奋地打工,不断地提供产品,它就是我们这

---

① Walter Benjamin: Illuminationen, Ausgewählte Schriften I, Frankfurt am Main 1974, S. 350.

② 同上,S. 350。

③ Robert Walser: Für die Katz, Prosa aus der Berner Zeit 1928—1933, sämtliche Werke in Einzelausgaben. Hg. v. Jochen Greven. Bd. 20, Frankfurt am Main 1986, S. 430.

个时代,就是我们为之无偿付出的时代。①

　　正如工厂生产的产品一样,作家所创作的文学及其内容不再
重要。相反,重要的是生产本身,对瓦尔泽而言,即写作本身,手段
变成了目的。如果我们将瓦尔泽的文学创作理解成某种无意义的
"文明机器"工作,那么本雅明关于瓦尔泽写作的"无目的性"评论
就很容易解释了,工业产品的目的寓于生成自身,这是资本主义生
产方式的本质所在。这样,我们也许可以理解,为什么瓦尔泽"不
再修改他作品中的任何一行字"②。理由很简单,一旦一个工业产
品从工厂或者流水线上下来之后,就不可能再做任何修改了。

　　瓦尔泽在他的另一篇小品文《来自作家》(*Vom Schriftstellern*)中
也有相似的阐述。他在文中写道:"当人们完全不考虑目的时,目
的才最显而易见。"③散步或者在纸上散步真的没有目的吗? 本雅
明在他的《拱廊街计划》中又一次为我们提供了答案:

　　　　在闲荡者形象中,侦探的形象预先确定了。闲荡者必须
　　适合他习性的社会合法化。这对于他来说完全合适,他的懒
　　惰作为一种表面的现象,背后隐藏着一个观察者适宜的注意
　　力,时刻注视着一无所知的罪犯。④

----

① Robert Walser: Für die Katz, Prosa aus der Berner Zeit 1928—1933, sämtliche Werke in Einzelausgaben. Hg. v. Jochen Greven. Bd. 20, Frankfurt am Main 1986, S. 430.

② Walter Benjamin: Illuminationen, Ausgewählte Schriften I, Frankfurt am Main 1974, S. 349.

③ Robert Walser: Für die Katz, sämtliche Werke in Einzelausgaben. Hg. v. Jochen Greven. Bd. 20, Frankfurt am Main 1986, S. 406.

④ Walter Benjamin: das Passagen-Werk, gesammelte Schriften Bd. V-1, Frankfurt am Main 1982, S. 554.

让我们回到《散步》上来。如果坚持上文的观点,认为瓦尔泽的诗学观在散步和写作二者的结构上一致,正如他自己在《散步》中写的那样,"如果不散步,不打探消息,我不可能进行任何创作"①,那么我们将面对下一个问题:这两种运动过程是怎样在文学作品中实现的。

我们知道,散步在某种意义上不同于闲荡(flâne)和流浪,闲荡和流浪是无目的地的、没有终点的,而散步像一次巡游,虽然表面上看没有目标,但始终有迹可循,因为散步有出发点和终点。散步带来的乐趣使得散步者得到平静,瓦尔泽的作品对散步的动机有如下叙述:

> 我所看到的一切,都给我留下了亲切、善良、青春的印象。这使我立即忘记了我现在正在楼上的小房间里郁闷地面对一张空白的稿纸。所有的悲伤、所有的痛楚和所有的忧愁都消失了……②

如果在远足之始,散步者内心尚未获得平静,那么散步对于他来说就是一种安静下来的仪式。散步时,他可以"做白日梦,或者思考问题(沉迷于某事)或者当他与别人交谈时能够思维深远,悠然自得"③。

这一性格特征也在瓦尔泽的写作过程中得到印证。在"散步"

① Robert Walser: Spaziergang, Prosastücke und Kleine Prosa, sämtliche Werke in Einzelausgaben. Hg. v. Jochen Greven, Bd. 5, Frankfurt am Main 1986, S. 50.

② 同上,S. 7。

③ Claudia Albes: Der Spaziergang als Erzählmodell: Studien zu Jean-Jacques Rousseau Albert Stifter, Robert Walser und Thomas Bernhard, Francke Verlag, Tübingen 1999,S.13.

中，行走和写作这两种活动同时进行，彼此包含、互为前提。在此，作者"通过叙述，努力阻止一种看似偏离主题的叙述回到正轨"①。正如散步那样，瓦尔泽的叙述也时常表现出好奇心、突如其来的想法、分支众多和歧途等特性，他在文中经常运用一种策略："他几乎还没有提笔"……"一切就都已徒劳无益，一股辞藻的洪流突如其来，其中每一句话唯一的任务，就是让人忘记上一句（话）"②。本雅明认为，这一现象源自瓦尔泽的瑞士农民式"语言羞愧"③。这种自卑，只有在回避、孤立和独处时——即进行文学创作时——才会消失。文学写作过程弥补了瓦尔泽匮缺的人际交往需求，他通过长篇累牍地写作，自摆龙门阵。特别是到伯尔尼晚期，瓦尔泽通过"微型文字"（Mikrogramm）进行的文学书写只是为了自我交往。瓦尔泽笔下人物的自闭、自卑特征，包括作家瓦尔泽本人的自闭与自卑，有一个共同的根源：歇斯底里。从这种意义上说，瓦尔泽的写作可以归结为治愈这种歇斯底里的尝试，因为他必须这么做。

对于卡夫卡的长篇小说《城堡》，本雅明也做出了同样的注释，即卡夫卡的文学创作被认为是"克服自卑"，因为"（在）沼泽之地不知羞涩"，在沼泽中"遗忘具有力量"。④这种对自我意识的遗忘，对"自卑"的遗忘，尤其是被遗忘的事物，恰恰成就了某种"沼泽逻辑"（Sumpflogik），或者说成就了所谓"卡夫卡式写作方式"（Kafkaesk）。

---

① Albes Claudia：Der Spaziergang als Erzählmodell：Studien zu Jean-Jacques Rousseau Albert Stifter，Robert Walser und Thomas Bernhard，Francke Verlag，Tübingen 1999，S.24.

② Walter Benjamin：Illuminationen，Ausgewählte Schriften I，Frankfurt am Main 1974，S. 350.

③ 同上。

④ Walter Benjamin：Über Kafka，Texte，Briefzeugnis，Aufzeichnungen，Hrsg. v. Hermann Schweppen-häuser，Suhrkamp Taschenbuch Verlag，Frankfurt am Main 1981. S.139.

这样看来，瓦尔泽的散步和写作似乎也是为了遗忘，遗忘自己在日常生活中的残缺，以及因这种残缺而带来的"羞涩"（Scham），而正是这种无法见人和无地自容的"羞涩"成就了瓦尔泽式的写作方式，我们也姑且将其称为"Walseresk"。

最后要说明的是，如果本雅明基于瓦尔泽"放任自己漫步"，认为瓦尔泽的语言推衍出于他瑞士农民式的"语言羞涩"，并得出结论，瓦尔泽毫无目的的语言就是他最高的目的。那么，这一观点更加适用于瓦尔泽《来自铅笔领域》中的文学作品，但是本雅明生前不可能看到瓦尔泽的那些文学创作。这样我们可以判断，瓦尔泽的诗学观不仅出于瑞士农民式的"语言羞涩"，而且可视为瓦尔蒂斯的寓言中铁匠"徒劳"的手工活。对此，瓦尔泽将自己的创作表述为"码字"（Schriftstellerei），作家就像裁缝铺、面包铺里的手艺人那样，手上要有"活儿"。对于瓦尔泽而言，文学创作是一种日常活动，从他许多作品的结构和叙述角度来看，瓦尔泽写作的目的常常在作品一开头就已经说明了：这是一种"每日必需"。我们来看小品文《女裁缝》（*Näherin*）的开头：

> 我看见什么了？一个在自己陈设简陋的房间中孜孜不倦地辛勤缝纫的女孩！当她从辛劳的针线活中稍稍停顿下来，向窗外望去片刻，她看见两个人手挽手从她的眼前经过。①

在这篇小品文中，我们很难将由做针线活的女孩所引出的第一人称叙述角度理解成无目的的语言荒芜。被叙述者，在此显然

---

① Robert Walser: Für die Katz, sämtliche Werke in Einzelausgaben. Hg. v. Jochen Greven, Bd. 20, Frankfurt am Main 1986, S. 134.

是一个无足轻重的女裁缝，而她象征着孜孜不倦把文字编织在一起的作家，瓦尔泽无疑在暗示读者，这就是作为作家的瓦尔泽。文中女裁缝"短暂的停顿"，让我们联想到瓦尔泽的日常生活，尤其是对于他的创作非常重要的散步。女裁缝，即戴着面具的"我"就这样开始做梦，开始进行思想上的漫步。《散步》中的片段性插曲以及含沙射影，也可视作经过语言上的精心设计而成。这种设计或多或少被女裁缝的妙手所掩盖。这里，"孜孜不倦，辛勤缝纫的女孩"与那个孜孜不倦写作却经常贫穷潦倒，并且不成功的诗人瓦尔泽完全吻合，正如那个在小品文《徒劳》中"每天，也许甚至是每时每刻都在辛勤创作"的"诗人"。①

那么，瓦尔泽所谓的荒芜语言特点又如何在诗学上解释呢？第一人称叙述者"我"、女裁缝、散步者以及瓦尔泽所有角色小品文中的人物，最终都围绕着被叙述的主题。就像他的《强盗》小说残片，整部小说全由"绝妙的插曲"②组成。事实上，叙述者"我"只讲述了他想起来的事，上一个插曲被下一个插曲挤到一边。接连不断的插叙迫使叙述者"我"一再向读者保证，回到他一开始打算叙述的事件上来，但诺言往往无法兑现。叙述被突如其来的插曲打断，这应该是"放任自己漫步"的原因，因为"放任自己"正是散步的本质，也从另一方面反映了瓦尔泽诗学的本质。

在《强盗》中，瓦尔泽自己承认，"我的健忘是不负责任的"③，然而这正是一种自我陌生化和自我认同的混淆。这种混淆使我们想起庄周梦蝶。在这样的梦中，人们不知道究竟是他在叙述，还是他

---

① Robert Walser：Für die Katz，sämtliche Werke in Einzelausgaben. Hg. v. Jochen Greven. Bd. 20，Frankfurt am Main 1986，S. 406.

② Robert Walser：Der Räuber，sämtliche Werke in Einzelausgaben. Hg. v. Jochen Greven，Bd. 12，Frankfurt am Main 1986，S. 13.

③ 同上，S. 15。

被叙述，叙述主体与被叙述主体合二为一。因此，叙述与如何叙述就在瓦尔泽诗学中起到了举足轻重的作用。通过上述漫步，我大概达到了阐述瓦尔泽散步诗学的目的，好在他在小品文《热粥》中对自己的诗学做了如下解释，我的报告也可以此作结：

> 写作首先所要经受的考验，也许并不在于不断环绕主题？就像绕着一碗热粥不断打转，以为它很可口。作家写作时不断对必须强调的重点置之不理，而在一些小事情上花费笔墨。①

---

① Robert Walser: Es war ein Mal, Prosa aus der Berner Zeit, Ⅲ, sämtliche Werke in Einzelausgaben. Hg. v. Jochen Greven, Bd. 19, Frankfurt am Main 1986, S. 19.

德国文学散论

图书在版编目（CIP）数据

德国文学散论 / 范捷平著. —南京：南京大学出
版社，2022.3
（外国文学论丛 / 许钧，聂珍钊主编）
ISBN 978 - 7 - 305 - 24510 - 7

Ⅰ.①德…　Ⅱ.①范…　Ⅲ.①文学研究—德国—文集
Ⅳ.①I516.06 - 53

中国版本图书馆 CIP 数据核字(2021)第 103702 号

中华译学馆　莫言题

出版发行　南京大学出版社
社　　址　南京市汉口路 22 号　　　　邮　编 210093
出 版 人　金鑫荣

丛 书 名　外国文学论丛
丛书主编　许　钧　聂珍钊
书　　名　德国文学散论
著　　者　范捷平
责任编辑　谭　天

照　　排　南京紫藤制版印务中心
印　　刷　徐州绪权印刷有限公司
开　　本　635mm×965mm　1/16　印张 25.75　字数 316 千
版　　次　2022 年 3 月第 1 版　2022 年 3 月第 1 次印刷
ISBN　978 - 7 - 305 - 24510 - 7
定　　价　98.00 元

网　　址　http://www.njupco.com
官方微博　http://weibo.com/njupco
官方微信　njupress
销售热线　(025)83594756